Siempre he pensado q[...]
deben intentar[...]
no criticarl[...]
proporcionarle [...]
experiencia. ¿Quién eres tú para juzgar
cuál debe ser esa experiencia?

**Alison Wheeler, miembro de la Orden
del Imperio británico y exdirectora general
de las Bibliotecas de Suffolk**

Si tienes un libro,
tienes un amigo.

Andrea Homer, extrabajadora de fin de semana
en la Biblioteca Cradley de Halesowen

Las bibliotecas me cambiaron la vida y
ahora soy bibliotecaria. Quiero un enorme
cartel de neón que diga:
"Estamos aquí para todos".

Charlotte Begg, supervisora de la Biblioteca de
Freshwater, Isla de Wight

Ese momento en el que algo hace
clic y sabes que has convertido a
un niño en lector. Pura magia.

Donna Byrne, bibliotecaria de desarrollo de
lectores en las bibliotecas de Havering

LA BIBLIOTECA DE LAS LECTORAS VALIENTES

Si tienes un club de lectura o quieres organizar uno, en nuestra web encontrarás guías de lectura de algunos de nuestros libros. **www.maeva.es/guias-lectura**

MAEVA apuesta para frenar la crisis climática y desea contribuir al esfuerzo colectivo y permanente de proteger y preservar el medio ambiente y nuestros bosques con el compromiso de producir nuestros libros con materiales sostenibles.

KATE THOMPSON

LA BIBLIOTECA DE LAS LECTORAS VALIENTES

Traducción de:
ANA ISABEL SÁNCHEZ DÍEZ

MAEVA

Título original:
THE LITTLE WARTIME LIBRARY

© KATE THOMPSON, 2022
© de la traducción: ANA ISABEL SÁNCHEZ DÍEZ, 2023

© MAEVA EDICIONES, 2023
Benito Castro, 6
28028 MADRID
www.maeva.es

1.ª edición: noviembre de 2023
2.ª edición: diciembre de 2023
3.ª edición: diciembre de 2023
4.ª edición: febrero de 2024

ISBN: 978-84-19638-34-2
Depósito legal: M-19029-2023

Diseño de cubierta: © BECKY GLIBBERY sobre imágenes de
© REKHA ARCANGEL/ARCANGEL (mujer); © ELLE MOSS/ARCANGEL (fondo);
© SHUTTERSTOCK (imágenes adicionales)
Adaptación de cubierta: Gráficas 4, S.A.
Fotografía de la autora: © DEBBI CLARK
Preimpresión: MCF Textos, S.A.
Impresión y encuadernación: Huertas, S.A.
Impreso en España / Printed in Spain

A las amigas del East End que han pasado a mejor vida.
Las salpicaduras de sol en la sombra.
Trish. Minsky. Dot. Jessie. Ann.

Gracias a todos los empleados de las bibliotecas, pasados y presentes,
con quienes tantas horas instructivas he pasado charlando.
No son solo bibliófilos, también aman a las personas.

Y, por último, a las chicas de mi propio club de lectura,
que transformaron el 2020. Besos.

«Se requerirá una enorme cantidad de ficción a buen precio. El soldado llevará un libro en el petate; el civil tendrá libros junto a la chimenea. Somos un país de lectores y la guerra no hará sino aumentar la demanda de libros.»

FREDERICK J. COWLES,
bibliotecario jefe de la Biblioteca de Swinton y Pendlebury

Prólogo
7 de septiembre de 2020

«La gente viene a la biblioteca para encontrarle
sentido al mundo.»

CAROL STUMP,
presidenta de Libraries Connected y
bibliotecaria jefe del distrito de Kirklees

UNA ANCIANA RECORRE el andén que se dirige hacia el oeste en la estación de metro de Bethnal Green; camina con pasos lentos y dolorosos por culpa de la artritis.

—Mamá, ¿por qué no nos vamos? —pregunta Miranda, su hija mayor, intentando disimular su enfado. Está pendiente de que el repartidor del supermercado le entregue un pedido y se muere de ganas de tomarse un café—. No tendríamos que usar el transporte público, estamos en plena pandemia.

—¡Chist! —Su madre agita el bastón con gesto desdeñoso—. Vete tú si quieres, pero yo no me muevo de aquí.

Miranda le lanza una mirada a su hermana pequeña, Rosemary, y pone cara de hastío. Uf, qué difícil podía ser su madre a veces. «Follonera hasta la médula»: esas habían sido las memorables palabras con las que su exmarido la había descrito una vez.

—Por lo menos tápate la nariz con la mascarilla, mamá —ordena Rosemary.

Pero la mujer no les hace caso a ninguna de las dos y continúa avanzando con la misma determinación que una tortuga.

Llegan al final del andén y las tres se detienen con la mirada clavada en la enorme boca negra del túnel.

—«Limpiamos regularmente nuestra red de transporte con desinfectante antivírico» —farfulla la anciana mientras lee en voz alta un cartel pegado a la pared del túnel—. Menuda novedad. Durante la guerra lo hacían todas las noches.

—¿Viniste aquí durante la guerra? —pregunta Miranda, cuya ansia de café con leche se desvanece enseguida.

—Vivíamos ahí abajo. —Su madre sonríe, con la cara algo torcida desde que sufrió el derrame—. Vuestra tía Marie incluso recibió clases de claqué aquí.

Miranda aprieta los labios, preocupada.

—Te estás confundiendo, mamá. La gente solo durmió aquí abajo durante el Blitz.

—¡Puede que ya peine canas, pero todavía no he perdido la chaveta! —le espeta la anciana con la voz afilada como una daga.

Quiere a sus hijas con toda su alma, pero desearía que dejaran de tratarla así, de angustiarse tanto por ella, de observarla en todo momento en busca de indicios de senilidad.

Cierra los ojos. Los pensamientos intrusivos le desfilan por la mente como una banda de música. «Calor. Sangre. Humo.»

Unos recuerdos que había enterrado, que suponía convertidos en óxido, han resurgido lo bastante nítidos y resbaladizos como para filtrarse entre las grietas. Se tambalea, su bastón retumba con fuerza sobre el andén. Unos cuantos viajeros levantan la vista alarmados y luego regresan a sus teléfonos móviles como borregos.

—Siéntate, mamá. —Rosemary se abalanza hacia ella, la acompaña hasta un banco situado bajo el cartel de la parada de Bethnal Green—. Hay que llevarte a casa.

—¡No! —replica—. No hasta que encontremos la biblioteca.

Se percata de la mirada que intercambian sus hijas por encima de las mascarillas.

—Mamá —dice Rosemary despacio y señalando hacia arriba—, la biblioteca está a nivel de calle; estamos en el metro, ¿no te acuerdas?

—Siendo precisos, ahora mismo ni siquiera es una biblioteca —apunta Miranda—. Es un centro de pruebas de covid-19. Me he fijado al bajar.

Un tren de la línea Central atraviesa la estación como una exhalación de aire caliente. La mujer tiene el cerebro cansado, las ideas lentas y confusas. ¿Cómo que es un centro de pruebas y no una biblioteca? Ya no entiende este mundo.

—¿Señora Rodinski?

Dos hombres vestidos con la cazadora reflectante de la TFL, la entidad que gestiona el transporte de Londres, y la cara protegida por un plástico brillante, se acercan a ellas.

—Sí, soy yo.

—Soy Peter Mayhew, el jefe de prensa, y él es Grant Marshall, director de la estación. Gracias por ponerse en contacto con nosotros.

—Gracias a usted, joven, por acceder a devolverme mis pertenencias. Son muy valiosas para mí.

—Ya me imagino —dice el jefe de prensa, que empieza a detectar un buen enfoque publicitario.

—¿Qué edad tiene, señora Rodinski? —pregunta el director de estación—. Si no es demasiada indiscreción.

—No, para nada. Tengo ochenta y ocho años. Pasé la mayor parte de mi adolescencia en este túnel.

—Caray, se conserva muy bien —contesta el hombre entre risas.

—Soy una mujer, no un trozo de vía, hijo. Bueno, ¿tiene mis cartas?

—Mamá, ¿de qué va todo esto? —pregunta Rosemary, pero su madre no le presta atención, pues el jefe de prensa ha levantado un fajo de cartas y se las está entregando en una bolsa de plástico sellada.

—Las encontramos durante la última reforma, detrás de los azulejos del túnel; estaban metidas dentro de un libro, en una especie de hueco rectangular.

Ella asiente.

—Era la parte trasera de la biblioteca.

Las manos le tiemblan ligeramente mientras abre la bolsa, saca las cartas atadas con una cinta de color crema y se las acerca a la nariz.

—Aún huelen a la biblioteca.

—Sería maravilloso que accediera a que la BBC la entrevistase sobre la devolución de sus cartas de la época de la guerra.

—Por supuesto, pero, si no le importa, primero me gustaría hablar un momento a solas con mis hijas.

—Claro, pase a verme antes de que se marchen.

Se alejan y la anciana se vuelve hacia Rosemary y Miranda, que la miran desconcertadas.

—Por esto hemos venido —dice al mismo tiempo que levanta el haz de cartas—. Creía que las había perdido para siempre.

El olor es evocador, el tufo a papel viejo y mohoso le ha abierto los senderos de la mente y los recuerdos se le agolpan en la cabeza. Oye el estruendo de las risas de los niños corriendo por los túneles; el suave crujir de las páginas cuando alguien las pasa. Paf. Un puño metálico que sella un volumen de la biblioteca; el chirrido de un carrito de libros. Percibe el olor del jabón carbólico, el equivalente al desinfectante de manos del siglo pasado. Son los olores de su historia personal.

Pero, en el fondo, en un lugar aún más profundo que esos túneles, se ocultan los «otros» recuerdos. Un pensamiento la martillea una y otra vez: ¿y si este virus la atrapa? A veces tiene la sensación de que ni siquiera es cuestión de «y si», sino de «cuándo». Si muere sin contarles la verdad a sus hijas, su historia terminará con ella y eso sería una traición mucho más devastadora que los secretos que ha guardado, ¿no? ¿Cómo era aquello que le dijo Clara?

«Mueres dos veces: una cuando tu corazón deja de latir y otra cuando tu nombre se pronuncia por última vez.»

Ha llegado el momento de sacudirles el polvo a sus secretos de la guerra.

—He sido una cobarde al no deciros toda la verdad —reconoce en voz baja tras bajarse la mascarilla—. Voy a contároslo todo. Empezaré por la biblioteca.

1

3 de marzo de 1944
Clara

«Siempre he pensado que los bibliotecarios deben intentar fomentar la lectura, no criticarla. Lo que interesa es proporcionarle a la gente una buena experiencia. ¿Quién eres tú para juzgar cuál debe ser esa experiencia?»

ALISON WHEELER,
miembro de la Orden del Imperio británico,
exdirectora general de las Bibliotecas de Suffolk,
activista bibliotecaria y miembro del consejo de administración
del Chartered Institute of Library and Information Professionals

—¿ESTÁ PERMITIDO LLORAR en la biblioteca?

—¡Por todos los santos! ¿De dónde has salido? —Clara parpadeó para intentar detener las lágrimas—. ¡Creía que había cerrado la puerta con llave!

No era muy decoroso que sorprendieran a una bibliotecaria lloriqueando, con los ojos rojos y moqueando junto al carrito de las devoluciones.

Clara se asomó por encima del mostrador. Una carita diminuta la espiaba desde detrás de un flequillo largo.

—Perdona, cielo, ¿empezamos de nuevo? Me llamo Clara Button, soy la bibliotecaria municipal.

—Hola. Yo me llamo Marie.

La niña sopló hacia arriba y, cuando el flequillo se le abrió, dejó al descubierto unos ojos castaños y curiosos.

—¿Quieres un caramelo, Marie?

—¿Están permitidos?

—Tengo un alijo secreto de caramelos de limón. —Le guiñó un ojo—. Para los casos de emergencia.

La pequeña abrió los ojos como platos.

—Lo sabía, son tus favoritos.

Marie estiró la mano a toda velocidad para coger el caramelo y se lo metió en la boca.

—¿Cómo lo sabe?

—Sé cuáles son los favoritos de todo el mundo.

—Apuesto a que no sabe cuál es mi libro favorito.

—¡Seguro que sí! A ver…, ¿cuántos años tienes?

La niña acercó ocho dedos a la cara de Clara.

—¡Ocho años, qué edad tan estupenda!

La bibliotecaria se dirigió a la sección infantil y recorrió las estanterías moviendo los dedos como si fuera una araña. Marie sonrió, el juego le había hecho gracia.

Detuvo un dedo ante *Azabache* —demasiado triste—, luego continuó hasta *Cenicienta* —demasiado rosa— y terminó posándolo muy despacio delante de *El viento en los sauces*.

—¿He acertado?

—¿Cómo lo ha sabido?

Marie paseó una mirada hambrienta por la cuidadosamente abastecida biblioteca de Clara.

—Esto es como la cueva de Aladino.

La mujer sintió una punzada de orgullo. Había tardado casi cuatro años en surtir así de bien su biblioteca tras el bombardeo.

—¿Puedo cogerlo prestado? Tuve que marcharme sin mi ejemplar.

—¿Te evacuaron?

Marie asintió.

—Dejamos a mi padre en Jersey.

—Lo siento mucho. Imagino que lo echas de menos.

La niña asintió y se cubrió los dedos con una manga repleta de mocos.

—Mi hermana dice que no debo hablar de ello. ¿Puedo hacerme socia, entonces?

—Claro que podemos inscribirte —respondió Clara—. Si le pides a tu madre que venga a verme para rellenar la solicitud. Solo necesito ver su cartilla del refugio y anotar su número de litera.

—No puede venir, mi hermana dice que está muy ocupada con el trabajo bélico.

—Ah, claro. Bueno, a lo mejor tu hermana sí que puede pasarse por aquí cinco minutos.

—¿Por qué lloraba? —balbució Marie mientras se pasaba el caramelo de limón al otro lado de la boca; la mejilla se le hinchó como la de un hámster.

—Porque estaba triste.

—¿Por qué?

—Porque echo de menos a alguien especial... Bueno, a tres personas, en realidad.

—Yo también. Echo de menos a mi padre... ¿Sabe guardar secretos? —Los ojos brillantes como el rocío se le abrieron aún más. Tal vez fuera el caramelo lo que le había soltado la lengua, o quizá la promesa de *El viento en los sauces*, pero Clara sintió que aquella niñita necesitaba una confidente con urgencia.

—Te doy mi palabra —prometió, y se llevó la mano al corazón—. A los bibliotecarios se nos da muy bien guardar secretos.

—Mi m...

—¡Marie Rose Kolsky! —interrumpió una vocecita aguda desde la puerta—. ¿Qué te crees que estás haciendo aquí dentro? —Clara examinó en cuestión de segundos a la chica que había en el umbral y reparó en el rostro pálido y serio—. Lo siento mucho, señorita, mi hermana no debería estar aquí molestándola. Habíamos quedado junto a nuestra litera.

—He venido a la sesión del cuento de buenas noches —protestó Marie.

—No seas tan tonta Marie, están suspendidas.

—No, qué va —interrumpió Clara, que sintió la necesidad de defender a la pequeña—. Tu hermana tiene razón. Todas las tardes a las seis celebramos una sesión de cuento de buenas noches en la biblioteca, aunque hoy he tenido que cancelarla por un acto. Volved mañana, por favor.

—Quizá. Vámonos, Marie.

Agarró a su hermana pequeña del brazo y tiró de ella hacia la puerta.

A la bibliotecaria aún le llegó su voz airada.

—*N'en soûffl'ye un mot.*

Clara no hablaba francés, pero le resultó obvio que Marie se estaba llevando un buen rapapolvo.

—Vuelve, te reservaré ese libro.

Pero ya se habían marchado y sus pasos resonaban por el andén de los trenes que viajaban en dirección oeste.

Clara se acercó a la puerta y se quedó mirándolas, intrigada, mientras pasaban por delante del teatro del refugio. Marie, con los calcetines desparejados y unas zapatillas de goma, daba brincos porque la llevaban medio a rastras. Su hermana mayor era una adolescente impenetrable y reservada. No se parecía en nada a la mayoría de las jóvenes que dormían todas las noches en el refugio de la estación de metro de Bethnal Green en medio de una algarabía tremenda. Las Minksy Agombar y las Pat Spicer de este mundo eran todo arrogancia y fanfarronería. Por las noches, cuando cerraba la biblioteca para irse a casa, las veía arremolinadas en torno a las literas de metal, maquinando o perforándose las orejas las unas a las otras con las agujas de coser de alguna de sus madres. Pero ella no. Aun así, en su pequeña biblioteca subterránea veía de todo. Las hermanas desaparecieron del campo de visión de Clara y se adentraron en la penumbra acre del metro.

Arriba, en la cafetería, Dot y Alice preparaban el *sabbat* friendo pescado para los residentes judíos del refugio, y el olor descendía y se entreveraba con el del jabón carbólico. Ahí abajo, en los túneles, el hedor era tan denso que podía cortarse.

Con un suspiro profundo, Clara se dio cuenta de que ahora tenía aún menos tiempo para recomponerse y maquillarse antes de la insoportable pantomima que la esperaba.

Posó la mirada en el ejemplar abierto de la edición vespertina del *Daily Express* que descansaba sobre el mostrador de la biblioteca.

«EL BLITZ PROVOCA EL AUGE DEL LIBRO», proclamaba el titular de portada, encima de una horrible foto de Clara con la leyenda: «Belleza bibliotecaria se entierra en algo más que libros».

¿Belleza bibliotecaria?

Pero el artículo no se había detenido ahí.

Clara Button, una joven viuda y sin hijos, aporta su granito de arena al esfuerzo bélico dirigiendo la única biblioteca del Reino Unido construida en un refugio subterráneo, en concreto sobre las vías de la estación de Bethnal Green que llevan hacia el oeste. Cuando bombardearon la Biblioteca Central de Bethnal Green durante la primera semana del Blitz, acontecimiento que acarreó la trágica muerte del bibliotecario municipal Peter Hinton, la bibliotecaria de la sección infantil, la señora Button, se vio catapultada hacia el cargo superior. En ausencia de colegas masculinos, tuvo la valentía de suplir el puesto y organizó el traslado de 4000 volúmenes al túnel subterráneo, donde supervisó la construcción de una biblioteca temporal que funciona casi veinticuatro metros por debajo del suelo.

Puede que nuestros bárbaros enemigos estén empeñados en quemar Londres hasta los cimientos, pero, bajo la superficie de la ciudad, la señora Button sigue sellando libros tranquilamente y asegurándose de que todo el mundo disponga de una buena lectura con la que distraerse de las bombas.

Había sido la parte de «viuda sin hijos» la que la había hecho llorar. Era cierto, innegable, pero ¿quién necesitaba que su condición se anunciara con tanta contundencia a todo el país?

Clara volvió a pensar en Duncan y el dolor la rebanó por dentro, se le clavó como un cuchillo candente en el corazón. Con eso bastaba.

Con una imagen de su rostro en la puerta de casa cuando se marchó a combatir, las botas relucientes tras un lustrado exhaustivo, entusiasmado como un crío en una feria de verano. Las preguntas se le enredaban en la cabeza como malas hierbas.

«¿En qué pensó Duncan en los momentos anteriores a su muerte? Y yo, ¿debería haber dejado el trabajo en la biblioteca? ¿Cuánto tiempo más persistirán las mentiras?»

—¡No! —se reprendió mientras se apretaba los ojos con los nudillos—. No vamos a hacer esto ahora. Y menos hoy.

Una buena llantina al día y nunca en la biblioteca. Esas eran sus reglas y ya había roto una. Además, ni que en Bethnal Green hubiera alguien que no cargara con una pena tan inmensa como el peso de Atlas. La gente necesitaba ver a una bibliotecaria alegre y feliz, no eso.

Clara oyó un ruido junto a la puerta que la obligó a salir del remolino de sus pensamientos.

—Me cago en la leche, será marzo, pero ahí fuera hace un frío de mil demonios…

Una bandeja enorme de sándwiches y rollitos de salchicha cayó con estruendo sobre el mostrador.

—Jamón deshuesado, mantequilla de verdad… Qué suerte. Dot, la de la cafetería, me ha hecho un buen precio… Le he prometido que podrá sacar el doble de libros la semana que viene con su carné. Un momento, ¡ni siquiera estás preparada! El fotógrafo del *Picture Post* está aparcando.

Tendió una mano delgada para coger el ejemplar del *Daily Express* que Clara acababa de leer.

—Estupendo, ¿no? Aunque no te han sacado del lado bueno, ¿eh? Tienes una pinta horrible en esa foto —comentó con una sinceridad aniquiladora—. Será mejor que te adecentemos para que quedes mejor en las siguientes.

—¡Gracias, Rubes! —exclamó Clara riendo.

Ruby Munroe era su mejor amiga desde primaria y, desde hacía un tiempo, también su auxiliar de biblioteca. «No estoy cualificada, a diferencia de nuestra Clara —le decía ella a todo el que preguntaba y también al que no—. Yo soy más burra que un arado.» Pero no lo era. Tenía más agallas y astucia que la mayoría de los hombres que Clara había conocido en su vida. Ruby vivía la vida con soltura, revestida de formica y con más descaro que el habitante medio de Bethnal Green. En su mundo, nada era imposible, no existía ningún trato que no pudiera arreglarse o negociarse.

Era cierto que Clara seleccionaba los libros, supervisaba la catalogación y la clasificación temática de Browne, respondía a las consultas más complejas y hacía búsquedas bibliográficas. Pero la que poseía la inteligencia social necesaria para poder conectar con el vasto espectro de vida que pasaba por la biblioteca era Ruby.

—Ay, cielo, has estado llorando. —Ruby se desató el pañuelo que le cubría el altísimo recogido y esbozó un mohín—. ¿Pensando en él?

Clara asintió.

—¿En Duncan o en Peter?

—En ambos, la verdad. Es por lo del premio, me ha hecho pensar en lo mucho que les habría gustado esta velada.

Ruby negó con la cabeza.

—Esta es tu noche, Clara Button. Vamos a tomarnos un trago rápido, y sí, ya sé que está prohibido fumar en la biblioteca, pero puedes hacer una excepción por esta noche. Venga, mientras te pones esto… —Rebuscó en su bolsa con asas y sacó un vestido del todo inapropiado, del mismo rojo que los camiones de bomberos—, voy a preparar un reconstituyente rapidito.

Clara sintió que la bilis se le revolvía en el estómago.

—No creo que pueda hacerlo.

—¡Nada que dos aspirinas y una ginebra no solucionen, Cla! —Ruby sonrió mientras se encendía un Sobranie negro y vertía en dos tarros de mermelada un generoso chorro de líquido transparente desde una redoma—. Tienes a medio East End con lo de «Leer por la victoria». Solo quieren darte las gracias.

»Los malos tiempos son buenos para los libros —continuó, y luego apuró su copa de un trago y se estremeció—. Puñetas, esto pega un poco. Eres una pieza fundamental de la maquinaria de guerra, así que, ¡disfruta de tu momento, chica!

—Pero, Rubes, ¿no crees que este premio, el hecho de que me lo entreguen justo esta noche, huele un poco a chamusquina?

—Claro. —Ruby se encogió de hombros—. Se llama enterrar las malas noticias. Acentuar lo positivo del refugio para ocultar su pasado. Todo el mundo ve el truco.

—Pero ¿no te molesta? —insistió Clara—. Después de todo lo que tu madre y tú habéis pasado… Por no hablar de la mitad de los habitantes de este refugio. Aquí abajo no hay una sola persona a la que aquella noche no le afectara.

Ruby esbozó una sonrisa tensa para volver a aplicarse el pintalabios rojo.

—Ya pasó. Y ¿qué habitante de por aquí no ha perdido a alguien? Venga, pachona, cámbiate de una vez.

—Había pensado quedarme así —respondió Clara, que bajó la mirada hacia su atuendo habitual compuesto por una blusa metida por dentro de los pantalones.

—Mañana vas a salir en la portada de todos los periódicos, no vas a tener esa pinta de bibliotecaria solterona.

—No me falta mucho para serlo —dijo su amiga con una carcajada.

Ruby enarcó una ceja perfilada a lápiz.

—Venga, Clara, solo tienes veinticinco años.

—Muy bien, pero esto queda descartado.

Clara hizo una mueca al coger el vestido rojo.

—Lo hablamos mientras te subo la cremallera.

Ruby le guiñó un ojo y se colocó el cigarrillo entre los dientes.

MEDIA HORA MÁS tarde, embutida en el vestido y subida a un par de vertiginosos tacones que le había prestado su mejor amiga, Clara pensó que nunca había visto su pequeña biblioteca tan concurrida: había funcionarios del Ministerio de Información que se mezclaban con la prensa y con los usuarios habituales de la biblioteca.

Como el túnel subterráneo tenía el techo abovedado, la acústica hacía que tuviera la sensación de que el ruido iba *in crescendo* en su cabeza. Esa noche, ahí al lado, en el teatro del refugio, actuaba un cantante de ópera ruso y, mientras calentaba para su interpretación vespertina, su voz sonora reverberaba como un convoy del metro en el túnel de la línea Central.

La señora Chumbley, la oficiosa subdirectora del refugio, hacía cuanto estaba en su mano por contener a la avalancha de niños curiosos que clamaban por entrar en la biblioteca y birlar uno de los panecillos de salchicha.

Clara atisbó a Maggie May y a su mejor amiga, Molly, además de a Sparrow, Ronnie, Tubby y el resto de las Ratas del Metro, tal como se autodenominaban, intentando colarse a gatas.

La bibliotecaria les guiñó un ojo. Preferiría con mucho estar sentada en el suelo, con las piernas cruzadas y sin zapatos, leyendo en voz alta con los niños que ahí amarrada como una especie de poni de competición. Iban por la mitad de *La familia de la calle Sin Salida*, de Eve Garnett, y, tras un par de capítulos, las travesuras de la familia Ruggles ya les resultaban irresistibles.

¡Fuera! —bramó la señora Chumbley cuando vio al grupo, y agarró a Sparrow por el cogote.

Clara notó una palmadita delicada en el hombro y, cuando se volvió, vio a uno de los usuarios habituales de la biblioteca, el señor Pepper, un caballero anciano, y a su esposa. Hacía dos años que habían bombardeado su casa y a partir de entonces vivían en el metro de forma permanente.

—No le robaré mucho tiempo, querida —dijo—. Aquí dentro hay demasiado ruido para mi mujer, así que vamos a retirarnos a las literas, pero quería felicitarla por este merecidísimo premio. Esta biblioteca es lo mejor que le ha pasado al refugio.

Sonrió y mostró con orgullo una red de arrugas alrededor de los ojos.

—Gracias, señor Pepper. Usted es uno de mis lectores más prolíficos. —Miró a su esposa—. No mucha gente puede presumir de haberse leído *Guerra y paz* en dos semanas.

—En casa se leía hasta la última letra de toda nuestra colección, hasta que nos bombardearon —dijo la anciana con una vocecita tan frágil que Clara tuvo que acercarse para oír lo que decía. Olía a perfume de lavanda Yardley y tenía una piel que parecía muy suave—. Perder todos esos libros le supuso un golpe tremendo, pero encontrar su pequeña biblioteca para los tiempos de guerra ha sido un bálsamo, querida.

El señor Pepper miró a su esposa con adoración.

—Por desgracia, la vista me impide leer tanto como de joven, pero debo reconocer que para mí ha sido un lujo y una vía de escape estos últimos años. No puedo expresar todo lo que ha hecho por mí, señora Button.

—Venga, señor Pepper —le dijo en tono burlón—, me conoce desde hace ya tres años, llámeme Clara, por favor.

—Siempre ha insistido mucho en las formalidades, le viene de haber sido director de escuela durante tantos años —dijo la señora Pepper con una sonrisa—. No conseguirá cambiarlo a estas alturas, querida. Antes de marcharnos, debo decirle que tengo una prima en Pinner que iba a ceder unos cuantos libros a la campaña de salvamento, pero la hemos convencido de que es mejor que nos los dé a nosotros y así podremos donarlos a la biblioteca.

—¡Oh, qué maravilla!

—Es una lectora empedernida, le gustan sobre todo las novelas de suspense y misterio. Ha acumulado una buena colección de Agatha Christie, Dorothy L. Sayers y Margery Allingham. ¿Los quiere?

—¿Que si los quiero? Las novelas de suspense son, junto con las de romance histórico, las que más prestamos; vuelan de las estanterías.

—Y yo que creía que la gente ya tenía suficiente violencia con la del mundo real —comentó el señor Pepper.

—Es la intriga, el suspense del quién habrá sido. Es el antídoto perfecto para esta guerra —reflexionó Clara.

—¡Extrañísimo!

La figura de la señora Chumbley se cernió sobre ellos. Incluso con tacones, Clara tuvo que estirar el cuello para mirarla. Pobre señora Chumbley. Nunca había estado casada. Solo la llamaban «señora» por cortesía. Siempre tenía grabada en la cara la misma expresión: reprobación.

—Usted es más de leer las novelas románticas publicadas por Mills and Boon, ¿no? —preguntó el señor Pepper sonriendo.

—No sea ridículo.

—Entonces, ¿qué le gusta leer, señora Chumbley? —preguntó la señora Pepper con educación.

—¿Leer? —repitió con desdén—. ¿Y de dónde saco yo tiempo para leer? Que este refugio continúe funcionando sin sobresaltos requiere todo mi tiempo. Tubby Amos, ¡suelta ese libro ahora mismo!

—No me importa que co… —empezó Clara.

—¡Sé en qué litera duermes y hablaré con tu madre! ¿Por dónde iba? Ah, sí, me dedicaré a la lectura cuando hayamos eliminado el hitlerismo de este mundo.

—Venga, señora Chumbley, leer no es una actividad autocomplaciente —señaló el señor Pepper—. Seguro que la señora Button puede recomendarle algo perfecto para usted. Parece tener una especie de don para unir a cada persona con su libro perfecto.

La señora Chumbley se ablandó al mirar al señor Pepper. Los ocupantes del refugio subterráneo tenían en muy alta estima al anciano caballero y ni siquiera la señora C era inmune a su gallardo encanto.

—Quizá —resopló con arrogancia—. Pero solo si fuera educativo. Hace poco leí un libro técnico, *Heridas y fracturas de guerra: La guía definitiva*. ¡Era magnífico!

—Suena fascinante —dijo Ruby con frialdad cuando se acercó a ellos agarrada del brazo no de uno, sino de dos hombres—. Oye, Clara, cariño, siento interrumpir, pero aquí hay unas personas a las que tienes que conocer. Él es el ministro John Hilton, director de propaganda nacional en el Ministerio de Información, y lleva media hora intentando hablar contigo.

Se volvió hacia el más bajo de los dos hombres. Encaramada a aquellos tacones, Clara se encontró en la desafortunada posición de sacarle cinco centímetros de altura.

—Y él es el señor Pink-Smythe.

—Pinkerton-Smythe —la corrigió él, y después sacó un pañuelo y se lo pasó por la cabeza para secársela, un gesto que tuvo el inoportuno efecto de ponerle de punta los últimos mechones de pelo que le quedaban, como si fueran una antena.

—Es el presidente de la Comisión de Bibliotecas, lo cual lo convierte en nuestro nuevo jefe —dijo Ruby.

—Encantada de conocerle —dijo Clara—. Estoy deseando trabajar con usted. —Luego se volvió hacia el hombre del Ministerio mientras pensaba que ojalá no hubiera dejado que Ruby la convenciera de ponerse ese vestido—. Y bienvenido a nuestra biblioteca subterránea, ministro.

—O sea que usted es la bibliotecaria de la que todo el mundo habla. —El hombre sonrió y le estrechó la mano con entusiasmo—. Este lugar es todo un hallazgo. Jamás se me habría ocurrido pensar que llegaría un día en el que bajaría al metro y me encontraría libros en lugar de trenes. ¿A qué profundidad estamos? ¿A dieciocho, a veinte metros bajo tierra?

—A casi veinticuatro, el único lugar de Bethnal Green en el que no se oyen las bombas —respondió Clara en tono orgulloso.

—Y, perdone mi ignorancia, ¿qué ha sido de los trenes?

—Bethnal Green era una parada aún sin terminar de la línea Central, situada entre Mile End y la estación de Liverpool Street —explicó la bibliotecaria—. Cuando estalló la guerra, se interrumpieron las obras, se cerró y se la dejaron a las ratas hasta que empezaron los bombardeos.

—¿Y cómo se abrió para este... —Abrió los brazos en un ademán de asombro— pueblo subterráneo? Si no le resulta una expresión demasiado tonta.

—En absoluto. Los que vivimos y trabajamos aquí abajo, en este otro Londres, solemos considerarnos habitantes de una aldea secreta. —A Clara le brillaron los ojos al mirar a su alrededor—. Todos estamos muy orgullosos de nuestra comunidad subterránea. No hay muchas estaciones de metro que puedan presumir de tener literas triples para cinco mil personas, una biblioteca, un teatro, representaciones teatrales y clases de baile...

—Con un piano de cola, además —interrumpió Ruby.

—Exacto. Por no hablar de una guardería, una cafetería, un puesto de primeros auxilios con enfermeras y un consultorio médico, todo bajo tierra —continuó Clara.

—Tenemos hasta nuestra propia peluquera del metro.

Ruby guiñó un ojo al mismo tiempo que se atusaba la parte trasera del recogido con ondas.

—¿Oye al cantante de ópera que calienta la voz aquí al lado? Va a ofrecer una actuación esta noche. Los de la sala Sadler's Wells traerán un *ballet* la próxima semana.

—Cielo santo. Cultura, libros y una comunidad integrada. Puede que yo también tenga que mudarme aquí abajo si esto es lo que ofrece la vida bajo la superficie.

Clara sintió que se relajaba. Si había un tema del que le encantara hablar, era de la vida en el refugio y de su gente. Eran una comunidad, aunque extraña, que vivía a lo largo de la línea Central, pero que no iba a ninguna parte. Clara consideraba que, gracias a eso, disponía de un mercado cautivo. Su pequeña biblioteca se encontraba firmemente anclada en el centro de ese barrio subterráneo, el equivalente cultural al corazón del pueblo.

—Es increíble lo que tenemos debajo de los pies sin ni siquiera saberlo —musitó el ministro—. ¿Cómo empezó todo esto?

—Fue la gente la que consiguió que se abriera la estación —respondió Clara, entusiasmada—. Todos tenían su orgullo, los refugios callejeros no eran dignos ni para un perro. Fue el padre de la pequeña Phoebe quien —y en ese momento imitó el gesto de unas comillas con los dedos— «adquirió» las llaves durante la primera semana del Blitz, y luego llegaron las familias, por millares, en busca de seguridad.

Ruby se echó a reír.

—El viejo Harry es un jugador impenitente, sería capaz de apostar hasta en una carrera de moscas que treparan por una pared, pero no estaba dispuesto a arriesgar la vida de su familia.

—Dudo que el ministro quiera saber de las actividades ilegales de los elementos subversivos de Bethnal Green —intervino el señor Pinkerton-Smythe de inmediato.

—Al contrario —respondió el interpelado—. Me resulta muy interesante. Sé que en Whitehall existía el miedo a la «mentalidad de refugio profundo», a que la gente bajara y nunca volviese a subir a la superficie, pero está claro que este no es el caso.

—Qué más quisiéramos —dijo Ruby en tono burlón—. Durante el día, la gente tiene que ir al trabajo. Somos obreros, no topos.

El ministro estalló en carcajadas, a todas luces embelesado con Ruby.

—¿Tienen lámparas de luz ultravioleta —continuó el hombre— para contrarrestar la falta de luz solar?

—No, señor —respondió Clara—. Supongo que nos hemos acostumbrado a trabajar bajo tierra. Sufrimos de catarro, eso sí; los olores de los túneles pueden ser un tanto… A ver cómo lo digo… Terrosos.

—Pero, por lo general, la fumigación matutina lo soluciona —añadió Ruby.

—¿Y dónde están las letrinas?

—¡Letrinas! —chilló Ruby, y Clara se preparó para lo que le esperaba—. Cuando bajamos a vivir aquí, teníamos que hacer nuestras necesidades en un cubo. Ahora al menos tenemos lavabos Elsan. Debemos de estar medrando en el mundo, ¿eh, Cla? —dijo entre carcajadas.

Ruby tenía una risa ronca y estruendosa, era famosa por ella en Bethnal Green.

—Al principio, todos dormíamos aquí, en los túneles que llevan al oeste —dijo Clara—. Pero tres meses después de que empezaran los bombardeos, el Ayuntamiento le alquiló oficialmente la estación a la London Passenger Transport Board.

—Y ahí es donde entré yo —intervino la señora Chumbley—. Limpiamos los túneles, encalamos las paredes y creamos un comité para el refugio. Para que las cosas ocurran, se necesita un comité, ¿no le parece?

—¿Y usted es? —preguntó el ministro.

—La señora Chumbley, subdirectora del refugio bajo las órdenes del señor Miller. Aparte de nosotros dos, hay doce empleados a tiempo completo, más el personal de la guardería, el teatro, la cafetería y la biblioteca.

—Pero, díganme, ¿por qué la gente sigue durmiendo aún aquí abajo?

—Por la vivienda —respondió Clara—. Hay una escasez atroz de casas habitables. Además, la gente se ha acostumbrado y le gusta estar aquí abajo. En el caso de algunos niños, es el único hogar seguro que han conocido. —Titubeó—. Eso no quiere decir que no hayamos sufrido nuestra buena ración de tragedias. ¿Le informaron...?

—¿Procedemos? —la interrumpió el señor Pinkerton-Smythe.

—Buena idea —respondió el ministro, que carraspeó y pidió silencio.

—Y ahora, sin más preámbulos, me gustaría otorgarle, señora Button, el certificado oficial de excelencia de «Leer por la victoria».

Clara se tragó la rabia. ¿Por qué nunca se les permitía hablar de ello? ¿Por qué su dolor siempre debía sacrificarse en nombre de la moral general?

Una perturbadora imagen del rostro de su suegra le invadió la mente. El funeral apresurado. Las palabras del médico. «Recompóngase.»

—Clara... —siseó Ruby, que le clavó el codo en las costillas—. ¿Estás bien?

—Perdón —murmuró.

Exhaló despacio y se llevó una mano a la garganta. Su nuevo jefe, el señor Pinkerton-Smythe, la miraba con curiosidad.

El ministro había apremiado al fotógrafo del Picture Post para que se acercara al mostrador de la biblioteca.

—Sácame una foto con Clara Button, la responsable de la única biblioteca del Reino Unido situada en una estación de metro, ¿vale, Bert? Es la nueva chica del cartel de «Leer para la Victoria».

—¿Ah, sí? —preguntó Clara, que parpadeó cuando el flash de bombilla de la cámara le destelló en la cara.

—Desde luego. Todo el mundo habla de esta biblioteca, la noticia ha llegado hasta Whitehall... —Bajó la voz—. Incluso Churchill conoce la existencia de este sitio. Todo un éxito de propaganda. Gracias a todos por reunirse hoy bajo tierra con nosotros. —Clara vio que el señor Pepper y su mujer se escabullían por la puerta y deseó poder hacer lo mismo—. El enemigo intenta infectarnos la mente con la podredumbre seca de la duda y de la insatisfacción con la esperanza de que nuestra moral decaiga. Debemos seguir informándonos sobre las cuestiones que subyacen al conflicto y sobre lo que nos jugamos. Los libros son indispensables para ese fin. La Biblioteca del Refugio Subterráneo de Bethnal Green está prestando un servicio a la Causa Nacional al proporcionar tanto el material como el método para la buena lectura.

Todas las miradas estaban clavadas en ella y Clara quiso plegarse y meterse dentro de un libro de la biblioteca.

—Cuando la biblioteca sufrió un ataque directo y el miembro de mayor rango de la plantilla fue asesinado, no muchas chicas habrían tenido el valor de ocupar ese vacío. Ahora que las ventas de libros disminuyen debido al racionamiento del papel y a la escasez de obras nuevas, la labor de la biblioteca municipal financiada con fondos públicos adquiere una gran relevancia.

Más fogonazos de cámaras; los periodistas garabateaban y Clara rezaba para que se acabara el discurso. Pero el ministro solo estaba calentando para un final churchilliano.

—Las bibliotecas son los motores de nuestra educación y nuestra vía de escape, nunca habían sido tan importantes para transformar nuestra vida. Por favor, acepte este certificado con el profundo agradecimiento de todo Whitehall.

Clara recibió el certificado enmarcado y se dio cuenta de que tenía que decir algo.

—Se nos ha alentado a luchar por la victoria, a cavar por la victoria y a ahorrar por la victoria. Al menos la sugerencia de que leamos por la victoria no tiene nada de malo —concluyó con una sonrisa.

Toda la biblioteca prorrumpió en aplausos y Clara se echó a reír cuando Ruby se metió los dedos entre los labios y soltó un silbido ensordecedor que ahogó la voz del cantante de ópera de al lado. Las Ratas del Metro la vitorearon y patearon el suelo desde el otro lado de la puerta. La señora Chumbley cargó hacia ellos abriéndose paso entre la multitud.

—Caray —dijo el ministro—. Creía que las bibliotecas debían ser espacios tranquilos.

—Esta no —contestó Ruby, que le puso un vaso en la mano a Clara—. Siempre es así. Sobre todo por las tardes, cuando vienen los niños para la hora del cuento.

—De primera. Engánchalos cuando todavía son pequeños y tienes un lector para toda la vida.

Clara asintió con vigor.

—Por supuesto, pero no atendemos solo las necesidades de los pequeños. Todos los viernes por la tarde ofrecemos también un servicio de biblioteca ambulante para las chicas de la zona que trabajan en las fábricas. Si la montaña no va a Mahoma...

—La montaña va a Mahoma —concluyó el ministro—. Y esto lo hacen en el...

—Bibliobús.

Clara se sentía muy orgullosa del viejo sedán Morris 25 HP de 1935 que la fábrica de pasteles y galletas Kearley y Tonge, ubicada en Bethnal Green Road, les había donado.

—El servicio «La biblioteca en la puerta de tu casa» había adquirido una popularidad tremenda, en especial entre las obreras de las fábricas, que adoraban su dosis semanal de novela romántica.

—Me parece maravilloso y creo que sus ideas están muy en consonancia con las de Whitehall. Los bibliotecarios deben ser dinámicos en el fomento de la lectura por la victoria. —El ministro comenzaba a emocionarse ahora que se volvía a su tema—. Voy a proponerla para que la entrevisten en *The Times*. Están investigando el trabajo de las bibliotecas públicas en las zonas empobrecidas.

—Uy, vaya. No sé... —titubeó Clara.

—No sea tímida, querida —dijo el ministro.

La intuición femenina de Clara percibió que el señor Pinkerton-Smythe irradiaba resentimiento a su lado.

—Nuestro objetivo, señor ministro, debe ser aumentar el nivel de lectura del barrio —intervino el jefe de Clara con una sonrisa forzada—. Tenemos el deber moral de educar, ¿no es así, señora Button? En estos momentos, disponemos de una horrible cantidad de... —Y en ese momento lanzó una mirada a las estanterías de Clara— opiáceos mentales. Banalidades. Fantasías. Novelas románticas espantosas y tediosas. Libros escritos por personas semicultas para los incultos.

Clara sintió que una veta de sonrojo le subía por el pecho.

—Con todo el respeto, señor, no estoy de acuerdo. Peter..., mi colega, creía que el placer de la lectura es la verdadera función de los libros. —Pensó con nostalgia en el hombre que había alimentado su amor por la lectura, que había animado a sus padres a que la dejaran presentarse al examen de acceso de la escuela de educación secundaria femenina Central Foundation en Spitalfields y la había alentado a estudiar para obtener el diploma de Biblioteconomía—. ¿Quiénes somos nosotros para decir lo que la gente debe o no debe leer? —insistió.

—Es un buen argumento, ¿no le parece? —dijo el ministro tras volverse hacia el señor Pinkerton-Smythe—. La guerra ha abierto las puertas de las bibliotecas públicas a muchos usuarios que antes solo habrían recurrido a las bibliotecas comerciales, y detestaríamos perderlos.

—Oiga —dijo el señor Pinkerton-Smythe con autoridad—, admiro su energía juvenil, señora Button, pero debemos recordar que, como bibliotecarios, nuestro deber no es aceptar y atender con docilidad la falta de gusto, sino rectificar tan triste condición con la mayor rapidez posible y educar a nuestros clientes.

Algo estalló dentro de Clara.

—¡No! —Soltó el vaso de golpe sobre el mostrador de la biblioteca—. Se equivoca. Las mujeres de este refugio buscan desesperadamente una forma de evadirse, no volverse cultas.

—Si no les queda energía suficiente para leer nada salvo basura, les estaríamos haciendo un verdadero favor impidiéndoles que lean cualquier cosa —replicó él.

—¡Impedirles que lean! —exclamó Clara—. ¿Qué quiere que haga, que encienda una hoguera de novelas románticas en el andén y las queme todas? ¡Hitler por ahí asoma![1]

Ruby y el ministro observaban el acalorado intercambio cada vez con mayor incredulidad.

—Bueno, bueno, bueno —dijo el ministro entre risas—. Como ve, señor Pinkerton-Smythe, su joven bibliotecaria no tiene nada de dócil. Posee un ímpetu arrollador. —Se hizo un silencio terrible entre ellos. El ministro le echó un vistazo rápido a su reloj de pulsera—. Pese a lo mucho que me gustan los debates enérgicos, debo marcharme, el coche me está esperando. —Le estrechó la mano a todo el mundo—. Señora Button, una vez más, ha sido un placer conocerla. Señor Pinkerton-Smythe, ándese con cuidado, ¡esta mujer es material inflamable! Mi gente se pondrá en contacto con usted para lo de la entrevista en *The Times*.

—Yo también debo marcharme —farfulló el señor Pinkerton-Smythe—. Volveré pronto para que podamos proseguir con esto —dijo con una voz que rebosaba veneno mientras se alejaba de la biblioteca de Clara dando grandes zancadas.

—Bebe —murmuró Ruby al rellenarle la copa a su amiga—, vas a necesitarlo cuando veas quién acaba de entrar.

Clara se volvió y se quedó tan paralizada que ni siquiera llegó a llevarse la copa a la boca.

—Mamá. Has venido.

Los labios de su madre eran tan finos como el corte de un papel.

—¡Por favor, dime que no te han fotografiado con ese vestido! ¡Pareces una fulana! Tu suegra aún va de luto.

—¿No puedes alegrarte por mí, mamá…? —Se le apagó la voz al ver que a su madre se le llenaban los ojos de lágrimas. ¿Cómo lo hacía? Lloraba casi a voluntad.

---

[1] En el original, «That way lies Hitler». Es una referencia a un verso de *El rey Lear*, de Shakespeare, que dice «That way madness lie» y que en muchas ediciones españolas se ha traducido como «la locura por ahí asoma». *(Todas las notas son de la traductora.)*

—Gracias a Dios que tu padre no está aquí para verlo —sollozó la mujer mientras sacaba un pañuelo.

Clara tragó saliva con dificultad, las imágenes de sus padres llorando sobre la tumba de Duncan le emborronaron la mente. Nadie la había culpado directamente de lo ocurrido, pero las miradas de recriminación apenas se disimulaban.

¿Cuántas veces los había visto desde entonces? ¿Tres, quizá cuatro, en cuatro años? Aparte de esa terrible farsa de las Navidades anteriores.

—Solo quería que vinieras a la biblioteca para ver lo que he estado haciendo. Pensé que quizá te ayudaría a entender por qué he seguido trabajando.

—Pues no lo entiendo. Ha sido un error venir hasta aquí, tenía la esperanza de que a estas alturas ya lo hubieras pensado mejor y lo hubieses dejado.

Clara bajó la voz cuando se dio cuenta de que la gente empezaba a mirarla.

—Mamá, necesito trabajar. Duncan ya no está y no puedo devolverlo a la vida, pero al menos aquí abajo, en la biblioteca, puedo ayudar a la gente. —Le agarró una mano a su madre—. Además, ahora se considera trabajo bélico. No podría dejarlo aunque quisiera.

Su madre se zafó de ella.

—No toleras que nadie te diga lo que tienes que hacer, ¿verdad, señora? Siempre has sido así, incluso de niña.

Hizo amago de marcharse.

—Mamá, por favor, quédate… —suplicó Clara.

—Lo siento, querida, pero no. Has tomado tus decisiones. Y ahora debes vivir con ellas. Me lavo las manos de todo lo que tenga que ver contigo.

Se ajustó el pañuelo que le cubría el pelo y se marchó dejando tras ella una estela titilante de condena en el aire.

Clara se quedó mirándola, aturdida, y luego bajó la vista hacia el certificado de «Leer por la victoria». ¿Acababa de sacrificar a su familia por la biblioteca?

2

Ruby

«Cuando las bombas llovían sobre el Reino Unido, lo único que la gente quería hacer era aislarse del horror y escapar a un mundo nuevo que ofreciera emoción y fantasía. Ese nuevo mundo podía encontrarse entre las tapas de una obra de ficción.»

DOCTOR ROBERT JAMES,
profesor titular de Historia en la Universidad de Portsmouth

RUBY LE DIO una patada al listón de debajo de la última mesa de caballete y la devolvió a la sala de lectura contigua. Se sacó el pintalabios rojo del escote y utilizó el reverso de un cuchillo a modo de espejo para volver a aplicarse una gruesa capa de carmín su favorito: rojo renegado.

—Creo que podemos decir que ha sido un éxito —comentó mientras aguzaba la vista para comprobar en el reflejo del cuchillo que no se había manchado los dientes.

—¿Eso crees? —gimió Clara—. Mi madre me ha repudiado y nuestro nuevo jefe me odia.

—Ay, Cla. Tú y tu madre sois personas muy distintas. Entrará en razón.

Su amiga negó con la cabeza.

—Esta vez no, creo que ahora lo dice en serio.

Ruby miró a su preciosa, extraordinariamente inteligente y compasiva amiga, y se preguntó cómo era posible que alguien tan humano hubiera salido de las entrañas de Henrietta Buckley.

—¿Y por qué he comparado a nuestro nuevo jefe con Hitler? —suspiró.

Ruby cogió la botella de ginebra y, alarmada, se dio cuenta de que estaba vacía.

—Porque lo es. ¡Figúrate, si hasta quiere impedir que las mujeres lean! Menudo imbécil pretencioso.

—Cierto, pero no quiero ponerlo en mi contra.

Ruby miró su reloj de pulsera y tragó saliva. Era la hora. ¿Cómo iba a ser capaz de hacerlo? No había bebido lo suficiente ni por asomo.

Se encendió otro cigarrillo con mano temblorosa.

—¿Subimos ya, Rubes? —le preguntó Clara en voz baja—. Son las ocho y cuarto. Estarán a punto de empezar.

—Me… Me parece que no puedo hacerlo, Cla. Mejor me quedo aquí abajo esperando.

Clara la agarró de la mano.

—Te prometo que no te soltaré. Venga. Tenemos que hacerlo. Por Bella.

«Bella.» Ruby no había pronunciado su nombre desde el día de su muerte, hacía justo un año, pero no dejaba de pensar en su hermana mayor ni un solo segundo. ¿Cuándo no se torturaba Ruby con hipótesis de «ojalá…»?

Clara cerró la biblioteca y, juntas, recorrieron el andén; sus tacones repiquetearon sobre el suelo de hormigón y retumbaron con fuerza cuando subieron las escaleras mecánicas fuera de servicio, que no se movían.

En el vestíbulo de la estación, dos hombres que caminaban en dirección contraria se quedaron extasiados mirando las pronunciadas curvas de Ruby, y esta les dedicó una mueca desdeñosa antes de darse cuenta con cierto sobresalto de que, hacía más de un mes, en una noche confusa y animada por la ginebra, había acabado en la cama con uno de ellos.

—¿Os han sentado bien los sándwiches? —les preguntó casi a gritos una mujer menuda y ataviada con un delantal que servía té detrás de la ventanilla de la cafetería.

—Perfectos, Dot —le respondió Ruby también en voz alta.

—Pues cuando quieras, cariño, ya lo sabes. Clara, guárdanos algo bonito, que mañana me paso, preciosas.

—¿Qué te apetece?

—Errol Flynn y una ginebra a palo seco —contestó Dot con una risotada—, pero, a falta de eso, me conformaré con un libro.

—¿Alguno en concreto?

La mujer la miró con picardía a través del vapor de la enorme tetera.

—Si incluye las palabras «pasión» o «jadeo», me vale, cielo.

—Creo que *El amante gitano*, de Denise Robins, podría ser de tu gusto —dijo Clara.

—Lo que tú elijas, cariño, nunca me has defraudado hasta ahora.

—Dale el de Denise —la animó Ruby en tono burlón—. ¿Qué mujer diría que no a un amante gitano en una tarde lluviosa?

Dot rompió a reír y Ruby se dio cuenta de que, con sus chistes verdes y su comportamiento imprudente, iba camino de convertirse en una caricatura. La rubia pechugona de Bethnal Green... La fulana con un corazón de oro... ¡Todo fachada y ninguna sustancia! Era curioso que no faltaran las formas de describir a las mujeres que no seguían las normas. Hasta su apodo, Labios de Rubí, la hacía parecer más una tira cómica picantona en un periódico sensacionalista que una mujer.

Pero ¿qué alternativa tenía? ¿Encanecer de la noche a la mañana y acabar siendo una esclava como su madre? No, gracias. Aprovecharía toda la libertad sexual que la guerra había puesto a su alcance, porque, para ser sinceros, una vez que la guerra acabara dejaría de considerarse tolerable.

—Buena pieza estás hecha —gritó Dot—. Hasta luego, chicas, que tengáis suerte. Nos vemos mañana, Dios mediante.

—Dios mediante —repitió Ruby cuando se detuvieron al pie de la infame escalera.

Clara la agarró del brazo para estabilizarla.

—Te tengo —murmuró.

Ruby sintió que se le entrecortaba la respiración. «Ahora no, por favor.» No era el momento de sufrir un ataque.

Cerró los ojos con fuerza y caminó despacio sobre la tumba de su hermana. La preciosa cara de Bella penetró en su mente como la hoja de un cuchillo. En la oscuridad repentina, Ruby no podía escapar de las imágenes que la acechaban, que la devolvían a aquella lluviosa tarde de miércoles.

Gritos. Golpes sordos. Gruñidos. ¿Por qué alguien había tirado cientos de abrigos mojados en la escalera? Luego se había dado cuenta: los abrigos contenían cuerpos, cientos de cuerpos que se retorcían, que jadeaban en un pozo hirviente. Extremidades enredadas en formas imposibles, rostros que pasaban del rosa al morado. Un osario de una complejidad tan espeluznante que era imposible ver dónde empezaba un cuerpo y dónde terminaba otro.

Ahí estaba la señora Chumbley, encorvada sobre ellos, desesperada, sacando a los niños de la aglomeración con tanta fuerza que perdían los zapatos.

—¡Bella! ¡Bella! —había gritado Ruby mientras tiraba de manos y piernas en un frenético intento de liberar a la gente, de encontrar a su hermana.

Pero no la había encontrado. No en ese momento. Habían pasado otros cinco días antes de que apareciera en el depósito de cadáveres, con el rostro cubierto de marcas de botas y el precioso pelo rojo rodeándola como una aureola en llamas.

Ruby se vio desde arriba, abrazada al cuerpo de su hermana, frotándole las manos frías, heladas, para intentar devolverles la vida. Llorando. Pidiendo perdón.

—¿Rubes…?

La voz preocupada de Clara la obligó a volver de golpe al presente.

Las lágrimas le rodaban por la cara cuando apoyó la espalda contra la pared de la escalera y asintió, muda de agotamiento y dolor. Su miedo se elevaba y caía en enormes olas repentinas.

—¿Ha vuelto a pasar?

Asintió.

—Ya sé lo que vas a decir, Cla —dijo al final—, pero, por favor, no lo hagas.

—¿Hasta cuándo vas a seguir culpándote?

—Hasta que me muera, diría yo.

Ruby cogió aire, temblorosa, pero tuvo la sensación de que jamás le llegaría el oxígeno suficiente a los pulmones. ¿Sería así como se había sentido Bella en los momentos previos a su muerte?

Bajó la mirada hacia el sucio escalón de hormigón que tenía bajo los pies. Menudo lugar para que terminara una vida. Qué prisa se habían dado las autoridades en limpiar los escalones en cuanto retiraron los cadáveres. Su rabia debería haber aniquilado aquel sentimiento de culpa, pero no era así. Solo parecía potenciarla aún más.

Una pequeña brizna de hierba verde había brotado a través de una grieta y se dirigía hacia la luz. Ruby no entendía cómo era posible que algo creciera en un lugar donde aún reverberaba tanto horror.

—Rubes, mírame —le suplicó Clara—. Aunque no hubieras llegado tarde, lo más probable es que Bella se hubiera visto atrapada en la avalancha de todas formas.

—Supongo que nunca lo sabremos, ¿no? Venga. —Ruby cogió otra bocanada de aire y trató de recuperar la compostura—. Salgamos de aquí.

Salieron parpadeando a la luz azulada de una tranquila noche de marzo. No corría ni un soplo de viento.

La entrada de la estación se había sumido en un silencio extraño, hasta los pájaros se habían callado, como si sencillamente se hubieran caído del cielo. A Ruby tardaron un rato en adaptársele los ojos, como le ocurría siempre que emergía de su mundo subterráneo. En la penumbra, se dio cuenta de que debía de haber un centenar o más de personas reunidas ante la entrada de la estación.

Hombres con boinas, mujeres con pañuelos negros en la cabeza. Habían acudido incluso los trabajadores de los servicios, hombres de la vigilancia antiaérea y de los equipos de rescate que mantenían la cabeza gacha en señal de respeto. Ruby se sorprendió al ver que los sanitarios de las ambulancias, con su casco blanco, se habían congregado en masa. Aunque, claro, ellos también habían estado allí aquella noche, habían presenciado imágenes que los perseguirían en sueños durante años.

Bethnal Green era el lugar más ruidoso de la tierra, así que verlo tan sombrío y silencioso resultaba conmovedor.

Buscó a su madre entre la multitud. Cuántos rostros desfigurados por el dolor. Allí estaba Maud, cuyas dos hijas, Ellen e Ivy, habían bajado aquella escalera para no volver jamás. Maud había sobrevivido, pero parecía decidida a matarse poco a poco bebiendo todas las noches hasta perder el conocimiento. En Bethnal Green apenas quedaban pubs en los que no le hubieran prohibido la entrada. Y allí estaba Sarah, inmóvil como un espectro pálido en los escalones de la iglesia. Se rumoreaba que había sido ella quien había provocado la avalancha al tropezar y caerse a los pies de la escalera mientras llevaba a su bebé en brazos. El bebé había muerto; Sarah había sobrevivido. Había encanecido de la noche a la mañana, condenada al infierno en vida, y ahora apenas salía de la iglesia de St. John.

Llorando en silencio a su lado estaba Flo. Su hermana menor había muerto aplastada en el metro; la mayor, decapitada por un camión durante el apagón nocturno. Era la mediana, pero ya no tenía a ninguna hermana a la que aferrarse. En Bethnal Green no podías estirar un brazo sin tocar a alguien que no fuera una bomba a punto de estallar.

Pero, para Ruby, un año después de la muerte de Bella, su pena ya no era incandescente. En las semanas posteriores, se había sentido como una bolsa de papel a la que han estrujado con fuerza. Un año después, se había ido desplegando poco a poco, pero ahora estaba llena de dobleces.

—Ahí está mi madre —susurró cuando por fin vislumbró a Netty delante de la biblioteca bombardeada, frente a la entrada de la estación.

Ruby se fijó en el pintalabios y en el sombrero maltrecho. Se le partió el corazón.

—Estás muy guapa, mamá —dijo cuando se acercaron.

—He hecho un esfuerzo, por nuestra Bella.

Ruby se agachó y la besó con delicadeza en la mejilla al mismo tiempo que se preguntaba cuándo había adelgazado tanto su madre.

—¿Qué está pasando? —preguntó.

—El cura ha venido y ha rezado una oración. Ahora la gente está dejando notas, flores y cosas así. Yo he dejado eso. —Señaló un tarro de mermelada lleno de preciosas margaritas en lo alto de los escalones de la entrada del refugio—. No es gran cosa a cambio de una vida, ¿no?

Ruby no sabía cuánto tiempo permanecieron allí todos, codo a codo, cada uno solo con sus pensamientos, pero unidos en el dolor. En cualquier caso, fue tiempo suficiente para recordar.

«No fue culpa tuya.» ¿Cuántas veces le había dicho Clara esa frase?

Pero ¿quién era culpable de que su hermana y otras ciento setenta y dos personas se hubieran hundido en el infierno aquella noche, de que hubieran tropezado y caído escaleras abajo unos encima de otros hasta quedarse sin aire en los pulmones? De Sarah no, eso estaba claro. Corría el rumor de que el Ayuntamiento había escrito al Gobierno Central solicitando fondos para hacer la entrada más segura, para añadir una barandilla central en la escalera y nivelar los escalones desiguales. Les habían denegado la petición. El veredicto de la investigación seguía pendiente. Quizá fuera más sencillo dejar que la gente cargase con la culpa que buscar la verdad.

Hacía tiempo que Ruby era de la opinión de que, en lo que a la guerra se refería, las clases trabajadoras eran carne de cañón. De lo que no se había dado cuenta hasta hacía un año era de que el sacrificio se extendía tanto en el frente doméstico como en el de batalla. Los representantes de la riqueza y el privilegio llevaban demasiado tiempo baqueteándolos; solo disponían de la relativa seguridad del refugio del metro porque los vecinos habían tomado las riendas del asunto. Respiró hondo e intentó calmarse.

—¡Mira por dónde andas, amigo!

Ruby se volvió y vio a un hombre corpulento, vestido con un chaquetón de trabajo, abriéndose paso hacia ellas entre la multitud silenciosa.

—Uf, lo que nos faltaba —suspiró—. Creía que esta noche había salido con sus amigotes.

Netty se encogió.

—En principio estaba en los muelles en la inauguración de no sé qué estatua, la de un comerciante con el que se le ha metido en la cabeza que está emparentado.

El hombre llegó a su lado y se colocó junto a Netty con un gruñido territorial.

—Hola, amor —lo saludó ella, que consiguió esbozar una sonrisa—. Pensaba que no volverías hasta más tarde.

—Ya veo. En cuanto me doy la vuelta, aquí está esta, poniéndose en ridículo.

«¿Esta?»

—Nadie está haciendo el ridículo, Victor —le espetó Ruby—. Estamos presentando nuestros respetos.

—¿Por qué te has arreglado tanto? —dijo el hombre, y le dio un capirotazo al sombrero de su mujer—. Aunque la mona se vista de seda, mona se queda, ¿no lo sabías?

Se rio de su propio chiste.

—Estás borracho —dijo Ruby.

—¿Tienes dinero? —preguntó él en tono autoritario y haciendo caso omiso de su hijastra.

Victor Walsh era el segundo marido de su madre, con el que había contraído matrimonio por despecho tras la muerte de su padre. Por qué la dulce Netty se había casado con él era un misterio que se le escapaba a todo el mundo.

—Lo siento, cariño, estoy sin blanca.

—Pero ¡si has cobrado hoy! —continuó él alzando la voz en medio del gentío silencioso.

—Lo siento, cariño —repitió ella con una expresión avergonzada.

—¿Qué pasa, que no le pagas?

Se volvió hacia Clara con aire desafiante. Netty se encargaba de la limpieza de la biblioteca una vez a la semana, además de trabajar como asistenta en la ciudad y de tener un empleo a tiempo parcial cosiendo cuellos de camisa.

—Por favor, amor, no montes una escena. Por supuesto que Clara me ha pagado, pero se me ha ido en el alquiler, la comida y el vendedor ambulante.

Sin una sola palabra más, Victor le cogió el bolso de mano, sacó el monedero y empezó a rebuscar en él.

—Déjala en paz —ordenó Ruby, que le arrancó el monedero de las manos—. Aunque le quedara algo de dinero, no iba a dártelo a ti, pedazo de gorrón.

—¿Algún problema por aquí?

La figura de la señora Chumbley se cernió sobre ellos. Puede que Victor fuera escoria, pero sí parecía sentir cierto grado de respeto por la subdirectora del refugio.

—No, todo bien, ¿verdad, cariño?

Netty esbozó una sonrisa forzada.

—Sí, sí, nada de lo que preocuparse, señora Chumbley.

—Nos vamos a casa —anunció Victor, que le pasó un brazo posesivo por los hombros a Netty.

—Te juro que un día de estos… —murmuró Ruby mientras los veía alejarse—. Será mejor que vaya a ayudar a mi madre. No pienso dejar que le diga ni media cuando llegue a casa.

Ruby se inclinó hacia Clara y la besó en la mejilla.

—Lo has hecho muy bien esta noche, chica. Estoy orgullosa de ti.

Clara le acarició la mejilla con suavidad a su amiga.

—Gracias, Rubes. Y recuerda: ¡no fue culpa tuya!

RUBY ALCANZÓ A su madre y a Victor y, mientras se dirigían hacia los edificios, se dio cuenta de que su padrastro estaba calentando motores para montar una bronca de aúpa.

En efecto, en cuanto entraron en el piso, empezó a acosar a Netty.

—¿Dónde está la cena?

—Voy lo más rápido que puedo, amor —contestó ella, y empezó a pelar patatas a toda prisa.

Ruby cogió un pelador.

—Yo te ayudo, mamá.

—Gracias, cielo.

Netty sonrió con gratitud y Victor se sentó a leer el periódico.

—Si no hubieras estado por ahí haciendo el ridículo, no tendría que esperar —dijo mientras alisaba el periódico—. Asegúrate de que no vuelva a pasar.

—Claro que no, amor. Solo quería rendirle homenaje a nuestra Bella.

Su marido gruñó.

«Cerdo ignorante.»

Ruby se guardó esa opinión: necesitaban paz, sobre todo aquella noche.

En un abrir y cerrar de ojos, Netty había preparado tres platos de jamón, huevos y patatas fritas.

—A nadie le salen las patatas fritas como a ti, mamá —dijo Ruby con admiración antes de añadirles un buen chorro de vinagre a las suyas—. ¿A que no, Victor?

—Cierto —dijo, y se embutió un tenedor bien cargado en la boca sin dejar de leer el periódico—. Mirad, aquí hablan de ese comerciante que es pariente mío —dijo.

—¿Quién es? —preguntó Ruby.

—El conde Walsh.

—Quítale el título de conde y ponle el de cabrón, y supongo que ya podréis ser parientes —dijo con una sonrisa irreverente.

A su madre se le escapó una carcajada enorme antes de que pudiera impedirlo.

—Ah, te parece gracioso, ¿no? —dijo Victor, que levantó la cabeza de golpe.

Netty se puso pálida.

—No, cariño, no me reía de ti, solo de nuestra Ruby... —Empezó a temblar cuando él echó la silla hacia atrás y se levantó—. Solo porque es ingeniosa, nada más.

—Pues a ver si esto te hace tanta gracia, ¿vale? —dijo Victor con suavidad al colocarse detrás de ella.

A Ruby se le desbocó el corazón y notó que la sangre le latía en los oídos.

—Victor, déjalo —le suplicó—. Solo era una broma.

—¿Te hace gracia?

Y, con esas palabras, agarró a Netty por la nuca y, despacio, le bajó lentamente la cabeza hasta el plato.

Sin dejar de mirar a Ruby, le restregó la cara a su esposa primero hacia un lado y luego hacia el otro. Netty tenía los ojos desorbitados a causa del miedo y le caían gotas de yema de huevo por la barbilla.

—Perdón —dijo entre resuellos.

—¡Por el amor de Dios, Victor, para, no puede respirar! —gritó Ruby.

Victor tiró con brusquedad de la cabeza de su mujer y le volcó el resto del plato por encima. El suelo se llenó de patatas fritas y trocitos de huevo.

—Cuidado con lo que decís. Las dos. Me voy al Camel.

Cogió el periódico y su abrigo, y salió de la cocina hecho una furia. Dio un portazo y las ventanas de guillotina temblaron.

Se produjo un momento de silencio aturdido antes de que Netty cogiera el paño de cocina.

—Por favor, cielo. —Levantó una mano temblorosa—. No quiero oírlo. Es mi marido y no hay más que decir.

—Mamá, por favor… Tienes que dejarlo.

—Enciende el hervidor de agua, ¿vale? Prepararé un té —murmuró mientras frotaba las manchas del linóleo—. Aunque nos hemos quedado sin leche, baja un momento donde la señora Smart y pregúntale si puede dejarnos un poco, ¿quieres?

A Ruby le entraron ganas de gritar: «¡No quiero una puñetera taza de té! Quiero sacarte de aquí, alejarte de ese animal». Se pasó las manos por el pelo en un gesto de desesperación. Esa… Esa era la razón de que estuviese atada a Bethnal Green. De que buscara una forma de escapar en una botella de alcohol o en la cama de un extraño. A veces, pensó, si no fuera por Clara y la biblioteca, no tenía claro si seguiría existiendo.

Ya tenía el abrigo en la mano cuando su madre la agarró del brazo.

—No me abandonarás, ¿verdad, cielo?

43

—Claro que no, mamá.

—Después de lo de Bella, no soportaría perderte a ti también. —Sonrió temblorosa—. Ahora somos solo tú y yo, ¿no?

—Ay, mamá.

Ruby la abrazó lo más fuerte que pudo y la rabia se le extendió por el vientre como una mancha negra.

¿Cuánto tiempo podría seguir haciendo promesas quebradizas? ¿Cuánto tiempo faltaba para que algo estallara en su interior? El amor que sentía por su madre era como un río sin puentes. Algo que no podía salvar. Cada bofetada, cada puñetazo y cada palabra cruel enterraba aún más a su madre en la tierra empapada.

Ese hombre estaba despojando a Netty de su humanidad capa a capa hasta que, pronto, ¿qué quedaría? Daba igual. «Complacer es tu deber.» «Calla y aguanta» era un eslogan de guerra más realista, al menos para su gente.

—No voy a irme a ningún sitio —juró Ruby, y le dio un beso en la coronilla—. Te lo prometo. Tú y yo contra el mundo. —Se apartó y sonrió para tranquilizar a su madre—. Voy a por la leche, ¿vale? Nos tomaremos una buena taza de té.

Pasó por encima del huevo solidificado y abandonó el ambiente sofocante del piso. La sonrisa se le borró de la cara en cuanto desapareció de la vista de su madre.

3

Clara

«Los bibliotecarios requieren una paciencia y una cortesía infinitas ante la adversidad. El amor por las personas es tan importante, si no más, que el amor por los libros.»

CHARLOTTE CLARK,
directora de la Biblioteca de Southwold

CUANDO RUBY SE marchó, Clara pasó mucho rato sentada a solas en Barmy Park, hasta que la oscuridad fue absoluta y vio que los murciélagos echaban a volar desde el tejado de la vieja biblioteca bombardeada.

Después de la concentración conmemorativa delante de la entrada del metro, no tenía ganas de volver a las cuatro paredes de su minúsculo piso de Sugar Loaf Walk. En su habitación, privada de su condición de bibliotecaria, era solo Clara, la viuda.

Tras la muerte de Duncan, pasó mucho tiempo durmiendo en la biblioteca, empapándose del calor de aquella gigantesca comunidad subterránea. Su pequeña biblioteca para los tiempos de guerra, construida con cincuenta chelines y mucha esperanza, le había salvado la vida. Y, seguramente, también le había salvado de la locura. El horario era agotador: todos los días de ocho de la mañana a nueve de la noche, la hora en la que el refugio apagaba las luces, y con solo medio día de descanso los miércoles y los domingos. Pero el trabajo había impedido que sucumbiera al dolor. Después de lo que había vivido aquella noche, después de haber visto a tantos de sus clientes entre la multitud con la cabeza gacha, sabía que la biblioteca los estaba ayudando tanto como a ella.

Y por eso, pese a lo doloroso que le resultaba el rechazo de su madre, no podía darle la espalda a la biblioteca… ni a Ruby. Se aferraban la una a la otra, eran dos almas perdidas que batallaban con su pasado.

Un perro ladró cerca de ella y se volvió a toda prisa, pero la luna se había ocultado tras una nube y Clara se sorprendió escudriñando una cortina de oscuridad. Se le formó un nudo en el estómago. Nadie quería que el apagón lo pillara en la calle. Hacía tiempo que habían atrapado al Destripador del Apagón, como habían apodado al asesino y violador del Soho, pero aquello había servido de advertencia para todas las mujeres que salían solas de noche.

Clara se arrebujó en el abrigo y se encaminó de nuevo hacia las puertas del parque, esa vez agarrándose a la barandilla que lo rodeaba para no perderse en la oscuridad. En Sugar Loaf Walk se abrió paso entre las sombras del callejón. Allí las viviendas eran un batiburrillo de habitaciones. Eran casas húmedas y con goteras que habían construido el siglo anterior, subdivididas y alquiladas a cuantas más personas pudieran amontonarse dentro, mejor. Pero ella estaba muy sola.

Se detuvo ante la que esperaba que fuera su puerta y hurgó en el interior de su bolso en busca de las llaves.

—Venga, ¿dónde estáis? —murmuró.

¿Dónde estaba la luna llena que tanto gustaba a los bombarderos cuando la necesitabas?

Oyó otro ladrido de perro y se quedó inmóvil. Un escalofrío le recorrió la columna vertebral y, en ese momento, supo con certeza que no estaba sola.

—¿Quién anda ahí?

Su voz resonó en el callejón oscuro. Silencio. Las tinieblas que la rodeaban hicieron que le zumbaran los oídos.

Por fin, sintió el metal frío de la llave y, aliviada, la guio hacia la cerradura, pero, en lugar de con una puerta, se topó con un cuerpo.

Fue a chillar, pero una mano le tapó la boca a toda prisa. El pánico se apoderó de ella mientras forcejeaba para intentar liberarse, pero la figura era demasiado fuerte y se dio cuenta de que la estaba arrastrando de nuevo callejón arriba. Los botones del abrigo del hombre se le clavaban en la espalda y notaba su aliento caliente y pesado en la oreja.

Clara oyó un grito y el cuerpo del desconocido dio una sacudida. De pronto, le quitó la mano de la boca.

—¡Socorro! —gritó Clara mientras intentaba recuperar el aliento.

En la oscuridad, apenas alcanzó a distinguir un casco blanco y dos cuerpos entrelazados.

Un golpe amortiguado, un quejido y luego el sonido de unos pasos que se alejaban corriendo.

—Tranquila —resolló una voz masculina—, ya se ha ido.

—¡Madre mía! —dijo ella, y rompió a llorar.

—Estás a salvo… Estás a salvo, soy sanitario de ambulancia —la calmó la voz. El salvador de Clara encendió una linterna y un débil rayo de luz iluminó el espacio que los separaba—. ¿Te ha hecho daño?

—No… No, estoy bien —contestó ella, aunque se sentía de todo menos bien. La luz pálida la ayudó a reconocer al hombre: lo había visto antes, en el homenaje junto al metro—. ¡Estás herido! —exclamó al verle el labio magullado y ensangrentado.

—No, no, no te preocupes. Solo me ha dado un golpe en el labio cuando te lo he quitado de encima.

—Gracias a Dios que has aparecido en el momento oportuno. No… No sé lo que habría pasado si no.

—¿Le has visto la cara o lo has reconocido?

Negó con la cabeza.

—No. Ha sido todo muy rápido.

—Venga —dijo el hombre—. Creo que lo mejor será que vayamos al refugio del metro para denunciarlo y que te den algo para los nervios.

—Estoy bien. Seguro que solo quería quitarme el bolso; no quiero montar un escándalo por algo así.

—De verdad, debería echarte un vistazo.

Algo húmedo le olfateó la mano y Clara dio un respingo.

—Lo siento, es mi perra—dijo—. Atrás, chica.

—¿Era tu perra la del parque?

—Sí —respondió—. Te vi salir de allí y luego me di cuenta de que el hombre te seguía, así que pensé que sería mejor que comprobara si todo iba bien. —Clara sintió que el sanitario la escrutaba—. Oye, sé que ahora te encuentras bien, pero estos sustos tan grandes a veces son raros. ¿Tienes a alguien que pueda vigilarte en casa?

Se le formó un nudo en la garganta.

—No —admitió—. Vivo sola.

—Vamos. Media hora no te hará daño.

La suavidad de su voz tenía algo que la hizo ceder.

Ya en el metro, Clara abrió la puerta de la biblioteca y él la siguió al interior.

—Deja que te ponga algo en ese labio —dijo Clara—. Estás llenando el suelo de gotas de sangre.

—¡Cómo lo siento!

A Clara se le escapó una risa trémula y una oleada de alivio la recorrió de arriba abajo cuando la adrenalina comenzó a desvanecerse.

—Después de lo que acabas de hacer, no creo que tengas que disculparte por nada. Siéntate —le ordenó tras acercarle una silla plegable de la sala de lectura.

Metió la mano detrás del mostrador para coger el botiquín de primeros auxilios y le puso un trocito de gasa empapado en desinfectante en el labio a aquel desconocido.

—¿Seguro que estás bien? —preguntó él, preocupado, mientras Clara rondaba a su alrededor—. El sanitario soy yo, soy yo el que debería estar cuidándote a ti.

—En serio, estoy bien. Ha acabado todo muy rápido. Pasé por cosas peores durante el Blitz y, además, estoy convencida de que solo quería mi bolso.

¿Por qué le estaba restando importancia? ¿Era porque detestaba pensar en otro motivo por el que el hombre pudiera haberla seguido?

Mientras le limpiaba la cara, se fijó en su salvador. Era alto. Se le marcaban mucho los codos y las rodillas. Tenía el pelo de un rubio palidísimo y una cara que habría sido anodina de no ser porque contenía los ojos más azules que Clara había visto en su vida.

Él le devolvió la mirada con curiosidad.

—No te pareces en nada a lo que me esperaba.

Ella se apartó, con el paño manchado de sangre aún en la mano.

—¿Te conozco?

Se dio cuenta enseguida de que el hombre se sentía avergonzado y de que le costaba encontrar una respuesta. El sanitario clavó la mirada en el *Daily Express* que, para sonrojo de Clara, Ruby había insistido en colgar en un tablón de corcho junto a las normas de la biblioteca.

—He… He leído lo que han publicado sobre ti en el *Daily Express*. En la vida real no tienes ese aspecto.

—Gracias a Dios.

Le aplicó un poco de antiséptico en el labio y él, inmóvil, continuó observándola.

—¿Estás seguro de que no nos conocemos?

—Supongo que me habrás visto por aquí. Estoy destinado en Somerford Street.

El perro ladró y se restregó contra la espinilla de Clara.

—Es todo un honor, significa que le caes bien.

—Ya estás, curado —dijo Clara, que guardó el botiquín y se agachó para acariciar a la terrier.

—¿Y cómo te llamas?

—Se llama *Beauty*.

Clara levantó la vista hacia él y enarcó una ceja.

—¿En serio?

El hombre se acuclilló a su lado y le tapó las orejas a *Beauty*.

—No le hagas caso —dijo riendo.

Beauty tenía las patas cortas y rechonchas, los dientes torcidos y una barba espesa.

—Es preciosa —sonrió Clara mientras la acariciaba detrás de las orejas.

La perra se tumbó de inmediato bocarriba, con las cuatro patas levantadas en el aire.

—Le encantan las cosquillas en la barriga y no le da ninguna vergüenza pedirlas —dijo su dueño con una sonrisa—. Me la encontré cuando nos llamaron para que acudiéramos a un incidente en Shipton Street. Una bomba lanzada con un paracaídas acabó con toda la familia y esta amiguita fue la única superviviente.

—Qué triste —musitó Clara.

—Sí, lo fue, pero desde entonces ha demostrado su valía. Se le da muy bien olfatear cuerpos.

—¿Y cómo te llamas tú? ¿Bestia?

—Ja, ja, no, Billy. Billy Clark.

Sonrió y, cuando se puso de pie, se tambaleó ligeramente.

—Uy, vaya, ¿estás bien?

—Sí, lo siento, creo que al final el golpe ha sido más fuerte de lo que pensaba.

—Siéntate, te traeré un brandi. Seguro que tienes una pequeña conmoción.

Se acercó a la estantería de libros de no ficción y sacó *El arte de cuidar de tu hogar*. Detrás escondía un buen surtido de botellas. Cogió el licor y sirvió un trago generoso en una taza esmaltada.

Billy bebió y después se frotó la cara con aire de cansancio.

—¿Siempre escondes los licores fuerte detrás de los libros sobre tareas domésticas?

—Es el libro que menos prestamos, así que supuse que nuestro alijo secreto estaría a salvo tras él. Nadie tiene ánimo para leer sobre cómo se enmarcan las flores prensadas cuando es posible que ni siquiera tengas una pared donde colgarlas.

Se quedó mirando el libro antes de volver a colocarlo en su sitio.

—Lo más curioso es que fue un regalo de mi suegra cuando me casé con su hijo.

—Qué sutil.

—La sutileza no es su fuerte.

Clara esbozó una mueca al recordar el momento en el que Maureen se lo había puesto entre las manos con una advertencia: «Este es el único libro que deberías leer ahora que estás casada, querida. Pero ten cuidado de no leerlo cuando mi hijo esté presente, de lo contrario pensará que no lo escuchas».

—Deduzco que no ve con buenos ojos que trabajes aquí, ¿no?

—Podría decirse así. No es nada a lo que no esté acostumbrada.

—¿Y eso?

—A la gente no le gusta que las mujeres sean ratones de biblioteca —contestó en tono pensativo, y entonces decidió que ella también se tomaría un brandi para acompañarlo. Billy la miró con los ojos azul pálido llenos de curiosidad cuando bebió un sorbo y se estremeció—. Desde pequeña, aprendí a vivir con la idea de que, si eras una chica y leías muchos libros, eras un poco antinatural, incluso subversiva.

—¿De verdad?

—De verdad. Incluso mi profesora me reprendía en el colegio por tener siempre la cara enterrada en un libro.

«No es sano, vas a estropearte la vista» había dado paso a «No es femenino, así jamás conseguirás un marido». A los trece años, habría preferido pescar una pulmonía antes que un marido, pero el mensaje siempre era el mismo, como si el mero hecho de que una niña de clase obrera como ella leyera fuese una osadía.

—Aquí tenéis una magnífica selección —señaló Billy mientras paseaba la mirada por la biblioteca—. ¿Qué le gusta leer a la gente de aquí abajo?

—Las novelas románticas históricas, las de suspense y los ensayos sobre los triunfos militares británicos vuelan de las estanterías...

Se quedó perplejo.

—Me refiero a los de cuando nos enfrentamos a una fuerza enemiga superior, como la Armada Invencible, y ganamos contra todo pronóstico.

—Ah, ya entiendo. Ya conquistamos una vez a un pequeño dictador continental desquiciado, así que podemos volver a hacerlo, ¿no es eso?

—Exacto. La gente mira hacia el pasado en busca de esperanza y consuelo. Historia con guarnición de placer, no de dolor.

Billy se echó a reír y después cogió la botella y rellenó los vasos.

—Veo que te encanta trabajar aquí, rodeada de todos estos libros.

—Sí, lo adoro. —Clara sintió que el alcohol se le había subido de repente a la cabeza—. Suena raro, pero trabajar en una biblioteca no es solo trabajar con libros. Lo que lo hace especial es la gente, nunca se sabe quién va a entrar por la puerta ni cuál es su historia.

El sanitario esbozó una sonrisa enorme que le transformó todo el rostro.

—Las historias son la sal de la vida.

—A ver si adivino tu libro favorito —propuso Clara—. No quiero parecer presuntuosa, pero tengo un don.

—Adelante, entonces.

—Eres americanófilo. Te encantan los nuevos autores estadounidense. *Las uvas de la ira*, de John Steinbeck, ese es tu libro favorito.

Bebió un sorbo de brandi y sonrió con expresión triunfal.

—Muy buena estimación, y admiro mucho a Steinbeck y también a Hemingway, pero sigue intentándolo.

—J. B. Priestley, estoy segura de que lo adoras. Apuesto a que te encantó *Apagón en Gretley*.

—Sí, es verdad, pero no es mi favorito. Tendrás que seguir haciendo conjeturas, Clara.

Qué fastidio. Por lo general, conseguía acertar al segundo o tercer intento.

Billy se levantó y se puso a pasear por la biblioteca deteniéndose de vez en cuando para coger un libro. A lo lejos, oían el débil rumor de los trenes que zigzagueaban por las entrañas de Londres.

—Es asombroso que se haya construido una biblioteca justo encima de las vías —comentó, maravillado.

—Si te fijas, son básicamente placas de yeso reforzadas con listones de madera.

—¡Sin reparar en gastos!

—Ja, desde luego. Pedimos cien libras, pero los de arriba no estuvieron de acuerdo, así que lo construimos todo con cincuenta chelines. —Sonrió—. Bajar al subsuelo, pasar a formar parte de la comunidad del refugio, ha sido lo que ha convertido esta biblioteca en un éxito. Ahora todo el mundo está implicado en ella, sienten que es «su biblioteca».

—A lo mejor es contigo con quien están implicados, Clara —dijo Billy muy despacio.

La bibliotecaria se sonrojó.

—No lo creo.

—¿Tenéis algún club de lectura? —preguntó el joven de repente.

—No.

—¿Por qué no?

—Demasiado intelectual, ¿no? Me parecería bien hacer algo así en Hampstead, pero no creo que en Bethnal Green triunfe mucho.

—Y ¿qué tiene de malo lo intelectual? —Sonrió y arqueó ambas cejas con malicia—. Rompe el molde, Clara. —Se sentó, entusiasmado con el tema—. Crea clubes de lectura basados en compartir el amor por la lectura, no por la formación. Los clubes no deberían ser coto vedado de la élite.

—Tienes razón. ¿Te apuntarías? Me encantaría volver a verte.

—No creo que tenga tiempo, lo siento. Mis turnos son terriblemente largos.

—Claro.

Bajó la mirada, avergonzada. Había sido demasiado atrevida. Era por el alivio de sentirse a salvo… o por el brandi.

El ambiente cambió como si alguien hubiera accionado un interruptor.

—Será mejor que me vaya —dijo Billy, que dejó su taza y se puso de pie enseguida.

—Sí, por supuesto. Te he entretenido demasiado.

—No, para nada. He disfrutado de tu compañía y…

Se interrumpió y Clara se dio cuenta de que se debatía con algo en su interior. El silencio que se había instalado entre ambos se prolongó.

—Yo… Pues… Nada, da igual. —Cogió a *Beauty* en brazos—. Deja que te acompañe a casa, por favor.

—No te preocupes, esta noche me quedaré a dormir aquí abajo. Me sentiré más segura. Tengo un catre viejo detrás del mostrador.

Ambos estiraron el brazo al mismo tiempo para intentar recoger las tazas y sus manos se rozaron. Billy retiró la suya de inmediato.

—Lo siento —masculló Clara, desconcertada por el repentino cambio que se había producido en él. ¿Lo había ofendido?

Al otro lado de la puerta de la biblioteca, sobre el andén de la estación, Billy sacudió la cabeza, asombrado. Las paredes curvas estaban recubiertas de una plétora de órdenes. «Normas del Refugio Público. Póngase la máscara antigás. Los inquilinos deben estar en sus literas a las 23.00, hora a la que se fumiga el andén.» De hecho, eran tan numerosas que ya nadie les prestaba mucha atención.

—Es muy raro. Cuando estás en la biblioteca, te olvidas de que estás en una estación de metro; luego sales y estás desubicado por completo —comentó Billy—. No tengo muy claro si he venido a renovar el préstamo de un libro o si tengo que echar a correr porque pierdo el tren.

—Más te vale darte prisa antes de que acabes fumigado —le dijo Clara sonriendo.

—Anda, mira, si hasta tenéis un cartel para informaros del tiempo —dijo cuando se fijó en un pequeño letrero de madera fijado a la pared del túnel que la señora Chumbley solía cambiar dependiendo del día que hiciese fuera—. Debe de resultar útil.

—Sí, era útil —respondió ella—, hasta que, durante el Blitz, algún gracioso pegó la señal de «ventoso» de forma permanente.

Una tos los sobresaltó.

—Me gusta su perro, señor.

Entre las sombras, espiándolos desde el pasillo de enlace que conducía a los túneles que iban al este y a las literas, vio dos enormes ojos marrones.

—¡Marie!

Era la niña evacuada que había entrado aquella tarde en la biblioteca.

La pequeña se llevó un dedo a los labios.

—Chis, no se lo diga a mi hermana. Está dormida en su litera. Me gusta ponerme retos y ver hasta dónde soy capaz de llegar.

Bajó a los fosos. Era la única parte de las vías que no se había cubierto con tablones y llevaba directamente a la enorme boca del túnel que se dirigía hacia el oeste.

—Un día de estos, llegaré a Tottenham Court Road.

—No deberías —le advirtió Clara—. En algún punto, esta vía se une con las que están activas.

—Eso es. —La niña le guiñó un ojo—. El final de este túnel está sellado.

Y entonces desapareció, se escabulló en la oscuridad y su voz resonó tras ella:

—¡Recuerde, a los bibliotecarios se les da muy bien guardar secretos!

—Pero serás descarada, pequeña caradura...

—Y resérveme ese libro —volvió a decir la voz de Marie, que sonaba más distante cuanto más se adentraba en el vientre tenebroso de Londres.

—Una rata de metro —dijo Billy sonriendo con ganas—. Este lugar está repleto de ellas. Yo habría sido igual a su edad.

Le tendió la mano con gran formalidad.

—En fin, buenas noches.

—Buenas noches —dijo ella al estrechársela—. No sé cómo voy a agradecerte lo que has hecho esta noche.

—Estás a salvo, Clara —contestó—. Eso es lo único que importa.

Esbozó una sonrisa escueta que puso fin sin remedio a cualquier posibilidad de continuar la conversación.

—Adiós, entonces.

—Adiós.

Se quedó mirando a Billy mientras este recorría el andén hacia la salida y le susurraba algo al oído a la perrita.

Cuando volvió a entrar en la biblioteca, vio su casco blanco posado sobre el mostrador. Lo cogió y volvió a salir corriendo al andén, pero él ya no estaba, había desaparecido de su vida con la misma rapidez con la que había entrado.

Clara se preguntó qué se sentiría al besar a ese hombre tan alto. No porque fuera un bombón, como diría Ruby, sino porque tenía algo que le resultaba reconfortante.

—No seas ridícula —farfulló para sí.

Se sintió culpable al instante. Dios mío, si su madre y la de Duncan estaban así de escandalizadas por que hubiera seguido trabajando en la biblioteca después de haberse quedado viuda, ¡no podía ni imaginarse lo que dirían si saliera con otro hombre!

Sus padres habían considerado que ser bibliotecaria infantil era una carrera respetable, pero solo hasta que tuviera una alianza en el dedo y pudiese cumplir con su principal función como mujer. Como si, por alguna razón, parir fuera a apartarla de los libros y a transformarla en una de esas mujeres que sacan brillo a sus plantas de interior. Sus estudios, pensaban, habían sido una fase pasajera que se curaría con un buen marido.

Clara había obtenido el título de bibliotecaria un año antes de casarse con Duncan y del estallido de la guerra y, aunque nunca se había atrevido a reconocerlo en voz alta, la declaración de la guerra había invalidado de un plumazo el reglamento de las mujeres casadas y le había permitido seguir trabajando. Un hecho que había horrorizado a su madre y a su suegra, y del que ella se había alegrado en secreto.

Cerró la puerta de la biblioteca y, haciendo caso a su instinto, echó la llave. Mientras recogía las copas, se preguntó por qué la culpa y la pena estaban tan entrelazadas. ¿Qué cantidad de tiempo se consideraba «respetable» que alguien esperara antes de plantearse de nuevo la posibilidad del amor?

Aunque tampoco importaba mucho. Estaba claro que Billy no tenía ni el más mínimo interés en ella. Además, enamorarte de tu salvador era un tópico tan recurrente que ni siquiera podía expresarse con palabras.

—No volverás a verlo —se aseguró mientras preparaba el catre y se echaba en él.

Y, sin embargo, mientras estaba allí tumbada, bajo tierra y amparada por los libros de la pequeña biblioteca para los tiempos de guerra, sus pensamientos no paraban de volver a él. Aquellos ojos azules fueron lo último que vio cuando al fin se sumió en un sueño profundo.

4

Ruby

«Cuando se cierra una biblioteca, empiezan a ocurrir cosas malas en el barrio donde estaba. La biblioteca es el pegamento que mantiene unida a una comunidad y solo se la echa de menos cuando ya no está.»

JOHN PATEMAN,
bibliotecario jefe en Thunder Bay, Canadá

—HEY... SOY YO. —La señora Smart, la vecina de abajo, asomó la cabeza por la puerta—. Ya montó un escándalo el señor, ¿no?

—¿Usted qué cree? —respondió Ruby.

—Sí, me lo imaginé, pensé que se me iba a caer el techo encima.

Ruby recordó los acontecimientos de la noche anterior. Su padrastro había vuelto del pub de un humor espantoso, peor aún, si es que era posible, que cuando se había marchado, estimulado por el alcohol de estraperlo y el rencor. Esa vez había hecho añicos la dentadura postiza de Netty y tres platos.

Ruby clavó la vista en su madre, que estaba sentada en un sillón junto a la ventana, hecha un ovillo, pálida y destrozada. Tenía las rodillas recogidas bajo la barbilla y permanecía inmóvil mientras se escudriñaba los espolones rocosos de los nudillos artríticos. A través del delantal se le veían las perlas de la columna vertebral. Estaba magullada por todas partes: la cara, la espalda..., el alma.

—No quiero dejarla sola bajo ningún concepto —le susurró Ruby a la señora Smart—. No ha dicho una sola palabra en toda la mañana.

Se oyó un bocinazo estruendoso fuera y Ruby se asomó entre los huecos de la cinta que cubría los vidrios de la ventana para evitar que las explosiones los hicieran añicos. Una berlina Morris esperaba con el motor encendido junto al bordillo.

—Vienen a buscarme para ir a trabajar.

—Vete, cielo —ordenó la señora Smart—. Conmigo estará en buenas manos. Le preparé una taza de té y algo de desayunar. La tendremos apañada en menos que canta un gallo.

—Gracias, señora S. —dijo Ruby en tono agradecido, y le dio un apretón en el hombro.

La señora Smart era la matriarca de los edificios, siempre dispuesta a echar una mano para afrontar cualquier pequeño problema que pudiera surgir: prestaba dinero, asistía en partos, velaba a los muertos y, la mayoría de las veces, curaba a las mujeres. Sin la señora Smart, los edificios se habrían derrumbado hacía mucho tiempo.

Ruby sacó una barra de carmín rojo bermellón del cajón de la cocina y se aplicó la armadura.

—Así se hace, muchacha —dijo la señora Smart, que ya se había hecho cargo de la situación y estaba metiendo cucharadas de té en la tetera—. Ponte pintalabios, demuéstrales que aún llevas la cabeza bien alta.

La joven miró a su madre.

—Adiós, mamá —le dijo en voz baja al mismo tiempo que cerraba la polvera con un chasquido.

Netty levantó la vista y le dedicó una sonrisa breve sin separar los labios.

Su hija se dio la vuelta. Bajó con gran estrépito las escaleras de los edificios, se ató un pañuelo de seda cubierto de Spitfires descoloridos sobre las ondas rubias y cruzó el patio contoneándose.

Sacudió la cabeza y levantó la barbilla con rabia. Ese hombre estaba matando a su madre. Era un asesinato a cámara lenta y, lo que era aún peor, ella se sentía absolutamente impotente al respecto.

—¡Eh, Jean Harlow! —gritó una voz masculina y grave—. ¡Vente al cine conmigo esta noche!

Stanley Spratt, el del número 42, merodeaba junto a la verja de los edificios. Stan era más escurridizo que una anguila y estaba metido en todos los chanchullos del mercado negro.

—Tú y yo, Labios de Rubí, haríamos unos bebés preciosos.

—Que te jodan, Stan —replicó ella con una sonrisa dulce, y después abrió la portezuela del coche y se la cerró en las narices.

—Me lo tomaré como un quizá —contestó él sonriendo, y echó a correr detrás de ellas cuando Clara hizo crujir las marchas para alejarse del bordillo en mitad de una nube de humo negro.

—¿Es tu nuevo chico? —preguntó la bibliotecaria con expresión alegre.

—¿Stan? Un poco de respeto. Lo único que tiene son grandes esperanzas y arenques. Y arenques en conserva, encima.

Clara se rio y la miró de soslayo.

—¿Cómo lo haces?

—¿El qué?

—Estar siempre como si fueras a salir en la portada de *Vogue*. A mí parece que me hayan desenterrado.

Clara había recuperado su atuendo habitual: una blusa de algodón sencilla remetida en unos pantalones de cintura alta y unas cuñas abiertas. Era tan esbelta como la llama de una vela y habría conseguido que incluso un saco pareciera *chic* si ella lo llevaba puesto.

Ruby pensó en contarle a su amiga lo que había pasado, pero enseguida decidió no hacerlo. Si compartimentaba su dolor, al menos disponía de ciertos espacios vitales en los que podía respirar.

—Pintura de guerra, cariño —contestó al final con una sonrisa enorme—. ¿Cómo es que vamos a salir en el bibliobús? Es sábado.

—He pensado que, como ayer nos saltamos la visita a las fábricas por culpa de la fiesta esa, podríamos acercarnos hoy —respondió Clara.

El coche subió traqueteando por Bethnal Green Road y dejó atrás los puestos del mercado del sábado por la mañana, donde todos los vendedores anunciaban sus mercancías a gritos.

—¿Qué te parecería formar un club de lectura? —preguntó Clara, que cambió de marcha con un chirrido tan estridente que medio mercado se volvió para mirarla.

Ruby sonrió. Su mejor amiga era una de las mujeres más inteligentes que conocía, ¡hasta se había sacado un título!, pero era una pésima conductora.

—Es una buena idea —contestó, y se aferró al asiento cuando Clara dio un volantazo para esquivar a un hombre que vendía roscas de pan en una bicicleta, y que acabó mandando a la cuneta dando tumbos.

—Solo es que Billy ha pensado...

—Para, para, para: ¿quién es Billy?

Clara suspiró.

—No hay forma sencilla de explicarlo. Anoche, un hombre me siguió hasta casa y me agarró delante de la puerta.

—¡Qué! —gritó Ruby—. Detén el coche ahora mismo.

—Cálmate, no pasó nada. Creo que solo quería mi bolso. De todas maneras, un sanitario de ambulancia, Billy, se dio cuenta de que me seguía y acudió en mi rescate.

—Dios mío, Clara, ¿estás segura de que se trataba de un atraco? No me parece lo más probable teniendo en cuenta la zona.

—Quién sabe. Gracias a Billy, no tuve que averiguarlo.

—Tengo que conocer a ese tal Billy y darle las gracias.

—No creo que vuelva a verlo, la verdad. —Clara sonrió con tristeza—. Pero era majo. Amable y con los ojos más azules que hayas visto en tu vida.

—¡Te gusta! —chilló Ruby.

—Calla. Le estoy muy agradecida por haberme salvado, nada más.

Cuando llegaron a la altura de la fábrica, Ruby, instintivamente, se preparó para lo que le esperaba. Solo había una cosa peor que la forma de conducir de Clara, y era su forma de aparcar.

Chocaron con el bordillo, el coche petardeó y se detuvo con una sacudida. Ruby cerró los ojos.

—Necesito que alguien acuda en mi rescate.

—¡Qué caradura tienes! —exclamó Clara entre risas, y se bajó del coche delante de la fábrica de ropa Rego—. Vamos. No podemos dejar a las chicas sin sus libros.

Gruñendo bajo el peso de dos cajas llenas de libros de tapa blanda, subieron tres tramos de escaleras tambaleándose y Ruby abrió la puerta empujándola con el trasero.

Pat Doggan, la cosedora más veterana de la planta, levantó la vista de la montaña de uniformes caqui que estaba pasando por la máquina en ese momento y esbozó una sonrisa mellada.

—¡Eh, chicas, las hadas madrinas de los libros están aquí! ¿O debería llamaros «bellezas bibliotecarias»?

Todas las cosedoras empezaron a lanzar silbidos.

—O sea que habéis visto el periódico —gimió Clara.

—Claro que sí, y estamos orgullosas de ti. Que nuestro refugio salga en las noticias es estupendo, no me digas que no. —Levantó la voz—: Jefe, han venido las chicas de la biblioteca. Permiso para parar.

El señor Rosenberg, el capataz, salió de su despacho con el ceño fruncido y cara de pocos amigos.

—No hace ni dos minutos que apagué las máquinas para que pudierais compraros roscas de pan con ternera en salmuera. ¿Esto es una fábrica o un campamento de verano?

—¡Venga, tranquilo!

Ruby sonrió, lo rodeó con un brazo y le dio un beso en la coronilla calva, donde le dejó una marca de carmín rojo brillante.

—¿Qué le gusta a la señora Rosenberg?

—Quejarse todo el puñetero rato —gruñó mientras se limpiaba la cabeza con un pañuelo—. Le gustan esas de Mills and Swoon.

—Mills and Boon —lo corrigió Clara—. No nos queda ni una, pero tengo unas cuantas novelas de Georgette Heyer. Dígale que pruebe con esta, *La novia española*. Seguro que la distrae y hace que se olvide de las preocupaciones durante un rato.

Mientras el capataz se alejaba arrastrando los pies para ir a por su carné, el resto de las chicas de la fábrica se abalanzaron sobre las cajas de libros como ciegas a las que acabaran de devolver la vista. Era maravilloso ver la alegría contagiosa que aquellas mujeres sentían por la lectura. Los libros eran su vía de escape hacia un mundo distinto, menos duro. Estudiaban los lomos de los libros con ojos ávidos cuando los cogían, algunas pasaban directamente a la última página, otras leían las primeras. Era como contemplar la eclosión de un centenar de sueños diferentes.

Pat Doggan cogió un libro y hundió la cara en él.

—Mmm, me encanta el olor de los libros, ¿a vosotras no?

—¿Qué te apetece, Pat? —preguntó Ruby.

—Una buena saga.

—¿Qué tal *Lo que el viento se llevó*? —sugirió la bibliotecaria.

Pat lo hojeó y luego volvió a guardarlo.

—No puedo comprometerme a leer novecientas páginas, cariño, ¡tengo nueve hijos!

—Si te hubieras comprometido a leer novecientas páginas, quizá no habrías tenido tantos —dijo en tono de guasa la mujer que ocupaba el siguiente puesto en la fila.

—Cierra el pico, Irene, ¡mira quién fue a hablar! —rio Pat—. Hablando de mocosos, ¿te parece bien que te mande al niño a la cosa esa del cuento de buenas noches?

—Claro, puedes mandárnoslos a todos, los recibiremos con los brazos abiertos —respondió Clara.

—Estás mal de la cabeza, tienes que ir a que te la examinen —dijo la mujer con una sonrisa al mismo tiempo que cogía *Veta de hierro*, de Ellen Glasgow—. «Ambientado en Virginia, trata de cuatro generaciones de mujeres fuertes» —leyó en la cubierta—. Este sí que es de los míos, me lo llevo.

Ruby selló la etiqueta de la fecha con un ¡paf! satisfactorio y la siguiente mujer avanzó hacia ella. La había visto en el refugio subterráneo y se había preguntado muchas veces cómo lo hacía. Su marido estaba en algún lugar del Lejano Oriente. Tenía doce hijos, tres trabajos y una reserva de paciencia inagotable.

—¿Tienes ese de *No hay orquídeas para miss Blandish*?

Clara abrió los ojos como platos y Ruby intentó aguantarse la risa con todas sus fuerzas.

—Es un poco subido de tono, Irene —le explicó la bibliotecaria—. La revista *The Bookseller* lo describió como una lectura que causa embriaguez y alteración del orden público.

—Razón de más para leerlo.

—Lo siento —respondió Clara—. No tengo ningún ejemplar.

Irene pareció decepcionada y se conformó, sin rastro de ironía aparente, con una novela histórica de Margaret Irwin, *Fuego ahí abajo*.

Clara y su amiga habían comentado a menudo lo mucho que les gustaban a las mujeres las historias un poco picantes, y Ruby se había percatado de que, cuanto más se prolongaban los rugidos interminables de la guerra, más aumentaba el apetito de las mujeres por las cosas salaces. En 1944, con tantos maridos y novios ausentes desde hacía años, la lectura era la única forma de explorar algunos de esos sentimientos de soledad.

—Un día de estos pienso escribir una novela romántica repleta de sexo —dijo Ruby con un guiño pícaro.

—Tú la escribes y yo la leo, preciosa —contestó Irene mientras dejaba el libro para que se lo sellaran.

—Odio el sexo —resopló la siguiente mujer de la cola, que llevaba más rulos de los que Ruby hubiera visto en su vida metidos bajo un turbante—. Es una cochinada terrible. Hace tiempo que lo dejé.

Queenie Jenkins hablaba rápido y siempre tenía mucho que decir.

—No te culpo, Queenie —respondió Ruby—. ¿Y cómo lo lleva tu Brian?

—¡Qué más da eso! La única razón por la que duermo en el metro es que así no puede ponerme esas pezuñas repugnantes encima.

Queenie se fue muy contenta con *Veneno mortal*, de Dorothy Sayers, y Ruby casi sintió pena por Brian.

Al levantar la mirada para prepararse para la siguiente cotorra de la fábrica, se encontró cara a cara con una aprendiz nueva.

—Hola, cielo, ¿qué te apetece?

—¿Tienes *Rebeca*, de Daphne du Maurier?

No fue capaz de identificar su acento.

—¿No eres de por aquí, cariño?

—Soy de Jersey.

—Caray, estás muy lejos de casa.

—Hola otra vez —intervino Clara con una sonrisa—. Eres la hermana de Marie. Nos conocimos ayer cuando tu hermana pequeña visitó la biblioteca.

—Lo siento mucho si fue un incordio.

—Para nada, es un amor. Me encantaría que viniera a la sesión de cuentos de esta noche.

—Quizá.

—No es ninguna molestia y, además, haría amigos.

—Hum, tal vez.

Ruby observó el desigual intercambio, intrigada.

—Lamento ser indiscreta, pero ¿en qué idioma hablabais cuando os marchasteis ayer? ¿Era francés? —preguntó Clara.

—Jerseyés. Es un *patois* francés de Normandía. En Jersey lo utilizamos cuando no queremos que los de fuera entiendan lo que decimos.

—Ah —respondió Clara, que se quedó de piedra—. Bueno, es precioso.

Se produjo un silencio incómodo mientras la chica ojeaba la selección de libros. Al final escogió uno de no ficción, *Los siete pilares de la sabiduría*, un relato autobiográfico de T. E. Lawrence.

—¿Estás segura de que no te apetece algo más ligero? —preguntó Clara.

—No soy una cría —le espetó ella—. Oiga, tengo dieciséis años, ya ve que soy lo bastante mayor como para ganar un salario.

—Perdona. No pretendía ofenderte. Oye, no hemos empezado con muy buen pie. Marie y tú sois bienvenidas a mi biblioteca para leer cualquier libro que queráis, a cualquier hora.

—¿No había dicho que tenía que apuntarnos mi madre?

—Por lo general, hay que tener más de dieciséis años para inscribirse en la biblioteca, pero, como tu madre está tan ocupada, haré una excepción. Trae a tu hermana a las seis para la sesión del cuento de buenas noches, me enseñáis la cartilla del refugio y os inscribo.

—Gracias —contestó en voz baja—. Me llamo Beatty.

—¡Menos cháchara! —gritó el señor Rosenberg, y la chica dio un respingo—. Aquí no hemos venido a echar la mañana. ¿Será posible que cosamos unos cuantos uniformes para el Ejército Británico en algún momento de este siglo?

—¡No se tire de los pelos! —gritó Pat Doggan, que arrastró su voluminoso corpachón hasta volver a sentarse en su puesto.

—Solo una cosa más antes de que vuelva a encender las máquinas de coser, señor Rosenberg —dijo Clara—. Ruby y yo estamos pensando en empezar un club de lectura dentro de unas semanas, los Ratones de Biblioteca de Bethnal Green. Será los viernes por la noche en la biblioteca. ¿A quién le interesaría apuntarse?

Un mar de rostros inexpresivos le devolvió la mirada.

—Prepararé cócteles de ginebra… —añadió Ruby.

—¿Por qué no lo has dicho antes?

—¿A qué hora nos quieres allí?

Las exclamaciones de aprobación llegaron al unísono.

—¿Cuál es el primer libro? —preguntó Pat.

—Pues…

Resultó obvio que la bibliotecaria todavía no lo había pensado.

—Elige uno que le guste a todo el mundo —susurró Ruby.

—*Lo que el viento se llevó* —soltó su amiga, cuya mirada se había posado en el último libro de la pila.

Una vez fuera, volvieron a cargar las cajas de libros en el bibliobús, antes de que Clara se volviera hacia Ruby con las manos apoyadas en las caderas.

—¿Y de dónde dices que vas a sacar tanta ginebra como para satisfacer a toda esa panda?

—Tú déjamelo a mí, Cla.

—¡Rubes! ¡Es una biblioteca, no un tugurio clandestino!

—Libros y ginebra, ¿qué más se puede pedir? Además, en realidad me adoras.

Le guiñó un ojo y cerró las puertas traseras con tanta fuerza que todas las pulseras que llevaba en la muñeca tintinearon.

—A veces eres un puñetero estorbo, Ruby Munroe —dijo Clara entre risas—. Pero sí, te adoro.

—¿Quién era esa chica? —preguntó cuando se metieron en el coche—. Es una señorita de armas tomar, ¿no?

—Me cae bastante bien —dijo Clara al arrancar el motor. Se incorporaron a la circulación dando un bandazo—. Es intrigante.

—Hasta tú vas a tener que dar el callo con esa. —Ruby encendió un cigarrillo, aspiró y expulsó el humo despacio, formando tres anillos perfectos—. ¿Te has dado cuenta de que te ha descrito como si fueses de «los de fuera»? Está ocultando algo.

De vuelta en el vestíbulo de la estación de metro, Dot les silbó para que se acercaran, y les ofreció té y un trozo de bizcocho cortesía de la casa.

—Más vale que abráis esa biblioteca cuanto antes, chicas. Parece que el artículo ha causado sensación. Están a punto de tirar la puerta abajo.

Al final de la escalera mecánica, el director del refugio las esperaba en compañía de un hombre más joven.

—Ah, señora Button, aquí está. Este es el agente Devonshire, de la comisaría de Bethnal Green. La señora Chumbley me ha dicho que anoche tuvo usted que dormir en la biblioteca porque la habían atacado en la puerta de su casa.

Ruby percibió la inquietud de Clara.

—Creo que considerarlo un ataque es exagerado. Solo quería llevarse mi bolso.

El agente habló en voz baja:

—Estoy bastante convencido de que podría haber sido algo más, por desgracia. La semana pasada, agredieron sexualmente a una joven en Shoreditch, y estamos investigando otros intentos de violación y secuestro en la zona.

—Por Dios —jadeó Clara.

—Tendrá que acudir a comisaría para que le tomemos declaración.

—Por supuesto —asintió, muy pálida—. Iré más tarde, cuando salga de trabajar, si le parece bien.

Cuando se marcharon, la pobre Clara tuvo que sentarse para asimilar la información. Ruby sintió una rabia irracional. ¿No tenían ya bastante con tener que disputar una guerra sin que un trastornado se dedicara a abusar de las mujeres durante el apagón nocturno?

—Menos mal que apareció el tal Billy —dijo Ruby mientras abrazaba a Clara con fuerza.

—Eh, ¿van a abrir esta biblioteca en algún momento? —gritó una voz—. Solo me quedan diez minutos de la pausa para comer.

—Caray —murmuró Ruby cuando se apartó de Clara y vio la larga cola que serpenteaba por el andén—. Dot no lo decía en broma.

—Venga, a trabajar —la urgió su amiga.

Ruby se desató el pañuelo que le cubría la cabeza y ya estaba casi en la biblioteca cuando una figura alta, apoyada contra la pared curvada del túnel, dio un paso al frente y se interpuso en su camino.

—Por fin, Ruby Munroe. Hola, preciosa.

Un soldado estadounidense muy alto la miraba con aire expectante. Allí abajo, en los túneles, casi nadie gozaba de tan buena salud como él. Su altura, combinada con el buen aspecto de sus dientes y su cuidada apariencia, hacían que pareciera casi de otra especie.

—¿O sea que aquí es donde trabajas? —continuó el joven mientras miraba con curiosidad la puertecita de la biblioteca del refugio—. Es pequeña, pero muy acogedora.

Se desenrolló la bufanda que llevaba al cuello, y desprendió un aroma a Lucky Strikes y a colonia amaderada y cara.

—¿Te conozco?

Él se echó a reír.

—Caramba. Tú sí que sabes cómo desinflarle el ego a un hombre. —Se quitó el sombrero y se pasó los dedos por el pelo rubio—. Eddie O'Riley. Pub Dirty Dicks. El pasado octubre. Me ganaste en un concurso de beber, luego nos fuimos a bailar y después… —Se interrumpió y enarcó una ceja—. Madre mía, fue una noche tremenda.

Un recuerdo afloró en la mente de Ruby. «Uf, Dios, sí.» Era el cumpleaños de Bella, y Ruby estaba tan resuelta a olvidarlo que había acabado en el pub con peor reputación de East London. Tenía vagos recuerdos de un americano, de bailar el jitterbug, de intercambiar su blusa con alguien; luego, todo se volvía borroso.

—Ah, bueno, encantada de verte y demás, pero tengo que irme. Se volvió hacia la biblioteca.

—Eh, no tan deprisa, Labios de Rubí —dijo él, y la agarró del brazo.

A Ruby se le llenaron los ojos de lágrimas de buenas a primeras. Diversos pensamientos le invadieron la mente. «Dientes postizos patinando sobre el linóleo. Su madre a gatas suplicando. Diecinueve pasos.»

—Quítame las manos de encima —le espetó con frialdad.

—Perdón... Lo siento. —El soldado levantó las manos—. No pretendía asustarte. Es solo que esperaba darte una sorpresa agradable. He estado de maniobras en Gales y este es mi primer permiso desde hace cinco meses.

Ella lo miró con desconfianza.

—Lo siento mucho, de verdad —insistió el soldado—. Caray, esto no está saliendo como lo había planeado. —Parecía tan avergonzado que Ruby casi sintió pena por él—. Me dijiste que trabajabas en una biblioteca de East London, ¿te acuerdas?

No se acordaba.

—¿Y de que me dijiste que te buscara cuando volviese a Londres? —Eddie frunció el ceño—. No era consciente de lo grande que es East London. Ni de cuántas bibliotecas hay. Créeme, he conocido a bastantes bibliotecarias últimamente, pero al fin te he encontrado.

—Bueno, siento que hayas hecho el viaje en vano, amigo, pero de verdad que tengo que irme a trabajar.

Por el rabillo del ojo, vio que Clara le hacía un gesto.

—¿Puedo decir o hacer algo para convencerte de que vuelvas a salir conmigo? —preguntó el joven en tono esperanzado—. Es solo que me causaste una gran impresión.

Ruby sonrió con tristeza y negó con la cabeza.

—Hasta la próxima, Eddie. —Se dio la vuelta, y ya estaba a punto de entrar en la biblioteca cuando la asaltó un pensamiento—. Oye..., saldré contigo. Con una condición.

—Lo que sea.

El chico sonrió, ya había recuperado la compostura.

—Tráeme diez ejemplares de *Lo que el viento se llevó*.

—¡Diez!

Ruby asintió.

—Los necesito para un club de lectura.

—¿Y de dónde voy a sacar diez ejemplares?

Ella se encogió de hombros.

—Londres está lleno de librerías. Estoy segura de que un hombre tan ingenioso como tú no tendrá problemas.

Le guiñó un ojo y entró en la biblioteca.

—¿Quién era? —le preguntó Clara con una ceja enarcada mientras levantaba la trampilla del mostrador.

—¿Ese? Ah, nadie. No creo que volvamos a verlo. —Ruby se recolocó un rizo y se obligó a esbozar una sonrisa animada—. Venga, vamos. ¡Estos libros no van a repartirse solos!

5

Clara

«Soy guardiana del pasado, comparto mis conocimientos sobre la riqueza de nuestros libros para que otros la descubran. Soy una mediadora de la alegría.»

MAREIKE DOLESCHAL, bibliotecaria del Shakespeare Birthplace Trust en Stratford-upon-Avon

A LAS SEIS de la tarde, Clara apenas había tenido tiempo ni para respirar. Había sido el sábado más ajetreado que recordaba. Habían trabajado toda la tarde a destajo, recomendando y prestando libros y recolocando las devoluciones, sin más sustento que una taza de té y un trozo de bizcocho Battenberg.

De pronto, junto a la puerta, oyeron un graznido que les llamó la atención.

—Oh, no… —dijo Clara, que se apoyó en una estantería—. Hoy no, Rita, estamos muy liadas, de verdad… No…

La desaliñada Rita Rawlins, que trabajaba en algún lugar de «por ahí, al oeste», había tomado la costumbre de dejar a su loro en la biblioteca cuando se incorporaba a su turno de los sábados por la noche.

—Gracias, Cla, te debo una. Mi vecina de litera se ha quejado del pequeño *Petey* y ahora la señora Chumbley va a por mí. Dice que, si no me deshago yo de él, lo disecará ella misma. —Agitó una garra en dirección al pájaro sarnoso—. Pobrecito *Petey*.

—En serio, Rita… No debería…

—Me temo que es un malhablado de tres pares de narices, lo ha sacado de mí; échale un paño de cocina por encima a la jaula si se pone pesado Adiosito.

Agitó unos dedos de uñas escarlata en el aire.

—Rita… No podemos…

Clara se descubrió hablándole a la nada. La mujer ya se había marchado.

—Clara, cariño, esto es una biblioteca, no un zoo —dijo Ruby, incapaz de contener las carcajadas.

—Supongo que a ti también te gustaría inscribirte en la biblioteca, ¿no? —suspiró Clara mientras levantaba en el aire una jaula con un loro verde de aspecto beligerante.

—¡Cabrón desvergonzado! —chilló el loro.

Clara miró a Ruby y ambas comenzaron a desternillarse.

—¡Ay, esto no tiene precio! —aulló Ruby—. Hola, señor Pepper, justo el hombre que necesitábamos, ¿se le da bien enseñar elocución a los loros?

El señor Pepper se quedó parado junto a la puerta, vacilante, con una bolsa de asas llena de libros aferrada en la mano.

—Señor Pepper, ¿se encuentra bien? —preguntó Ruby.

—Un poco pachucho, la verdad, hija. —Resopló y, a continuación, sacó un pañuelo y se enjugó la frente con las manos temblorosas—. Siento mucho no haberles traído esto antes… La prima de mi esposa vive en Pinner y eso está muy lejos. Es una magnífica selección de novelas de suspense y misterio.

Empezó a sacar los libros y se le cayeron todos.

—Uf, porras.

—Señor Pepper, ¿seguro que está bien? ¿Quiere que vaya a buscar a la señora Pepper?

—Ha… Ha muerto.

—¡Qué! ¿Cómo? ¿Cuándo? —farfulló Clara—. ¡Pero si estuvo aquí con ella ayer mismo!

—Esta… Esta mañana hemos salido del refugio muy temprano para ir por los libros y, cuando volvíamos, nos ha pillado un bombardeo.

Clara y Ruby se miraron sin poder creérselo.

—Ha sido muy repentino. Estábamos en Liverpool Street, esperando para coger el autobús de vuelta a Bethnal Green, y un segundo después... —Las miró de hito en hito, totalmente desorientado—. Me... me siento un poco extraño.

—Rubes, pídeles a Dot o a Alice que le preparen una taza de té cargado con todo el azúcar que puedan.

—Enseguida —dijo su amiga, y le dio un apretón en el hombro al señor Pepper al pasar junto a él.

El hombre se volvió hacia Clara, con una expresión de desconcierto en los ojos azules y llorosos.

—No... no sé qué hacer, señora Button. Exceptuando la guerra de los Bóeres, no habíamos pasado ni un solo día separados. Por favor, perdóneme por venir aquí y darle la lata, es que no sabía adónde ir si no.

—Ay, señor Pepper. No sé qué decirle... Lamento muchísimo su pérdida. ¿Tiene a alguien que pueda acogerlo en su casa? —preguntó.

—La prima de mi mujer se ha ofrecido, pero no me gusta molestar. Además, me siento más seguro durmiendo aquí abajo, en los túneles.

Clara lo entendía.

El hombre rompió a llorar y la bibliotecaria estrechó al frágil anciano entre sus brazos.

—Lo siento mucho, señor Pepper. Era una mujer maravillosa.

—¿Qué voy a hacer sin ella?

Clara no tenía respuesta para esa pregunta. Sabía que el dolor era agudo e impredecible. Quedarse sin Duncan había sido la experiencia más aterradora de su vida. La sensación de pérdida le había calado hasta los huesos y la sentía a cada paso que daba.

—No estará solo, señor Pepper —dijo con ferocidad—. No lo permitiré. Duerma en su litera habitual, pero, durante el día, véngase aquí.

—Es... Es usted muy buena —sollozó él.

El estruendo de las risas de los niños retumbó en los túneles.

—Me temo que se va a montar bastante alboroto, señor Pepper, pero Ruby no tardará en volver con el té, así que no se mueva. Más tarde, cuando cerremos, lo acompañaré a su litera.

—Gracias, querida, siento causarle tantas molestias.

—Ay, señor Pepper —contestó mientras lo abrazaba de nuevo—. Usted no podría ser una molestia ni aunque lo intentara.

LAS SESIONES DE cuentos infantiles del metro de Bethnal Green estaban a medio camino entre un motín y un grupo de lectura.

Ruby llegó con el té del señor Pepper justo antes de que una gran avalancha de niños inundara la biblioteca. El ruido aumentó como una ola gigantesca en cuanto entraron. Los altos, los pequeños, los llenos de mocos, los propensos a los accidentes, los risitas y los charlatanes. A pesar de la tristeza, Clara sintió en su interior un enorme torrente de alegría pura y concentrada. Las Ratas del Metro, como se hacían llamar los niños de la estación de Bethnal Green, siempre conseguían animarla.

—Adentro —les dijo con una gran sonrisa—, directos a la sala de lectura. Ay, ay, ay, ten cuidado —advirtió cuando una niña tropezó con el bastón del señor Pepper y se cayó de bruces al suelo.

—Perdone, señor —se disculpó la pequeña de inmediato.

Recogió unas gafas rotas con las patillas sujetas con alambre.

—No, no, cielo, es culpa mía —dijo él mientras la ayudaba a ponerse en pie.

—Siento el bullicio —dijo Clara.

—Por favor, no se disculpe —respondió él con la voz temblorosa—. ¿Por qué no van a poder charlar todo lo que les apetezca?

Clara había tenido el tiempo justo para apilar las mesas de caballete y distribuir las mantas y los cojines por el suelo. Maggie May —la nieta de la señora Smart— y Molly —la hija de Dot, la de la cafetería— fueron las primeras en entrar, ya bien abrigaditas con su pijama y arrastrando tras ellas una colección de peluches destrozados.

—¡Beatty! —exclamó Clara cuando levantó la vista—. ¡Has venido!

La muchacha rondaba junto a la puerta de la biblioteca. Marie no mostró tantas reservas como su hermana.

—¡Clara! —gritó. Se arrojó a sus brazos de golpe y enhebró los deditos pegajosos detrás del cuello de la bibliotecaria—. Eres mi mejor amiga.

—¿Es porque ayer te di un caramelo de limón?

—No —susurró Marie, con la cara a escasos centímetros de la de Clara. Olía a mermelada y a virutas de lápiz—. Es porque no te chivaste de mí.

Clara le guiñó un ojo y la dejó en el suelo.

—Ruby, ¿te importaría inscribir a Beatty? Y, Molly, ¿le haces sitio a Marie?

—¡Sí! —dijo la niña, que se movió arrastrando el trasero—. Ven a sentarte con nosotras. No somos señoritingas.

—¡Yo tampoco! —exclamó Marie con el mismo asombro que si acabaran de descubrir que eran hermanas separadas al nacer.

A Clara le hizo gracia la facilidad con la que la intrépida niña se integraba en el grupo.

Beatty seguía titubeando junto a la puerta.

—Será mejor que me vaya —murmuró—. Vendré a buscarla más tarde.

—Beatty, quédate, por favor. Estamos encantadas de que estés aquí.

La chica se volvió con una mirada inquisitiva en los ojos oscuros.

—¿A pesar de lo maleducada que he sido antes con usted en la fábrica?

Clara frunció el ceño, desconcertada.

—No has sido maleducada.

—Sí lo he sido, y lo siento. No se lo contará al director del refugio, ¿verdad?

—No creo que haya nada que contarle. Además, aquí mando yo y me encantaría que te quedaras. —La muchacha pareció relajarse y Clara sintió que empezaba a pisar un terreno más seguro—. Estás muy lejos de casa, así que imagino que te iría bien tener una amiga.

—Los libros son mis amigos —respondió en voz baja.

—A mí también me gustaría serlo —insistió Clara—. Si me dejas.

Quería pasar un rato más con Beatty, pero Pat Doggan entró como un vendaval, con niños colgándole de todas las extremidades.

—Venga, tontines, adentro que vais —dijo; se los sacudió de encima y fingió darles una patada en el trasero—. ¿Quieres que me quede, Cla?

—No, Pat, márchate y disfruta de una hora de paz y tranquilidad en tu litera.

—Sparrow —dijo la mujer al mismo tiempo que se volvía hacia su hijo mayor—, ¡encárgate de que todos estos se comporten como es debido y llévalos después a las literas!

Sparrow Doggan, de once años, y su mejor amigo, Ronnie Richards, eran los niños más mayores del grupo de lectura y normalmente consideraban que ya estaban por encima de algo tan «infantil» como la hora del cuento. Clara y Ruby los veían a todas horas por Bethnal Green. Se hacían llamar los Jardineros Escolares de Russia Lane y se habían propuesto convertir los terrenos bombardeados en huertos. Cuando no estaban cavando, hacían carreras con las bicicletas entre los escombros o jugaban al pillapilla por los túneles.

—Para usted, señorita —dijo Ronnie, que depositó un colinabo lleno de barro y un pastel de verduras casero sobre el mostrador de la biblioteca—. El pastel es de parte de mi yaya, el colinabo de la mía. Ah, y mi madre quiere una de misterio.

Beatty observaba aquellas idas y venidas, y Clara se alegró de ver que una sonrisa divertida le crispaba la comisura de los labios.

—Gracias, Ronnie. Pero me temo que tendrá que venir mañana y elegirla ella misma.

Mientras la sala de lectura iba llenándose, Tubby Amos, el tercer miembro del grupo de amigos, se sumó a Ronnie y Sparrow. Siempre se le oía llegar por los túneles con antelación, ya que, tras haber sufrido un ataque de poliomielitis cuando era muy pequeño, llevaba un aparato en la pierna. Tener la pierna llena de hierros no parecía ralentizarlo mucho.

—Perdón por el retraso —dijo en tono alegre al mismo tiempo que se frotaba un lado de la cabeza—. Me ha caído una bronca de la señora Chumbley por cruzar la estación corriendo.

—No pasa nada, Tubby —le dijo Clara con una sonrisa—, aún no hemos empezado.

—He traído *La familia de la calle Sin Salida* para devolverlo —dijo, y le entregó el libro. Utilizaba como marcapáginas un trozo de cordel lastrado con un pedazo de piña deshidratada a medio mordisquear y cubierto de pelusa—. Ay, perdone, señorita. El libro es estupendo.

—Me alegro mucho de que te haya gustado, Tubby —dijo mientras despegaba el cordel pegajoso de la página. Podría añadirlo al capítulo sobre los extraños objetos utilizados como marcapáginas que planeaba incluir algún día en sus memorias, junto con las lonchas de tocino y las medias—. Te lo has leído muy deprisa.

Tubby era el lector más voraz, se bebía las palabras y engullía los libros.

Clara solo pensaba que ojalá Sparrow compartiera su apetito por la lectura.

Cuando Ronnie y Tubby tomaron asiento, Sparrow se dirigió al fondo de la sala: se sentó sobre una mesa de caballete con una expresión obstinada en la cara y los brazos cruzados, las rodillas llenas de costras y una actitud de desafío fanfarrón. Llevaba un tirachinas en un bolsillo y un manual de *Jardines para la Victoria* en el otro.

—¿Quieres acercarte un poco para oír mejor, Sparrow?

—No. No me interesan los libros. Solo vengo para llevar a mis hermanos a casa después.

—¡Cabrón desvergonzado! —gritó una voz, y Clara gruñó.

Las caras de los niños fueron todo un poema cuando oyeron que alguien o algo había dicho un taco en la biblioteca.

—Rubes —dijo la bibliotecaria—, ¿podrías tapar la jaula de *Petey* con un paño de cocina, por favor?

—¡Cerda descarada! —gritó el loro dando saltitos—. ¡Cerda descarada!

Aquello fue demasiado. Los niños empezaron a partirse de risa. La estudiada expresión de indiferencia de Sparrow se había desvanecido y una sonrisa de placer le contraía el rostro. Hasta Beatty había comenzado a reírse abiertamente.

—Sé que aún estamos leyendo *La familia de la calle Sin Salida* —dijo Clara con una sonrisa—, pero, dado que hoy tenemos a *Petey* con nosotros, ¿os apetece leer *La isla del tesoro*?

—¡Sí! —respondió un coro de voces.

Petey intervenía de vez en cuando y, sin duda, los niños pensaban que era lo mejor que les había ocurrido desde los trozos de piña deshidratada. No se oía ni una mosca mientras Clara relataba la historia de los bucaneros y el oro enterrado. Pero eran las caras de Sparrow y Beatty las que la hipnotizaban.

La historia de Jim Hawkins los mantuvo fascinados a ambos desde las primeras y emocionantes escenas en la posada del Almirante Benbow. A Sparrow se le habían iluminado los ojos. Un hombre taimado, con una sola pierna, un tricornio, un abrigo de color escarlata y un loro bullanguero en el hombro lo tenían cautivado. Clara levantó la vista y vio a dos hombres de pie junto a la puerta de la sala de lectura, como si fueran un par de sujetalibros. Habían entrado con gran sigilo mientras ella estaba a bordo de la *Hispaniola*. A un lado estaba Billy. Al otro, el señor Pinkerton-Smythe, con una expresión tan sanguinaria como la de un amotinado. A Clara el corazón le dio un vuelco de alegría e, inmediatamente después, se le encogió.

Volvió a concentrarse en la novela, pero ahora se sentía observada y expuesta.

Cerró el libro y sonrió con ganas.

—Y hasta aquí llegaremos hoy. Pero, a ver, niños, ¿cuál creéis que es el verdadero tesoro de este libro? —preguntó.

—Bueno, es una clásica novela de formación, ¿no, señorita? —comentó Tubby con sabiduría—. El verdadero tesoro no son las monedas de oro, es que Jim descubre su propia valentía.

—Yo creo que ahí también hay otra lección —intervino Sparrow.

—¿Cuál?

—Que nunca hay que hablar con los marineros viejos en el bar.

—¡Hola, marinero! —graznó *Petey*.

Todo el mundo empezó a reírse. Marie se rio con tantas ganas que se le escapó un pedete agudo, cosa que, por supuesto, les arrancó aún más carcajadas a todos. Molly estaba tan desternillada que empezó a dar vueltas por el suelo y tuvo que meterse el peluche en la boca.

—Señora Button, estamos perturbando la tranquilidad del refugio —dijo el señor Pinkerton-Smythe con aspereza—. ¡Menuda escandalera! Tenía entendido que esta sesión de cuentos tenía como objetivo inducir un estado de somnolencia en los usuarios más jóvenes de la biblioteca. Yo diría que más bien está teniendo el efecto contrario.

—Perdón. Venga, chicos, calmaos. Es hora de volver a las literas. Y no os olvidéis de que mañana empiezo el reto de lectura de primavera/verano. Cualquiera que lea diez libros antes de que termine el verano recibirá una rosquilla gratis.

El hechizo se rompió y, al instante, la sala se llenó otra vez de ruido mientras los niños se ponían de pie a toda prisa.

—Sparrow —llamó Clara mientras el muchacho reunía a sus hermanos menores—. Quiero hablar contigo un momento antes de que te vayas. Me ha encantado verte disfrutar del libro.

—Sí, ya, este era bueno. No estaba escrito para críos.

—Se me ha ocurrido una idea: ¿qué os parecería a Tubby, a Ronnie y a ti ser ayudantes oficiales de la biblioteca? Por desgracia, no puedo pagaros, pero habrá rosquillas gratis…

—Señora Button, atiéndame un momento, por favor —la interrumpió el señor Pinkerton-Smythe chasqueando los dedos.

—Sí, sí, voy enseguida. Solo un momento… También me gustaría que vinieras a leerles a los más pequeños. Que fueras su compañero de lectura.

El chico se encogió de hombros.

—Eso pueden hacerlo Ronnie y Tubby, pero yo no, señorita.

—Es una lástima, Sparrow, ¿te molesta que te pregunte por qué?

—No sé leer.

—Ah, vale, ya entiendo. —Clara se maldijo para sus adentros—. Bueno, quizá…

—Tengo una agenda apretada, señora Button…

—De verdad que no tardaré, solo quería hablar con este joven…

Sin embargo, cuando Clara se volvió, Sparrow ya se había alejado e iba tirando de sus hermanos pequeños para que salieran por la puerta de la biblioteca.

«Maldita sea.»

—Sí, señor Pinkerton-Smythe. Soy toda suya —dijo, incapaz de evitar que la irritación le tiñera la voz.

—Mientras usted dirigía la sesión de lectura con los menores, he echado un buen vistazo en torno a la biblioteca y he tomado notas sobre aquello que creo que no funciona.

—¿Qué no funciona, señor?

El presidente de la Comisión de Bibliotecas sacó un cuaderno de su maletín.

—En primer lugar, considero que leerles a los niños todas las noches es un capricho. Debería bastar con una vez a la semana.

—¿Una vez a la semana?

—Sí. De hecho, creo que nos conviene disuadir a algunos de esos niños de poner siquiera un pie aquí. Varios tienen un aspecto repulsivo. —Husmeó el aire con desdén—. Es posible que el enfoque froebeliano resulte útil en algunas bibliotecas, señora Button, pero es obvio que tener a esos críos dando tumbos por aquí no funciona en una institución subterránea. Esta biblioteca debe regirse por un reglamento más estricto.

Clara apenas tuvo tiempo de contener su indignación antes de que su superior continuara:

—¿Puede explicarme por qué ha dedicado un espacio tan destacado a los libros que la industria cinematográfica ha adaptado para la pantalla?

—No podemos ignorar la influencia de Hollywood —protestó Clara—. He comprobado que, cada vez que una novela se adapta al cine, las solicitudes de préstamo aumentan sobremanera.

—Pero ¿es ese el tipo de lectores que queremos en nuestra biblioteca, señora Button? Es lo que intentaba explicarle ayer. Lo que tiene que entender, querida, es que muchas de esas mujeres proceden de un estrato mental inferior y que su uso de la palabra impresa requiere de más apoyo y orientación. Debemos elevar sus estándares, dirigirlas hacia un material más edificante.

Clara era incapaz de hablar.

—Fíjese en esto —continuó el señor Pinkerton-Smythe mientras agitaba una mano hacia la estantería de ficción femenina—. Las novelas ligeras, como las de Ethel M. Dell y Denise Robins, suponen un grave peligro para la literatura. Al permitir que las mujeres las lean, usted está haciendo el mínimo indispensable para elevar el nivel intelectual.

—¿«Al permitir que las lean»? —repitió Clara, exaltada—. Habla como si mis usuarias no supieran lo que quieren.

Sintió que el corazón se le aceleraba, pero la afrenta a la que la estaba sometiendo aquel hombre hacía que se sintiera como si la estuvieran golpeando.

—Venga, cálmese, querida, se está excitando otra vez. —La sonrisa de su jefe era fría y despectiva—. Tengo que irme, ya retomaremos este asunto en otro momento, pero una última cosa: los dedos de los pies.

—¿Los dedos de los pies?

Bajó la mirada y se vio las uñas pintadas, que le asomaban bajo los pantalones.

—Están a la vista.

—Pues sí, pero es que a mi último par de medias se le ha hecho una carrera.

—Sea como sea, esos dedos desnudos no tienen cabida en una biblioteca. Ha llegado a mis oídos lo que le ocurrió anoche. A ver cómo se lo digo con delicadeza… No conviene que le transmitamos una idea equivocada a los hombres, ¿no? Plantearé el tema en nuestra próxima reunión de la Comisión de Bibliotecas, pero, mientras tanto, por favor, póngase zapatos que le cubran los dedos de los pies.

Durante unos instantes, la ira dejó a Clara sin voz. ¿Cómo se atrevía a insinuar que la culpa de lo ocurrido era suya?

—Muy bien, señor —dijo, temblorosa.

En ese momento, se vio a través de la mirada crítica de su jefe y supo con certeza que el señor Pinkerton-Smythe no solo le tenía antipatía, sino que la detestaba.

El hombre se agachó para recoger su maletín.

—Y, por cierto, señora Button: limpie esta biblioteca, eche a los niños y saque al loro de aquí, por favor.

Clara no se quedó mirándolo mientras se alejaba, sino que se volvió hacia la estantería y se metió los nudillos en la boca.

—Para que conste: a mí tus dedos de los pies no me resultan en absoluto ofensivos; de hecho, creo que son muy bonitos.

—Billy. —Levantó la vista y se lo encontró mirándola con una sonrisa divertida dibujada en los labios—. ¿Has oído la conversación entera?

—No, pero sí más de lo que me hubiera gustado. ¿Quién era ese tío tan raro?

—Mi nuevo jefe.

—Hola, tú debes de ser el misterioso Billy —intervino Ruby, que se unió a ellos con una sonrisa socarrona en la cara—. Creo que nunca podré decir o hacer nada para agradecerte lo suficiente que anoche detuvieras a ese hombre.

Billy se sonrojó ligeramente.

—En realidad no hice nada. Estaba en el lugar adecuado, en el momento adecuado. —Entonces se volvió hacia Clara—. ¿Me dejé aquí el casco anoche?

—Ay, sí, voy por él.

Cuando volvió, se dio cuenta de que Ruby estaba desplegando todos sus encantos y Billy estaba tan deslumbrado como una liebre ante los faros de un coche.

La mejor forma de describir el «estilo» habitual de Ruby era como «ardiente». Nadie podía acusarla de hacer caso omiso de la llamada a las armas de «Complacer es tu deber», y raro era el día en que no llevaba los labios más rojos que un buzón de correos. Incluso sus piernas torneadas lucían siempre una abundante capa de una crema que corregía las imperfecciones sin que tuviera que ponerse medias. Clara sabía que la versión que su amiga le ofrecía al mundo era una fanfarronada, tan falsa como el lunar que se pintaba junto a la boca. La verdadera Ruby tenía muchos matices y más capas que una cebolla, pero ¿acaso no se estaban escondiendo todos detrás de un personaje?

—¿Cómo tienes el labio? — le preguntó Clara a Billy.

—Sobreviviré. Me encuentro mucho mejor ahora que he escuchado *La isla del tesoro*. Era una de mis novelas favoritas cuando era pequeño.

—¿Ahora ya no es tu libro favorito?

—No —contestó él sonriendo y con un matiz burlón en la mirada.

Clara le devolvió el casco.

—¿Te has enterado de que ha habido unos cuantos ataques más en la zona?

A Billy se le cayó el casco.

—¡No!

Parecía horrorizado.

—Sí, eso me temo. Antes ha venido a verme un policía. Imagino que querrá tomarte declaración esta semana.

—Clara, es horrible —dijo antes de agacharse para recoger el casco—. No vuelvas a casa sola. Y tú tampoco, Ruby. Nunca.

—No te preocupes, no lo haré.

Billy frunció el ceño.

—Podría venir y acompañarte después del trabajo, siempre que mis turnos lo permitan.

—Billy, de verdad, no hace falta —respondió ella—. Ya has hecho más que suficiente.

—Claro que hace falta. Es que… no puedo ni imaginármelo. Sola no estás a salvo.

La bibliotecaria lo miró con curiosidad.

—Pero no estoy sola. Tengo a Ruby. Además, aquí, en la biblioteca, estamos más que seguras.

Él apretó el casco con fuerza entre los dedos y luego lo golpeó con nerviosismo mientras reflexionaba para sus adentros.

—Por favor, no te expongas a ningún riesgo, Clara. —La miró con aire inquisitivo y luego le echó un vistazo a su reloj de pulsera—. Puñetas. Tengo que irme. Prométeme que vas a tener cuidado.

Ella asintió.

—Te lo prometo.

Se quedaron mirándolo mientras salía de la biblioteca y agachaba la cabeza para franquear la puerta baja y llegar de nuevo al andén.

—Está colado por ti —dijo Ruby, y chasqueó la lengua contra el paladar.

—Mira que eres boba, no digas tonterías.

Ruby arqueó una ceja perfilada a la perfección.

—Créeme, le gustas.

—Rubes, estoy casada… Estaba casada.

—Lo sé, cielo, y no pretendo faltarle al respeto a la memoria de Duncan, pero ya han pasado casi cuatro años. Está permitido que te enamores.

Clara clavó la mirada en la puerta, intrigada, confusa y, quizá, solo un poquito esperanzada. «¿Era eso lo que estaba ocurriendo?»

Se quitó aquella idea ridícula de la cabeza. La atracción que estaba experimentando hacía que se sintiera como si estuviese traicionando la memoria de Duncan. Además, apenas sabía nada de Billy Clark, aparte de que tenía una insólita habilidad para aparecer en el lugar adecuado en el momento adecuado, que trabajaba muchas horas y que tenía una perra absurdamente bonita. ¡Ni siquiera sabía quién era su escritor favorito!

En la biblioteca ya solo quedaban Marie, Beatty y el señor Pepper. Clara decidió cerrar pronto y acompañarlos a los tres hasta sus respectivas literas.

Juntos, formaron un grupito y bajaron por el andén; atajaron por el pasillo pequeño y oscuro que unía el túnel de los trenes que circulaban hacia el oeste con los dormitorios del metro, situados en los túneles que llevaban al este y que estaban fuera de servicio.

Eran las 19.45 y los ocupantes de los túneles-dormitorio se estaban preparando para la noche. Los *scouts* habían montado hileras de literas triples —de metal, menos acogedoras para los piojos— que se extendían hacia el este a lo largo de los túneles durante algo más de un kilómetro.

Clara se quedaba sin aliento cada vez que las veía. Parecía el interior de un coche-cama gigante. En los compartimentos marcados de la A a la D podían dormir hasta cinco mil personas, aunque, una terrible noche del Blitz de 1940, habían llegado a hacinarse hasta ocho mil.

—¿Cuál es su número de litera, señor Pepper? —preguntó Clara, que sacó sus sales aromáticas y las olfateó con discreción.

Aquellos túneles salvaban vidas, pero la fetidez del aire en el que tantos cuerpos sucios y apretados dormían noche tras noche había que olerla para creerla.

—Me temo que estoy muy lejos, al final de la D.

—¿Y las vuestras dónde están, chicas?

—En el número 2023, en la B —respondió Beatty.

Marie iba aferrada a la mano de Clara, brincando y saludando a sus amigos con la mano.

—Me encanta dormir bajo tierra —comentó—. Bea me ha dicho que un día puedo quedarme con la litera de arriba.

—*N'oublyie pon chein qué j'té dis* —murmuró Beatty.

Marie se calló de inmediato.

—Ya hemos llegado —dijo la mayor en tono incómodo.

—¿Dónde está vuestra madre, cielo? —preguntó Ruby.

—Trabaja de noche —respondió Beatty—, en la fábrica de aviones Plessey, en Ilford.

—¿Cuándo vuelve? —preguntó Clara.

—No lo sé, a veces hace turno doble.

—Entonces, ¿quién cuida de Marie? —preguntó Ruby.

—Yo —replicó Beatty a la defensiva—, ya tengo edad para ello. La llevo a la guardería antes de fichar en Rego.

—Clara, ¿me lees un cuento? —preguntó Marie mientras se acurrucaba bajo una manta rasposa—. Por favor.

—No, no puede —soltó Beatty—. Tiene cosas que hacer.

—Otro día, te lo prometo —intervino Clara—. Pero no dejes de venir a la biblioteca mañana por la tarde.

—Pero ese señor te ha dicho que solo puedes hacer la hora del cuento una vez a la semana.

—Lo has oído, ¿no? No te preocupes, os leeré todos los días, tesoro. Buenas noches, que tengas dulces sueños.

—Buenas noches, señora Button —dijo Beatty.

—Clara, por favor. Ahora somos amigas, ¿recuerdas?

La muchacha sonrió con timidez.

—Gracias, Clara.

Beatty cogió la linterna de su litera y se aovilló bajo su manta con un libro, igual que hacía Clara cuando era más joven.

—Una irresponsable, si quieres que te diga lo que pienso —murmuró Ruby en cuanto estuvo segura de que las niñas ya no podían oírlas—. Beatty tiene solo dieciséis años, su madre no debería dejarla toda la noche a cargo de una cría de ocho.

—¿Y qué quieres que haga? —respondió Clara.

—Aun así. Las niñas de esa edad necesitan a su madre. Voy a cantarle las cuarenta cuando la vea.

Tras acompañar al señor Pepper hasta su litera, continuaron su camino por el túnel resonante, subieron las escaleras mecánicas y salieron a la calle por la entrada del metro.

—Te lo dije. —Ruby le dio un codazo a Clara en el costado—. Ahí está el mismísimo Billy Ojos Azules, en carne y hueso.

—¡Billy! —exclamó Clara.

Estaba apoyado en las verjas que había junto al metro.

—No puedes mantenerte alejado, ¿verdad? —dijo Ruby en tono burlón.

—He podido cambiar el turno de esta noche. Solo quería asegurarme de que las dos llegáis a casa sanas y salvas —respondió, y un mechón de pelo rubio arenoso le cayó sobre la cara.

Clara sintió que algo cálido le serpenteaba en el vientre. Era innegable que se sentía atraída por aquel hombre amable y considerado.

Billy le tendió el brazo para que se agarrara y ella lo aceptó.

Ruby insistió en que pasaran primero por sus edificios y le dedicó a Clara un guiño nada sutil cuando se despidieron de ella. Cinco minutos más tarde, estaban de nuevo en Sugar Loaf Walk.

Se detuvieron junto al umbral, Billy no parecía tener ganas de marcharse.

—Ha sido muy agradable llegar acompañada hasta casa —dijo Clara—. Me he acostumbrado a vivir sola y a ser independiente.

—Leí que te habías quedado viuda —comentó él en voz baja—. Lamento mucho tu pérdida.

—Gracias. Mi marido… Bueno, murió en combate en Francia. Mis pérdidas no son peores que las de los demás, esa es la frase que tengo que recordarme una y otra vez… Perdona, estoy hablando demasiado.

—¡Para nada!

—¿Y qué me dices de ti? —preguntó—. Debes de ver cosas terribles en tu trabajo.

—Sí, pero tengo un estómago fuerte y, además, me encanta lo que hago.

—¿Estabas exento de servir en el ejército? —preguntó, dominada por la curiosidad.

—Soy objetor de conciencia.

—Ah, entiendo. Hay que ser muy valiente para eso.

—Eres de las pocas personas que lo ven así, créeme.

—¿Por qué?

—Supongo que por la misma razón por la que a la gente no le gusta ver a las chicas jóvenes leyendo sin parar. No es lo que se acostumbra a hacer… Además, ser objetor de conciencia no se considera muy heroico, ¿verdad?

—Pero estás contribuyendo en el frente doméstico, ¿no? Imagino que trabajar en una ambulancia no es pan comido.

Él suspiró, cansado.

—No, desde luego que no. La semana pasada trabajé setenta y cinco horas, pero la gente se forma opiniones, claro. Bah, no sé. Si hubieran visto lo que vi yo cuando fui camillero en Dunkerque…

Se hizo un silencio interminable entre ellos. «Dunkerque.» A Clara se le hizo un nudo en la garganta.

—Te invitaría a pasar, pero ya sabes que a la gente le gusta hablar.

—No, por favor, lo entiendo. De todas formas, ya va siendo hora de que me vaya.

—Gracias otra vez, Billy —le dijo al mismo tiempo que metía la llave en la cerradura.

—Solo cumplo con mi deber cívico.

Él sonrió y se apartó con brusquedad.

En ese momento, Clara sintió un intensísimo deseo de acercarse a él y besarlo, de que la estrechara entre sus brazos, de notar el calor de un cuerpo en su cama y de volver a sentir esperanza. De cualquier cosa menos de entrar en su piso solitario, donde los recuerdos de su fracaso como esposa gritaban desde las paredes. El silencio absoluto: eso era lo peor de estar sola. No podía decirse que Duncan y ella tuvieran mucho en común. Antes de la guerra, pasaban la mayoría de las noches sentados junto al fuego, ella con una novela y Duncan con las páginas de las carreras, pero era esa compañía silenciosa lo que más echaba de menos. Si no fuera por los libros, estaba segura de que a aquellas alturas ya habría empezado a hablar sola.

—Bah, qué más da —soltó—. Entra a tomarte una taza de té, no es que beberse un té sea algo escandaloso, ¿no?

—Te lo agradezco mucho, Clara, pero más vale que no lo haga.

Billy se dio la vuelta y comenzó a alejarse por Sugar Loaf Walk, con *Beauty* trotando tras él. Clara gruñó y apoyó la frente en la puerta.

«Es que no puedes ser más tonta.»

La vida no era una de las novelas románticas de Dot. Billy no iba a abrazarla y a besarla con avidez en la entrada de su casa. La curiosidad se apoderó de ella mientras lo veía desaparecer en la oscuridad del apagón. ¿Quién era aquel hombre que deploraba la guerra y, sin embargo, lidiaba a diario con sus espantosas consecuencias? Billy Ojos Azules era toda una paradoja. Parecía que se muriese de ganas de marcharse de allí y, sin embargo, ¿qué le había dicho antes Ruby? «No puedes mantenerte alejado.» Clara dio un golpecito en el marco de la puerta y luego, con un gran suspiro, se adentró de mala gana en el enorme vacío de su casa.

6

Ruby

«Si tienes un libro, tienes un amigo.
Como hija única, la lectura me ofrecía
un amigo a todas horas.»

ANDREA HOMER,
extrabajadora de fin de semana
en la Biblioteca Cradley de Halesowen

EL VERANO SE derramaba sobre Bethnal Green, pegajoso y sofocante.
En los terrenos bombardeados de todo el barrio, brotaban ya montones desperdigados de adelfas, y el aroma del asfalto derretido y del
polvo de carbón hormigueaba en el aire caliente.

El Baby Blitz, como habían bautizado a la breve racha de bombardeos que había acabado con la vida de la señora Pepper, había pasado
y algo más ominoso retumbaba en el horizonte como una tormenta cada
vez más cercana. Habían transcurrido trece semanas desde el ataque
contra Clara en la puerta de su casa y, desde entonces, otras dos mujeres
habían pasado por lo mismo. Una de ellas, que había conseguido zafarse
del agresor, en Hoxton, y la otra, que, por desgracia, no lo había logrado,
en Whitechapel. La policía había advertido a todas las mujeres del East
End que debían estar alerta. Ruby se había metido un puño de acero en
el bolso y había gritado a los cuatro vientos que no dudaría en utilizarlo
si se presentaba la ocasión. Aunque no pasaba mucho tiempo sola en la
calle de noche, al menos ahora que Billy había aparecido en escena.

Mientras subía las escaleras hacia su edificio después del trabajo, y tras haberse despedido de Clara y de él, Ruby iba reflexionando sobre el enigma que era Billy Clark. Parecía haber asumido la tarea de ser el protector de Clara y, cada vez que su turno se lo permitía, las acompañaba a las dos a casa, seguido de su perrita en todo momento.

Billy era un perfecto caballero: siempre era él quien caminaba más cerca de la carretera y no se marchaba hasta que las dejaba justo en la puerta. Sin embargo, Ruby empezaba a pensar que esa caballerosidad tan curiosa ocultaba algo más. Aquel sanitario de ambulancia tenía algo que no acababa de descifrar. Era evidente que estaba prendado por Clara y, aun así, estaba decidido a mantener su relación en el ámbito de lo formal, pues había rechazado todas las invitaciones para entrar a tomar algo con ellas en la biblioteca.

De repente, se le ocurrió una idea muy desagradable: más le valía no estar casado. Ruby se había topado con muchos más adúlteros de lo deseable, sobre todo durante el Blitz, con hombres que deberían tener más decencia, pero mandaban a su esposa al campo y se consideraban libres de entregarse a las aventuras amorosas. ¡Últimamente, cualquier callejón oscuro era una cama blanda!

Dichosos hombres. En opinión de Ruby, a la mayoría de ellos habría que cortarles la minga. Sobre todo a su padrastro. Inútil desgraciado. Tampoco había vuelto a saber nada del soldado americano, el tal Eddie, pero tampoco le sorprendía. Le había impuesto una tarea imposible. Con el racionamiento de papel, era difícil encontrar novelas tan populares como aquella. Esa noche era la primera reunión oficial del club de lectura y ¡solo tenían dos ejemplares manoseados de *Lo que el viento se llevó*!

Con un suspiro, abrió la puerta de su piso.

—Ya estoy en casa.

—Aquí, cielo. Cierra la puerta, que se escapa el gato.

Ruby pegó un portazo y fue a buscar a su madre.

Netty estaba en la cocina —cómo no— puliendo los fogones con grafito, moviendo el brazo de un lado a otro con el mismo frenesí que un violinista. Las patatas estaban peladas y sumergidas en agua con sal, y había una sartén preparada para freírlas.

—No me quedaré mucho rato. Solo he venido a cambiarme antes de volver a la biblioteca.

—¿Y la cena?

Ruby cortó una rebanada de la hogaza de pan que había a un lado y la untó ligeramente con margarina.

—Aquí la tienes.

—Eso no te da ni para sobrevivir —dijo su madre en tono preocupado.

Ruby se encogió de hombros mientras masticaba.

—Bastará para absorber la ginebra.

—Estás bebiendo demasiado, mi niña. —Netty se aclaró la mugre de las manos antes de secárselas en el delantal—. Eso opina Victor.

—Y él sabe mucho de eso —farfulló Ruby en voz baja—, patán borracho.

—¿Cómo dices, cariño?

—Digo que esta noche es nuestra primera sesión del club de lectura. Seguro que viene mucha gente.

Tiró las migas del plato al cubo de la basura y se reaplicó el pintalabios.

—Oye, ¿por qué no te vienes, mamá?

—¿A la biblioteca? ¿Y dejar que Victor se haga la cena?

Ruby puso cara de hastío.

—A quién se le ocurre…

Giró los hombros rígidos y suspiró.

—¿Estás cansada, cielo?

—Codo de bibliotecaria. —Esbozó una mueca—. Debemos de haber cargado con las cajas de libros para entrar y salir de por lo menos una decena de fábricas. Venga, por favor, mamá, ven esta noche. Te lo pasarías bien.

—Ya me conoces, cariño. No leo mucho. Soy demasiado tonta. Los patrones de punto de la revista *Woman's Own* son casi lo único que entiendo.

—Eh, mamá, no te menosprecies…

Se oyó un golpe fuerte en la planta baja.

—Ay, Dios, Victor ya ha vuelto. Por todos los santos, no he empezado a prepararle el hígado encebollado. Va a ponerse hecho una furia.

—Mamá, cálmate.

Les llegó un ruido desde el patio.

Ruby salió al balcón. Vio a Victor dando tumbos por el patio central de los edificios, chocando con las paredes.

—«Tenía un cuartito de alquiler, costaba media coronaaa…» ¿Qué coño miráis? ¡A la mierda todas! ¡Volved a la cocina, arpías viejas y entrometidas!

Las mujeres de la plaza lo observaban desde los rellanos y se morían de risa cada vez que lo veían avanzar dos pasos y retroceder tres.

—¡Eh, Victor! A ver si nos enseñas esos pasos de baile, aunque no parecen fáciles, ¿eh?

—¡Oye, Netty, cariño! —gritó Nell, la del número 10—. Más vale que bajes a buscar a tu hombre. Está como una cuba. Han venido un par de guindillas[2].

Netty apareció en el balcón junto a Ruby.

—Hola, señor —le dijo uno de los agentes a Victor—. Parece que se ha despistado un poco, ¿no?

El padrastro de Ruby señaló hacia arriba y los dos policías levantaron la vista.

—Esto es suyo, ¿no, señora?

—Perdonen… —empezó Netty.

—No lo habíamos visto en la vida, agente —replicó Ruby.

—Me suena su cara, trabaja en la biblioteca del metro, ¿no?

—Así es, agente —dijo Ruby, que lo deslumbró con una de sus sonrisas—. Ruby Munroe.

—Me temo que he acumulado un pequeño retraso con mi último préstamo.

—Yo me encargo, agente. Ya verá cómo se desvanece la multa.

Le guiñó un ojo.

---

[2] Forma coloquial y despectiva de referirse a un agente de policía en la época.

—Muchísimas gracias, señorita Munroe.

El policía bajó la mirada hacia el guiñapo tirado en el suelo.

—Bueno, pues seguro que durmiendo en el calabozo se le pasa la mona. Ya lo reclamará alguien mañana por la mañana.

La pareja ayudó a Victor a ponerse de pie.

—También podrían dejarlo en objetos perdidos… —comentó Ruby con un guiño—. No, fuera de bromas, yo miraría si se le puede acusar de alteración del orden público. En esta plaza hay muchos críos que no tendrían por qué escuchar ese tipo de lenguaje.

—Tiene razón, señorita Munroe.

El agente la miró por última vez de arriba abajo y su colega y él se llevaron a Victor a rastras a la comisaría de Bethnal Green.

—Ay, cielo —dijo Netty—. No deberías haberlo hecho.

—Venga, mamá, estaba tan borracho que mañana ni siquiera se acordará de que se ha pasado por aquí. Se lo merece. Ahora tienes doce horas libres. Y vas a venir conmigo al club de lectura.

—A Victor no le parecerá bien. No le gusta que lea libros.

«Por supuesto, te prefiere ignorante», le habría gustado decir a Ruby. En cambio, se limitó a sonreír con dulzura.

—Mamá, es un debate sobre un libro, ¿qué puede tener de malo? —Ruby le quitó el paño de cocina que llevaba colgado del hombro y lo arrojó a la plaza—. Te vienes a la biblioteca.

RUBY SUPO QUE algo iba mal en cuanto pusieron un pie en el metro.

Vio a Clara cruzar el vestíbulo a toda prisa.

—¿Quién está a cargo de la biblioteca? —le preguntó Ruby.

—El señor Pepper. Es la pequeña Marie Kolsky.

—¿Qué le ha pasado?

—Ha desaparecido. No ha venido a la hora del cuento y Beatty no la encuentra por ninguna parte. La señora Chumbley ha organizado una partida de búsqueda y ella misma la está guiando por los túneles. Yo voy a buscar a Billy, a ver si puede prescindir de parte del personal de ambulancias para que nos echen una mano.

Sparrow, Ronnie y Tubby irrumpieron en el vestíbulo.

—Vale, vosotros tres, venid conmigo —ordenó Ruby—. Las Ratas del Metro vais a enseñarme todos vuestros escondites.

Ruby, Netty y los chicos bajaron por las escaleras mecánicas a la carrera y oyeron el alboroto que iba subiendo a su encuentro.

—No, no, no la llame.

Beatty estaba histérica y la enfermera del refugio intentaba calmarla.

—Le he preguntado dónde trabaja su madre para poder llamarla y advertirle de lo de Marie, pero se niega en redondo, no quiere que la llame al trabajo —explicó la enfermera.

—Por favor, no lo haga.

—Deje que me la lleve a la biblioteca a beber un vaso de agua y sentarse tranquila un rato —sugirió Ruby, y la enfermera asintió.

—De acuerdo. Avíseme si necesita que la ayude.

—Gracias, enfermera. A ver, chicos —dijo Ruby tras volverse hacia Sparrow, Tubby y Ronnie—, peinad hasta el último centímetro de estos túneles. Encontrad a Marie.

Los muchachos se dieron la vuelta, convertidos en una gran maraña de miembros.

—¡Vamos a echar un vistazo a la habitación del terror! —gritó Sparrow.

—¿La habitación del terror? —preguntó Beatty, llorando.

—Solo es el nombre que le han puesto a la sala de ventilación —murmuró Ruby—. Hace ruidos raros.

Al menos esperaba que esa fuera la razón de que la llamaran así.

Ya en la biblioteca, Ruby le sirvió a Beatty un vaso de agua y la acompañó hasta un rincón tranquilo de la sala de lectura.

—Siéntate, cielo, y bébetelo. Tu hermana aparecerá, ya verás. —La chica se sentó de mala gana—. Debe de haber sido muy duro para vosotras marcharos de Jersey para venir hasta aquí, y más dejando allí a vuestro padre. —Beatty bebió un sorbo de agua y asintió—. Háblame de Jersey —intentó persuadirla—. Siempre he querido ir. Seguían anunciando las islas del Canal como un lugar de vacaciones sin riesgo de bombardeos incluso después de que estallara la guerra.

—Eso fue parte del problema —respondió Beatty—. No estábamos preparados. Tras la caída de Francia, todo se convirtió en un caos.

—¿Qué hizo tu madre? —preguntó Ruby.

Beatty se estaba aguantando las lágrimas.

—Hizo cola durante horas para conseguirnos un pasaje en un barco y, cuando llegó el día... Uf, fue horrible. En el muelle había una muchedumbre luchando por subir a los barcos, ni siquiera pude despedirme de mi padre como es debido.

—Qué miedo. ¿Por qué no viajó tu padre con vosotras?

—Quería quedarse para cuidar de su negocio. Creo... Creo que no pensaba que los alemanes fueran a invadir la isla de verdad.

Ruby asintió. Había leído las escalofriantes noticias sobre las islas del Canal cuando primero las bombardearon y luego las invadieron. Resultaba difícil creer que la posesión más antigua de la Corona se hallara en ese momento bajo ocupación nazi.

—¿Por qué decidisteis venir al East End?

—Mi madre tenía una tía en Whitechapel, pero, cuando llegamos, descubrimos que ella también se había marchado.

—La guerra da muchas sorpresas —comentó Ruby—. La mayoría desagradables. ¿Qué hizo tu madre entonces?

—¿Qué iba a hacer? Buscó trabajo y encontró una casa, pero luego nos la bombardearon y aquí estamos.

Ruby guardó silencio, intrigada por la extraña odisea que había arrancado a aquella muchacha de dieciséis años de su idílico hogar isleño.

—Bethnal Green debe de ser muy distinto a Jersey —dijo.

—Y que lo diga —suspiró Beatty—. Echo de menos bañarme en la piscina de agua salada de Havre des Pas. Ayudar a cosechar patatas, el olor de las algas secándose en los campos.

—Suena paradisíaco —respondió Ruby.

—Lo era. Pero ahora ya no. ¿Cómo es posible que nuestra isla esté cubierta de esvásticas?

—A lo mejor a tu padre no le ha pasado nada. Parece una ocupación menos estricta que la de Francia —dijo Ruby.

—¿En qué sentido, exactamente? —respondió la muchacha con desdén—. Por favor, dígame que no se cree toda esa propaganda disparatada. No hay vida buena bajo el yugo de los nazis. Sobre todo si eres judío, señorita Munroe.

—Lo siento, ha sido un comentario insensible. ¿Sabéis algo de tu padre?

—Los cables desde las islas del Canal hasta Gran Bretaña se interrumpieron en cuanto se produjo la invasión, y los barcos del correo marítimo dejaron de navegar, así que mi madre nos llevó a las oficinas de la Cruz Roja en Londres. Allí nos dieron una carta de la Cruz Roja[3].

—¿Y?

—Hemos enviado muchas, pero no hemos recibido ni una sola respuesta.

La solemnidad de su mirada contaba mil historias de pérdida y separación.

—Voy a contarte un secreto. Yo también tengo miedo —confesó Ruby.

—¿Usted? Pero si siempre parece contenta.

—Créeme, cielo —suspiró mientras pensaba en Victor—, es todo fachada.

A lo largo de la conversación, dos cosas habían llamado la atención de Ruby: la primera, que Beatty era tremendamente inteligente; la segunda, que su madre no parecía tener una gran presencia en su vida en los túneles. Una sospecha incipiente comenzó a formarse en su interior.

—¿Tu madre trabaja en el turno de noche muy a menudo?

—Siempre.

—Eso hace que cargues con una gran responsabilidad.

—Tengo dieciséis años, ya no soy una cría.

---

[3] Permitían ponerse en contacto con familiares aunque no se pudiera utilizar el servicio postal regular. Se podían escribir mensajes de hasta veinticinco palabras en un formulario estándar, pero a menudo las cartas tardaban varios meses en llegar a sus destinatarios.

Ruby asintió. La madre de Beatty y de Marie no sería la primera que perdía la cabeza por un soldado extranjero. Londres era una ciudad en auge en ese momento, y los yanquis y su liberalidad con el dinero habían hecho perder la cabeza incluso a las mujeres más prudentes. Los soldados americanos habían llevado con ellos el glamur y el color, por no hablar de los anticonceptivos. Ella lo sabía muy bien. Al parecer, los uniformes de mejor calidad y la paga más alta no eran las únicas ventajas de las que gozaban las fuerzas estadounidenses en comparación con sus aliados británicos. ¿Cabía la posibilidad de que la señora Kolsky estuviera disfrutando de su recién descubierta libertad y considerase que el refugio subterráneo era una guardería nocturna?

—Aun así. Cuidar de Marie no es solo tarea tuya.

—No nos conoce ni a mi madre ni a mí, así que, por favor, ahórrese los juicios.

—Solo intento ayudar, Beatty. —Se le ocurrió una idea—. Oye, ¿qué necesitáis? Tengo un amigo que puede sacar algunas cosas bajo mano.

—Ahora mismo solo necesito una cosa y ni siquiera usted puede ayudarme con eso, señorita Munroe.

—Ponme a prueba.

—Espacio. Un lugar donde pensar. —Hizo un gesto con el que pretendía abarcar todo lo que las rodeaba—. No hay intimidad en ningún sitio. Le escribo cartas a mi padre todas las semanas y me las guardo en el bolso, pero en el trabajo nos los registran, y Pat y Queenie siempre hacen algún comentario lascivo sobre que tengo novio. La primera vez me hizo gracia, ahora ya me resulta cansino, la verdad.

Ruby se echó a reír.

—Me lo imagino. Ninguna de ellas es famosa por su sutileza. Tengo una idea.

Se levantó, se acercó a la estantería de libros de no ficción y sacó *El arte de cuidar de tu hogar.*

La mirada de ojos oscuros de Beatty la siguió con curiosidad mientras sacaba el alijo de botellas de licor que tenían escondido detrás.

—Cuando construyeron esta biblioteca, debieron de quedarse sin madera, porque esta parte de aquí, la de detrás de esta estantería, estaba hecha solo de contrachapado y se cayó. A fin de cuentas, se supone que todo esto es solo temporal y que lo tirarán abajo cuando termine la guerra. —Metió la mano en la cavidad oscura—. Linda con la pared del túnel y justo aquí hay un hueco. —Continuó hundiendo la mano en la estantería hasta que le engulló todo el brazo—. Creo que debieron de construirlo para meter canaletas de cables o cosas así, pero ahora está vacío. Si quieres, puedes guardar aquí tus cartas.

—¿Me promete que no las abrirá?

—Lo prometo.

Beatty las sacó del bolso y se las entregó.

—En esta biblioteca, nada es lo que parece —dijo la chica, que miraba a su interlocutora con interés.

En ese momento, Ruby tuvo la sensación de haberse ganado la confianza de aquella muchacha extrañamente adulta. Las bibliotecas son lugares que invitan a las confidencias. Todos esos libros que susurran desde las estanterías, que sueltan las lenguas... Tal vez fuera cierto. ¿Es posible que, cuando estás rodeado de historias, no puedas evitar compartir las tuyas? Ruby solía tener la impresión de que estar bajo tierra, en la penumbra laberíntica del inframundo, te despojaba de tu fachada cotidiana. La gente entraba en la biblioteca subterránea, inhalaba el aroma de los libros y bajaba la guardia. En ese momento, Ruby veía a una chica rebosante de historias. Beatty seguía ocultando el final, pero al menos había compartido el principio.

La muchacha recorrió la pequeña biblioteca con la mirada como si la viera por primera vez.

—¿Eso es de Marie?

Estaba señalando la pared que Clara había dedicado a las reseñas de los libros infantiles del reto de lectura.

Todo un tabique de la sala era un colorido mosaico de palabras y dibujos de los niños del refugio que habían decidido participar en el reto de leerse diez libros antes de que acabara el verano.

—«*Marabilloso*, me encanta *Azabache* un *monton*.» —Beatty leyó en voz alta la crítica de su hermana—. Menudas faltas de ortografía.

—No seas demasiado dura con ella, Beatty. No es culpa suya que los colegios estén cerrados en este momento, y te sorprendería lo mucho que está aprendiendo de la vida aquí abajo, en el refugio.

—¿Qué está leyendo ahora? —quiso saber la chica.

Ruby miró la carpeta.

—*La princesa y los duendes*.

—Señorita Munroe. —El señor Pepper asomó la cabeza por la puerta—. Creo que debería salir...

Un alboroto procedente del exterior de la biblioteca ahogó sus palabras.

—¡Marie! —exclamó Beatty.

Fuera, en la explanada de la estación en la que confluían los túneles del este y del oeste, se había congregado un grupo de personas, en cuyo centro se hallaban Sparrow, Tubby y Ronnie.

—La hemos encontrado —farfulló Ronnie.

—Si quieres encontrar a un niño, tienes que pensar como él —añadió Tubby mientras se daba unos golpecitos con el dedo en la sien.

—¿Qué tonterías estás diciendo, chaval? —gritó la señora Chumbley, que se abrió paso a codazos hasta situarse al frente de la multitud, con el señor Pinkerton-Smythe pisándole los talones.

—Venga, díselo, Sparrow —lo animó Ronnie dándole un codazo.

—Niñas —resopló—. No puede uno fiarse de ellas.

—Sparrow —intervino Billy con voz calmada—, ¿por qué no nos dices dónde está Marie?

—No se le ha ocurrido otra cosa que quedarse atascada a mitad de la escalera de incendios. Las niñas no saben desenvolverse en la habitación del terror.

—¿Por qué demonios se llama habitación del terror? —estalló el señor Pinkerton-Smythe.

—Es la sala de ventilación del túnel —le explicó la enfermera del refugio—. Es un cuarto pequeño que conecta con un pozo que lleva a Carlton Square. Se trata de una de las salidas de incendios designadas y creo que tiene una escalera de subida muy estrecha. Cuando en la calle hace viento, la rejilla de la puerta hace un ruido tremendo, como un gemido —continuó—. Da bastante miedo.

—También es una especie de imán para los niños y las niñas pequeños que tendrían que tener un poquito más de cabeza —dijo la señora Chumbley.

—¡Bueno, no se queden ahí parados sin hacer nada! —gritó el señor Pinkerton-Smythe, pero Billy ya se estaba abrochando el casco y había echado a correr hacia el andén del este seguido por el resto del grupo.

Llegaron al túnel, con literas a ambos lados, y sus pasos retumbaron cuando se adentraron a toda prisa en el cilindro de negrura.

Por fin, alcanzaron la última litera y el túnel se acabó: el tabique de aglomerado era como un punto final en la oscuridad.

En la penumbra, Ruby distinguió que en la pared del túnel se abría una puertecita con una costra de hollín que estaba cubierta con una rejilla metálica.

Billy la abrió y se volvió hacia Sparrow.

—¿Ha ido hacia arriba o hacia abajo, hijo?

—Hacia abajo, señor.

La rejilla metálica que cubría la puerta se cerró con un estruendo amenazador a su espalda.

El grupo se sumió en un silencio tenso.

—Espero que no haya bajado demasiado —susurró Tubby—. Dicen que bajo los túneles hay toda una red de pasadizos que llegan hasta la Torre de Londres. Un laberinto capaz de atrapar a una persona para toda la eternidad.

La multitud reunida ahogó una exclamación.

—El niño tiene una imaginación muy colorida —dijo Clara con ligereza.

Justo en ese momento, Pat Doggan, la madre de Sparrow, entró en el túnel hecha un basilisco.

—¡Ahí estás! —le gritó a Sparrow—. ¡Te la has ganado!

—¿Es suyo, señora? —preguntó el señor Pinkerton-Smythe.

—¿Qué ha hecho ahora este pazguato?

—Su pandillita y él se han dedicado a allanar una propiedad de la London Passenger Transport.

—¡No hemos allanado nada! —protestó Sparrow, pero una rápida colleja asestada por su madre acalló sus gritos.

—No volverá a hacerlo, señor, le doy mi palabra —dijo Pat enfadada—. Vas a irte un mes a la superficie, a vivir a casa de tu tía.

La mujer se llevó a su hijo a rastras por el andén mientras mascullaba acerca de una azotaina y de irse a la cama sin cenar.

—No quiero volver a ver a ese delincuente en la biblioteca —le dijo el señor Pinkerton-Smythe a Clara en un susurro.

—No es un delincuente. Es un buen chico.

Todo el andén observó el intercambio con curiosidad hasta que se oyó un ruido detrás de la puerta.

Billy salió con la pequeña Marie Kolsky en brazos, que estaba totalmente cubierta de mugre. Una tremenda oleada de alivio invadió al grupo.

—Traiga una camilla, enfermera, por favor —pidió Billy, que posó a Marie con gran delicadeza en el suelo—. Tiene un esguince feo en el tobillo.

—¿Cómo se te ocurre? —gritó Beatty.

Marie tenía el pelo enmarañado y sucio, y un carámbano de mocos le colgaba de uno de los agujeros de la nariz.

—Perdón —dijo entre lágrimas—. Pero es que quería ver si ahí abajo había duendes.

—¿Duendes? —preguntó la señora Chumbley.

—Sí, los duendes malvados que viven bajo tierra, creí que eran ellos los que hacían el ruido, señorita. Y pensé que cada vez estaban más cerca y venían a secuestrar a todos los niños.

—*La princesa y los duendes* —dijo Ruby, y dio una palmada—. De ahí es de donde ha sacado la idea.

—¡Aaah! —exclamó Clara, a quien se le escapó una risita cuando al fin lo entendió todo—. ¿Has encontrado algún duende?

—No. Solo caca de rata.

Al ver que todo se había solucionado, el grupo se dispersó.

—Billy, muchas gracias —dijo Clara—. Otra vez.

—Solo cumplo con mi trabajo —contestó, sonrojado—. Tengo que hablar un momento con la enfermera, luego me pasaré por la biblioteca.

—Un día más en nuestra pequeña biblioteca para los tiempos de guerra —suspiró Ruby—. No sé tú, pero yo daría lo que fuera por un trago de algo fuerte.

—Sí, y el club de lectura está a punto de empezar —le recordó Clara.

—Antes de eso, me gustaría hablar con usted, señora Button —dijo el señor Pinkerton-Smythe—. En la biblioteca.

Clara lo siguió y le lanzó una mirada sombría a Ruby al pasar junto a ella.

Ruby necesitaba llenarse los pulmones con una bocanada espesa de nicotina, así que se dirigió hacia las escaleras mecánicas que llevaban al vestíbulo superior.

—Señorita Munroe… —Al volverse, vio a Beatty al final de las escaleras mecánicas—. Gracias.

—¿Por qué?

—Por no decírselo a mi madre. Y por el escondite secreto —añadió en voz baja.

—Te dije que a tu hermana no le pasaría nada —respondió—. Escríbeselo a tu padre en una de las cartas.

Beatty sonrió y después volvió corriendo junto a su hermana.

Arriba, en el vestíbulo, Ruby cayó de pronto en la cuenta: «¡Mi madre!». En medio de todo aquel alboroto, Netty se había esfumado.

—¿Qué te pasa? —le preguntó Dot a voces desde detrás del mostrador de la cafetería—. Has puesto una cara como de que te hubieran dado gato por liebre.

—No habrás visto a mi madre, ¿verdad, Dot?

—¿A Netty? Sí, cariño, me ha dicho que iba a acercarse a la comisaría. Algo de que su hombre estaba enchironado y tenía que pagar la fianza. Oye, una cosa antes de que te vayas… —Dot metió la mano bajo el mostrador y le brillaron los ojos—. Parece que tienes un admirador, cielo.

—Uf, calla. ¿Quién?

La mujer dejó caer una pila de libros sobre el mostrador.

—Un yanqui. Eddie, ha dicho que se llamaba. Ha venido a buscarte, pero me ha dicho que la biblioteca estaba cerrada. Le ha tocado las narices no poder verte.

—Vaya —jadeó Ruby—. Sí, ha habido una emergencia y he tenido que cerrar un rato.

—Una pena. Es guapo, el puñetero. Te ha dejado nueve copias de *Lo que el viento se llevó* y esto...

Le entregó a Ruby una nota garabateada en el reverso de un paquete de Lucky Strike.

«Me estás rompiendo el corazón. Nueve menos. Falta uno. Volveré. Con la esperanza de ser tuyo, Eddie. Un beso.»

Ruby se echó a reír y, tras coger el primer ejemplar del montón, hojeó las páginas. Le pareció que estaba nuevecito.

—¿De dónde los ha sacado?

—No lo sé, cariño. —Dot le guiñó un ojo—. Pero por lo visto tiene muchas ganas de complacerte.

—Por Dios, Dot, un poco de respeto —rio Ruby mientras recogía los libros—. Ese hombre lo único que busca es un final feliz.

Fuera de la estación, Ruby encendió un cigarrillo. Sin duda, Eddie era muy tenaz, eso tenía que reconocérselo, pero sus motivos eran bastante transparentes. «Hombres.» Echó la cabeza hacia atrás y exhaló una larga columna de humo azul hacia el cielo. No daría ni un penique por ninguno de ellos.

La frustración le retumbaba en el pecho. Qué cerca había estado de conseguir que su madre entrara en la biblioteca. Podría haberse soltado la melena para variar, haber recordado qué clase de mujer era antes de casarse con Victor. Antes de que él la dejara hecha un trapo.

¿Existía en el mundo alguna biblioteca que contuviese un libro que pudiera enseñarle a su madre el valor de su propia autoestima? Si algo le habían enseñado los cuatro años de préstamos bibliotecarios que tenía en su haber, era que la historia ofrece las respuestas.

Curiosamente, recordó que, durante el Blitz, cuando parecía que Londres iba a arder hasta los cimientos, el señor Pepper leía extractos del diario de Samuel Pepys. Decía que los fragmentos sobre el gran incendio de Londres de 1666 lo reconfortaban, le hacían saber que la metrópoli se había reconstruido y que, sobre las cenizas de la antigua, se habían formado nuevas civilizaciones.

En aquel momento, Ruby lo había considerado macabro, pero ahora lo entendía.

Su padrastro no era solo un matón alcoholizado. Era un dictador en el frente doméstico. Un hombre tan retorcido que era capaz de romperle los dientes a su propia esposa para controlarla. Pero su guerra no se estaba disputando con balas y tanques; la suya era una guerra silenciosa, librada a puerta cerrada.

Vio que un grupito de chicas de la fábrica Rego pasaba ante ella a paso ligero, con dos novelas románticas históricas y tres de suspense, camino de su casa para zambullirse en un buen libro. Una o dos horas preciosas antes de acostarse para olvidarse del dolor de espalda y de la cena a base de huevo en polvo.

La solución era la lectura. En algún lugar, en alguna estantería, había un libro cuyas páginas ofrecían evasión y liberación. Solo tenía que encontrarlo. Ruby apagó el cigarrillo y regresó a la biblioteca subterránea aferrada a nueve ejemplares de *Lo que el viento se llevó*.

7

Clara

«Ese momento en el que algo hace clic y sabes que has
convertido a un niño en lector. Pura magia.»

DONNA BYRNE,
bibliotecaria de desarrollo de lectores
en las bibliotecas de Havering

—DÍGAME, SEÑORA BUTTON, en el examen al que se presentó para ser
bibliotecaria, ¿se incluía alentar a los delincuentes? —Pinkerton-
Smythe estaba muy enfadado y tenía a Clara en el punto de mira—.
Recibió formación sobre la importancia de la catalogación, la administración de las bibliotecas y los méritos de la buena literatura para
poder desempeñar sus funciones con eficacia. Deduzco que lo
aprobó. Es bibliotecaria titulada, ¿verdad?

—Sí, claro que sí. Me diplomé en la escuela de Biblioteconomía
de la Universidad de Londres. También recibí formación adicional
en biblioteconomía infantil bajo la supervisión de Berwick Sayers,
presidente de la Asociación de Bibliotecarios.

Su jefe resopló, no iba a dejarse impresionar.

—Entonces debería darse cuenta, mejor que nadie, de que la
mayoría de los niños que acuden a esta biblioteca son o delincuentes
o débiles mentales.

—Eso no es j…

—¡No me interrumpa cuando estoy hablando! Esos niños deberían estar educándose, no aquí.

—Pero si los colegios están cerrados, ¿adónde van a ir si no? —preguntó, desesperada.

—No es tarea de las bibliotecas públicas ayudar a entretener a los menores. ¿Tiene usted hijos, señora Button? —Chasqueó los dedos—. No, claro que no, si no, no estaría trabajando aquí.

—No considero que el hecho de ser o no ser madre tenga nada que ver con mi capacidad para desempeñar mis funciones de bibliotecaria —susurró con los ojos anegados en lágrimas calientes.

—Lo que faltaba, que ahora se ponga sentimental. Tengo entendido que su marido murió en Dunkerque. Siento su pérdida, pero la biblioteca no puede seguir en este estado.

—¿Por qué no se lo consultamos al director de propaganda nacional del Ministerio de Información? —preguntó Clara a voz en grito—. Porque, si no recuerdo mal, estaba bastante satisfecho con lo que estoy haciendo aquí.

La expresión del señor Pinkerton-Smythe pasó de la arrogancia a la ira y se acercó aún más a ella.

—Un día no muy lejano, esta guerra terminará y el Ministerio de Información quedará desmantelado. Las mujeres volverán a su casa, se restablecerá el legítimo orden social y yo seguiré aquí, señora Button, como presidente de la Comisión de Bibliotecas. ¿Dónde estará usted? —Clara hizo ademán de abrir la boca, pero él se le adelantó—. No es más que una suplente, solo ostenta el puesto de bibliotecaria municipal hasta que nuestros bibliotecarios varones vuelvan de la guerra. Y, cuando lo hagan, volverá a encargarse solo de la sección infantil.

«¿Solo de la sección infantil?»

El hombre recogió su maletín y se marchó dejando tras de sí una estela de aire viciado.

El torrente de adrenalina que había sostenido a Clara la abandonó de golpe y rompió a llorar.

Ruby, cargada con una pila de libros, entró en la biblioteca al mismo tiempo que Billy y *Beauty*.

—¡Qué hay, Billy! Mira esto, Cla, nueve ejemplares de *Lo que el viento se...* —Ruby se interrumpió—. ¡Uf, ese dichoso hombre! ¿Qué ha hecho ahora?

Soltó los libros y fue a abrazar a su amiga, pero Billy se le adelantó.

—Ese señor es un pedante condescendiente —dijo mientras cruzaba la biblioteca dando unas cuantas zancadas con las largas piernas.

La estrechó entre sus brazos y, durante un segundo, Clara apoyó la cabeza en su pecho.

Él se apartó de mala gana.

—Lo siento, Clara. Solo venía a decirte adiós. Tengo que irme.

Quizá fuera por el dramatismo de la tarde, pero se envalentonó.

—No, por favor, quédate —lo urgió—. Al fin y al cabo, el club de lectura fue idea tuya.

—Me… Me encantaría, pero, de verdad, tengo que irme.

A su espalda, Ruby puso los ojos en blanco.

—Anda, calla y siéntate de una vez, Billy, que no eres la puñetera Cenicienta. —*Beauty* ladró y rascó el suelo con las pezuñas—. ¿Ves? —continuó Ruby—. La perra está de acuerdo.

—¡Rubes! —exclamó Clara.

—No pasa nada —dijo Billy riendo—. Supongo que ahora lo mejor será que me quede, tendré que demostrarles a Ruby y a *Beauty* que no me convierto en calabaza.

—Buena decisión —sentenció Ruby con una sonrisa traviesa—. Os dejo tranquilos mientras recojo los periódicos antes del club de lectura. Vamos, chica.

La perra se alejó trotando tras ella.

—Muy sutil —le dijo Clara con un disimulado movimiento de labios.

Y entonces se quedaron solos. Aquella tarde, Billy tenía algo que lo hacía aún más atractivo. El sol estival le había bronceado el rostro y sus ojos azules destacaban más todavía.

—Lo cierto es que quería darte una cosa, Clara —dijo con nerviosismo al mismo tiempo que metía la mano en su bolsa y sacaba un paquete—. Llevo toda la semana cargando con ello.

Intrigada, la bibliotecaria le quitó el papel de estraza al paquete atado con un cordel.

—Pe… Pero no puedes regalármelos todos —protestó cuando el envoltorio dejó el contenido a la vista.

Eran las obras completas de Beatrix Potter, la primera edición.

—Eran de mi hermana pequeña.

—Pero tienen mucho valor.

—Felicity no desea formar su propia familia y trabaja en un destino confidencial fuera de la ciudad, en el campo. Tiene un cerebro del tamaño de Bulgaria y la Oficina de Guerra ha encontrado una forma de sacarle provecho. Le he hablado de tu biblioteca y quiere que te los quedes tú.

Con mucho cuidado, Clara limpió la fina capa de polvo que cubría el lomo, el polvo acumulado durante generaciones.

—Gracias. Estos libros conllevarán muchas satisfacciones.

Levantó la mirada y vio que Billy estaba sonriendo, disfrutando del placer que le había provocado el regalo.

—¡Ay, mira, *El cuento de la señora Bigarilla*! —gritó Clara—. Este me encantaba.

—A mí también —rio él.

—Y fíjate en este, *El cuento de la oca Carlota*. Era mi favorito, esperar la llegada del caballero con bigotes de zorro me ponía nerviosísima, y el caso es que, aunque solo era una niña, me enfurecía un montón que Carlota no fuera capaz de verlo por lo que era. ¡Qué tonta, mira que dejarse engañar para llenarse comiendo hierbas!

Ahora Billy estaba muerto de risa.

—A mí me gustaba más Perico el Conejo. Me encantaba que siempre fuera más listo que el tío Gregorio.

Se sumergieron en sus personajes favoritos de Beatrix Potter y se abrió una puerta al pasado. Clara se preguntó si al señor Pinkerton-Smythe le habrían leído cuando era niño. A lo mejor por eso era tan susceptible. Los espacios y las cavidades del cerebro que la lectura llenaba de empatía se habían calcificado y endurecido hasta convertir su imaginación en cemento.

—¿Crees que debería ofrecerme para enseñar a Sparrow a leer? —le preguntó a Billy.

—¿Tú qué opinas? —preguntó él a su vez.

—Creo que todos los niños merecen un paladín. Si no hubiera tenido a Peter, estaría... Bueno, no sé muy bien dónde estaría, pero desde luego no aquí.

—Claro que estarías aquí —la reprendió.

—No, en serio. Mis padres apenas leían. Cuando era pequeña, solo teníamos dos libros en casa: una enciclopedia y la Biblia. Todos los sábados iba a la biblioteca de Bethnal Green con mi carné para sacar tres libros. —Sonrió con nostalgia—. Todavía me acuerdo de cuando, a los trece años, Peter me dio a leer *El jardín secreto*. La idea de que existiera un jardín olvidado detrás de una puerta secreta me resultó muy intrigante. Empecé a dar vueltas por mi casa comprobando todas las puertas por si acaso. Parece una estupidez tremenda, ¿no?

—Qué va. —Le devolvió la sonrisa con ternura—. Parece que, en efecto, el libro abrió una puerta, al menos en tu mente.

—Fue mágico. Ese libro me cambió la vida. Las bibliotecas son... —Acarició los lomos de los libros con los dedos finos—. Lugares táctiles.

En el momento en el que se inauguró la tan esperada biblioteca financiada por Carnegie, Clara tenía tres años. A lo largo de su infancia, aquel fue el palacio forrado de libros de sus sueños. Y no era la única. Ni siquiera podía imaginarse cuántas vidas habría transformado la biblioteca de ladrillos rojos de Bethnal Green.

Bajó la vista hacia el libro.

—A veces, solo necesitas que a alguien le importe.

—¿Te gustaría salir conmigo algún día? Como amigos, digo... —añadió él de inmediato.

—Pero... ¿adónde? —preguntó, sorprendida.

Tenía la sensación de que la propuesta había surgido de la nada.

—Me muero de ganas de ir a ver la exposición de verano de la Royal Academy y siempre me siento un poco idiota cuando voy solo a una exposición.

—Bueno, en ese caso —dijo entre risas—, más vale que te acompañe. Pero debo advertirte que solo tengo libres los miércoles y los domingos por la tarde.

—No pasa nada, esperaré.

El corazón de Clara empezó a darle brincos de alegría en el pecho. ¿Había sentido alguna vez una atracción así por Duncan? El suyo había sido un noviazgo cómodo y conveniente. Duncan trabajaba en la empresa de ebanistería del padre de Clara desde los catorce años, era prácticamente «uno más de la familia», así que casarse con él le había parecido una conclusión inevitable. No tenían nada en común, pero sí compartían algo parecido al amor. Duncan y el padre de Clara iban juntos a todas partes, desde el trabajo hasta el canódromo pasando por las carreras de motos, y eso sin olvidar la peregrinación de los sábados para ver jugar al West Ham.

Había sido el marido perfecto: bondadoso y leal, el tipo de hombre en el que podías confiar en todo momento. Cerró los ojos, desgarrada por dentro. Acompañar como amiga a otro hombre a ver una exposición no sería traicionar su memoria, ¿verdad? La voz repugnante apareció de nuevo: «Si hubieras sido mejor esposa... si hubieras dejado de trabajar...».

—¿Estás bien? —La voz de Billy la devolvió de golpe al presente—. No tenemos por qué ir... Es una mala idea, ¿no? Olvídalo, como si no hubiera dicho nada.

—No pasa nada —dijo en voz baja—. Me encantaría ir.

—Señora Button, ¿puede venir un momento? —La voz del señor Pepper llegó desde la sala de lectura.

—Disculpa, Billy.

De mala gana, se dirigió hacia la sala, donde se encontraban Ruby y el anciano delante del *Daily Herald*.

—Alguien ha recortado la columna de las carreras —la informó Ruby.

—¿Quién? —quiso saber Clara.

El señor Pepper se encogió de hombros.

—Esperábamos que usted lo supiera.

—No tengo ni idea. Qué raro.

—No es momento de ponernos a hacer de Miss Marple —dijo Ruby—. Es la hora del club de lectura.

—Lo QUE YO quiero es sexo —anunció Irene.

—¡No! ¡Suspense! —replicó Queenie.

—No, algo bonito y picante —dijo Dot, la de la cafetería—. Hace que teja más rápido cuando llego a una parte jugosa.

Las mujeres estallaron en carcajadas.

—¿Alguien quiere que le rellene la copa? —preguntó Ruby.

—No me pongas mucho —le pidió Pat, y tendió la suya.

—Si bebo otro sorbo, me caigo al suelo —dijo Alice, riendo—. Está delicioso, ¿qué lleva, Labios de Rubí?

—Bueno, la joyita del club de lectura, que es como lo he bautizado, se compone de tres ingredientes clave: ginebra, ginebra y ginebra. Es broma. Lleva un poquito de refresco de naranja —dijo, y guiñó un ojo mientras le rellenaba la copa a Pat—. Pero no me gusta abusar del refresco.

—Pues entonces menos mal que no voy a tener que tambalearme mucho para llegar a mi litera —rio la mujer.

La sesión inaugural del club de lectura de los Ratones de Biblioteca de Bethnal Green había tenido un comienzo animado. El cóctel de Ruby había vuelto a las mujeres aún más locuaces que de costumbre.

Clara estaba elaborando una serie de títulos que añadir a la lista de lectura y, como era habitual, las mujeres de Bethnal Green no mostraban reparos a la hora de exponer sus opiniones.

—Volvamos a los libros —dijo Clara.

—Yo con las autoras que leo soy como el polvo del carbón —resolló Pat—: cuando encuentro una que me gusta, me pego a ella.

—Bueno, yo solo leo a Agatha Christie o a Dorothy Sayers, y aún no me han defraudado —la interrumpió Queenie—. Ni un libro mediocre, ninguna de las dos.

—Pues yo odio las novelas de suspense —protestó la joven enfermera del refugio—. Ya veo bastante sangre todos los días en el trabajo.

—Sí —convino Dot—. Yo necesito algo ligero y fácil. Si me dejaran, podría leerme mil novelas románticas a la semana.

—Tonterías y gordas —le espetó Queenie.

—¡Dejen hablar a la señora Button! —bramó la señora Chumbley, y sus palabras tuvieron el efecto deseado.

—Sí, se lo agradezco, señora C —dijo Clara—. Lo que intentaba decir es que el propósito de este club es compartir nuestro amor por la lectura y animaros a probar cosas nuevas. Ayer vino una señora que cierra los ojos, pasa los dedos por los lomos y elige uno al azar.

—¿Por qué? —preguntó Queenie.

—Dice que prefiere que el libro la elija a ella.

Nadie se movió mientras digerían la información, aparte de una señora que estaba discretamente sentada al fondo, tejiendo.

—Lo siento, cariño —dijo mientras se ponía de pie y guardaba las agujas—. Pero odio los libros.

—¿Por qué ha venido? —preguntó Ruby.

—Para tener un sitio calentito donde sentarme.

Se marchó y a Clara le entraron ganas de hundir la cabeza entre las manos.

—¿Por qué no empezamos compartiendo algo que hayamos leído hace poco y que nos haya inspirado? —propuso el señor Pepper, y todos asintieron—. ¿Qué nos cuentas tú, Billy?, ¿qué te gusta leer?

—Me gusta la ficción que refleja la vida real. Me gusta evadirme, pero también quiero sentir que estoy aprendiendo algo sobre la guerra.

—¿Tú no eras objetor de conciencia? —le preguntó Pat, seca como un pedernal—. Con todo el respeto, hijo, ¡la única forma de aprender sobre la guerra es luchando en ella!

—Este no es lugar para discusiones políticas —intervino Clara, que sintió la necesidad de defender a Billy.

—No pasa nada —respondió él, que acariciaba el pelaje de *Beauty* con sus largos dedos mientras la perrita dormía acurrucada en su regazo—. Pat tiene derecho a opinar. Antes de mayo de 1940, habría estado de acuerdo contigo. —Clara cambió de posición, incómoda—. Pero trabajar como sanitario de ambulancia en Dunkerque durante las evacuaciones me cambió la forma de ver las cosas. Es imposible de explicar. —Se levantó y depositó a una

Beauty somnolienta en brazos de Clara—. Este libro lo expresa mucho mejor de lo que yo podré hacerlo nunca —dijo, y sacó *Sé fiel a ti mismo*, de Eric Knight.

Clara sintió que el burbujeo del pánico iba aumentando poco a poco en su interior. «Dunkerque. Duncan.» Ambas cosas estaban unidas de forma inextricable en su mente.

—La lucidez, la fluidez, la absoluta realidad de todo aquello vivirán en mi memoria durante mucho tiempo. —El grupo se había sumido en un silencio sepulcral—. Lo siento, es la ginebra, me hace hablar demasiado.

—No te disculpes, Billy —dijo el señor Pepper—. Así es la guerra, hijo. Nunca te abandona. Te moldea.

—Es cierto —afirmó Pat, despacio—. Cuando un hombre va a la guerra, no vuelve siendo el mismo. —Clara sintió que se le calentaba la cara—. Ay, cielo, perdóname, no quería disgustarte —añadió Pat.

—Tranquila —le dijo Dot con dulzura—. Al menos tu Duncan murió como un héroe, y así es como deberías recordarlo siempre.

Clara sonrió sin fuerzas.

—Bueno, a mí me encanta *Rebeca*, de Daphne du Maurier —dijo Alice, que tuvo el detalle de cambiar de tema.

Todo el mundo dio el visto bueno a su comentario.

—¿Alguna sugerencia más? —preguntó Clara.

—A mí me encantan las novelas policíacas —respondió una voz aflautada.

Clara y todos los demás miembros del grupo se dieron la vuelta, sorprendidos. Casi nadie había visto entrar a la mujer.

Era diminuta e iba envuelta en un abrigo grande y áspero. Clara la conocía de vista porque vivía en los túneles. La señora Caley siempre parecía estar esperando o amamantando a un bebé.

—Mi marido odia que lea, a menos que sea la cartilla de racionamiento. —Se movió con nerviosismo, incómoda ante el escrutinio del grupo—. Lo echo de menos.

—¿Y por qué no lo hace? —le preguntó Clara.

Se encogió de hombros.

—Antes adoraba leer novelas de misterio, pero ya no puedo.

—¿Por qué?

—No tengo dónde leer.

—Pues venga a hacerlo aquí —le sugirió Clara.

El rostro se le fue iluminando poco a poco.

—Los lunes suelo asistir a una reunión en el Instituto de la Mujer, pero supongo que podría escurrir el bulto diciendo que me duele la cabeza. Ojos que no ven…

—Corazón que no siente —concluyó Ruby.

—Vaya, no sé qué decir.

—¿Quién es tu autora favorita, cielo? —preguntó Queenie.

—Me encantan los libros de suspense de Margery Allingham. —Cogió un libro de la estantería y fue como si quisiera desaparecer entre sus páginas—. No me malinterpreten, quiero a mi marido, pero los libros… Bueno, siempre han sido un gran apoyo para mí.

—Lo comprendo —dijo Clara.

—Pues a mí me parece que te iría mejor *Quién mató al marido*, guapa —dijo Pat en tono resabiado y, para sorpresa de todos, la señora Caley rompió a reír.

—Hemos empezado con muy buen pie —dijo Clara—. Comenzaremos por *Lo que el viento se llevó* y volveremos a reunirnos cuando lo hayamos leído todos. Tenemos nueve ejemplares nuevos, gracias a Ruby. —La asaltó un pensamiento repentino—. Rubes, no serán de estraperlo, ¿no?

—Pues claro que no —contestó su amiga, malhumorada—. Tuve una aventurilla con un soldado americano, el tipo que se pasó por aquí hace poco, si tanto te interesa. Los ha donado él.

—¿A cambio de qué? —preguntó Pat.

—Sí, más vale que te agarres bien las bragas, Labios de Rubí —dijo Irene con aire de saber de qué hablaba—. Los yanquis…

—Te las quitan en menos de lo que canta un gallo —concluyó Queenie.

El grupo estalló en carcajadas y Clara se descubrió mirando a Billy con inquietud. Pero, si se sentía ofendido, lo disimulaba muy bien.

En cuanto se tocó el tema de los hombres, el club de lectura se convirtió enseguida en una charla estridente.

—Bueno —dijo la señora Chumbley—, odio fastidiarles la fiesta, pero la biblioteca tiene que cerrar. Voy a hacer una ronda por el refugio, por si alguno de ustedes necesita que le acompañen hasta la litera. ¿Señor Pepper? ¿Quiere que vaya con usted?

—Se lo agradecería. Mi vista ya no es lo que era.

La subdirectora del refugio le tendió el brazo y ambos se alejaron por el túnel de los trenes que iban hacia el oeste.

Apilaron las sillas entre todos, y las mujeres no tardaron en desaparecer envueltas en una nube de risas y en el eco de sus voces parlanchinas, que retumbaba en los túneles oscuros.

La única que se quedó atrás fue la señora Caley, que parecía vacilante.

—Señora Button. Tengo entendido que es una bibliotecaria de mente abierta.

—Eso depende mucho de a qué se refiera.

—Necesito algo que me ayude a dejar de quedarme… —Se dio unos golpecitos en la barriga—. Ya sabe.

—Ah, entiendo.

—Pero tiene que ser sin que mi marido se entere.

—Tengo justo lo que necesita —le dijo Clara bajando la voz—. *Anticoncepción para la mujer casada.* Es un folleto. Vuelva mañana a por un libro de Margery Allingham y se lo meteré dentro. Así será más discreto.

—Gracias —contestó la mujer, agradecida—. No se lo dirá a mi marido, ¿verdad?

—Ni se me ocurriría.

La bibliotecaria observó intrigada a la señora Caley mientras se escabullía hacia su litera.

—¿Lo has oído? —le preguntó a Ruby mientras recogía los vasos. Su amiga asintió.

—Pobre mujer. Le tocó la suerte del enano al casarse con un hombre así. Está cortado por el mismo patrón que Victor.

—Ahora que lo dices, creía que esta noche iba a venir tu madre.

—Estaba demasiado liada pagando la fianza para sacarlo de chirona. —Ruby se quedó callada un instante—. Cla, al verte ayudar a

115

la señora Caley, se me ha ocurrido una idea. ¿Conoces alguna novela sobre una mujer que se escape de un matrimonio terrible?

—Deja que piense... Ah, sí, recuerdo que hace años leí *La inquilina de Wildfell Hall*, de Anne Brontë. La protagonista abandonaba a un marido despiadado y borracho.

—Sigue.

—En la época victoriana, a las mujeres se les prohibió leer ese libro, se consideraba demasiado controvertido.

—¿Puedes ponerlo en la lista del club de lectura?

—Lo intentaré. Pero ¿cómo vas a conseguir traer a tu madre al club de lectura?

—No te preocupes por eso. Tú ocúpate de lo del libro, que yo me encargo de traer a mi madre a la biblioteca.

Billy salió de la sala de lectura.

—Ya he vuelto a colocar las mesas. ¿Puedo acompañaros a casa?

—No hace falta —dijo Ruby, que ya se estaba poniendo el abrigo—. Yo me voy sola.

Y desapareció antes de que Clara pudiera siquiera protestar.

—Pues nos hemos quedado solos —dijo Clara.

—Solos tú y yo —respondió Billy con una sonrisa.

—Siento mucho lo de la charla de antes. A veces, cuando se juntan, las chicas se ponen un poco lascivas.

—Créeme, no es nada que no haya oído ya en el puesto de ambulancias.

—Y también siento lo que ha dicho Pat.

Él se encogió de hombros.

—Ya te lo dije, estoy acostumbrado.

—Billy, ¿puedo hacerte una pregunta personal? ¿Qué te pasó en Dunkerque?

Ahí estaba otra vez, como los postigos que se cierran sobre una ventana. Parpadeó y bajó los ojos azules.

—Yo... No puedo hablar de ello, Clara. He hecho algo de lo que no estoy orgulloso.

—A mí puedes contármelo todo... —dijo ella en voz baja—. Todos cometemos errores.

Billy agachó la cabeza y dio un paso atrás. La sombra de la estantería le oscureció el rostro entero.

—No como ese.

Se acuclilló, le puso la correa a *Beauty* y, cuando volvió a levantarse, el momento había pasado.

—Venga —dijo con frialdad—. Debemos irnos ya. Mañana tengo que madrugar y algo me dice que voy a arrepentirme de esta joyita de club de lectura.

Sin decir nada, Clara lo siguió hasta el exterior de la biblioteca, desesperada por liberar sus secretos. Billy Clark estaba resuelto a continuar siendo un libro cerrado.

8
Ruby

«Los bibliotecarios son mediadores, animadores, empáticos, confidentes, educadores y amigos. Las bibliotecas son mucho más que un edificio.»

CAROL STUMP,
presidenta de Libraries Connected y
bibliotecaria jefe del distrito de Kirklees

UNA SEMANA DESPUÉS del desembarco de las tropas en Normandía, nadie hablaba de otra cosa en la biblioteca. La sala de lectura rebosaba de gente que leía los periódicos de cabo a cabo, y la cola para el préstamo bibliotecario se extendía a lo largo de todo el andén.

Los titulares hablaban una y otra vez del avance de los aliados y de la heroica ofensiva hacia el este a través del territorio ocupado por los nazis. Una frágil ola de esperanza se había dejado sentir en los túneles.

Ruby pensó brevemente en Eddie. Debían de haberlo mandado a Francia poco después de que le llevara aquellos libros a la biblioteca. Sintió una punzada de culpabilidad por haberle hecho gastar su último y precioso permiso peinando las librerías londinenses, pero la aplastó de inmediato. En esos instantes, cuidar de su madre requería hasta la última gota de su energía emocional.

—Siguiente —llamó Ruby.

Una pareja de mediana edad avanzó hacia ella con una expresión furtiva en la cara.

—Hola, ¿qué necesitan?

La mujer bajó la voz hasta convertirla en un susurro casi cómico.

—¿Tiene usted algún libro para ayudar a las parejas en...?

A continuación, moviendo solo los labios, pronunció las palabras «los asuntos de cama».

Ruby sonrió y metió la mano bajo el mostrador. Cuando la biblioteca estaba en la superficie, tenían los libros más incendiarios almacenados bajo llave en un armario, pero, ahí, la falta de espacio obligaba a guardarlos bajo el mostrador.

—¿Qué le parece este? —preguntó Ruby mientras le entregaba *El factor sexual en el matrimonio*.

La joven apenas tuvo tiempo de sellar el libro antes de que la mujer lo embutiera en su bolsa de asas y los dos se marcharan a toda prisa.

Entonces le llegó el turno a una chica que trabajaba en una fábrica.

—Me han dicho que tienen un libro que te enseña cosas —murmuró.

Hacía tiempo que Ruby y Clara habían aprendido que, en la biblioteca, muchas veces era necesario llevar a cabo un cuidadoso proceso de deducción.

—¿Podría concretar un poco?

—Me refiero a... cosas de cama. Se lo prestaron a la madre de mi amiga.

Ruby le lanzó una mirada a Clara. Estaba claro que se había corrido la voz. Hacía once días que habían prestado el folleto sobre anticoncepción. La señora Caley se lo había leído de principio a fin en dos días y, desde entonces, una amiga suya también lo había sacado en préstamo. Ruby se fijó en el dedo anular de la chica.

—El problema es que en principio no podemos prestárselo a mujeres solteras.

—No pasa nada, Rubes —intervino Clara en voz baja al mismo tiempo que cogía el folleto—. Que se lo lleve.

Se volvió hacia la chica.

—Pero, por favor, sea discreta.

—Gracias —contestó agradecida mientras se lo guardaba en el bolso—. Me han hecho el mayor favor del mundo.

Se fue y Clara miró a Ruby.

—Espero no vivir para lamentarlo —dijo.

—Has hecho lo correcto —afirmó Ruby.

Ella lo había leído en más de una ocasión y se alegraba de ver que no era la única joven de Bethnal Green que se informaba al respecto. Cualquier cosa tenía que ser mejor que los pesarios y el azar. En general, su generación no había oído nada acerca de ese tema hasta la guerra. Que «el hombre se saliera con la suya» antes de que el anillo estuviera puesto tenía consecuencias que, hasta donde Ruby sabía, eran una responsabilidad con la que la mujer cargaba en exclusiva.

Por fin, a las cuatro de la tarde, llegaron al final de la larga cola. El señor Pepper salió a comprarles un tentempié y un vagabundo de la zona, que iba a la biblioteca todas las tardes en busca de un lugar cálido donde dormir, entró arrastrando tras él un olor que se podría haber cortado con un cuchillo. El Comandante, como lo llamaban en los túneles, era un alma inofensiva.

Aparte de él, solo quedaban dos personas más en la sala de lectura: un dentista del barrio y una mujer que trabajaba en el ayuntamiento. Hacía tiempo que Ruby se había dado cuenta de que tenían una aventura.

Ese día, ella fingía leer un folleto de instrucciones, mientras que el ejemplar de *Enfermedades de las encías y de las mucosas bucales* del dentista permanecía intacto. En realidad, hablaban en susurros acalorados y furtivos.

—¿No te molesta que utilicen tu sala de lectura para afianzar su romance? —preguntó Ruby en voz muy baja.

—La verdad es que no —contestó Clara también en un susurro—. Al menos están en la biblioteca. Esa mujer debe de tener más sellos en su carné que ninguna otra persona de Bethnal Green.

—¿Qué está leyendo?

—Un folleto de los servicios de vigilancia antiaérea... sobre cómo controlar a los incendiarios.

—Lo necesitará si su marido se entera —murmuró Ruby.

Ambas estallaron en carcajadas.

La mujer le devolvió el folleto y se marchó tras lanzarle al hombre una mirada persistente. *Enfermedades de las encías y de las mucosas bucales* no podía competir ante eso. Un minuto después, el dentista salió a toda prisa y estuvo a punto de chocarse con el señor Pepper, que volvía con el té.

—Madre mía, ¿dónde está el fuego? —murmuró el anciano.

—¿Qué le pasa hoy a todo el mundo? —preguntó Clara tras soplar el humo que se elevaba desde su taza—. Están todos obsesionados con el sexo.

—Es el efecto del Día D, ¿no? —infirió Ruby—. El peligro, la proximidad de la muerte. No hay mayor afrodisíaco.

El señor Pepper dejó escapar una risita.

—Pues a lo mejor tiene razón. Desde que les echo una mano aquí —añadió—, me he dado cuenta de que el nombre de su cargo debería ser más amplio. Me da la sensación de que no son solo bibliotecarias, sino también trabajadoras sociales, consejeras de la Oficina de Atención al Ciudadano, enfermeras, animadoras, confidentes, profesoras… —Se interrumpió porque le fallaba la voz—. Y amigas. —Se le empañaron los ojos y se llevó la mano al bolsillo del traje en busca de un pañuelo—. Caray, la vejez me está volviendo un sentimental.

—No diga tonterías, señor Pepper —le dijo Clara—. No hace tanto que perdió a su mujer. Tiene todo el derecho a perder la compostura.

—Catorce semanas y cuatro días —respondió mientras se quitaba las gafas y se enjugaba los ojos.

—Debe de echarla mucho de menos —comentó Ruby, que le pasó un brazo por los hombros.

—Sí, querida. Son las pequeñas cosas lo que más se extraña. La compañía silenciosa, las riñas. —Bajó la mirada e hizo una mueca—. Que le quiten a uno las manchas de la corbata.

Con delicadeza, Clara le quitó el pañuelo y le limpió una pequeña marca de la corbata de antiguo director de escuela.

—No sé qué haría sin ustedes dos y sin esta biblioteca tan pequeñita y curiosa.

Clara los envolvió a los dos en un abrazo.

—A la salud de nuestra biblioteca pequeñita y curiosa.

Mientras se abrazaban, Ruby cayó en la cuenta de que eran un grupo de bibliotecarios muy dispar: una viuda de veinticinco años, un viudo de ochenta y una soltera empedernida de veintiséis.

—¿Significa esto que por fin empezará a tutearnos y a llamarnos por nuestro nombre de pila, señor P.? —le preguntó Clara con una sonrisa cuando se apartó.

—Lo intentaré…, Clara —dijo para probar el sonido de la palabra en su voz.

—¡Eso es! —exclamó Ruby—. Tanta formalidad me incomoda. Ah, y se le ha olvidado añadir una cosa a la lista, señor P.

—¿Ah, sí?

—¡Niñeras de loros!

—Y pensar que la mayoría de la gente cree que los bibliotecarios son introvertidos… —rio Clara.

—A mí no me pillarás nunca con una chaqueta de punto —replicó Ruby enseguida.

—Eso sí, me gustaría haceros una advertencia —dijo el señor Pepper—. No permitáis que Pinkerton-Smythe se entere de que estáis prestando el panfleto sobre anticoncepción.

—En eso tiene razón, Cla —convino Ruby—. Se volvería loco.

La bibliotecaria asintió.

—No te preocupes. Yo me encargo de él. ¡Ay, casi lo olvido! Mira lo que ha llegado. Y nuevecito.

Le pasó *La inquilina de Wildfell Hall*, que deslizó por encima del mostrador.

Al ser un libro impreso en tiempos de guerra, el papel era finísimo, la letra diminuta y los márgenes estrechos; costaba discernir dónde terminaba un capítulo y dónde empezaba el siguiente, y todo ello eran cambios que se habían convertido en obligatorios para cumplir con la ya omnipresente «Norma de economía de guerra para la producción de libros». Puede que hubieran despojado de sus galas a los libros recién publicados, pero, aun así, seguían constituyendo una perspectiva tentadora.

—Gracias, Cla —susurró Ruby.

Solo esperaba que aquel libro fuera la mitad de liberador de lo que estaba resultando serlo el folleto sobre anticoncepción. Si su madre era capaz de encontrar la fuerza necesaria para zafarse del control de Victor, quizá todos tuvieran la oportunidad de sanar.

Ruby se guardó el libro en el bolso y, cuando levantó la vista, vio entrar a Beatty y a Marie.

—¿Venís a la sesión de cuentos, chicas?

Beatty asintió.

—Llegamos un poquito pronto. Clara, quería saber si me ayudarías a escribir a la Cruz Roja para preguntar por mi padre. Ahora que los aliados han desembarcado en Francia, tal vez tengan alguna noticia de las islas del Canal. —Se mordió el labio inferior—. Es que, verás, mi madre no tiene tiempo de ayudarme.

Clara puso cara de consternación.

—Ay, cielo, estoy a punto de empezar con la hora del cuento; si no fuera por eso, me encantaría ayudarte.

—Yo me encargo del cuento de buenas noches —dijo Ruby con determinación—. Tú ayuda a Beatty.

—¿Estás segura? —preguntó Clara—. Creía que querías ir a llevarle ese libro a tu madre.

—Estoy segura. Beatty te necesita.

Le lanzó a su amiga una mirada cargada de intención. Las dos habían intercambiado ideas acerca de cómo podían ayudar a las niñas de Jersey. Sobre todo a Beatty, puesto que cargaba con gran parte de la responsabilidad de cuidar a su hermana, y Ruby sabía que Clara sentía debilidad por ella.

—Adelante, entonces.

Clara sonrió a la muchacha y la guio hasta una mesa.

Ruby las observó con tristeza mientras se alejaban. Clara habría sido una madre maravillosa. Le habían arrebatado demasiadas cosas, ¡cómo esperaba que la maternidad no fuera otro sacrificio bélico!

Veinte minutos más tarde, lo tenía todo listo y los niños entraron en tropel para la hora del cuento. Su energía llenó la sala como una botella de gaseosa recién descorchada.

—He terminado el reto de lectura, señorita. ¿Me da ya mi rosquilla? —soltó de sopetón una niña inquieta y con el pelo de color ámbar.

—¡Y yo! —exclamó Maggie May, la nieta de la señora Smart, que levantó tanto el brazo que parecía que fuera a dislocárselo.

Ruby se dio cuenta, para su deleite, de que todos los habituales de la biblioteca excepto uno habían completado ya el reto, y de que una de las paredes de la sala de lectura se había convertido en una explosión de dibujos y reseñas coloridos. Tubby el Listo se había leído los diez libros en tres semanas, y Ruby estaba encantada de ver que la mayoría de los niños, tentados por la serie de «Las aventuras de Guillermo» y por clásicos del género como *Las aventuras de Huckleberry Finn*, habían seguido sus impresionantes pasos.

—¿Y tú cómo lo llevas, Joannie? —le preguntó a una niña de diez años con una maraña de rizos rojos.

—Fatal —contestó enfurruñada—. No me gustan los libros para chicas.

—¿Quién te ha dicho que tengas que leerlos?

—Mi madre. Dice que tengo que elegir libros bonitos como *Mujercitas*.

—¿Y a ti sobre qué te apetece leer? —preguntó Ruby.

—Sobre delincuentes, espías y esas cosas.

—Pues entonces deberías pasarte por Westminster —intervino Tubby—. Mi padre dice que está lleno de delincuentes.

—Me gustó el de *La isla del tesoro* que leímos, ¡ese sí que era bueno! Pero es un libro para niños, ¿no?

—No, claro que no —protestó Ruby con vehemencia—. Ni siquiera debería existir la idea de libros para niños o libros para niñas.

Se levantó y pasó los dedos por las estanterías mientras se estrujaba las meninges.

—Toma. Prueba con este: *Emilio y los detectives*, de Erich Kästner. Es un libro estupendo sobre un niño que, con ayuda de sus amigos, atrapa a un grupo de ladrones de bancos.

—Suena bien, señorita, pero mi madre no va a dejar que me lea un libro escrito por un nazi.

—Erich Kästner no es nazi —repuso.

—No todos los alemanes son nazis —señaló Tubby.

—Ni mucho menos —convino Ruby—. Los libros de Kästner están prohibidos en Alemania y, de hecho, los nazis han quemado algunas de sus novelas. *Emilio y los detectives* es el único que ha escapado a su censura.

—¿Por qué los nazis queman libros? —preguntó Maggie May—. ¿No tienen carbón?

Ruby suspiró. Clara y ella se enfrentaban a diario a un aluvión de preguntas de los niños del refugio. ¿A qué hora se acuestan los pájaros? ¿Tienen algún libro con fotos de dragones? ¿Por qué tenemos unos sacos de boxeo diminutos en la garganta? (Ruby tardó un rato en descubrir que los sacos de boxeo eran las amígdalas.)

Pero esa requería de cierta consideración.

—Porque quieren impedir que la gente piense por sí misma —dijo al final, y en ese momento se le ocurrió que, en realidad, no había mucha diferencia entre un nazi y su padrastro—. Y ahora, como la mayoría ya sabéis, Tubby es compañero de lectura, y se ha ofrecido a leernos en voz alta.

Tubby les mostró a todos con gran orgullo su ejemplar de *El viento en los sauces* y luego se puso en pie de un salto con un traqueteo del aparato de hierro que llevaba en la pierna.

—«¡Maravilloso! ¡Fascinante! ¡Extraordinariamente magnífico! ¿Acaso ha existido alguna vez un maestro de los coches como *El Sapo de la Mansión del Sapo?*» —dijo con su mejor remedo de un acento de clase alta.

La biblioteca se llenó de carcajadas mientras Tubby imitaba con una energía arrebatadora al Sapo que escapaba de la cárcel disfrazado de lavandera y conducía su coche como un loco para salvar su hogar de las garras de las comadrejas.

—Y la moraleja de esa historia es —jadeó el muchacho al cerrar el libro de golpe— que nunca hay que fiarse de un sapo.

—Sabias palabras, muchacho.

Todas las miradas se volvieron de inmediato hacia el fondo de la sala, donde se toparon con un soldado americano alto y tan guapo que casi estaba fuera de lugar con una bolsa de papel de estraza en la mano.

—¿Quién quiere caramelos?

La sesión de cuentos llegó a un final abrupto.

—Vale, tengo caramelos rellenos, tengo tofes, tengo esas cosas horribles y pegajosas que se te sueldan al paladar…

—¡Yo! ¡Yo! —gritó un coro de voces.

—Eddie… ¿qué haces aquí? —murmuró Ruby con incredulidad.

—Vengo a entregar esto. —Sonrió y se sacó un ejemplar de *Lo que el viento se llevó* de detrás de la espalda—. Y, con esto, hacen diez ejemplares. Dudo que en toda Inglaterra haya un soldado de infantería que haya visitado más librerías que yo —dijo riendo—. Así que ahora me debes una cita, ¿no?

—Daba por hecho que estabas en Francia.

—Zarpo mañana.

Clara se acercó para ver a qué se debía el alboroto.

—Es Eddie —dijo Ruby.

—¿Eddie? —repitió Clara con cara de no entender nada.

—Ya sabes, Eddie el de *Lo que el viento se llevó*.

El soldado volvió a reírse.

—Me ha hecho recorrerme todas las librerías de Londres para comprar diez ejemplares. Pero Ruby lo merece.

—Ah, así que tú eres «ese» Eddie —dijo Clara.

—No podía marcharme sin venir a despedirme.

Paseó una mirada admirativa por el cuerpo de Ruby.

Un escalofrío de emoción recorrió la sala.

—¿Va a besarla, señor? —preguntó Maggie May con atrevimiento, y a todas las niñas se les escapó una risita nerviosa.

—Más le vale —soltó Ruby.

Eddie la atrajo hacia sí, la inclinó hacia el suelo y la besó con teatralidad. Todos los niños se volvieron locos, menos Tubby y Ronnie, que fingieron vomitar.

—¿Qué me dices entonces, Ruby? —preguntó el chico cuando al fin la soltó—. Vámonos tú y yo al West End, a The Windmill, y luego a cenar y a bailar.

Como oferta, era bastante tentadora. Ruby pensó en su madre, andando con pies de plomo alrededor de Victor, tratando de mantener la paz. En pasar otra noche en vela dando vueltas en la cama, reproduciendo en su mente el horrible momento en el que encontró el cuerpo de Bella en el depósito de cadáveres. A veces se sentía como si hasta el último momento de su vida estuviera dedicado a intentar escapar de lo que había ocurrido en aquella escalera.

—Tengo whisky... —añadió Eddie al mismo tiempo que se abría la chaqueta para mostrar una petaca plateada—. Y es americano. Del bueno.

—¡Anda!, ¿por qué no me lo has dicho antes? —dijo en tono de broma—. Voy a por el abrigo.

Fue a la parte trasera del mostrador, rebuscó en su bolso y volvió a aplicarse el pintalabios. Esa noche se pondría el bueno: Rojo renegado. Las manos le temblaban un poco mientras sujetaba la polvera.

Clara levantó la trampilla y se situó a su lado.

—¿Estás segura de esto, Rubes? —susurró—. Ya sabes que esperará algo a cambio de todos esos libros.

—Eso espero, desde luego.

Cerró la polvera con un chasquido y esbozó una sonrisa excesivamente alegre mientras se quitaba el pañuelo de la cabeza y sacudía la melena.

—Ten cuidado, por favor —insistió Clara.

—No soy tonta —respondió. Se pasó los dedos por los rizos rubios y se aplicó un poco de Velada en París a lo largo de la clavícula—. Me aseguraré de que se ponga una goma.

Clara pareció dolida.

—Sabes que no me refería a eso. Me preocupo por ti, nada más. No creo que disfrutes de esto tanto como finges hacerlo.

—Ay, Clara —suspiró—. No se trata de disfrutar, se trata de olvidar.

Ruby se plantó una sonrisa en la cara y salió en busca del olvido.

9

Clara

«Lo único que necesitan los niños
es bondad, paciencia y libros.»

Nanny Maureen,
«compañera lectora voluntaria»
en las bibliotecas de Havering

Clara se quedó mirando a Ruby y a su soldado americano mientras desaparecían por el andén, seguidos por las Ratas del Metro y envueltos en una nube que olía a perfume y tabaco. Para el mundo exterior, parecían a todas luces una pareja glamurosa en tiempos de guerra. Solo ella sabía que el comportamiento licencioso de Ruby era una fachada, y no podía evitar estar preocupada por su amiga. Londres era una ciudad de paso en esos momentos. Hoy aquí, mañana allí. Ese era, literalmente, el caso de Eddie. Ruby no sabía nada sobre él.

La asaltó una repentina sensación de alarma. ¿Y si Eddie era el hombre que tenía aterrorizado a East London desde hacía un tiempo? A fin de cuentas, cuando consiguieron desenmascarar al Destripador del Apagón, vieron que se trataba de un respetable aviador de la Real Fuerza Aérea. Tendría sentido que el responsable de aquellos nuevos ataques no fuera de por allí. Intentó calmar sus pensamientos retomando la tarea de colocar las devoluciones en las estanterías.

«Tranquilízate, Clara», se reprendió mientras limpiaba con delicadeza el único ejemplar de *El viento en los sauces* que tenían en la biblioteca y lo devolvía a la librería. Ruby era capaz de cuidarse sola. Al menos ella buscaba algún tipo de amor. Once días más tarde, Billy y ella aún no habían conseguido fijar una fecha para visitar una galería de arte, ni siquiera como amigos. Cada vez que pensaba que estaban a punto de conseguirlo, él se echaba atrás. Clara sabía que había sobrepasado una línea invisible al preguntarle sobre Dunkerque y, aunque estaba desesperada por saber a qué se refería con lo de que había hecho algo de lo que no se sentía orgulloso, no se atrevía a presionarlo.

A veces no tenía claro si Billy sentía la más mínima atracción por ella y, sin embargo, la miraba de una forma… Era todo muy confuso. Las emociones de Clara eran tan cambiantes como el reflejo del sol en el agua, pero ¿no eran precisamente las luces y las sombras lo que hacía que Billy le resultara tan intrigante?

—Te veo un poco ensimismada.

Beatty la miraba con una sonrisa perspicaz.

—No, qué va, solo estaba pensando en cuál podría ser el siguiente libro para la hora del cuento.

—¿Qué tal *No podríamos abandonar a Dinah*?

—¡De Mary Treadgold! Ostras, sí, es un libro maravilloso.

—¿Lo conoces? —preguntó Beatty, y a Clara le pareció que, de repente, la veía más viva que nunca.

—Claro que sí. Ganó el premio Carnegie Medal hace tres años. Trata de unos niños de las islas del Canal tras la ocupación, ¿no?

Beatty asintió.

—Me encantaría que lo leyeras, me recuerda a mi casa… O, como mínimo, a una versión de mi casa.

Clara sonrió y tomó conciencia de lo excepcional y precioso que era aquel momento.

—Lo encontraré —prometió.

—Gracias, Clara, y también por haberme ayudado a escribir la carta.

—No hay de qué. Solo espero que recibas noticias pronto.

—Ahora que los aliados están en Francia, ayudarán a liberar Jersey, porque, al fin y al cabo, está muy cerca. Y seguro que entonces sabremos algo de mi padre. ¿No te parece?

Clara se debatió consigo misma ante aquella pregunta. Tenía sus dudas, pero no quería aniquilar las esperanzas de la muchacha, y menos ahora que Beatty empezaba a confiar en ella.

—Sí, no tardará mucho. Venga, os acompañaré a Marie y a ti a las literas. Señor Pepper, ¿le importaría cerrar?

—Claro que no, querida, márchate.

Clara se recogió el pelo oscuro y ondulado, y se anudó holgadamente un pañuelo de seda amarilla a modo de turbante. Le encantaba ese pañuelo, porque Duncan le había dicho una vez que aquel color resaltaba los matices dorados de sus ojos ambarinos.

—Eres muy guapa —le dijo Marie cuando la agarró de la mano al salir de la biblioteca—. ¿Por qué no vas a bailar con soldados americanos como hace Ruby?

—Marie —la reprendió Beatty—, no seas maleducada.

—No pasa nada —dijo Clara riéndose—. No voy porque soy demasiado aburrida.

Llegaron a las literas y Beatty sacó *El jardín secreto* de detrás de la canaleta de cables de la pared del túnel.

—Yo no creo para nada que seas aburrida, Clara —dijo tras quitar el marcapáginas y acurrucarse en su litera—. Creo que eres maravillosa.

La bibliotecaria sintió que se le formaba un nudo en la garganta. Beatty y Marie eran unas niñas estupendas, listísimas y muy divertidas. Habría dado cualquier cosa por ser su madre. Les leería a diario, las cubriría de amor y besos, y no las dejaría toda la noche solas en un frío túnel del metro. Recordó aquella primera patadita, tan delicada como el aleteo de una mariposa, pero vida al fin y al cabo. Sintió que el dolor le calaba hasta los huesos y tuvo que agarrarse a la litera para no perder el equilibrio.

—¿Estás bien, Clara?

Marie se asomó por encima del libro que estaba leyendo, con los ojos enormes llenos de curiosidad.

—Sí, cariño, estoy bien, solo un poco cansada.

La energía se había transformado en esa sensación de somnolencia que precedía a la atenuación de las luces y, a lo largo de todo el túnel del este, la gente comenzaba a acomodarse para leer o tejer a la luz de una vela titilante. Algunos ya estaban dormidos, con la cara tapada con mascarillas caseras hechas con tiras de muselina y rociadas con unas gotas de eucalipto para ahuyentar el olor y la temida «carraspera de refugio».

—Será mejor que me vaya. Buenas noches, chicas. Disfruta de *El jardín secreto*.

Beatty levantó la vista y los ojos le brillaron de emoción en la penumbra.

—Sí, descuida. ¡Qué cerca está ya de encontrar la puerta!

Clara nunca había visto a nadie leer con tanta avidez e intensidad. Beatty le recordaba a sí misma cuando era pequeña, y se alegraba de que su relación fuera cada vez más estrecha.

Los bibliotecarios, como los profesores, no debían tener favoritos, pero Beatty era especial. Para ella, como para Clara, los libros eran sus amigos incondicionales. No le extrañaba.

Al igual que a Mary en *El jardín secreto*, a Beatty la habían desarraigado de todo lo que conocía y la habían introducido en un mundo extraño. Cierto, el metro no era una casa señorial laberíntica, pero el mundo pestilente y complejo del refugio subterráneo era tan ajeno a Beatty como la mansión Misselthwaite lo había sido a Mary.

La tarea de Clara era proporcionarle libros. Libros con puertas que se abrieran a mundos mágicos. Una pequeña sonrisa asomó a los labios de Beatty cuando pasó la página y movió los ojos rápidamente de izquierda a derecha. De vez en cuando, murmuraba las palabras para sí.

¿El hecho de que la biblioteca de Clara estuviera bajo tierra la hacía especial? En un mundo privado de luz natural y ruido, ¿se convertía el acto de leer en un proceso más íntimo, en algo que agudizaba la imaginación?

FUERA DEL METRO, aquel verano en el que los relojes se habían adelantado dos horas en lugar de una[4] estaba en pleno apogeo, y Clara sintió

---

[4] Entre 1941 y 1945, se decidió que la hora de verano sería GMT +2 en lugar de +1 para ahorrar energía.

alivio al ver las calles y Barmy Park repletos de gente. Miró a derecha e izquierda con la esperanza de descubrir una figura alta y desgarbada, pero, para decepción de la bibliotecaria, Billy no estaba allí.

«Deja de pensar en él», se reprendió mientras se encaminaba hacia Russia Lane.

Por más que lo intentaba, era incapaz de librarse de la horrible e inquietante sensación de que había echado a perder todo lo que había entre ellos, aunque en realidad ni siquiera tuviera claro de qué se trataba.

Encontró a Sparrow en su huerto, friendo un pescado en un hornillo Primus.

—¿Puedo sentarme? —le preguntó mientras señalaba un palé de madera al que le habían dado la vuelta.

El niño asintió con la cabeza.

—Te echamos de menos en la biblioteca.

—No fue culpa mía que esa niña estúpida se quedara atascada.

—Ya lo sé, nadie te culpa de ello.

—Mi madre sí.

—Me gustaría ayudarte a aprender a leer.

—A mí me da igual que me enseñe o que no me enseñe. —Levantó la vista de repente, con los ojos brillantes—. Pero estaría perdiendo el tiempo. Soy retrasado, ¿sabe? Al menos eso es lo que me dijeron en el colegio.

—¿Por qué te dijo tu maestra una cosa así?

—Mi maestro. El señor Benwell. Me llamó niño sin futuro.

—Eso no es cierto —dijo Clara en voz baja.

—Me tenía manía. Me hacía ponerme de pie delante de toda la clase y señalaba todos los agujeros que llevaba en la ropa y en los zapatos. Hasta me hizo meter los pies en la papelera porque decía que parecían basura.

Clara sintió que la ira surgía en su interior como un punzón afilado.

—¿Se lo contaste a alguien?

—Sí, y me pegaron con la palmeta por chivarme.

—Ese hombre no es maestro, es un sádico —murmuró la bibliotecaria.

—Y me pegaba más si me quejaba. Aunque eso no es tan malo como lo de mi izquierda.

Estiró la mano izquierda, le dio la vuelta a la palma y Clara sintió que su rabia se solidificaba hasta convertirse en algo más oscuro.

—Por esta no sé leer.

—¿Por qué?

—Porque soy zurdo.

—¿A qué te refieres?

—El maestro me pegaba con la palmeta cuando escribía con la mano izquierda. Decía que los zurdos eran débiles mentales.

—El mero hecho de que seas zurdo no quiere decir que seas débil mental. Todas las personas verdaderamente creativas con las que estudié en la escuela de Biblioteconomía eran zurdas.

—Ah —contestó el niño con una expresión confusa.

—Tengo muchas ganas de ayudarte, Sparrow.

El niño levantó la barbilla.

—No necesito caridad.

—¿Y si tú me enseñas a cultivar verduras y yo te enseño a leer? ¿Te parecería un intercambio de habilidades más justo?

Sparrow frunció la cara.

—Vale, pero no se lo diga a nadie.

—Será nuestro secreto. Podríamos empezar ahora mismo, si te apetece.

—Aquí no. Quizá en casa de mi tía, supongo.

—Termina primero la cena —le dijo Clara con una sonrisa.

Mientras comía, el muchacho le explicó todos los detalles de su huerto, y la bibliotecaria quedó impresionada con lo que Sparrow y los Jardineros Escolares de Russia Lane habían creado sin disponer de un solo centavo.

Había sido idea suya, le dijo el muchacho con orgullo, utilizar tapas de cubos de basura agujereadas para cribar la tierra del antiguo solar bombardeado y deshacerse de todos los cristales y la metralla.

—La clave es el doble cavado, señorita —dijo—. Y el estiércol es el rey.

—Hablando de reyes, me han dicho que el año pasado recibiste una visita real.

—Sí. Le di a su majestad unos cuantos consejos sobre cómo quitarles la roya a sus patatas.

A Clara se le escapó una carcajada.

«¿Retrasado? Si este chico aprendiera a leer, su ingenio no tendría fin.»

EN CASA DE Sparrow, Clara se dio cuenta enseguida de que su tía Maisie era una mujer encantadora, pero también de que estaba claramente desbordada: llevaba a un bebé fajado apoyado en la cadera y, al mismo tiempo, hacía malabares para remover la olla que tenía sobre el fogón. Había dos críos pequeños hechos una maraña sobre la alfombra de trapo y Sparrow pareció avergonzarse.

—Ella es la señora Button, de la biblioteca del metro. Va a ayudarme con la lectura.

—Uy, hola. Reggie y Albert, callaos de una vez, ¡es imposible oír nada aquí dentro!

Se volvió hacia Clara con una sonrisa de disculpa y se dio unas palmaditas en la parte delantera del delantal.

—Y hay otro en camino, por mis pecados.

El bebé se desperezó y bostezó, y acto seguido abrió los ojos con un aleteo de las pestañas, aún entre sueños. La pena que Clara había experimentado antes pareció expandirse y llenar hasta el último rincón de su ser de un dolor tangible.

El bostezo del bebé se convirtió en un gimoteo leve.

—¿Por qué no nos lo llevamos a pasear en el cochecito? —sugirió Clara, desesperada por escapar de la evidente fecundidad de Maisie.

—Vaya, ¿no le importaría?

—Por supuesto que no, vamos Sparrow.

Juntos, metieron al bebé en un enorme carrito de paseo que había aparcado fuera de la casa y empezaron a caminar. El traqueteo del cochecito sobre los adoquines hizo que la criatura volviera a dormirse rápidamente.

«Qué mundo al que traer a un hijo», reflexionó Clara mientras pasaban por delante de una casa destrozada por las bombas y con un montón de adelfillas saliendo a borbotones por los marcos de las ventanas. Al final de la calle, un grupo grande de niños jugaba a la comba dando saltos complicados, perdidos en su imaginación.

—Lo siento, señorita —suspiró Sparrow al mismo tiempo que le daba una patada a una piedra—. En casa de mi tía las cosas siempre son así. Supongo que al final no podremos dar clases.

—Claro que podemos —respondió Clara—. Hay palabras por todas partes, no tenemos por qué aprender solo de las páginas de un libro. —Levantó la vista hacia una valla publicitaria gigante situada a un lado del puente por el que pasaba el tren—. Intenta leer eso.

—Fácil, «Jardines para la Victoria».

—¡Bravo! —exclamó ella.

Pasaron bajo la sombra del puente y salieron por el otro lado.

—He hecho trampa. Lo he adivinado por la bota y la pala.

—Ha sido una deducción lógica, así que no se considera trampa. Ahora prueba con eso.

Señaló un cartel enorme en el lateral de un *pub*.

—Guinness... te... —titubeó el muchacho.

—Te mantiene fuerte —terminó Clara. Atisbó el borde de un panfleto de *Jardines para la Victoria* que asomaba por la esquina del bolsillo de Sparrow—. ¿Y si leemos juntos eso? ¿Cómo lo usas normalmente?

—Suelo hacer suposiciones o, si no, Tubby lo lee mientras yo hago el trabajo duro.

Sacó el folleto y Clara lo guio a través de él, le leyó algunas frases y lo animó a probar con las palabras más sencillas. Tenía la corazonada de que, si transformaba las palabras en frases y lo invitaba a leer constantemente en voz alta, Sparrow no tardaría nada en aprender. Era muy listo. Solo tenía que creérselo.

—¿Cuál es su palabra favorita, señora Button? —preguntó el niño.

—Serendipia.

—¿Qué significa eso?

—El hecho de que los acontecimientos ocurran por casualidad y de una manera feliz. Por ejemplo: conocerte en la biblioteca fue un golpe de serendipia.

—¿Y cuál es la peor palabra para usted? —le preguntó al volver bajo el puente del ferrocarril.

El traqueteo del tren que pasaba por encima de ellos casi ahogó la voz de Sparrow. La bibliotecaria pensó.

—Húmedo.

—¿Y eso?

—La verdad es que no lo sé, pero me da escalofríos. ¿Cuál es tu favorita? —le preguntó ella a su vez.

—Margoso.

Clara detuvo el cochecito y lo miró con sorpresa.

—Me encanta esa palabra. ¿Dónde la has aprendido?

—Me la dijo Tubby. Opina que el suelo de Londres es margoso, porque está lleno de arena y arcilla. —Le guiñó un ojo—. Muy húmedo.

—Madre mía, ese tren hace un ruido horrible.

Sparrow levantó la vista hacia el cielo con los ojos entornados.

—Creo que no es un tren.

La mujer siguió su mirada.

Un rayo negro se movía a toda velocidad hacia ellos por encima de los tejados.

De pronto, el ruido se volvió espantoso. Pum. Pum. Pum. Clara sintió que le taladraba el cerebro. Con las manos pegajosas a causa del sudor, se aferró al manillar del cochecito.

—Señora Button… —Sparrow le puso una mano en el brazo y la hizo volver en sí—. Tenemos que huir.

Para su eterna vergüenza, Clara se quedó clavada en el suelo. Se imaginó la cara de Peter, pálida y cerosa, alejándose de ella y hundiéndose en el polvo, los libros volando por los aires.

—No… No puedo.

Tragó saliva. El objeto del cielo estaba cada vez más cerca, rugía avanzando hacia ellos con una estela de fuego brotándole de la cola. De repente, el ruido cesó. Clara contuvo la respiración mientras el objeto planeaba en su dirección como un búho con las alas desplegadas.

Sparrow le arrancó el cochecito de entre las manos y empezó a empujarlo con una de las suyas; con la otra, la agarró por la manga.

—¡Vamos!

Aquello sacó a Clara de su estado de terror y, juntos, corrieron por Grove Road lo más rápido que pudieron, con las ruedas del cochecito rebotando sin cesar contra los adoquines.

—Aquí dentro.

Sparrow tiró de ella hacia una puerta y la empujó para que se lanzara al suelo. Tras sacar al bebé del cochecito, se acuclilló junto a ella. Obedeciendo a un instinto, ambos se cubrieron la cabeza.

Fue como si el aire se estremeciese y descompusiera ante el impacto de la explosión.

Se hizo la oscuridad, seguida del suave repiqueteo de los escombros acres que les llovían sobre la cabeza.

Clara no podía respirar. Tenía la sensación de que estaba aferrada al bordillo mientras la acera se ondulaba y torcía.

—Señora Button...

Sparrow intentaba que se pusiera en pie.

El bebé empezó a llorar mientras los dos miraban, atónitos, hacia el lugar desde el que acababan de huir.

El robusto puente ferroviario victoriano bajo el que habían pasado ya no estaba; las casas se habían derrumbado sobre sí mismas; los cadáveres estaban tirados en la calle como muñecas de trapo; las viviendas y las tiendas ardían con ferocidad y, desde el cielo, las toallas sanitarias de la farmacia caían girando en espiral como si fueran hojas de sicomoro que terminaban posándose a sus pies.

—¡Mi tía! —gritó Sparrow.

La cola del avión estaba enterrada en el lateral del edificio.

El niño empezó a moverse y Clara tiró de él hacia atrás. El estruendo metálico de las campanas de las ambulancias y de los vehículos de los bomberos colmaba el aire.

—¡No! No vayas, Sparrow, es demasiado peligroso.

El muchacho le tiró a su primo en los brazos y echó a correr hacia los edificios en llamas.

Clara no soportó ver aquello y se dejó caer sobre el bordillo aferrada al bebé.

—Clara, ¿eres tú?

Levantó la mirada. Billy sostenía el extremo de una camilla mientras avanzaba hacia el lugar de la explosión.

—Billy.

Rompió a llorar y él se acuclilló a su lado, estupefacto, con los ojos rebosantes de preocupación.

—¿Estás herida?

—Estoy bien. Pero Sparrow ha vuelto a buscar a su tía. Detenlo, Billy, por favor.

—Dalo por hecho, pero tienes que ir a mi puesto de ambulancias para que te echen un vistazo.

—Estoy bien, esperaré aquí.

Billy soltó la camilla y la sujetó con firmeza por ambos brazos.

—No, Clara, no vas a esperar aquí. Si te pasara algo, no me lo perdonaría jamás. ¡Vete ahora mismo!

Sin decir una sola palabra más, se dio la vuelta y echó a correr hacia la espesa cortina de humo.

La luz blanquecina del amanecer ya comenzaba a desplegarse sobre el apagón cuando Billy por fin volvió a entrar en el Puesto 98. Arrastraba los pies y tenía el rostro gris de puro agotamiento.

—¿Sparrow? —preguntó Clara.

Habían examinado al bebé y luego se lo habían entregado sano y salvo a Pat en el metro, pero la bibliotecaria estaba tan preocupada por el muchacho que no había conseguido pegar ojo.

Billy le puso en las manos una taza caliente de caldo de carne concentrado.

—Está bien. Dos de sus primos y él están con su madre y con el bebé en el metro. Todos a salvo. —Le echó la manta sobre los hombros y la miró con preocupación—. ¿Y tú?

Clara probó la bebida caliente y salada y se estremeció.

—Estoy bien. Bueno, tengo un tímpano perforado, pero, si Sparrow no me hubiera obligado a correr... —se le fue apagando la voz—. ¿Y la tía de Sparrow?

—Lo siento. Era imposible que sobreviviera.

Clara negó con la cabeza al recordar a la madre alegre que hacía malabarismos con los niños y una olla de estofado, dichosamente ajena al hecho de que se encontraba a escasos minutos de su propia muerte.

—¿Alguien más?

—Dos de sus primos, niños pequeños. —Billy tragó saliva con dificultad—. Seis bajas en total, no hemos podido hacer nada.

—Siete, en realidad. Estaba embarazada. —El sanitario se restregó la cara en un gesto de desesperación y Clara sintió que un puño frío le oprimía el corazón—. Lo siento mucho.

Él asintió y se volvió hacia ella con una expresión atormentada por lo que había visto en aquellas casas derruidas.

—Nunca te acostumbras a sacar cadáveres de niños. —Ambos se sumieron en un silencio prolongado—. Perdóname —suspiró al final Billy mientras se frotaba los ojos—, es obvio que tengo que mejorar mis tácticas de conversación. —Se volvió para mirarla—. Esa cosa que ha explotado no era un Messerschmitt ni ningún otro tipo de avión.

—¿Qué era, entonces?

—Una especie de cohete, no lo sé. Lo que sí sé de buena tinta es que ahí no lo conducía ningún piloto alemán, porque los hombres del barrio han formado una patrulla y, de haberlo habido, lo habrían encontrado.

Clara recordó el horrible estruendo metálico que había emitido el cohete antes de que el motor se parara.

Desde hacía unos meses, no se hablaba de otra cosa que no fuera el arma secreta de Hitler. Ella se había tomado los rumores a risa.

—Bueno, esperemos que sea el primero y el último —suspiró, aunque sabía que en la guerra las cosas nunca eran tan sencillas.

Billy la agarró de las manos y de pronto Clara se dio cuenta de lo cerca que estaban el uno del otro.

—Sé que aún no hemos fijado una fecha para nuestra visita a la exposición, pero hagámoslo ya —la urgió—. Ahora. —La miró a los ojos con intensidad—. Siento… Siento haberlo ido dejando pasar. —Las palabras se le juntaban unas con otras—. Es difícil explicar por qué, pero lo que sí tengo claro es que el momento presente es lo único que tenemos. Si lo de anoche nos ha demostrado algo, es precisamente eso.

A Clara se le desbocó el corazón cuando por fin lo oyó pronunciar las palabras que tanto deseaba oír.

—Sí… sí… Me encantaría. Pero no te refieres a ahora mismo, ¿verdad? Mira en qué estado me encuentro.

Después de pasar toda la noche en una cama de campaña, su pelo parecía un nido de pájaros, y estaba bastante convencida de que tenía costras de sangre alrededor de las orejas.

—Estás preciosa, Clara. —Le acarició la mejilla—. Más preciosa que nunca por estar viva. No… —Tartamudeó y ella levantó los dedos para rozar los de él—. No te imaginas lo que significas para mí.

Algo intangible se había liberado. Ya no había vuelta atrás.

Billy sonrió y su gesto rompió la solemnidad del momento.

—Pero sí, podemos esperar hasta que nos hayamos lavado. Aunque no mucho más, por favor, no quiero perder más tiempo.

Clara ansiaba descargar toda la vergüenza secreta de su pasado, desmantelar el tejido de mentiras y engaños. Sintió que en ese momento se sentía lo bastante vulnerable, que podría haber roto su silencio de no haber sido por la súbita aparición de una mujer rechoncha que golpeaba una olla con una cuchara de madera.

—¡La comida está lista!

La bibliotecaria dio un respingo.

—Mavis Byrne —sonrió Billy—. Hija de un capitán del mar Báltico y cocinera de nuestro puesto. Prepara el mejor pudin de carne y riñones de East London.

—No se preocupe, ya tiene bastantes bocas que alimentar —dijo Clara—. Yo me voy.

—Ni se le ocurra —replicó Mavis al mismo tiempo que la agarraba del brazo—. Nuestro Billy se pasa la vida hablando de su amiga la bibliotecaria.

El sanitario miró a la cocinera y puso los ojos en blanco.

—Lo siento —le susurró a Clara—. Por favor, quédate a comer algo.

Mavis la condujo hacia el patio de la estación. Una vez allí, la luz la obligó a parpadear y al menos una decena de pares de ojos femeninos se volvieron para mirarla. Había amanecido y el personal del turno de noche estaba sentado en sillas plegables mientras devoraban platos de pudin de carne con riñones.

—Tengo que acompañar al nuevo jefe de turno a inspeccionar los vehículos —informó Billy—. No podemos marcharnos hasta que lo firme todo. No tardaré mucho.

Silbó a una chica que estaba limpiando la puerta de una ambulancia cercana y que tenía las piernas más largas que Clara había visto en su vida.

—Blackie, cuida de mi amiga, ¿vale?

La mujer se acercó a ella; llevaba un pitillo soldado a unos grandes labios pintados de rojo.

—Alberta Black. —Tendió una mano sin quitarse el cigarrillo de la boca y escudriñó a Clara a través del humo—. O sea que tú eres la chica misteriosa que tiene en ascuas a nuestro jefe de estación.

¿Lo tenía en ascuas? Eso ya era más información de la que había conseguido sonsacarle a Billy.

—No sabía que era el jefe de estación —dijo Clara.

—Uy, sí, aquí es el que manda —comentó una pelirroja—. Por cierto, soy Angela Darlow. Todo el mundo me llama Darling. ¿No te has fijado en las tres rayas que lleva en el uniforme?

Clara negó con la cabeza.

—Y supongo que tampoco te habrá hablado de su joya —añadió Blackie mientras se agachaba para coger a *Beauty*, que había entrado

141

en el patio con la intención de mendigar pedacitos de pudin de carne y riñones.

—¿Joya?

—Claro, ganó la medalla del Imperio Británico al valor el año pasado.

—¿En serio? ¿Por qué?

—Durante el Blitz, atravesó una cortina de llamas con una ambulancia para atender a una familia atrapada en el sótano de su casa. Entró por un túnel por el que dudo que cupiera siquiera un lebrel, llegó hasta dos niños sepultados en el sótano, les administró morfina y los sacó a los dos con vida.

Clara se quedó de una pieza. La forma de hablar de Billy, sus referencias a las cosas de las que no se sentía orgulloso, su estatus de objetor de conciencia... Le costaba mucho conciliar todo aquello con el hombre intrépido que conocían en aquel puesto.

Angela se quitó las gafas de sol y le lanzó una mirada penetrante.

—Somos un equipo algo raro, pero aquí estamos todos tan unidos como la mejor de las familias.

Clara se dio cuenta de que le estaba lanzando una advertencia amistosa, así que se relajó cuando Billy volvió a entrar en el patio.

—Vale, chicos, inspección superada, ya podéis iros todos.

Le puso la mano a Clara en la parte baja de la espalda y la guio hacia la calle.

—Si te parece bien, me paso luego por la hora del cuento y fijamos la fecha...

—Sí, por favor —contestó, agradecida—. Gracias por cuidar de mí, Billy.

Él la abrazó y Clara apoyó la mejilla en la tela áspera de su mono de trabajo. Sintió que toda su angustia se fundía como la cera de una vela caliente.

—Creo que debería ser sincero contigo antes de nuestra cita... —empezó él.

—Sí —lo animó en tono de alivio—. Quiero saber todo lo que haya que saber de ti. Puedes confiar en mí, Billy.

—¡Clara!

La voz estridente de una mujer interrumpió la suya.

El sanitario siguió la mirada de la bibliotecaria calle arriba hasta ver a una mujer con un sombrero extravagante que avanzaba hacia ellos.

—¿Quién es?

—*El arte de cuidar de tu hogar*.

Clara suspiró e intentó contener su agitación.

La suegra de Clara se acercó y la joven se obligó a esbozar una sonrisa.

—Hola, qué sorpresa, ¿qué estás haciendo aquí?

—Clara, cariño… Ni te imaginas lo preocupada que estaba. Dicen que va a haber una invasión. He venido en cuanto me he enterado de lo del incidente de Bethnal Green. El hombre de la vigilancia antiaérea de Grove Road me ha dicho que habían traído aquí a una mujer que encajaba con tu descripción.

—Por favor, no se alarme —intervino Billy—. Estuve en el lugar del ataque y le aseguro que allí no había ningún piloto alemán. Lo de la invasión no es más que un rumor.

La mujer lo miró con suspicacia.

—¿Le conozco?

Él negó con la cabeza.

—No lo creo.

La suegra de Clara frunció los labios.

—Sí, estoy segura de haberle visto antes.

—Imagino que es porque tengo una cara muy común —contestó él con una risa inquieta—. Las dejo tranquilas. Clara, te veo luego en la biblioteca.

Se dio la vuelta y Maureen se lo quedó mirando.

—Me suena muchísimo —comentó una vez que estuvo segura de que ya no podía oírla—. Tiene una mirada esquiva.

—Es solo un amigo y, la verdad, no tendrías que haberte molestado en venir hasta aquí desde Boreham Wood.

—Clara, ¡seguimos siendo familia! Aunque le hayas dado la espalda incluso a tu propia madre.

La bibliotecaria suspiró. Estaba claro que su madre y su suegra ya habían hablado.

—No le he dado la espalda —protestó—. La quiero, pero no puede pedirme que elija entre la biblioteca y ella. No es justo.

—Tu madre y yo estamos de acuerdo. No piensas con claridad. Ya hace tiempo que estás así, desde que...

—¿Desde la muerte de Duncan? Vaya, ¡menuda sorpresa! Lo siento, no pretendo ser grosera, pero estoy muy cansada.

—Ya lo veo, y por eso tienes que venirte a vivir con nosotros. —Maureen le posó una mano enguantada en el hombro a su nuera y sonrió enseñando los dientes—. Aquí no estás segura. Es lo que Duncan habría querido.

Clara se quedó mirando a un mirlo que intentaba sacar a tirones a un gusano indefenso de la tierra del huertecito que había en el puesto de ambulancias.

—Ya lo hemos hablado, Maureen. Mi... Mi trabajo y mis amigos están en Bethnal Green, toda mi vida está aquí.

La expresión de su suegra se endureció, y formó un mohín con la boca rosada. Qué rápido desaparecía la fachada de preocupación.

—Y eso ya es más de lo que tiene mi hijo —siseó—. ¿Es que ni siquiera lo echas de menos?

—¿Qué? ¿Cómo puedes decirme algo así?

—A ver, ¿por qué sigues trabajando en esa biblioteca pública?

—¡Esa biblioteca es mi vida! —exclamó Clara.

A Maureen se le escapó una carcajada amarga.

—Tu marido debería haber sido tu vida. Quizá, si no hubieras antepuesto tu trabajo a todo lo demás, las cosas habrían acabado de otra forma. —Clara la miró de hito en hito, sin dar crédito a sus palabras. Las plumas que el ridículo sombrero de Maureen tenía en lo alto no paraban de temblar—. Aunque seguro que estás encantada por cómo ha terminado todo, porque eso significa que podrás seguir en la biblioteca. Al terminar la guerra, habrías tenido que dejar tu puesto, pero, ahora que él ha muerto, podrás conservarlo. Claro que sí, te ha ido de perlas, ¿eh, señora?

Su nuera no podía respirar. El calor que le serpenteaba alrededor de la garganta era como unos dedos invisibles.

—Lo echo de menos todos los días —consiguió decir al fin—. La biblioteca es mi consuelo, pero no es la razón de que Duncan esté muerto.

—Puede que Duncan no, pero sí mi nieto. Si hubieras estado en tu casa descansando, como te dijimos todos, en vez de trabajando hasta tarde en esa biblioteca, el bombardeo no te habría pillado dentro. —El rostro se le llenó de un triunfo furioso cuando hundió aún más el cuchillo—: No habrías perdido al bebé.

Clara sintió una pequeña punzada de alivio. Ahora sí. Por fin lo había dicho. Tanto Maureen como su propia madre siempre lo habían insinuado, pero nunca lo habían expresado de una forma tan abierta.

—Creo que será mejor que te vayas —dijo en voz baja.

El mirlo renunció al gusano y alzó el vuelo; el negro de sus alas arañó el azul turquesa del cielo.

—Era mi hijo, tenía derecho a ser padre y a vivir una vida feliz.

—No creas que pasa un solo día sin que piense en los «¿Y si...?». Me paso las noches en vela intentando imaginar cómo habría sido nuestro bebé. —Clara cerró los ojos. Volvió a ver los montones de libros carbonizados y empapados, el cuerpo de Peter inmovilizado bajo la estantería y la interminable hemorragia de los angustiosos días siguientes—. La biblioteca es lo único que me mantiene viva.

Fue como si Maureen se desinflara.

—Perdóname. Por favor, vente a vivir con nosotros, allí estarás a salvo.

Clara pensó en la sofocante casa de su suegra, en sus setos de alheña, en su tranquila respetabilidad. Para Maureen, los libros eran adornos con los que demostrar a sus vecinas que había triunfado en la vida. Eran libros que, en su opinión, debían exhibirse encerrados tras las puertas de cristal de una vitrina. Duncan le había contado una vez que su madre nunca los leía, pero que les limpiaba el polvo muy a menudo y que regañaba a su padre si se atrevía a sacar uno para hojearlo.

Clara jamás encajaría en un hogar así. Negó con la cabeza.

Maureen suspiró.

—Piénsatelo, querida. Volveré pronto para ver si has cambiado de opinión. Y recuerda, Clara…

—Sí, lo sé. La dignidad está en el silencio.

10
Ruby

«Mi antiguo director, Pat, era un hombre irreverente y anárquico
que vestía camisetas de tirantes. "Con un buen libro,
nunca estás solo", decía. Nunca lo he olvidado.
Me convirtió en la bibliotecaria que soy hoy.»

DEBORAH PECK,
responsable de desarrollo bibliotecario
de Canning Town, East London

RUBY SE DESPERTÓ en una habitación de hotel desconocida, con un
dolor de cabeza horrible.

—Uf —gruñó mientras intentaba despegar la cabeza de la almohada.

Los rizos rubios y sucios de la joven caían sobre las sábanas. El
sujetador y la blusa que llevaba la noche anterior estaban tirados
encima de un par de zapatos en un rincón de la habitación, como si
un cañón los hubiera disparado hasta ahí.

—Eres la reina de la fiesta —dijo una voz con un acento peculiar.

La chica se dio la vuelta y abrió un ojo. Eddie estaba tumbado
con la cabeza apoyada en un brazo y fumándose un cigarrillo con
aire lánguido.

—¿Hora?

—Poco más de las cinco de la mañana. Tengo que mover el culo
si no quiero perder el tren. —Se inclinó hacia ella y la besó despacio
en el hombro desnudo; después bajó por el brazo dejando tras de sí

un reguero de besos y gimió—: No quiero separarme de ti. Quiero quedarme aquí todo el día haciéndote el amor.

—¿Y por qué no te quedas? —le preguntó ella con una sonrisa provocativa antes de atraerlo hacia sí tirándole de la chapa identificativa que llevaba colgada al cuello.

—Porque no quiero que me monten un consejo de guerra. —Con delicadeza, Eddie cogió uno de los rizos rubios de Ruby entre los dedos y lo acarició—. En otra vida, en otro mundo... Es que eres de otro mundo, Ruby Munroe.

Ella lo miró. Dios, qué joven era. Debía de tener veintiún años, como mucho. A regañadientes, el soldado bajó sus largas piernas por un lateral de la cama y descorrió las cortinas. La luz perezosa del amanecer se filtró en la estancia y le tiñó el cuerpo de un tono perlado. Ruby lo observó mientras se movía desnudo por la habitación sin hacer ruido, recogiendo sus prendas de ropa, apartando el sujetador de Ruby de sus zapatos con una sonrisa irónica en la cara. Tenía un cuerpo glorioso, terso y fuerte, y ella lo admiraba sin pudor.

Pensó en la noche anterior, o en lo que recordaba de ella. En la ginebra y los cócteles, en el hermoso cuadro vivo de The Windmill Theatre —cuyos participantes llevaban el pecho al aire—, en los bailes acalorados y sudorosos en el Lyceum. Y, luego, en el momento en que llegaron dando tumbos a la habitación de hotel de Eddie y se arrancaron la ropa el uno al otro. Una satisfacción totalmente impúdica. Reprodujo en su mente la expresión de asombro de Clara cuando el día anterior había salido de la biblioteca del brazo de Eddie y había intentado verse como la veían los demás. Sabía que a aquellas alturas aquello ya habría llegado a los oídos de medio refugio, pero le daba igual. Que la juzgaran todo lo que quisieran. Prefería mil veces ser una fresca a ser ama de casa.

Ruby decía que era una mujer de su tiempo, pero, en realidad, ella siempre había sido así, los tiempos sencillamente encajaban con su forma de ser.

—Esto habría valido ochocientos *Lo que el viento se llevó* —dijo Eddie mientras terminaba de abotonarse la camisa.

Ruby se sentó en la cama y, tras envolverse en una sábana, se acercó y asomó la cabeza por la puerta para comprobar que no había nadie en el baño compartido que tenían al lado.

—Tengo que ir a desbeber. Espera un momento.

—Ni siquiera sé qué quiere decir eso —dijo Eddie riendo—. ¡Pero dame un beso rápido antes de irte!

Con una enorme sonrisa dibujada en la cara, el joven intentó agarrar la sábana, pero Ruby consiguió escabullirse y le lanzó un beso burlón antes de marcharse al lavabo. Cuando terminó, se lavó las manos e intentó abrir la puerta, pero estaba atascada.

—Venga ya —masculló al mismo tiempo que forcejeaba con el picaporte.

Maldito Blitz. No había ni una sola puerta en todo Londres que abriera bien después de los bombardeos nocturnos. De repente, tuvo la sensación de que las paredes con azulejos se le caían encima y cobró conciencia de lo pequeño que era el espacio en el que estaba atrapada. Ni siquiera había ventanas. El miedo le bajó por la garganta.

«Cálmate», se dijo, y trató de girar el pomo de nuevo, pero el pánico se estaba apoderando de ella y se le hinchaba en el pecho como una sustancia caliente y grasienta. Todo era demasiado pequeño, demasiado estrecho. De repente, hasta su propia piel comenzó a apretarle. Estiró los brazos como si quisiera apartar las paredes de algún modo, pero el baño era diminuto, no cabía ni el proverbial alfiler. Tiró del pomo y después golpeó la puerta con el puño una y otra vez.

—¡Ayuda! —gritó con la cara a escasos centímetros de la puerta—. ¿Alguien me oye?

Silencio. Las paredes estaban cada vez más cerca, imaginó que le aplastaban el cráneo.

Cerró los ojos, vio cuerpos que caían, extremidades enmarañadas, personas amontonadas unas encima de otras. La lógica le decía que aquello había sucedido en el metro, no ahí, ni en ese momento, y sin embargo...

—¡Sacadme de aquí! —vociferó.

Con una fuerza sobrehumana, Ruby tiró del pomo y este se desprendió limpiamente de la puerta. Se quedó mirando la pieza que tenía en la mano y la claustrofobia estalló: le dejó los pulmones sin aire, hizo que estrellas negras le estallaran en la cabeza.

—Ayudadme —gimió.

El suelo se elevó de golpe a la vez que ella se desplomaba sobre las baldosas.

De pronto, una ráfaga de aire fresco. Con un único movimiento fluido, Eddie la cogió en brazos.

—No pasa nada, estás a salvo —la tranquilizó mientras la llevaba por el pasillo y la tumbaba con suavidad en la cama del hotel—. Estás a salvo.

Continuó repitiendo aquel mantra y cogió un vaso de agua de la mesilla de noche.

Ruby bebió sujetándolo con las manos temblorosas y, mientras se recuperaba, se sintió más vulnerable que en cualquier otro momento de su vida.

—Estoy bien —murmuró a la vez que se apartaba de él.

—No, no lo estás —replicó Eddie con brusquedad, pero sus ojos amables rezumaban preocupación—. ¿Qué diablos acaba de pasar?

Ruby se llevó las rodillas al pecho y miró por la ventana. Cintas de luz rosa y naranja empezaban a desenrollarse sobre los tejados.

—Vete ya, no quiero que te monten un consejo de guerra por mi culpa.

—No me iré hasta que hables conmigo.

Algo cedió dentro de Ruby. Mantener siempre la puñetera compostura, intentar ser fuerte en todo momento, era demasiado agotador.

—Me dan una especie de… —Su voz se redujo a un susurro—. Episodios. —Él no dijo nada, se limitó a seguir acariciándole la cabeza—. Empezaron cuando mi hermana murió en el metro el año pasado.

—Lo siento, Ruby, no tenía ni idea.

—Sí, fue un accidente. —La amargura le tiñó la voz—. Bueno, lo llamo «accidente», pero en realidad podría haberse evitado.

—Cuéntamelo —insistió Eddie.

—Una noche, la gente estaba haciendo cola para bajar porque habían empezado a sonar las sirenas. Mi hermana, Bella, estaba entre ellos...

Se interrumpió y se arrebujó aún más la sábana.

—Sigue —la animó él con suavidad.

—Entonces hubo una explosión. Hizo un ruido espantoso y, como es lógico, todo el mundo empezó a empujar hacia delante pensando que estaban bajo el fuego de algún arma nueva, desesperados por esconderse bajo tierra.

—¿Y?

Ruby negó con la cabeza.

—Ni siquiera tendría que estar contándotelo, nos aconsejaron que no habláramos de ello.

—Ruby, cielo, teniendo en cuenta adónde voy, ¿de verdad crees que importa?

—Supongo que no. —Bebió un sorbo de agua y cogió una bocanada trémula de aire. Le resultaba extraño hablar de aquello abiertamente; se sentía como si estuviera traicionando a alguien, aunque no sabía muy bien a quién—. La multitud empezó a bajar las escaleras. Una mujer que llevaba a su bebé en brazos tropezó y, antes de que pudiera levantarse, la gente comenzó a caerse encima de ella. Fueron amontonándose, uno detrás de otro. Los peldaños estaban mojados y resbaladizos, además de ser irregulares; el hueco de la escalera estaba iluminado solo por una bombilla diminuta. Cayeron como fichas de dominó.

Una sombra oscureció el rostro de Eddie.

—Pronto, cientos de personas quedaron atrapadas en la escalera. Oía los gritos desde las escaleras mecánicas mientras subía corriendo desde la biblioteca. —Se tapó los ojos para protegerse de la imagen y ahogó un sollozo—. Era un caos. Cuerpos enredados, aplastándose unos a otros hasta matarse. —Las lágrimas le resbalaban por las mejillas pálidas—. Intenté sacarla, Eddie, la busqué, pero no la encontré. —Se miró las manos inútiles—. Toda pierna y todo brazo que intentaba liberar se quedaba atascado al instante. La gente moría asfixiada delante de mí. ¿Te lo imaginas? Vi cómo se les iba escapando la vida… —Ruby rompió en sollozos y Eddie la estrechó contra su pecho—. Y sabía que, en algún punto de aquella espantosa masa de cuerpos, luchando por respirar, estaba mi hermana mayor.

—Oh, Ruby…

—Le fallé —sollozó la joven—. Creo que estos… episodios, si quieres llamarlos así, son mi castigo.

—No… —Eddie se echó hacia atrás, desconcertado—. ¿Cómo es posible que pienses eso?

Ruby se enjugó los ojos.

—Porque es verdad.

Eddie la abrazó en silencio durante largo rato.

Al final, oyeron el repicar metálico de un cubo en el exterior.

—La camarera está aquí. Eddie, tienes que irte ya.

El soldado se apartó de ella, con la desesperación marcada en la cara.

—¿Cómo voy a dejarte sola después de lo que acabas de contarme, Ruby?

Ella sonrió con tristeza.

—Porque no tienes elección.

Eddie le dio un último beso largo y prolongado antes de suspirar y apoyar la frente en la de Ruby.

—Yo… no sé qué decir.

Ambos sabían a qué se refería. No parecía tener mucho sentido desearle buena suerte a Eddie. Nada de lo que Ruby le dijera se acercaría siquiera a rozar la superficie del miedo y la adrenalina que ya debían de estar empezando a reactivarse en su interior.

—Te escribiré, nena. Y luego, cuando consiga…

Ella lo hizo callar poniéndole un dedo en los labios mientras negaba con la cabeza.

—Recordemos esto como lo que ha sido, Eddie. —Lo besó de nuevo con suavidad en la frente—. Una noche gloriosa. Y perdóname si te he desmoralizado.

Él le tomó la cara entre ambas manos.

—Qué narices, Ruby, no tienes que disculparte por nada. Eres asombrosa. Valiente, divertida, guapa… —Se quedó callado y la miró con intensidad, como si estuviera intentando grabar su recuerdo en la mente—. Hasta la vista, Ruby Munroe.

—Hasta la vista, Eddie…

Para bochorno suyo, Ruby se dio cuenta de que no recordaba cómo se apellidaba. Siempre sería Eddie. Eddie el de *Lo que el viento se llevó*.

Cuando el joven se marchó, la habitación quedó de repente despojada de todo su glamur y se reveló como lo que verdaderamente era: un cuarto frío en un hotel de mala muerte de Piccadilly. Ruby se vistió, hizo lo que pudo para lavarse los dientes con el dedo y salió del hotel sonriendo con descaro a la recepcionista del turno de noche, que, en 1944, ya había visto demasiado como para seguir escandalizándose. Caminó despacio hasta Piccadilly Circus y levantó la mirada hacia donde antes estaba la estatua de Eros. Al dios del amor sensual lo habían evacuado a Egham y ahora el pedestal estaba vacío y protegido por sacos de arena. Parecía una metáfora muy apropiada para el amor en tiempos de guerra.

La joven se puso a la cola de una cantina móvil del Servicio de Voluntarias. Se pasó la mano con fuerza por los rizos enmarañados y atisbó su reflejo en la ventana de la cantina: los ojos emborronados por la pintura negra de la noche anterior, los labios embadurnados con restos de Rojo renegado. La vulnerabilidad que había mostrado poco antes había desaparecido, de nuevo encerrada bajo llave en su lugar habitual.

La cara que puso la señora del Servicio de Voluntarias fue un poema.

Ruby conocía a ese tipo de mujeres. Altivas. Moralistas. «El pintalabios y el colorete hacen de una chica lo que no debe.» ¿Cuántas veces había oído esa expresión? Bueno, pues que les dieran a todas.

—¿Qué le sirvo?

Como no podía ser de otra manera, la mujer se dirigió a ella con una voz cargada de frialdad. Dios, ¿quién necesitaba a los hombres cuando las mujeres ya eran unas críticas tan duras?

—Té, gracias. Fuerte y dulce. —Sabía que era una insolencia, pero no pudo resistirse—: Como el yanqui que tuve anoche en la cama.

Sonriendo, cogió el té y se alejó paseando con tranquilidad. Bebió un sorbo y esbozó una mueca de dolor cuando le quemó la garganta. Parecía agua de fregar, pero le aliviaría el dolor de cabeza. ¿Estaba bebiendo demasiado? Puede que sí, pero ¿y quién no bebía demasiado últimamente? Todo el mundo lo hacía para relajarse. Era casi de rigor en tiempos de guerra. El único problema de tomarse un trago era que, a la mañana siguiente, le costaba más que nunca acallar sus demonios.

Cuando ya estaba cerca del metro, oyó a un vendedor de periódicos anunciando a gritos las noticias del día.

—¡Incidente en Bethnal Green! ¡Testigo confirma que se trata de un cohete no tripulado!

A Ruby se le cayó el té de las manos y echó a correr hacia los trenes.

Encontró a Clara en la biblioteca y enseguida supo que el bombardeo la había alcanzado.

—La leche, Cla, tienes un aspecto horrible.

—Vaya, gracias, aunque tampoco es que tú tengas muy buena pinta.

Ruby la abrazó con fuerza antes de apartarse.

—¿Qué ha pasado?

Clara negó con la cabeza.

—Ojalá supiera decírtelo, todo sucedió muy deprisa. Pero una cosa sí que sé: que no estaría aquí si no fuera por Sparrow.

Ruby se quedó mirando a su mejor amiga.

—Dios mío —exhaló. Se sintió avergonzada cuando rompió a llorar—. Si te ocurriera algo, no podría soportarlo.

—Venga, Rubes, esto no es propio de ti. Tú eres la fuerte.

—Ya lo sé… —Pensó en la cara magullada de su madre, en su confesión de hacía un rato ante Eddie—. Prométeme que no te irás a ninguna parte, Clara.

—Me quedaré justo aquí, te lo prometo. Y ahora ve a adecentarte la cara y, de paso, nos traes una taza de té. El señor P. y yo nos morimos por una.

—Tú mandas —replicó Ruby.

—Ah —dijo Clara con una gran sonrisa—, y supongo que no hace falta que te pregunte si te lo pasaste bien anoche.

—Bruja descarada —le contestó con una carcajada gutural al mismo tiempo que le lanzaba un clip que acababa de encontrar por ahí.

Ruby se fue al baño, se retocó el pintalabios, se limpió los borrones de maquillaje de los ojos y se sintió lo bastante recuperada como para flirtear un poco con unos hombres de la vigilancia antiaérea que hacían cola en la cafetería de la estación. Para cuando regresó a la biblioteca, se sentía más ella misma.

Beatty estaba de pie ante el mostrador de la biblioteca con cinco libros delante. Estaba esperando a que Clara sacara su carné de la bandeja de madera y se los sellara.

—¿No te llevaste *El jardín secreto* hace solo un par de días?

La muchacha esbozó una sonrisa radiante y se recolocó el pañuelo de seda rojo, blanco y azul, con el estampado de la bandera del Reino Unido, que se había atado alrededor de la cabeza.

—Lo terminé anoche. Clara me ha dejado que esta semana me lleve cinco en vez de tres.

—Chist —dijo la bibliotecaria, que se llevó un dedo a los labios—. Es nuestro secreto, recuerda.

—Ay, sí, lo siento —contestó Beatty con una sonrisa de disculpa.

—Es un placer verte sonreír, mi niña —le dijo Ruby—. Y qué pañuelo tan bonito, te sienta muy bien.

—Gracias. Me lo ha regalado mi madre.

—¿Sigue sin poder librarse del turno de noche en la fábrica de Compton? —preguntó Ruby en tono despreocupado.

—Sí, así es.

Ahora Ruby sabía que Beatty estaba mintiendo. La última vez que le preguntó, le había dicho que su madre trabajaba en la fábrica de aviones de Plessey. ¿Dónde trabajaba en realidad la ausente señora Kolsky para poder permitirse regalarles a sus hijas pañuelos de seda?

—¿Tienes alguna carta nueva para tu padre que quieras que te guarde en nuestro escondite secreto?

—No, no he escrito nada, y no creo que tenga que volver a hacerlo, porque pronto volveremos a casa.

—¿En serio?, ¿y eso? —preguntó Ruby con cautela.

—Bueno, es lo lógico, ¿no? Ahora que los aliados han invadido Francia, no tardarán mucho en liberar Jersey. —Se le iluminó la cara—. Uf, no veo la hora de regresar.

Rezumaba esperanza y Ruby abrió la boca para señalarle que, si los Aliados tuvieran intención de liberar las islas del Canal, ya lo habrían hecho ahora que habían pasado ocho días desde el Día D. Estaban avanzando hacia el este, en dirección a Berlín.

—Yo no me haría demasiadas ilusiones aún, cariño —le advirtió.

Hizo ademán de decir algo más, pero Clara le lanzó una mirada de advertencia.

—Bueno, a todos nos da mucha pena que Marie y tú nos dejéis —intervino la bibliotecaria.

—Gracias. Mi hermana y yo nunca podremos recompensaros vuestra amabilidad.

—Tú sigue leyendo —dijo Clara con una sonrisa—. A mí me basta con ese agradecimiento.

—Por eso no hay problema —contestó mientras recogía los libros recién sellados.

La visita de la muchacha les había devuelto la sonrisa a todos los empleados de la biblioteca subterránea, pero, aproximadamente un minuto después, la llegada de Pinkerton-Smythe la borró de un plumazo.

Recorrió el mostrador de la biblioteca con una mirada cínica antes de recoger el clip que Ruby le había lanzado poco antes a Clara.

—Esto debería estar con el resto de los artículos de papelería —dijo en tono seco—. No soporto que se despilfarre el material.

—Perdón, señor Pinkerton-Smythe —respondió Clara.

—Me han presentado una queja. —Sacó un cuaderno—. He recibido la visita de una tal señora Marshall. —Clara puso cara de desconcierto—. La señorita Munroe le recomendó a su hija Joannie un libro para chicos. *Emilio y los detectives*, de Erich Kästner. Un escritor alemán.

—En realidad fui yo —dijo ella, y le lanzó una mirada a Ruby.

—No podemos oponernos al préstamo de libros de autores alemanes, ¿no? —intervino el señor Pepper con valentía.

—Claro que no, pero su madre sí que se opone a que a su hija le presten títulos claramente dirigidos a los niños. Es de un mal gusto tremendo.

—Sí, pero…

—Silencio. Estoy hablando yo, no me interrumpa. Como iba diciendo, una vez más se cuestiona lo apropiado de sus sesiones de cuentos para niños, señora Button. Por otro lado, acabo de ver salir de aquí a una joven con cinco libros. ¿Ha aumentado el número de préstamos por carné, señora Button?

—No… Ha… Ha sido un error —tartamudeó Clara.

—Y un colega mío oyó por casualidad a un policía que contaba que le habían condonado la multa.

—Bueno, hubo una vez…

—¡La multa es de un penique por semana! De verdad, señora Button, esto no puede ser. Las reglas están para cumplirse; de lo contrario, nos sumiremos en la sordidez y en el caos. Se empieza con los clips y se termina con la anarquía.

En ese momento, el Comandante entró en la biblioteca.

—Clara, cielo, voy a echar una cabezadita antes de que abran el Ejército de Salvación —vociferó—. Estaré en mi sitio de siempre.

Se dirigió hacia la sala de lectura arrastrando los pies y dejando tras de sí un rastro fétido.

El señor Pinkerton-Smythe parecía estar al borde del colapso cuando metió la mano en su maletín.

—Esta es una amonestación oficial por su conducta. —Le pasó el sobre por encima del mostrador—. Un error más y presentaré una petición para que la despidan de inmediato y el local quede clausurado hasta que se reacondicione la Biblioteca Central. —Chasqueó la lengua—. Y deshágase de los indeseables. No somos un centro comunitario para vagabundos. Su trabajo no consiste en practicar la ingeniería social intervencionista.

Y, sin más, se fue.

—Pero mi trabajo sí consiste en ser humana —siseó Clara con desesperación una vez que supo que no la oiría.

—Cla —dijo Ruby con cuidado—, ¿por qué has cargado con la culpa de algo que hice yo?

—Porque es a por mí a por quien va. ¿No lo ves? Está decidido a pillarme sea como sea. Pues, bien, no lo va a conseguir. —Miró primero a Ruby y luego al señor Pepper—. Esto es una biblioteca pública, ¿no? Se paga con las tasas de los residentes de la zona y eso quiere decir que cualquier habitante de Bethnal Green tiene derecho a utilizarla.

A LAS SEIS de la tarde ocurrió algo extraordinario: Ruby nunca había visto a tantos niños entrar en tromba en la biblioteca como cuando abrió la puerta para la hora del cuento.

Se había corrido la voz de que Clara había tenido un roce con la muerte y las madres habían enviado a sus hijos con paquetes de comida. Había caras por todas partes, y no eran solo las de los niños que asistían a la hora del cuento de buenas noches, sino que parecía que la mayoría de los usuarios habituales se hubieran embutido también a la vez en la biblioteca, como un montón de libros entrañables apretujados en una estantería. Allí estaba Rita Rawlins, acompañada de su loro malhablado, charlando animadamente con el Comandante. Irene, la mujer obsesionada con el sexo, debatía con Queenie y con la señora Caley, la esposa maltratada, sobre si las novelas de misterio eran mejores que las románticas. Hasta la pareja de mediana edad que había ido a pedir prestado *El factor sexual en el matrimoni*o había logrado salir del dormitorio y ambos estaban ahí de pie, cogidos del brazo, con la cara teñida de un rubor de recién casados. Clara había convertido la biblioteca en algo más que un espacio lleno de libros: era la sala de estar del refugio.

Apenas se atisbaba un hueco libre en el mostrador. Era un despliegue de amor hacia la bibliotecaria favorita de Bethnal Green.

—¡Tres hurras por Clara! —bramó la señora Chumbley, y el techo estuvo a punto de hundirse.

—Un poco más alto, niños, que me parece que hay una señora en Reading que aún no lo ha oído —gritó Ruby.

Fue la llegada de Sparrow, agarrado con firmeza a la mano de su madre, lo que terminó haciendo que Clara perdiera la compostura.

—No sé cómo agradecértelo, Clara —dijo Pat—. Si mi niño no hubiera salido contigo a pasear, lo habría perdido.

—No, no, soy yo quien debe darle las gracias a tu hijo —protestó ella—. Se comportó con una valentía asombrosa.

Sparrow se encogió de hombros y arañó el suelo con el zapato.

—Bueno, a partir de ahora se quedará a mi lado y dormirá aquí abajo, te lo aseguro.

—Siento muchísimo tu pérdida, Pat —dijo Clara, que posó una mano en el brazo de la mujer.

Pat asintió, pálida por culpa del cansancio y del dolor por la muerte de su hermana y sus sobrinos. Llevaba al bebé en brazos y, sin duda, se preguntaba cómo narices iba a arreglárselas para cuidar a una criatura y hacerse cargo de otra boca que alimentar.

—Tenemos que acabar con esto de una vez. Ponerle fin a esta puñetera guerra, dejar de perder a la gente que queremos.

Ruby asintió.

—Amén.

En ese momento, vio con claridad por qué su amiga dedicaba hasta la última gota de su energía a mantener activa aquella pequeña biblioteca para los tiempos de guerra.

—¿Puedo quedarme a la hora del cuento? —murmuró Sparrow.

Clara le tendió la mano.

—Vamos.

Lo agarró de la mano y Ruby la oyó susurrar:

—Gracias por lo que hiciste ayer. Eres más valiente que Jim Hawkins.

El niño levantó la mirada hacia ella y se limpió la nariz con el dorso de una manga.

—No es nada. Estaba en el lugar adecuado, en el momento adecuado. Serendipia.

Ruby empezó a ordenar y se dio cuenta de que, en medio de aquella guerra terrible que se libraba en tantos frentes, lo único que tenía algún sentido era su pequeña y poco convencional familia de la biblioteca. Abrillantó el mostrador de madera con cera de abejas y pensó en Eddie; la piel aún le hormigueaba gracias a sus caricias expertas. Al final había resultado ser un buen hombre. Al menos había cumplido su promesa. Se había mostrado tierno, amable y sorprendentemente atento. La había escuchado sin juzgarla; era el único hombre al que le había confiado lo de Bella. La había visto en su momento más vulnerable.

El arrepentimiento le susurró al oído. ¿Debería haber aceptado escribirle, haberle ofrecido alguna esperanza de un futuro compartido?

Una imagen de su hermana de pie en lo alto de aquellos diecinueve escalones, con el pelo rojo centelleando bajo la luz tenue, le invadió la mente. «Hasta luego, no llegues tarde.»

Un mes antes de su muerte, Bella le había confiado que, gracias a coser uniformes del ejército y limpiar retretes, por fin había ahorrado lo suficiente para abrir un puesto de café a la salida del metro, su propio negocio. «Voy bien encaminada, Rubes», le había dicho. No le habrían faltado ni inteligencia ni resolución para lograrlo.

A Ruby se le ennegreció la culpa en el pecho y se le extendió por todo el cuerpo como una mancha. Había llegado tarde. Había omitido esa parte de la historia cuando se la había contado a Eddie. Quince minutos tarde, y eso le había costado la vida a Bella.

Si hubiera sido puntual y hubiese estado en la entrada del metro, en lo alto de las escaleras, a las ocho y cuarto en punto, como le había prometido, habrían estado a salvo y lejos de allí antes de que las sirenas empezaran a sonar a las ocho y diecisiete. Pero no había sido así, ¿verdad? La realidad terrible e inevitable era que, mientras Ruby cotilleaba con una amiga a los pies de la escalera mecánica, en la superficie, la creciente multitud empezaba a empujar a su hermana. Poco después del estallido de la sirena, tres autobuses se habían detenido a la vez delante del metro y habían arrojado a todos sus pasajeros a la calle. Los cines y los *pubs* se habían vaciado y toda esa gente se había sumado también a los cientos de personas que clamaban por bajar al metro por aquellas escaleras oscuras y estrechas.

Ajena a todo aquello, Ruby había dejado a Bella esperando en medio de una multitud tensa. Seguro que su hermana podría haberse dado la vuelta, haber intentado salir a empujones de allí. Tal vez incluso lo hubiera intentado. Aunque Ruby la conocía muy bien. Bella era una persona muy leal. Ni por asomo habría intentado abandonar el lugar en el que habían quedado, no con las sirenas ululando. Y por eso estaba allí atrapada cuando otro ruido espeluznante estalló por encima de las cabezas de la multitud a las ocho y veintisiete. No se trataba de bombas enemigas, sino de un misil antiaéreo, como se supo más tarde, pero ninguna de las personas que hacían cola aquel día en la oscuridad lo sabía. Bella estaba totalmente aprisionada cuando la muchedumbre se lanzó en tropel por las escaleras del metro, todos convencidos de que les estaban disparando. «Cuando la madre que llevaba a su bebé en brazos tropezó en el último escalón. Cuando los cuerpos comenzaron a amontonarse...»

Todo había sucedido en cuestión de minutos. Unos minutos preciosos que ella le había arrebatado. Para cuando Ruby oyó los gritos y las voces reverberando en las escaleras mecánicas, ya era demasiado tarde. Su tardanza le había costado la vida a Bella. Su preciosa hermana mayor se había precipitado de cabeza al infierno y todo era culpa suya. Tanto como si la hubiera empujado.

Ruby dobló el paño con las manos temblorosas y, a medida que el mismo pánico de siempre comenzaba a galvanizarse en su interior, una sensación de hormigueo le inundó la cabeza.

«Ay, Dios, por favor, no. Otra vez no.» Dos en un día. A veces conseguía sortearlos respirando, pero esa noche no. Las repugnantes serpientes aladas se le arremolinaban en la mente y le susurraban sus verdades, pero esa vez no había ningún Eddie que la cogiera en brazos.

Tragó saliva con inquietud y miró a su alrededor. La hora del cuento había terminado. Los niños volvían a sus literas. Clara estaba junto a la puerta, diciéndoles adiós con la mano.

—Se nota que estás agotada, Cla. Márchate. Yo me encargo de recoger todo esto —se ofreció.

—¿De verdad no te importa, Rubes? Gracias, estoy muy cansada. —Contuvo un bostezo—. Anoche apenas dormí en el puesto de ambulancias.

—Claro, venga, vete ya, largo de aquí —dijo Ruby entre risas mientras agitaba el plumero en su dirección.

Siguió sonriendo hasta el momento en que Clara salió de la biblioteca y pudo cerrar la puerta con llave tras ella. Entonces corrió hacia la estantería, con la vista cada vez más borrosa y el corazón desbocado en el pecho, y, con un estremecimiento de alivio, sacó *El arte de cuidar de tu hogar*. «Solo una», juró mientras cogía la botella.

11

Clara

«Las personas sin libros son como casas sin ventanas.»
El alcalde de Saint Pancras, Londres, en la ceremonia
de inauguración de la primera biblioteca móvil de Londres en 1941

AGOSTO LLEGÓ CON cielos azules y un aumento de las ventas de zarzaparrilla. No podía decirse que la pequeña biblioteca para los tiempos de guerra viera mucho el sol almibarado del verano, pero sí sentían su aire bochornoso en los túneles.

—Dios, hoy hace un calor sofocante —dijo Clara, que se abanicaba con un catálogo de libros mientras pequeños riachuelos de sudor le resbalaban por la espalda—. ¿Hace sol ahí arriba? —le preguntó a un hombre de aspecto enjuto que se acercó al mostrador.

—Está resquebrajando los adoquines, guapa —respondió él. Después, miró febrilmente a su alrededor y Clara predijo enseguida lo que estaba a punto de pedirle—. ¿Tiene algún libro de esos cochinos?

—Creo que se ha equivocado de lugar —contestó ella con mucho tacto—. Pruebe en Charing Cross, allí hay muchas librerías que podrían atender sus necesidades.

Desde el inicio de la guerra, se habían abierto muchas editoriales pequeñas que imprimían novelas salaces, si es que podían llamarse «novelas», en cualquier papel al que pudieran ponerle las manos encima, incluso en envoltorios de margarina, para satisfacer las demandas de los millones de soldados extranjeros que pasaban por Londres. Con cinco chelines, podías comprarte una estampada en una bolsa de papel de estraza, según le había dicho Ruby.

—¿Puede recomendarme alguna? —insistió mientras se rascaba la entrepierna con aire distraído.

—No —le espetó Clara, que al fin había perdido la calma—. Por favor, márchese, tengo mucho que hacer.

—Bueno, bueno, no te pongas histérica, cielo. —Se dio la vuelta para irse, pero, casi como si acabara de ocurrírsele algo, se detuvo—. Ojalá estuviera hoy la rubia de la risa picante atendiendo el mostrador. Tú eres fea de narices.

—Usted tampoco me resulta precisamente atractivo —replicó Clara con sequedad—. Adiós.

El señor Libros Cochinos se chocó con Billy al salir.

—¿Ese hombre acaba de decirte lo que me ha parecido que decía?

—Son gajes del oficio —contestó Clara, y se encogió de hombros.

—Pero ha sido muy grosero, ¿quieres que vaya a por él, que lo obligue a disculparse?

—No hace falta. Créeme, los bibliotecarios ven y oyen de todo.

Billy negó con la cabeza y se le formaron hoyuelos en las mejillas cuando empezó a reírse.

—Tengo que sacarte de aquí. —Esbozó una mueca—. ¿Soy yo o los túneles apestan más de lo habitual?

—Alguien ha dejado un pescado fresco encima de *Mein Kampf*... Supongo que a modo de protesta. El hedor era insoportable. Hemos tenido que quemar un montón de libros. —Se sonó la nariz—. Mis fosas nasales todavía se están recuperando. El ambiente estaba tan cargado que casi te chocabas con él.

—¿Merece la pena volver a pedir el libro si provoca esas reacciones?

—Lo creas o no, ese título está casi siempre en la lista de reserva. La gente quiere entender a su enemigo, informarse de la amenaza de su ideología.

Billy asintió con la cabeza.

—Tiene sentido. Venga, vámonos, que tiene que darte un poco el aire.

—Deja que termine de colocar estos libros en las estanterías y ya estaré lista.

Habían pasado once semanas desde que el ataque del cohete había sorprendido a Clara en la calle y, a lo largo de ese tiempo, mientras ambos avanzaban a tientas entre la maraña de sus sentimientos, su relación con Billy se había vuelto más estrecha. Descubrir cómo era en el trabajo la había llevado a verlo bajo una luz completamente distinta. Se moría de ganas de comprenderlo mejor y de desenterrar el origen de su vergüenza, pero sabía que debía andarse con pies de plomo. Lo más importante era que ella significaba algo para él. Con eso bastaba. Por el momento.

Cada vez que iba a la biblioteca, entraba con un libro nuevo en la mano para donarlo. Ruby le había dicho que era como un gato que le lleva ratones a su ama para complacerla. Clara se había reído y había insistido en que solo eran amigos, pero cada vez que oía el golpeteo de las patitas de *Beauty* acercándose por el andén, el corazón se le subía a la garganta.

El Gobierno por fin había reconocido la existencia de la nueva «arma de represalia» no tripulada. Durante las últimas once semanas, Billy y su equipo habían trabajado todos y cada uno de los días sin excepción y, después de un turno de quince horas, a menudo aparecía atormentado por las atrocidades que había presenciado, con los horrores de los lugares en los que impactaban los cohetes aferrados a él como una manta fangosa.

Ella, por su parte, había estado más ocupada que durante el Blitz y los préstamos de libros estaban en niveles de récord, ya que la gente acudía en masa a la biblioteca, desesperada por la distracción que proporcionaban las buenas historias.

Cogió la pila de libros y abrió la trampilla del mostrador de madera, pero Ruby le impidió el paso.

—Suelta eso y lárgate de aquí.

—¿Y si viene el señor Pinkerton-Smythe? La amonestación sigue vigente, ¡recuerda!

—Entonces le diré que te has tomado tu primer día libre desde hace once semanas.

—Ah, otra cosa. Hace un rato he encontrado el *Daily Herald* destrozado otra vez, con las páginas de las carreras cortadas. Parece que nuestro fantasma cortador de periódicos ha vuelto. Estarás pendiente, ¿verdad?

—Pues claro que sí. Y ahora, ¡largo!

—¿Crees que serás capaz de alejarte de la estación de metro de Bethnal Green? —preguntó Billy riendo cuando salieron a la luz del sol.

Tras la penumbra del subsuelo, el resplandor del día le resultó casi cegador y Clara tuvo que entornar los ojos.

—Lo siento. Creo que al final sí que he desarrollado mentalidad de troglodita.

Era cierto. Dedicaba el poquísimo tiempo libre que tenía a enseñar a leer a Sparrow, o a leerles en voz alta a Marie y a Beatty junto a su litera.

—¿Estás pensando en Sparrow? ¿O en las niñas de Jersey? —quiso saber Billy mientras se dirigían a la parada del autobús y se encaramaban a la parte trasera del número 25.

—¿Tan obvio es? —contestó ella entre risas—. A este paso, Sparrow alcanzará a Beatty. Le he dado un carné especial que es como una escalera; así, cada vez que se lea un libro, subirá un peldaño y, cuando llegue arriba del todo, le daré una estrella dorada… —Se interrumpió—. Perdón, estoy hablando demasiado, ¿no? Ahora te explicaré las sutilezas de la catalogación.

—En absoluto. Me encanta oírte hablar de niños y de libros. Antes de la guerra, eras la bibliotecaria que se encargaba de la sección infantil, ¿no?

Clara iba mirando por la ventanilla hacia las calles ruinosas y devastadas que pasaban a toda prisa a su lado.

—Sí y, cuando acabe la guerra y vuelva a mi antiguo puesto, suponiendo que para entonces Pinkerton-Smythe no se haya deshecho ya de mí, tengo planes para cambiar muchísimas cosas... —Negó con la cabeza mientras intentaba articular cómo sería el «después de la guerra»—. La biblioteca subterránea me ha demostrado lo valiosa que es la lectura para los niños. O sea, ya lo sabía, pero esta guerra ha cristalizado mi convicción de que los libros son su puerta de entrada a otros mundos. —Clara suspiró y dibujó la silueta de un libro en la ventana cubierta de hollín—. Y no es solo eso: también me gustaría ampliar el servicio del bibliobús. Las personas sin libros son como casas sin ventanas, ¿no crees?

Se volvió para mirarlo y él le dedicó una sonrisa tan radiante que Clara sintió que se le aceleraba el corazón.

Billy titubeó, pero al final le cogió la mano. La bibliotecaria sintió los callos ásperos de sus dedos, el calor de su piel sobre la de ella. Era un gesto más íntimo que si la hubiera besado y le provocó una llamarada de felicidad vertiginosa.

En el West End, el autobús se detuvo con un regüeldo.

—¡Vamos! —exclamó Billy.

El resto de la mañana transcurrió como en un sueño. Compraron helados de limón y pasearon junto a la cinta gris que era el Támesis saboreando la desacostumbrada efervescencia del azúcar en la lengua mientras contemplaban las nubes que pasaban a toda prisa sobre la catedral de San Pablo.

Mujeres jóvenes y hermosas pasaban a su lado impartiendo clases magistrales de elegancia con un presupuesto ajustado: el pelo sin lavar oculto bajo elegantes turbantes, las cinturas diminutas acentuadas con chaquetas entalladas. Lucían con un aplomo desafiante los atuendos reutilizados que recomendaba el Gobierno en sus panfletos. Clara bajó la mirada hacia sus medias, que se hallaban en un estado lamentable, y hacia la falda remendada que se había puesto, en lugar de sus habituales pantalones, en un vago intento de transmitir feminidad. Oyó la voz de su suegra. «Qué espectáculo tan penoso.»

Al contrario que en el caso de Ruby, la campaña «Complacer es tu deber» era una llamada a las armas que a Clara parecía haberle pasado desapercibida. ¿Estaba mal visto que una viuda de guerra se pintara los labios de rojo? ¿Se consideraba atrevido o patriótico? Se sentía confusa. En aquellos momentos, la moralidad era un concepto con muchos matices, aunque su familia seguía teniéndolo bastante claro.

No había vuelto a ver a su madre desde aquella terrible noche en la que le habían concedido el certificado en la biblioteca, ni a su suegra desde que habían hablado ante la puerta del puesto de ambulancias la mañana posterior al impacto del cohete. Ambas se esforzaban tanto por proteger la memoria de Duncan que a veces parecía que no hubiera espacio para el dolor de Clara. Y, sin embargo, ella lo echaba muchísimo de menos.

Duncan habría detestado ir a una exposición de arte, pero la quería tanto que Clara sabía que habría ido de todos modos, solo para hacerla feliz. La omnipresente culpa se agudizó. Y, sin embargo, estar allí, en ese momento, con aquel hombre tan sensible y atento, la hacía sentir muy bien.

Compraron dos entradas para la exposición de verano en la Royal Academy y recorrieron las salas sumidos en un silencio reverencial hasta que llegaron a un cuadro titulado *Playas de Dunkerque*.

Una columna de hombres hacía cola para embarcar y, sobre todos ellos, se extendía una cortina de humo negro ominosa y grasienta.

—Es muy realista —comentó Billy en voz baja.

En la mente de Clara bullían preguntas que no parecían abrirse nunca camino hasta la lengua.

«¿Qué había pasado para que sintiera una vergüenza así? ¿Qué había hecho o dejado de hacer? ¿Había quitado una vida, en vez de salvarla, y por eso era objetor de conciencia? Tenía que ser eso y, aun así...»

—¿Billy?

Su voz resonó en la galería y luego dio la sensación de apagarse. Clara sintió que la mano de su amigo se tensaba en la suya y que luego la apartaba.

—¿Nos vamos? —murmuró él, con la mirada clavada en la puerta.

La intimidad que habían compartido hacía unos instantes se había desvanecido.

—Sí, tal vez sea lo mejor —respondió la bibliotecaria, que sintió la congoja de la frustración en el pecho.

Cogieron el autobús de vuelta a Bethnal Green envueltos en un silencio abatido.

Bajaron del autobús y se quedaron plantados en Barmy Park, ambos armándose de valor para preguntar: «¿Y ahora qué?». Eran solo las cuatro y media de la tarde. Clara no soportaba la idea de hacer girar la llave en la cerradura y adentrarse en el vacío de la soledad, donde cada minuto pasaba como si fueran horas. A pesar del sol, se estremeció cuando una brisa le hinchó la falda.

—Mira —dijo Billy de repente—, hay una ventana abierta en un lado de la biblioteca en ruinas.

Clara frunció el ceño.

—Espero que nadie haya entrado.

—Será mejor que vayamos a ver qué pasa —dijo él y, antes de que pudiera detenerlo, había echado a andar.

—De verdad, no creo que debamos… —comenzó Clara, pero Billy ya estaba pasando el cuerpo delgado a través de la ventana parcialmente abierta—. No creo que sea buena idea —insistió ella en voz más alta sin dejar de mirar con nerviosismo a su alrededor.

—Solo voy a echar un vistazo —le respondió él—. A comprobar que todo está bien.

Clara dudó un instante. Era la bibliotecaria municipal, por el amor de Dios. Era ella quien tendría que estar ahí dentro.

—Espera un momento —dijo mientras levantaba una pierna hasta el alféizar de la ventana.

Cuando pasó al otro lado, se dejó caer en la penumbra de la biblioteca vacía.

Aterrizó de pie en un suelo salpicado de cristales. El crujido alteró a una bandada de palomas que se alzaron del lugar en el que estaban posadas formando un garabato caótico.

Mientras sus ojos se adaptaban a la oscuridad, ambos miraron a su alrededor con consternación.

—No veo a nadie aquí dentro —dijo Clara—. Y, de todas maneras, tampoco hay nada que saquear.

—¿Cuándo estuviste aquí por última vez? —preguntó Billy.

—La noche en que la bombardearon. Me temo que no tuve el valor de volver para rescatar los libros, así que Ruby y un equipo de voluntarios se encargaron de eso mientras yo montaba la biblioteca subterránea.

—¿Demasiados recuerdos?

Ella asintió y miró a su alrededor con más detenimiento. No sabía qué pensaba que iba a encontrarse, pero aquello era un edificio bombardeado. En las grietas del suelo, donde antes estaban las estanterías, habían crecido pamplinas y buddlejas. El mobiliario interior y las estanterías que no habían quedado destruidas se habían trasladado a la biblioteca subterránea o se habían mandado a arreglar, así que le resultaba difícil orientarse.

¿Dónde estaban Peter y ella cuando cayó la bomba? En la zona de préstamo para adultos, en la parte de atrás del edificio, pero en aquella penumbra estigia Clara solo atisbaba columnas empapadas y yeso desconchado.

—Quemar libros es algo inconcebible, ¿verdad? —murmuró Billy, que seguía observando todo lo que los rodeaba—. Las bibliotecas no poseen ningún valor militar, ¿no?

—Antes de que ocurriera todo esto, consideraba que este era el lugar más seguro de Bethnal Green… —Desvió la vista hacia la sala de lectura calcinada—. Creía que a nadie podía pasarle nada malo en una biblioteca.

—¿Cómo era Peter? —le preguntó él en voz baja.

—Muy bueno. Se desvivía por ayudar a todo el mundo. —De repente, la bibliotecaria cayó en la cuenta del extraordinario parecido que existía entre Billy y su amigo fallecido—. A su funeral asistieron cientos de personas —continuó—. Siempre decía: «Los buenos libros que nos proporcionan las bibliotecas nos llenan el alma». —Clara alzó la vista hacia los restos hechos añicos de la gran cúpula de cristal que antes dejaba entrar la luz a raudales en la biblioteca—. Eso sí, a veces era un poco excéntrico. Un año antes de que estallara la guerra, tuvimos una avalancha de robos de libros. Peter estaba convencido de que podía pillar al ladrón, así que se escondía en el techo de cristal y miraba hacia abajo para atrapar al culpable.

—¿Lo atrapó?

—Lo único que atrapó fue un resfriado. —De repente, Clara recordó algo y le entró la risa—. Había un gato negro, un animal callejero, supongo, al que llamábamos *Gato de Biblioteca*. Peter lo adoraba y lo alimentaba con sus bocadillos de paté de pescado.

Billy se echó a reír.

—Me parece que me habría caído bien Peter.

—Era único. Juraba que los libros absorbían los olores. —Billy enarcó una ceja—. Te lo prometo. Los *westerns* siempre volvían oliendo a linimento muscular y a tabaco de liar.

Billy volvió a reírse.

—Y ahora me dirás que las novelas románticas volvían oliendo a rosas.

—No. A aceite de cocina y madreselvas, por lo general.

—¿Quién iba a imaginárselo? —Sonrió—. Aún veo a mi madre junto a una olla de estofado, con una cuchara de madera en una mano y un Ethel M. Dell en la otra. Oye, ¿y este sitio no fue en sus tiempos un manicomio?

—En efecto. Sígueme.

Juntos, subieron con cautela por una escalera vieja que conducía a las salas del piso superior. Sentían los escalones esponjosos y húmedos bajo los pies.

—Por favor, ten cuidado —susurró Billy—. Blackie y Darling se lo pasarían pipa si tuvieran que venir a rescatarnos tras haber allanado un edificio bombardeado.

Recorrieron un pasillo encharcado y el aire se enfrió.

—En aquella época, el bloque masculino del manicomio se encontraba justo aquí —susurró Clara cuando se detuvo junto a las taquillas que había a la entrada de la sala de lectura del piso de arriba—. Peter me habló una vez de las curas que utilizaban. —Se le oscureció el rostro—. Si es que puede llamarse cura a encadenar a la gente a una cama durante días.

—Si no estaban locos antes, después de ese tratamiento no me cabe duda de que sí lo estarían.

Clara asintió.

—Qué crueldad. Todo el mundo decía que este pasillo estaba embrujado. Teníamos un técnico de calefacción que jamás ponía un pie aquí.

—No tengo claro si creo en los fantasmas, pero dos siglos de sufrimiento tienen que dejar alguna huella.

—Sí, la dejaron —señaló Clara, que apartó la que solía ser su taquilla para dejar a la vista un trozo de pared oscura y pintada al temple.

Ahí, en la pared, arañadas con un pulso irregular, estaban las palabras: «He desaparecido de la vida».

—Dios mío —resolló Billy—. ¿Eso es lo que creo que es?

Clara asintió.

—Una pintada del siglo XIX. Peter la encontró mientras hacían unas reformas y les pidió a los albañiles que la dejaran. Decía que la biblioteca era un legado cuyo fin era obtener conocimientos y barrer la miseria y la pobreza del pasado. Que debíamos dejarla como recuerdo de aquello que la biblioteca luchaba tanto por erradicar.

En aquel frío pasillo, el silencio parecía expandirse; el único ruido que se oía era el goteo del agua en algún lugar situado por encima de ellos. Allí, en la biblioteca, Clara sentía la presencia de Peter por todas partes.

En ese momento, supo exactamente qué consejo le habría dado su amigo. «Cuéntale tu historia.»

—Perdí a mi bebé —soltó, y se sorprendió al oír que las palabras salían de su boca.

—Uf, Clara —jadeó Billy—. Lo siento muchísimo.

—No, no pasa anda, debería hablar de ello. Aunque nunca lo hago. Mi familia y la familia de Duncan… Todos me echan la culpa.

—¿Por qué iba a ser culpa tuya? —preguntó con incredulidad.

—Porque el sábado que estalló el Blitz me quedé aquí trabajando hasta tarde. Tendría que haber dejado mi puesto en cuanto me enteré de que estaba embarazada y haberme marchado al campo. Pero no lo hice. Peter estaba muy falto de personal, habían reclutado a todos los bibliotecarios varones… —Se encogió de hombros—. ¿Qué podía hacer?

»De manera que ese sábado, cuando empezaron a caer las bombas, estaba aquí dentro ayudando a Peter a devolver ejemplares a las estanterías. Una semana después de su muerte, lo enterramos y, justo tras el funeral, empecé a sangrar. Por la conmoción, dijeron los médicos.

—Perder un hijo debe ser insoportablemente triste —dijo Billy con dulzura—. Sobre todo porque era lo último que te quedaba de tu marido. Pero no es culpa tuya, Clara.

—Quizá, pero si me hubiera quedado en casa…

—¡Pues podrían haberte bombardeado allí! —exclamó—. La guerra es devastadora y carece de sentido, y sugerir que la pérdida de un bebé es culpa tuya es de una crueldad extrema.

—Puede ser, pero, aun así, sigo sintiendo que he fracasado. Miro a mi alrededor en el refugio y veo a mujeres con familias enormes. Y yo ni siquiera puedo con uno.

—Sin embargo, ese no es el único indicador de éxito, ¿no? —insistió Billy—. Has sufrido pérdidas inimaginables, Clara: tu marido, tu mentor, tu hijo… Pero no has permitido que eso te defina. Eres una mujer asombrosa que le ilumina la vida a todo el que cruza la puerta de la biblioteca. Estoy seguro de que tu Peter te está mirando desde arriba, animándote.

Se hizo un silencio intenso entre ellos y Clara experimentó un atisbo de esperanza. Algo cálido y suave le rozó los tobillos.

Dio un salto hacia atrás.

—¡Ay, Dios! —Sorprendida, posó la mirada en el gatito negro y el animal se le encaramó a los brazos de un salto y comenzó a restregarle la cara por las mejillas—. ¡Es el Gato de Biblioteca de Peter! —exclamó—. No me lo puedo creer, di por hecho que habría muerto en el bombardeo.

—A lo mejor sí que es cierto que tu Peter te está mirando desde arriba —dijo Billy con una sonrisa mientras le acariciaba las orejas al gato, un gesto que provocó que del cuerpecito del animal brotara un ronroneo parecido al de un tractor.

Parecía una tontería, pero encontrar a Gato de Biblioteca supuso para Clara un momento de felicidad perfecta que le demostró que la guerra no podía arrebatárselo todo.

Sin poder contenerse, se acercó a Billy para besarlo, pero él giró la cara y la bibliotecaria acabó dándole un beso torpe en la oreja.

—Perdóname —soltó enseguida—. No... No sé qué me ha pasado.

Él la miró de hito en hito, con los ojos azules cargados de sobresalto.

—Créeme, Clara, me gustaría más que nada en el mundo devolverte el beso, pero...

Se restregó la cara con las manos y ella sintió que la humillación le ardía en las mejillas. ¿Cómo había podido malinterpretar tanto las señales? Se dio la vuelta.

—No te vayas —le suplicó él.

—Lo siento. Ha sido una torpeza por mi parte.

Aún aferrada a *Gato de Biblioteca*, echó a correr en dirección al único lugar en el que se sentía segura. La biblioteca subterránea.

Por suerte, Minksy Agombar y sus hermanas estaban cantando en armonía en el teatro del refugio, así que el andén de la estación estaba tranquilo. Un ratón diminuto pasó correteando por delante de ella y se coló como una gota de tinta por la grieta que había entre el andén y la vía entablada. Clara deseó poder seguirlo.

Entró en la sala de lectura y el señor Pepper y los niños se volvieron hacia ella, sorprendidos. Les estaba leyendo *La niña de campo*, de Alison Uttley, con una lupa. Todos se quedaron mirándola y, en cuanto vieron al gato, estallaron en un coro de gritos.

—Señor P., ¿sigo yo? —preguntó Clara, que dejó a Gato de Biblioteca en los brazos de Sparrow.

El anciano le pasó el libro y ella se dejó caer con pesadez en la silla. Aferrándose al libro, empezó a leer. Clara sintió que los latidos del corazón se le calmaban. Gracias a Dios que existían los libros, en cuyas páginas podía esconderse incluso después de haber hecho el ridículo más espantoso. Continuó leyendo, perdiéndose en el bosque profundo y antiguo.

Debía de tener una voz soporífera, porque los niños se habían quedado muy callados. Levantó la vista. Billy estaba plantado en la puerta de la sala de lectura.

—Siento interrumpir, niños, pero tengo que decirle una cosa a la bibliotecaria.

Cincuenta pares de ojos curiosos pasaron de Billy a Clara. Billy cruzó la habitación en tres zancadas y tiró suavemente de Clara para que se pusiera de pie.

—Soy tonto de remate. Esto es lo que tendría haber hecho en la biblioteca.

Con delicadeza, le quitó el libro de entre los dedos y le sujetó la cara con ambas manos antes de besarla.

Cuando los labios de Billy se posaron en los suyos y ambos entrelazaron los dedos, Clara sintió un alivio abrasador.

La sala estalló. Las chicas soltaban risitas y contemplaban la escena con los ojos como platos, sin poder dar crédito a que alguien estuviera besando a la bibliotecaria en público y ellas lo estuvieran viendo. Sparrow fingió indiferencia y se cruzó de brazos, pero más tarde se comentaría que quizá hubiera sentido una pizca de celos. Ruby entró para ver a qué se debía tanto alboroto y se apoyó contra el marco de la puerta, con una sonrisa de satisfacción dibujada en la cara.

—Lamento mucho no haberte devuelto el beso —susurró Billy mientras se alejaba.

—Esa no es forma de tratar a una dama, señor —protestó Tubby.

—¿Cómo dices?

Tubby se dio una palmada de exasperación en la frente.

—¡Hay que cortejarlas! Soy un crío y hasta yo lo sé.

—Sí, perdona, Tubby, tienes razón —dijo Billy, y se volvió hacia Clara con una sonrisa luminosa—. Clara Button, adoro que adores este lugar. Que te toquetees el pelo cuando estás nerviosa, pero te olvides de él cuando estás entusiasmada con algo. Que te saltes las normas porque a veces es justo lo que hay que hacer. —Ahora las palabras le salían a borbotones trémulos—. Adoro sobre todo tus imperfecciones, que tengas un diente ligeramente astillado, tus dedos de los pies…, que por desgracia ahora están tapados. Pero, sobre todo, creo que te adoro a ti.

Clara se sentía como si la biblioteca estuviera dando vueltas, como si hubiese palabras, páginas e historias girando de manera vertiginosa a su alrededor.

Los vítores ahogaron los cantos de las hermanas Agombar en el teatro de al lado. Y, en la pequeña biblioteca para los tiempos de guerra, en medio del caos de la contienda, surgía una nueva historia de amor.

12
Ruby

«Una biblioteca es más que los libros que contiene, es un lugar donde la vida de las mujeres tiene el potencial de transformarse.»

MAGDA OLDZIEJEWSKA,
coordinadora de recaudación de fondos,
Biblioteca Feminista

—Y ESE —DIJO Clara cuando cerró el libro de mala gana— es el final de otra historia maravillosa.

Habían tardado tres semanas en leer *La niña de campo*. El libro era pura magia, pues mezclaba el folclore de los pueblos con vívidas evocaciones de la Inglaterra rural.

Ruby la escuchaba impresionada desde detrás del mostrador. Nadie sabía mantener a una multitud de niños tan en silencio como Clara. El grupo de la hora del cuento se había reducido mucho. A Ronnie, Joannie y muchos otros los habían evacuado y se los habían llevado a la seguridad del campo, lejos del alcance de las bombas. Los padres de la aguerrida pandilla que se había quedado atrás no consentían separarse de sus hijos. Ruby tenía que reconocer el mérito de Clara: seguro que no era casualidad que les estuviera leyendo un libro ambientado en los verdes prados y en los bosques misteriosos de Inglaterra. Si no podía transportarlos físicamente hasta allí, al menos podía llevarlos a través de las páginas de un libro.

—Me encantaría pasar la noche en un bosque oscuro —musitó Tubby.

—Un chelín a que no durarías ni una hora —se burló Sparrow—. Un ulular de búho y sales pitando de allí.

—Acepto la apuesta —replicó Tubby, que se escupió en la palma de la mano y luego la estiró para que Sparrow se la estrechara.

—Venga, vamos, chicos —dijo Ruby riendo y, cuando levantó la vista, vio a su madre entrar en la biblioteca para cumplir con su turno de limpieza de los viernes por la tarde—. Que hay que colocar todo esto.

Los niños empezaron a recoger cojines y libros, y Ruby observó a su madre mientras se ponía manos a la obra.

—¿No ha habido cambios? —le preguntó Clara en voz baja cuando se unió a ella detrás del mostrador.

Ruby negó con la cabeza.

—Sigue sin querer participar en el club de lectura ni leer el libro que le encargaste —contestó en un susurro.

—Dale tiempo.

Ruby continuó moviendo de un lado a otro la cabeza al fijarse en el moratón que asomaba por debajo del pañuelo que su madre llevaba en el pelo, y que Netty había achacado a un «embrollo con un poste de la luz a cuenta del apagón».

—No tengo muy claro cuánto tiempo le queda, Cla. Un día de estos, ese cabrón irá demasiado lejos.

—Clara.

Tubby las interrumpió tirando del brazo de la bibliotecaria.

—Tubby, ¿puedes esperar, por favor? Estoy hablando con Ruby.

—La verdad es que no. Verá, señorita, soy un niño de doce años muy abierto de mente, pero ¿en serio cree que los más pequeños deberían leer esto?

Tenía en la mano un ejemplar de *Anticoncepción para la mujer casada*.

—¿De dónde lo has sacado? —preguntó Clara, que se lo arrebató de las manos de inmediato.

—Estaba en la estantería, justo al lado de *Historia de Babar, el pequeño elefante*.

Ruby y Clara intercambiaron una mirada de asombro.

—¿Cómo ha acabado ahí? ¡Bastaría con algo así para que nos cerraran la biblioteca!

—Te juro que yo no he sido —contestó Ruby.

—Tranquila —dijo su amiga con un suspiro, y desvió la vista hacia el mostrador en el que el señor Pepper, con ayuda de su lupa, comprobaba con gran meticulosidad todos los carnés de cartón que había en la bandeja—. Creo que sé quién lo ha puesto ahí. Últimamente, me encuentro bastantes libros en lugares donde no tendrían que estar. No había querido darle importancia hasta ahora, pero creo que esto demuestra que tengo que sentarme a hablar con el señor P. sobre su vista... ¿No creerás que...?

Clara se interrumpió.

—¿No creeré qué? —preguntó Ruby.

—¿Que podría ser el señor Pepper quien corta las páginas de las carreras de los periódicos? ¿Aunque sea por accidente? Ayer encontré otro sin ellas.

—No, claro que no —respondió Ruby enseguida, y luego, con menos seguridad, añadió—: Al menos eso espero. Venga. Tenemos que prepararnos para el club de lectura.

Pero, mientras empezaba a colocar las sillas para la sesión que Los Ratones de Biblioteca de Bethnal Green celebraban los viernes por la noche, Ruby se estremeció al pensar en qué ocurriría si uno de los padres se enteraba de lo del panfleto extraviado.

Treinta minutos más tarde, sacó de la estantería *El arte de cuidar de tu hogar* con un escalofrío de alivio. Se dio cuenta de que cada vez esperaba las copas nocturnas con más impaciencia y se sintió incómoda. Hizo memoria. ¿Cuándo había sido la última vez que había pasado una noche sin beber? Bueno, los cohetes no habían ayudado, desde luego. Y también estaba la preocupación por su madre. Vale, se tomaba un traguito antes de salir de la biblioteca para calmar los nervios y para que la ayudara a subir las escaleras sin pensar en Bella. Y otro antes de acostarse para no tener pesadillas. «Cuando acabe la guerra, lo dejaré», se dijo sin mucha convicción.

Descorchó una botella y, mientras Clara recibía a Billy en la puerta, bebió un trago apresurado. El líquido le llegó al fondo de la garganta y Ruby cerró los ojos, reconfortada.

—¿Lista? —preguntó cuando se dio la vuelta hacia su amiga con una sonrisa impostada.

—Todo lo lista que se puede estar —contestó Clara también sonriendo, y después abrió de par en par la puerta de la biblioteca.

Queenie, que fue la primera en entrar, se dejó caer en una silla con un gruñido exagerado.

—Prepáranos un trago de esos, Labios de Rubí —pidió—. Tengo tanta sed que mi lengua parece un zapato.

—Como todas, cielo —dijo Irene cuando entró a toda prisa detrás de ella—. Con el día que he tenido, me bebería hasta el agua de un charco.

—¿A qué vienen las tazas de té, Rubes? —preguntó Dot—. No aguanto ni una gota más de ese brebaje.

—No te preocupes, es una de mis especialidades, pero, como se supone que no podemos consumir alcohol en la biblioteca, lo serviré en una tetera. Así, si a nuestro jefe le da por asomar la nariz por la puerta, lo único que verá es a los ratones de biblioteca de Bethnal Green tomándose una buena taza de té.

—Eres incorregible, Ruby —la reprendió la señora Chumbley mientras acariciaba a Gato de Biblioteca, que se le había encaramado al regazo.

—¡Creía que en el refugio estaban prohibidos los animales! —exclamó Dot.

—Está haciendo una excepción —rio el señor Pepper.

—¡Y tanto que sí! Esta semana ya ha cazado más de veinte ratas —explicó la señora Chumbley—. Está haciendo más por la higiene del refugio que toda la unidad de saneamiento del municipio junta, y menos mal. Acabo de salir de una reunión aburridísima en el ayuntamiento acerca del mal uso del papel higiénico. Por lo que se ve, los habitantes del refugio utilizan más del cuadradito que tienen asignado.

—Así que no soy la única con escasez de papel —comentó Clara riendo.

—Clara, cariño —dijo la señora Chumbley—, hace un rato he oído una conversación entre el señor Pinkerton-Smythe y el director del refugio en el despacho de este último. Tu jefe le estaba preguntando al señor Miller qué posible uso alternativo podría encontrar para este local en caso de que la biblioteca se desmantelara.

El club de lectura prorrumpió en gritos.

—Pero no puede cerrar la biblioteca, ¿no? —preguntó Dot, alarmada.

—Tranquilo todo el mundo —intervino Billy—. Dejemos hablar a la señora Chumbley.

—Gracias, Billy. Es importante que mantengamos la calma. La ira no beneficiará a nuestra causa.

—¿Y qué la beneficiará entonces, señora Chumbley? —preguntó Clara—. Ese hombre no descansará hasta que haya cerrado esta biblioteca. Usted fue sufragista. ¿Debería encadenarme al mostrador?

Durante un instante, la mujer esbozó una sonrisa burlona.

—Una equivocación muy común. Yo no formaba parte del brazo más militante. Fui miembro de la Federación de Sufragistas de East London. Creíamos en el poder de un Ejército de Mujeres para lograr el cambio.

—No lo entiendo —dijo Clara.

—Sabíamos que romper escaparates y acabar en la cárcel no les haría ningún bien a las mujeres de clase trabajadora. Así que abrimos centros sociales, una guardería y un comedor a precio de coste, ¡incluso una fábrica de juguetes cooperativa que les pagaba a las mujeres un salario digno! Sabíamos que la única forma de atraer apoyo hacia nuestra causa era ayudar a la gente de formas que mejoraran su vida.

—Clara la miró sin entender nada—. Pinkerton-Smythe no puede cerrar de buenas a primeras una instalación pública que la comunidad adore. —Le dio unas palmaditas a Clara en el brazo—. Defiende esta biblioteca formando un ejército de lectores. Los libros son tus armas.

—Pero quizá tendríamos que curarnos en salud durante un tiempo —intervino Ruby—. Dejar de prestar el folleto sobre anticoncepción, seguir las normas durante una temporada.

—¡NO! No dejen de hacer esas cosas.

Todos los presentes se volvieron, sorprendidos por la voz inesperadamente vociferante.

—Esta biblioteca me ha devuelto la vida.

La señora Caley se removió con inquietud en su asiento, incómoda ante el escrutinio del grupo.

—Siga —la instó Ruby.

—Tengo nueve mocosos. —Recorrió con un dedo el borde de su taza de té—. Uno por cada año que llevamos casados, como dice mi marido con orgullo. —Levantó la mirada y sus ojos irradiaban esperanza—. Pero este año no. Clara me ha prestado materiales de lectura que me han ayudado a comprender mejor mi cuerpo. Aunque reconozco que jamás pensé que me terminaría esto. —Tenía *La inquilina de Wildfell Hall* apoyada en el regazo—. Pensaba que sería demasiada... palabrería para mí.

—¿Y? —dijo Clara, que se inclinó hacia delante.

—Lo voy a dejar.

—¿Cómo? —soltó Netty tras apartar la vista de la estantería que estaba limpiando—. ¿Adónde va a ir con nueve niños a cuestas?

—Para empezar, a casa de mi hermana, en Suffolk. —Por primera vez, el grupo se percató de que tenía un morral raído debajo de la silla—. Él está trabajando en el turno de noche. Los mayores están ahora mismo en los túneles preparando a los pequeños. He ahorrado lo justo para que podamos marcharnos en tren. Una vez que lleguemos al campo, nos las arreglaremos sobre la marcha. —Apuró su taza y se puso de pie—. Pero antes quería venir aquí y darles las gracias a todos. Por recordarme el tipo de persona que era antes.

—Señora Caley, ¿qué tiene ese libro en concreto para haberle hecho tomar la decisión de marcharse? —quiso saber la señora Chumbley.

La mujer ladeó la cabeza.

—No lo sé. Supongo que he encontrado valor en sus páginas. —Cogió el morral—. Será mejor que me vaya antes de que me arrepienta. Suerte a todos y que Dios los bendiga. —Cuando llegó a la puerta, se volvió—. Uy, casi me olvido.

Dejó el carné de la biblioteca sobre el mostrador.

Netty se la quedó mirando, perpleja, mientras salía en busca de una nueva vida. Ruby miró a su madre y rezó para que, gracias a algún extraño tipo de ósmosis, se le contagiara una parte de aquel valor recién descubierto. Sin embargo, en ese momento Netty le pareció diminuta, allí plantada y aferrada a su plumero como si fuera una bandera blanca. ¿Se había rendido? ¿Habían acabado Victor y su abuso corrosivo por minar por completo su espíritu? Y Ruby se dio cuenta de que aquello era lo peor de todo. La coacción y el control que ejercía sobre su madre eran lentos e insidiosos, como una fuga de agua oculta que de repente hace que se derrumbe un tejado.

Después de aquello, una peculiar sensación de irresponsabilidad se apoderó del grupo subterráneo, una especie de euforia alimentada por la ginebra cargada de Ruby y la liberación de la señora Caley.

—Pues yo le deseo buena suerte —dijo Queenie—. Su marido siempre ha sido un mal tipo.

—Sí, pero no digáis ni una palabra de esto —sugirió Pat—. ¡Una lengua quieta vuelve una cabeza sabia! A su marido no le va a gustar ni un pelo y vendrá aquí a buscarla.

—Pat tiene razón —dijo la señora Chumbley—. Si alguien pregunta, no la hemos visto esta noche.

—¿Ver a quién? —preguntó Irene, y todos estallaron en carcajadas.

—Si hubiera sabido que el club de lectura iba a ser tan divertido, yo también me habría apuntado —dijo el director del refugio, el señor Miller, que acababa de asomar la cabeza por la puerta—. ¿La mujer a la que acabo de ver salir era la señora Caley?

—No, no ha venido esta noche. ¿Hay algún problema, señor Miller? —preguntó la señora Chumbley en tono despreocupado.

—No, ninguno. Solo quería entregarle esta carta a Ruby. —Todo el mundo se esforzó mucho por parecer sobrio cuando el hombre se acercó a darle la carta—. Sigan —dijo mientras les decía adiós con la mano y cerraba la puerta de la biblioteca—. Si Hitler viera este grupo de lectura, tiraría la toalla ahora mismo. Hasta luego.

Sus pasos resonaron en el andén.

—¿Quién me habrá escrito a esta dirección? —preguntó Ruby, desconcertada, al mismo tiempo que abría el sobre—. No me lo puedo creer. —Se pasó una mano por la espesa melena rubia—. Es solo el soldado Eddie. Ya sabéis, el de...

—Uy, claro —interrumpió Dot—. El de los dientes, los músculos y los...

—Sí, sí, Dot, gracias, ya nos hacemos una idea —dijo Queenie—. Creía que estaba en Francia.

—Estaba... Lo han herido y me ha escrito esta carta desde un barco militar hospitalizado camino de Nueva York. —Negó con la cabeza—. Me da una dirección de allí para que le responda... Dice que nunca olvidará la noche que pasamos juntos. Por lo visto... —Su sonrisa se ensanchó aún más—. El recuerdo de nuestra última noche es lo que ha hecho que saliera adelante y ahora quiere devolverme el favor enviándome libros desde Estados Unidos. Tiene una hermana que trabaja para Macmillan, una editorial de Manhattan, al parecer.

Siguió leyendo con las manos temblorosas.

Cariño, no puedo dejar de pensar en ti. Aborrecí dejarte sola en aquella habitación de hotel, sobre todo después de...

Ruby dobló la carta abruptamente, de pronto consciente de que todas las miradas estaban clavadas en ella. ¿Cómo iba a admitir que le había hablado a Eddie del desastre, que había contado lo incontable?

Así que echó la cabeza hacia atrás y soltó una carcajada gutural.

—Menuda cantidad de tonterías.

Sabía que se estaba escondiendo detrás de su caricatura, pero, por alguna razón, le resultaba más fácil así.

Hizo ademán de estrujar la carta.

—¡No te atrevas! —vociferó Irene, que se abalanzó sobre el papel.

—Lo menos que puedes hacer —dijo la señora Chumbley, que sacó de su bolso un papel con el membrete oficial del Consejo Municipal de Bethnal Green— es contestar.

—Muy bien —respondió Ruby.

Aceptó el papel y el bolígrafo, se rellenó la taza de té y se la bebió de un trago.

—Oye, he leído algo de un libro subido de tono que van a publicar en Estados Unidos, *Por siempre Ámbar* o algo así —dijo Irene—. Pídele que nos envíe unos cuantos ejemplares.

Con la ginebra corriéndole por las venas, Ruby garabateó una respuesta antes de ponerle el punto final con un gran beso rojo. Pat se la quitó de las manos y la leyó en voz alta.

—«Si te apetece, escríbeme, yo estaré desnuda.»

—¡Ruby! Cómo se te ocurre —resolló Clara.

—No te preocupes, Cla. Nunca pasará la censura.

—Más te vale que no, Labios de Rubí —dijo Pat mientras se enjugaba los ojos—. De lo contrario, tendrás a medio ejército americano haciendo cola en la puerta. Eres la pera, de verdad que sí.

Una sombra oscureció la puerta y Gato de Biblioteca enderezó las orejas.

—¡Vi… Victor! —balbuceó Netty—. ¿Qué haces aquí, amor?

Y, sin más, Ruby recuperó la sobriedad.

—He venido a llevarme a esa a casa. Ya no va a volver a trabajar aquí —dijo al mismo tiempo que fulminaba a Clara con la mirada.

Las carcajadas de hacía unos instantes se congelaron en el aire.

—¿Puedo preguntar por qué? —dijo la bibliotecaria.

El hombre miró a todo el grupo con desconfianza.

—Sé lo que pasa aquí.

—¿Qué diablos estás diciendo, Victor? —exigió saber Ruby.

—Esta biblioteca es la comidilla de mi club —continuó—. Prestáis libros escritos por alemanes. Panfletos que enseñan a las jóvenes solteras a no tener hijos. Es asqueroso. —A Ruby se le encogió el estómago—. Y encima Clara se está beneficiando a ese objetor —dijo con desdén al mismo tiempo que señalaba a un Billy absolutamente perplejo—. Y su marido aún no está frío.

—¡Uf, cállate de una vez, imbécil ignorante! —explotó Ruby, que se puso en pie de un salto—. Su marido lleva muerto cuatro años. Tú te casaste con mi madre seis meses después de la muerte de tu esposa.

—Y anda metida en historias de ocultismo —siguió Victor, sin prestar atención a los comentarios de Ruby.

Esta soltó una carcajada.

—¡Ahora sí que has perdido la chaveta!

—Es verdad. Adivina los libros favoritos de la gente. En los viejos tiempos, la habrían atado a una silla de castigo.

Billy se levantó.

—Ya ha dicho lo que tenía que decir. Creo que es mejor que se vaya.

—Me vas a obligar tú, ¿no, desertor?

La señora Chumbley se puso en pie.

—Señor Walsh, a partir de este momento, tiene prohibida la entrada a este refugio. Márchese ya.

Victor esbozó una sonrisa grotesca.

—Con mucho gusto. —Chasqueó los dedos como si estuviera llamando a un perro—. Ven aquí ahora mismo.

—Mamá, no te vayas —suplicó Ruby, pero Netty ya había salido por la puerta.

Victor negó con la cabeza.

—Esto es lo que pasa cuando les das libros a las mujeres.

Cuando se marchó, Clara apoyó la cabeza en las manos.

—No le hagas ni caso, cariño —la tranquilizó Pat.

—Sí, todo el mundo sabe que es un borracho —convino Queenie.

—Un gilipollas, más bien —murmuró Ruby.

¿Cuánto tiempo más aguantaría a ese hombre? Ya se estaba imaginando la escena cuando volviera a casa. ¿Vajilla destrozada, dientes rotos, más moratones que añadir a la colección?

¿Qué sentido tenía engañar a la policía para que lo arrestara? Lo soltaban en cuanto se le pasaba la mona. Además, «las noches de platos voladores» no se limitaban solo a su casa. A la policía le daba igual. Perseguían con gusto a un violador solitario, pero las mujeres que noche tras noche recibían palizas que las dejaban sin sentido no les preocupaban. Por eso no pasaba nada, porque el agresor era su marido.

La rabia se elevó como una nube tóxica en el pecho de Ruby, caliente y ponzoñosa. Si tuviera un puñal, creía con total sinceridad que sería capaz de clavárselo a Victor en las tripas. Como no lo tenía, cogió la tetera de ginebra, bebió un buen trago y sintió cómo le inundaba las venas.

Clara posó una mano fresca y tranquilizadora sobre la de su amiga. No hacía falta que dijera nada, la bibliotecaria sabía cuándo se estaba gestando uno de sus episodios.

—Creo que tenemos que afrontar el hecho —dijo Clara dirigiéndose a todo el grupo y sin apartar la mano de la de Ruby— de que la gente está hablando. ¿Cómo se ha corrido la voz de que prestamos ese panfleto?

—A mí que me registren, Cla —dijo Ruby—. No creo que la señora Caley haya dicho nada. ¿Habrá sido una de las chicas de la fábrica?

—Voy a comprobar si ese hombre se ha ido de verdad —dijo la señora Chumbley, que le dio un apretón en el hombro a Ruby al pasar.

Cuando volvió, parecía inquieta.

—¿Sigue ahí fuera? —preguntó el señor Pepper.

—No, no es eso. —Se agarró al respaldo de una silla—. ¿No acaban de sentir ese temblor?

—Seguro que son las pelotas de mi padrastro, que le arrastran por el andén —bromeó Ruby sin mucha convicción, y el grupo rompió a reír, agradecido por la posibilidad de liberar tensiones.

—No, silencio todo el mundo —ordenó la señora Chumbley.

Gritos, seguidos por un golpeteo de pies.

El pánico invadió la cabeza de todos los presentes.

«¡Ha caído un cohete en Russia Lane!»

Aquel grito desgarró el refugio.

Luego llegó otro: «¡Ha reventado el huerto!».

—¡El huerto! —resolló Pat. Su taza de té cayó al suelo y se hizo añicos—. Sparrow y Tubby están allí.

13

Clara

«Lo que nos faltaba en términos de fondos, lo suplíamos con nuestra imaginación. Mucho amor y un carné de biblioteca, no necesitas nada más.»

CLAIRE HARRIS,
bibliotecaria infantil jubilada

BILLY SE PUSO en pie al instante, seguido de cerca por el resto del club de lectura.

Cuando salieron del metro, tuvieron la sensación de haberse adentrado en la espesura de la noche. Las pisadas aporreaban la acera, se oían respiraciones entrecortadas, los tañidos de las campanas de las ambulancias, y Clara solo era capaz de pensar: «Por favor, Dios. Otra vez no».

Para cuando llegó a Russia Lane, la bibliotecaria se había separado del grupo y, durante unos segundos, empezó a dar vueltas sobre sí misma, desorientada. ¿Dónde estaba? El huerto había desaparecido. No había nada salvo un agujero humeante en el suelo.

—¡Sparrow! ¡Tubby! —llamó con la voz resquebrajada de horror.

—Quítate de en medio, guapa —le gritó alguien, y Clara se apartó cuando una camilla que transportaba los restos deformados de un ser humano pasó junto a ella.

El impacto del cohete había sido meteórico, el agujero parecía un pozo negro, sin fondo, calcinado en la tierra. Habían colocado un cordón policial a su alrededor y, a unos tres metros de ella, Clara vio que Pat lo atravesaba a la fuerza. Se requirieron los esfuerzos combinados de cinco trabajadores de salvamento y de la señora Chumbley para contenerla mientras forcejeaba contra ellos.

—¡Mi niño! ¡Mi niño!

Se encaminó hacia Pat dando tumbos, pero entonces tropezó con algo. Miró hacia abajo. Era el pie de un niño, cortado limpiamente por encima del tobillo.

CLARA NO RECORDABA cómo había vuelto a casa, solo sabía que hacía un minuto estaba en el huerto y ahora estaba temblando de los pies a la cabeza en la puerta de su piso. Billy la acostó, la tapó con más mantas e insistió en que intentara beber un poco de té endulzado, pero la joven se hallaba sumida en un estado de profunda conmoción. Él improvisó una cama con unas cuantas mantas y durmió en el suelo.

Alrededor de las tres de la madrugada, Clara se despertó y la conmoción desapareció para dar paso a una rabia aterradora. En su desesperación, perdió el control, resbaló de la cama y se puso a golpear con los puños las tablas torcidas del suelo. El sufrimiento y el dolor la desbordaron. Solo era capaz de ver la cara de Sparrow. Se lo imaginaba cavando en su huerto, con el codo asomándole por el jersey de lana remendado. El orgullo silencioso con el que le había mostrado sus lechos de cebollas, la energía efervescente que volcaba en todo lo que hacía. Era un buen chico, un niño de su época que se había enfrentado con inteligencia a un mundo que parecía decidido a no dejarlo triunfar.

La muerte de su marido la había soportado porque era un soldado. Pero Sparrow era un crío. Y Tubby… La mitad del tiempo ni siquiera pensaba en él como en un niño por lo maduro que era. Pero sí era un niño, tenía doce años y lo había eviscerado el cohete de un científico. ¿Qué mundo era ese? La pena le desgarró el corazón y un aullido brotó de lo más profundo de su ser.

—Clara, para —le suplicó Billy al rodearla con los brazos—. Te vas a hacer daño.

—Eran críos, Billy. Apenas unos chavales. ¿Por qué?

Al final, sobre las cinco de la madrugada, volvió a quedarse dormida entre los brazos de Billy, exhausta y hueca de dolor. Cuando un amanecer ahumado empezó a colarse por los postigos, ya estaba levantada y vistiéndose.

—¿No querrás ir a trabajar? —le preguntó Billy cuando ya se estaba abrochando los pantalones.

—¿Y qué voy a hacer si no? La biblioteca es lo único que tiene sentido para mí en este momento.

Él asintió.

—Entiendo. Al menos deja que te prepare un té antes.

Fue a la cocina a poner la tetera al fuego y se quedó mirando el vapor que empañaba los huecos que quedaban entre la cinta antiexplosiones. Para Clara, verlo allí de pie, en su casa, tenía algo tan sólido, le daba tanta paz y tranquilidad, que, por instinto, se acercó a él por atrás y le rodeó la cintura con los brazos.

—Gracias —le murmuró al calor de su espalda—. Por quedarte conmigo cuando te necesito.

Él se volvió despacio y la estrechó con fuerza entre los brazos, le acarició el pelo y le besó la frente tratando de acariciar los bordes de su dolor.

—Siempre estaré aquí cuando me necesites —susurró.

Se tomaron el té y se obligaron a comerse unas rebanadas de pan duro con margarina, haciendo caso omiso a propósito del pequeño cuenco de ciruelas oscuras que Sparrow había recolectado hacía dos días en su huerto.

—Voy a volver al lugar de la explosión, las excavaciones han continuado toda la noche y tengo que echar una mano —dijo Billy—. En cualquier caso, no esperan encontrar más supervivientes.

Ella asintió, lo comprendía.

—Sal tú primero y cálate bien el sombrero, que la gente empieza a hablar.

—Los chismorreos me dan igual —respondió.

Clara lo miró a la cara y se dio cuenta de que algo había cambiado entre ellos. El extraño tira y afloja entre la expectativa y el deseo que había marcado su relación había desaparecido. Lo que Billy hubiera hecho o dejado de hacer en el pasado apenas parecía importar ya. Lo único que merecía la pena era sobrevivir día a día.

—Te quiero, Clara, y no me importa quién lo sepa. Ya hemos perdido bastante tiempo.

—Yo también te quiero —respondió ella con suavidad—. Pero tengo que pensar en la reputación de la biblioteca.

En la calle, una niebla amarillenta y aceitosa se le pegó a la cara mientras se dirigía a toda prisa hacia el metro tapándose la boca con un pañuelo. Pasó por Russia Lane. La señora Smart ya estaba allí, dirigiendo a un ejército de amas de casa que barrían los cristales y los escombros de la explosión del cohete y los dejaban amontonados para que los recogieran los trabajadores municipales.

Una mujer sollozaba sentada en el escalón de su casa y sus lágrimas se mezclaban con el polvo. A su espalda, su hogar había quedado partido en dos por la trayectoria descendente del cohete. Su dormitorio estaba a la vista de todo el mundo. Había una bata rosa que colgaba de la parte de atrás de la puerta y la cama estaba hecha pedazos dos plantas más abajo. Clara sabía que era un golpe amargo. La identidad de las mujeres de Bethnal Green estaba estrechamente ligada al hogar: la blancura almidonada de sus visillos, un escalón de entrada reluciente, figuritas coleccionadas con cariño. Cosas no muy lujosas, pero sí apreciadas durante años, ahora arrancadas con violencia de su lugar de honor.

Obedeciendo a un instinto, Clara se detuvo, se sacó del bolso un terrón de azúcar que se había reservado de sus raciones y se lo tendió a la mujer.

—Pásese luego por la biblioteca, señora Cohen —dijo—. La ayudaré con los formularios del seguro.

—Gracias, cielo —contestó con la voz temblorosa.

—Y lo siento mucho... Lo de su casa.

La mujer se encogió de hombros.

—¿Qué se le va a hacer? Nunca me gustó el papel de las paredes.

Bajo tierra, los túneles estaban llenos a rebosar; los rostros macilentos asomaban desde la penumbra mientras la gente leía y tejía, demasiado asustada para salir «ahí arriba».

El antiséptico de la fumigación de la noche anterior hacía que le escocieran los ojos, pero no hacía gran cosa por disipar el olor pantanoso de los túneles. A veces daba la sensación de que no quedaba ni una pizca de aire fresco que respirar en ninguna parte.

Se acercó a la litera de Pat, pero no la encontró ahí. Más allá, en el túnel, vio a Marie y Molly jugando a la comba y cantando; sus voces infantiles resonaban por todo el metro.

Grosella negra, grosella roja, tarta de melocotón,
dime cómo se llama tu amor...

Clara no sabía qué le parecía más inquietante, si los horrores de arriba o el hecho de que, para aquellas niñas, fuera ya normal que su infancia se desarrollara bajo tierra.

—Clara.

Una voz vacilante la llamó desde la oscuridad.

—¡Beatty! —exclamó. No pudo contenerse, el mero hecho de verla le resultó de repente tan abrumador que la atrajo hacia sí y la abrazó con fuerza—. ¿Estás bien? —le susurró al oído.

La muchacha asintió.

—Estábamos en las literas cuando ocurrió, pero sentimos los temblores.

Clara sintió que un escalofrío la recorría de arriba abajo.

—¿Quieres que te acompañe al trabajo?

Beatty se apartó y Clara se dio cuenta de lo asustada que estaba.

—¿Me harías ese favor? Es que mi madre está... Bueno...

—Ya lo sé. Trabajando.

Caminaron en silencio hasta la fábrica Rego, pero Clara notó que la chica se alegraba de ir acompañada. Con aquellos cohetes cayendo de día y de noche sin previo aviso, hasta el más sencillo de los trayectos adquiría una dimensión angustiosa.

Cuando llegaron, Beatty sacó su tarjeta de fichar.

—Gracias, Clara, por cuidar de Marie y de mí. Estoy bastante convencida de que has superado con creces los límites del puesto de bibliotecaria.

—Quizá. —Sonrió y le metió a Beatty bajo el turbante un rizo que se le había escapado—. Pero solo porque os tengo un cariño increíble a las dos. —Clara se percató de que la muchacha tenía algo más en la cabeza—. ¿No has sabido nada de la Cruz Roja?

Negó con la cabeza.

—No. Tengo que afrontar la realidad. Ya hace más de tres meses que los Aliados desembarcaron en Francia. Se han olvidado de Jersey. —Rascó con la uña un trozo de pintura descascarillada de la puerta de la fábrica—. Solo puedo esperar que esté vivo.

—No pierdas nunca la esperanza. Yo estaré aquí mientras me necesites.

Beatty le dedicó una sonrisa titubeante, haciendo un gran esfuerzo por ser valiente.

—Gracias.

Clara la vio subir los escalones de la fábrica y tuvo que admitir que la muchacha tenía razón. Los aliados habían evitado las islas del Canal. El paradero del padre de Beatty y de Marie parecía destinado a seguir siendo un misterio hasta que la guerra llegara a su amargo final.

A LO LARGO de todo el día, mucha gente acudió a la biblioteca a darle el pésame. La comunidad sabía lo unida que estaba a los niños del huerto. También Pinkerton-Smythe se pasó por allí, supuestamente para acompañarla en el sentimiento. Clara tuvo que morderse la lengua para no gritarle que ya había conseguido lo que quería: limpiar el refugio de niños. Pero caer tan bajo no cambiaría nada.

Sin embargo, pronto quedó claro que su jefe tenía otras intenciones.

—Cambiando de tema, tengo entendido que una de sus usuarias habituales se ha marchado —comentó como quien no quiere la cosa.

Ella lo miró con cara de confusión y Pinkerton-Smythe consultó su querido cuaderno—. Una tal señora Caley… Participaba en su club de lectura de los viernes por la noche —continuó.

—Así es.

—Entonces, ¿no la vio ayer por la noche? Lo pregunto porque ha habido rumores.

—Esto es Bethnal Green, siempre hay rumores.

—Rumores de que ha abandonado a su marido.

—No entiendo qué tienen que ver conmigo sus disposiciones domésticas.

—Tienen que ver con usted porque su marido ha presentado una queja.

—¿Una queja?

—Sí. Parece que su comportamiento cambió cuando se unió al club de los Ratones de Biblioteca de Bethnal Green. Empezó a descuidar sus principales responsabilidades para con su marido y, anoche, desapareció llevándose a los niños con ella.

Clara se lo quedó mirando a la cara blanda y anodina, y se preguntó qué sentiría si le estampara un puño en ella.

Justo en ese momento, la mirada de la bibliotecaria se posó sobre el marcapáginas que asomaba por la parte superior de un libro en la bandeja de devoluciones. Era el carné especial de Sparrow, el que tenía una escalera que la ayudaba a registrar cómo avanzaban sus lecturas. Solo le faltaba un peldaño para llegar al final. Clara había pedido a Stepney un ejemplar de *La llamada de la selva*, de Jack London, para que fuera su décimo libro.

Se había leído sin ningún problema *La isla del tesoro*, aunque, por desgracia, había dejado en la cubierta una mancha del huerto.

—Bien, ¿sabe algo de su paradero? —concluyó el señor Pinkerton-Smythe.

Lo miró a los ojos.

—No. Pero, bueno, ¿qué voy a saber yo, si no soy más que una bibliotecaria de la sección infantil?

Su jefe la miró de hito en hito y Clara vio cómo se estrujaba las meninges para intentar averiguar si estaba siendo insolente.

—Muy bien, pero no deje de avisarme si se entera de algo. La moral ya está bastante baja en estos tiempos como para tener que lidiar además con maridos infelices y descuidados.

—Dios nos libre —murmuró la bibliotecaria mientras lo veía alejarse.

—Cla, ¿qué quieres hacer con la hora del cuento de hoy? —le preguntó Ruby con delicadeza—. ¿Crees que deberíamos posponerla en señal de respeto?

Clara cogió *La isla del tesoro*, sacó del cajón un paño suave y empezó a frotar la mancha.

—Creo que necesito papel secante y un poco de bicarbonato de sodio para quitar esto —murmuró—. También hay que volver a coser el lomo. Sparrow, ¿qué hiciste con este libro? ¡Usarlo de pala!

Frotaba la cubierta cada vez con más fuerza.

Un recuerdo le pasó a toda velocidad por la mente. Sparrow en el huerto, la primera vez que habían hablado. «Me llamó niño sin futuro.»

Nunca tuvo ninguna posibilidad.

La cubierta se separó limpiamente del lomo.

—¡Maldita sea! —gritó, y lanzó el libro contra la pared.

El silencio envolvió la biblioteca.

—Perdón. Ni siquiera me creo lo que acabo de hacer. Con lo cortos de libros que estamos, voy yo y lo destrozo… Ha quedado inservible.

El señor Pepper se agachó con torpeza para recoger el libro y Ruby se acercó a ella y la agarró de la mano cuando las lágrimas empezaron a rodarle por las mejillas.

—Lo siento…

Se le quebró la voz. La conmoción la dejó sin aire en el cuerpo. Clavó la mirada en la puerta; lo veía, pero no se lo creía. Se le erizaron todos los pelos de la nuca como si le hubieran pasado una pluma por la espina dorsal.

—Clara… ¿Qué pasa? ¿Qué te ocurre?

Ruby se volvió para ver qué miraba su amiga y resolló.

Fue el señor Pepper quien rompió el silencio.

—Sparrow, ¿dónde has estado?

Estaba cubierto de tierra, llevaba un fardo de ropa de cama colgado a la espalda y lucía una expresión arrogante en el rostro.

—Venga, ¿dónde está? —preguntó el niño sonriendo.

—¿Dónde está quién? —terminó soltando Ruby, que no se creía lo que veían sus ojos.

—Pues Tubby, claro. El muy sinvergüenza no ha cumplido nuestra apuesta. Yo —dijo mientras se llevaba el pulgar al pecho con orgullo— he logrado pasar toda la noche en el bosque de Epping, pero él ni siquiera se presentó. Me debe un chelín.

—¿Qué... qué hacías allí? —consiguió articular al fin Clara.

—Verá, hicimos una apuesta después de que nos leyera *La niña de campo*. A ver quién conseguía dormir toda la noche en un bosque oscuro. —Se percató de la turbación que reflejaba la cara de todos ellos—. ¿Qué pasa? ¿Voy a llevarme una bronca de mi madre?

En menos de cinco minutos, la aparición de Sparrow había llegado a oídos de Pat y la mujer entró en tromba en la biblioteca.

—No sé si darte un abrazo o pegarte una torta —gritó.

Hizo las dos cosas: primero le dio una colleja y luego lo apretujó contra sí.

—Perdona, mamá —jadeó con la carita aplastada contra el pecho de su madre—. No quería preocuparte. Solo nos apetecía correr una aventura. ¿Dónde está Tubby?

Por encima de la cabeza del niño, Pat miró a Clara con fijeza y la bibliotecaria comprendió que la tarea de decírselo iba a recaer sobre ella.

—Sparrow. Ayer cayó un cohete en el huerto. Habían visto a Tubby por allí. Supongo que debía de estar a punto de marcharse adonde hubierais quedado. No... No lo han encontrado...

Las palabras se le murieron en los labios.

—¿Ha muerto?

—Es... Es lo más probable.

Sparrow se estremeció como si le hubieran tirado un cubo de agua fría. Luego, para gran consternación de todos, rompió a llorar, estalló en sollozos enormes, estruendosos y desgarradores. Y entonces le dio una patada al mostrador de la biblioteca. Y después otra, antes de desplomarse contra el suelo.

—Lo siento mucho, Sparrow —susurró Clara, que se dejó caer a su lado.

El niño la miró.

—¿Por qué va y deja que lo maten?

—Venga, Sparrow —lo regañó Pat, que parecía avergonzada—. Contrólate un poco.

Sparrow lo intentó, pero seguía llorando cuando lo sacaron de la biblioteca y a Clara se le rompió un poco más el corazón. «Contrólate un poco.» Se lo habían dicho muchas veces tras la muerte de Duncan.

Aquel pequeño acababa de perder a su compañero de travesuras y Clara sabía que era algo que lo marcaría de por vida. Había perdido a su sombra.

Era un milagro que parecía desafiar todas las leyes aceptadas de la vida, pero lo trágico era que, aunque Sparrow había «regresado de entre los muertos», tal como publicó el *East London Advertiser*, Tubby seguía estando muerto, engullido por aquel agujero junto con decenas de personas más. Iba a llegar tarde al bosque de Epping, donde había quedado con Sparrow, porque estaba ayudando a su vecina a cosechar tomates.

Su muerte repentina parecía una desaparición, un número de prestidigitación más que un punto final definitivo. Clara casi esperaba verlo entrar de un momento a otro, con los bolsillos llenos de caramelos a medio chupar.

Los padres de Tubby le devolvieron su carné de préstamo y Clara lo archivó como «fallecido».

—Gracias por todo lo que hizo por él —le dijo su madre con el rostro contraído de dolor.

—¿Yo?

—Sí. Venir aquí era lo que más le gustaba en la vida. Adoraba esta biblioteca. —La mujer titubeó—. No deje de creer en nuestros hijos.

—No lo haré —prometió Clara.

CUANTO MÁS SE hundía el otoño en un invierno helado, más cohetes V2 atravesaban la atmósfera con un estallido y caían a velocidades supersónicas sin dejar tras ellos más que nubes rotas y un cielo trémulo.

Desde aquel día, Sparrow no volvió a mencionar ni su desaparecido huerto ni a su mejor amigo Tubby. Ni una sola vez. Pero Clara sabía que el dolor lo estaba asfixiando. Pat le había confiado que el muchacho había vuelto a mojar la cama. Beatty también ocultaba su sufrimiento en lo más profundo de su ser. Cuando comprendió que no iba a volver pronto a casa, dejó de hablar de su querida isla. Su «hogar» era ahora una estación de metro e iba perdiendo la esperanza a marchas forzadas.

Clara habría hecho cualquier cosa para devolverles a aquellos jóvenes brillantes y maravillosos la infancia que la guerra les había arrebatado, pero hizo lo único que estaba en su mano: envolvió a los niños del refugio en historias, los llevó a perderse en relatos fantásticos de caballeros y bucaneros, montañas y amotinados, como si solo los libros tuvieran la capacidad de mantener a raya la vida real.

Fue a Ruby a quien se le ocurrió la idea.

—Nos ayudará a distraernos de los cohetes —señaló.

A Clara le pareció que estaba chalada. Construir el *Titanic* con palitos de piruleta y bobinas de hilo no les devolvería a Tubby ni al padre de Beatty y Marie. Pero sí los mantendría ocupados. Y, por ridículo que pareciera, eso fue lo que construyeron durante aquellas largas noches de invierno, allí mismo, en la sección infantil de la biblioteca. Era una tontería. Era ambicioso. «A Tubby le habría encantado.»

Cuando estuvo terminado, comenzaron a acurrucarse bajo la proa para leer cuentos marítimos, extrañas historias sobre ballenas gigantes, sirenas e icebergs tan altos como edificios. Y leyeron el último y frágil ejemplar de *La isla del tesoro* que quedaba en la biblioteca del refugio del metro, reparado y con las páginas sujetas unas a otras con cordel y engrudo. Todos lo leyeron como si su vida dependiera de ello. Sparrow al fin consiguió su estrella dorada y se quedó mirando el trofeo como si no acabara de creérselo. De haber podido, Clara le habría dado un cielo lleno de estrellas.

Billy iba a casa de Clara todas las noches después de su turno, tan agotado tras dedicar la jornada a desenterrar cadáveres de las áreas de explosión que ni siquiera era capaz de hablar antes de quedarse dormido entre sus brazos. A pesar de las miradas suspicaces y de «las habladurías» sobre la relación entre la bibliotecaria viuda y el conductor de ambulancias objetor, entre ellos no ocurría nada inapropiado. Hacía demasiado frío como para pensar siquiera en desnudarse. Pasaban la mayoría de las noches poniéndose más ropa, no quitándosela, con *Beauty* y *Gato de Biblioteca* roncando con suavidad a sus pies.

Una tormentosa noche de invierno, mientras la lluvia golpeaba la ventana, Billy se volvió hacia ella.

—Cuando termine la guerra, ¿querrás casarte conmigo?

Ella sonrió en la oscuridad y le apretó los dedos enguantados.

—¿Por qué yo?

—Porque te quise desde el primer momento en que posé la vista en ti. Que ahora tú también me quieras me resulta extraordinario.

—Ya lo hablaremos después de la guerra —contestó Clara, ya adormilada.

Pero, mientras se rendían al sueño, pegados como dos marcapáginas con gorros de lana, supo que no podía imaginarse un futuro sin aquella alma bondadosa.

14

Ruby

«Rene, que fue la primera mujer encargada de la Biblioteca de Whitechapel, vio a alguien robando el reloj de la pared. Debía de tener más de cincuenta años, pero no pensaba permitirlo. Persiguió al ladrón nada menos que hasta Brick Lane y recuperó el reloj. El ladrón quizá se lo hubiese pensado dos veces si hubiera sabido que tendría que enfrentarse a Rene. Era vecina de los Kray. Las bibliotecas son de todo menos aburridas.»

DENISE BANGS,
bibliotecaria de Idea Store, Tower Hamlets

—PARECEN INOFENSIVOS.

Ruby cogió uno de los ejemplares de tapa dura con una sencilla cubierta verde y se lo pasó a Clara.

—Y huelen muy bien —dijo su amiga, que inhaló el intenso aroma alcalino del papel nuevo—. Novecientas setenta y dos páginas... ¡Es muy largo!

—Tendré que leérmelo para ver a qué viene tanto alboroto —comentó Ruby.

—Pero no antes de que los haya catalogado —dijo Clara enseguida.

—Debes de haberle dejado mucha huella, Ruby querida —intervino el señor Pepper.

—Supongo que sí. Me quedé de piedra cuando llegó el paquete.

Todos habían sentido lo mismo el día anterior al recibir el envío desde Nueva York con todos los gastos del seguro y del transporte de mercancías pagados. Contenía una decena de ejemplares del libro que estaba arrasando en Estados Unidos: *Por siempre Ámbar*.

—Supongo que es lo que podría llamarse una novela «romántica erótica» —dijo el señor Pepper, que cogió uno de aquellos libros de aspecto inocuo como si fuera una granada de mano—. He leído en el *London Times* que catorce estados de Estados Unidos lo han prohibido por considerarlo pornografía. El primero fue Massachusetts, cuyo fiscal general contabilizó setenta referencias a relaciones sexuales en toda la novela.

—En ese caso, me la leeré seguro —dijo Ruby.

—Me parece un poco raro que un hombre adulto se lea un libro solo para hacer una lista de las referencias eróticas que contiene —reflexionó Clara.

—Un pedazo de cerdo —murmuró Ruby casi para sí.

—Razón de más por la que resulta obvio que vamos a tener que guardar estos libros bajo el mostrador —dijo Clara—. No quiero parecer demasiado remilgada, pero no podemos permitirnos más habladurías tras la desaparición de la señora Caley.

—Lo entiendo. Y, por favor, deja que me disculpe de nuevo —contestó el señor Pepper.

Pobre señor Pepper. Ruby debía de haberlo oído disculparse al menos cincuenta veces por haber guardado el folleto sobre anticoncepción en la sección de infantil sin querer.

Pero, ahora que parecía que tenían dos publicaciones incendiarias entre manos, debían ser más cuidadosos. Era evidente que alguien se había propuesto ensuciar el nombre de Clara, y no había que ser un genio para averiguar de quién se trataba. Pinkerton-Smythe estaba sembrando la discordia entre los maridos de Bethnal Green y convirtiendo a Clara y la biblioteca en chivo expiatorio. Antes, Ruby albergaba la esperanza de que, si conseguía que su madre fuera a la biblioteca, esta recuperaría cierto sentido de la autoestima, pero ahora que Victor le había prohibido trabajar allí, el control de este sobre Netty crecía día tras día. Se habían trazado líneas de batalla. Ruby se tragó la ira. Detestaba a Pinkerton-Smythe por proporcionarle al maltratador de su padrastro la excusa que necesitaba para aislar aún más a su madre. El patriarcado causaba más daño cuando unía fuerzas.

Mientras Clara empezaba a registrar los nuevos libros, Ruby recordó la carta de Eddie. Se la sacó del bolsillo.

«Vaya, tú sí que sabes subirle la moral a un hombre, Ruby.»

Casi oía la risa en la voz de Eddie.

Espero que estos libros sean un éxito en la biblioteca. He tenido que insistir a mi hermana mayor para que me diera estos ejemplares recién salidos de la imprenta. Aquí son oro puro: 100 000 ejemplares vendidos la primera semana. Le he dicho que estáis desesperadas por conseguir libros. Ahora tengo que quitar la nieve de la entrada de su casa a paladas todos los días hasta la primavera, pero tú lo vales, Ruby.

Cada historia tiene su razón de ser y, en este caso, es que un servidor (yo) se ha enamorado de ti. Sé que solo nos hemos visto unas cuantas veces. Fueron, y lo repetiré una y mil veces, los mejores ratos que he pasado en Inglaterra. Sé que tú eras de la opinión de que debíamos dejarlo como un recuerdo glorioso… Pues, a la porra, no puedo, Ruby.

Eres la mujer más inteligente y bella que he conocido en mi vida. Si no sientes nada por mí, no te preocupes, soy mayorcito, lo superaré, pero si sientes algo…

Esta es la mayor locura que he hecho nunca, pero ¿quieres casarte conmigo? Cariño, ven a empezar una nueva vida conmigo aquí, en Brooklyn. No puedo prometerte que todo serán alegrías y riquezas, pero sí que te pondré en el pedestal en el que mereces estar. Nos haríamos felices el uno al otro y, después de todo lo que ambos hemos pasado, ¿no es ese el sentido de esta extraña vida?

Tu ángel de los libros se despide y espera, optimista, una respuesta.

Besos,

Eddie

P.D. Te recomiendo que leas la página 134. Me recuerda mi noche contigo.

Ay, Eddie. El bello Eddie, con sus palabras vitalistas y cálidas. Le contestaría para darle las gracias. Pero ¿casarse? ¿Ruby Munroe convertida en la novia de un soldado estadounidense? «No me fastidies.» Su vida estaba allí, en Bethnal Green, protegiendo a su madre, no por ahí persiguiendo una fantasía. Dobló el sueño americano y volvió a guardárselo en el bolsillo de la falda.

—¿Qué te dice? —le preguntó Clara con curiosidad.

—Bueno, las cosas que dicen los hombres cuando han disfrutado mucho del sexo y aún no están dispuestos a dejarlo pasar, ya sabes.

—No, no lo sé —la corrigió Clara—. Te olvidas de que yo solo he estado con Duncan.

—Pues no tienes ni idea de lo que te pierdes —replicó Ruby en tono burlón.

—Si lo que cuentan sobre este libro es cierto, estoy a punto de descubrirlo. Sigo sin creerme que te los haya enviado.

—El poder de la seducción. —Ruby se encogió de hombros.

—Acabas de darme una idea —dijo Clara—. Rubes, ¿te importaría quedarte al mando durante una hora? Señor P., necesito que me ayude con una cosa, y creo que tendremos que irnos a un lugar más tranquilo.

—Por supuesto, querida —respondió el anciano, que estaba ansioso por enmendar su error.

Se marcharon y Ruby esperó a oír cómo se desvanecía el leve golpeteo del bastón del señor Pepper contra el andén antes de meter la mano bajo el mostrador y sacar *Por siempre Ámbar*. No había nada de malo en echarle un vistazo rápido.

Cuando iba por la página 26, enarcó una ceja. La cubierta sencilla ocultaba un contenido explosivo. Cuando llegó a la página 50, ya estaba enamorada. La protagonista, Ámbar St Clare, era una ramera intrigante y descarada.

Ruby nunca había leído algo así y estaba del todo convencida de que aquel libro sería justo el tónico que las mujeres de Bethnal Green necesitaban en aquellos tiempos en los que la guerra pesaba tanto. No era una novela algo picante, ¡era el equivalente literario de una bomba incendiaria! Y la joven tenía la impresión de que no tardaría en prender fuego a los túneles.

Fascinada, siguió leyendo, absorta en las correrías de Ámbar, que se abría paso a base de revolcones por el Londres de la Restauración.

—Ay, Ámbar —murmuró al pasar la página—, ¡eres mi tipo de mujer!

Una tos profunda la sobresaltó.

Ricky Talbot era un hombre de aspecto imponente. Con su más de uno noventa de estatura, casi rozaba el techo de la biblioteca con la cabeza. De día trabajaba como portero en el mercado de pescado de Billingsgate y, como la mayoría de los porteros, boxeaba en su tiempo libre.

—Hombre, Ricky, ¿qué tal estás?

—Pues no muy bien, la verdad, Ruby. Mi mujer me ha dejado.

—¡No! —De repente, la joven cayó en la cuenta de quién era la esposa de Ricky. La de la aventura de los martes por la tarde—. Vaya, Ricky, lo siento mucho —dijo con inquietud—. ¿Te ha dicho por qué?

—Se ha enamorado de un dentista. Al parecer, lo conoció aquí. Quedaban en la biblioteca todas las semanas. ¿Los has visto alguna vez?

—Pues… Eh…

—O sea que sí —dijo el hombre con una expresión tan desdichada que Ruby sintió lástima por él.

—Perdona, Ricky, pero nunca lo supimos con seguridad, y tampoco es cosa nuestra ir por ahí difundiendo rumores. Aquí vemos de todo.

Él echó un vistazo en torno a la biblioteca.

—Pues parece que es cierto lo que dicen de este sitio.

—¿Lo que dice quién? —preguntó ella con recelo.

—Lo que se dice en los mercados y los *pubs*: que la viuda les presta a las mujeres libros que les meten ideas en la cabeza.

Ruby contuvo su irritación.

—Bueno, Ricky, es que ese es precisamente el objetivo de leer libros. —No parecía muy convencido—. Si te soy sincera, dudo mucho que venir aquí sea lo que haya hecho que tu mujer cambie de pareja de baile.

Le entraron ganas de sugerirle que, si él hubiera pasado menos tiempo en el *pub* y más hablando con ella, tal vez su esposa no hubiera encontrado otras distracciones en la biblioteca.

—En mi opinión, en este sitio hay algo que no va bien. Yo la quería de verdad.

—Lo siento mucho, pero créeme: esta biblioteca no ha tenido nada que ver con que tu mujer te haya dejado.

—Pero tampoco ha hecho nada por impedirlo, ¿no?

Se marchó, agachando la cabeza para poder franquear la puerta y desaparecer en el andén, y Ruby exhaló un suspiro prolongado.

¿Cómo iba a decírselo a Clara? Ya le había ocultado que, solo a lo largo de esa semana, tres personas habían devuelto sus carnés de préstamo. Dos habían puesto excusas que no habían engañado a nadie, pero la señora Wandle, que dirigía la guardería que el Servicio de Voluntarias tenía en el refugio, había soltado sin rodeos que «ya no quería que la asociaran con la señora Button ni con el tipo de local que gestionaba».

¿Era porque Clara se había juntado con Billy, por la queja de la madre de Joannie o porque la señora Caley había dejado a su marido? A saber, pero en el East End, una vez que empezaban, los rumores se propagaban como un incendio provocado por el Blitz en un bosque seco. No se lo contaría a su amiga. ¿Cómo iba a hacerlo? Clara ya estaba bastante afectada tras la pérdida de Tubby. Había trabajado muchísimo a lo largo de los últimos cinco años. Aquel lugar era su vida. Ruby no iba a permitir ni por asomo que unos cuantos chismosos de mente estrecha hundieran a la bibliotecaria.

Después del trabajo, Ruby volvió a casa cruzando el Barmy Park ajena al frío, porque llevaba la cara enterrada en *Por siempre Ámbar*.

Al llegar a la página 134, frenó en seco. Las imágenes de su última noche con Eddie en aquella habitación de hotel del Soho la abstrajeron de su deprimente entorno. Recordó el calor, aquella sensación de abandono temerario mientras se arrancaban la ropa el uno al otro…

En ese momento se le ocurrió una idea, y estuvo a punto de echarse a reír a carcajadas por lo sencilla y a la vez atrevida que era.

La razón de ser de Ámbar resultaba obvia: estaba del todo convencida de que una mujer no tenía la menor oportunidad de triunfar en un mundo de hombres salvo que pudiera transformar las debilidades masculinas en ventajas para ella. Quizá Ruby debiera parecerse un poco más a Ámbar.

Aceptaría la propuesta de Eddie. Con condiciones.

Se sintió como si hubiera estado mirando el mundo a través de una ventana sucia y ahora estuviera limpísima.

—¡Mamá! —gritó mientras se quitaba el abrigo—. ¿Dónde anda?

Netty estaba sentada a la mesa de la cocina pelando patatas.

—En el *pub*.

—Bien, porque tenemos que hablar. Se me ha ocurrido una idea y sé que pensarás que es una chaladura, pero tienes que escucharme.

—Dime —contestó su madre con recelo.

—¿Qué te parecería empezar de cero?

—Ay, cielo, no puedo…

—Pero es que sí puedes, mamá —la interrumpió al mismo tiempo que le quitaba el pelador de las manos—. He recibido una propuesta de matrimonio de Eddie, el americano. Si lo convenzo de que, si no es contigo, no iré, podremos empezar de cero.

—Sí, claro —dijo Netty con una risa amarga—. ¿Y qué hago yo en América? Seguro que lo que más necesitan allí son asistentas maltratadas.

—Mamá, en América también hay limpiadoras. Mira, hay muchas cosas pendientes de resolver, pero, con tu bendición, voy a aceptar la propuesta. Piénsalo, mamá. Jamás volverá a presentársenos una oportunidad así ¡América! ¡Imagínatelo!

—No puedo ni pensarlo —susurró su madre.

—¿Por qué? —le espetó Ruby, que sintió que la frustración le tensaba el pecho.

—Porque me he quedado.

Ruby miró a su madre con consternación.

—¿Cómo…? ¿Cómo has podido permitirlo? ¡Tienes cuarenta y cinco años!

—No tuve mucha elección al respecto.

Netty cogió el pelador y continuó pelando patatas como una autómata.

—¿Me estás diciendo…?

—Desde que la señora Caley se largó a la chita callando, ha empezado a forzarme. Supongo que le preocupa que yo haga lo mismo, como si dejar a tu marido fuera contagioso o algo así. Parece que se le ha metido en la cabeza que esa biblioteca es una especie de antro de corrupción. —Soltó una risita falsa antes de coger la sartén llena de patatas y dirigirse a los fogones. Se colocó de espaldas a Ruby, de manera que su hija no le veía la cara, pero las palabras de Netty cayeron como piedras entre ambas—. América, nada menos. Dentro de unos ocho meses, ni siquiera podré salir de esta cocina.

Y, sin más, Ruby vio cómo se disipaba su sueño. Tendría más posibilidades de atravesar el Atlántico en su *Titanic* de palos de piruleta.

Se acercó a su madre y la abrazó por detrás mientras las lágrimas de Netty caían, calientes y pesadas, sobre la cocina.

—No pasa nada, mamá. No me iré a ninguna parte. Nunca te abandonaré.

En el silencio que siguió a sus palabras, comenzó a atormentarla una cancioncilla de saltar a la comba que había oído cantar a las Ratas del Metro hacía un rato en los túneles:

«Yo quisiera saber
cuántos hijos voy a tener.
Uno, dos, tres…»

15

Diciembre de 1944

Clara

«En la década de 1970, solicité un puesto de auxiliar de biblioteca en el distrito de Tower Hamlets. No tenía calzado adecuado, así que pinté unos zapatos rosas con una lata de esmalte negro brillante del Woolworths. La entrevista fue un desastre porque fui dejando gotas de pintura negra por el suelo de parqué. El bibliotecario municipal que me entrevistó era pretencioso. Terminamos discutiendo cuando me dijo que no tenía sentido darme el trabajo porque lo acabaría dejando para ponerme a tener hijos. Muchos años después, acabé ocupando su puesto. Conseguí modernizar el sistema bibliotecario hasta convertirlo en uno digno del siglo XXI, y cambié el nombre de las bibliotecas del East End por el de Idea Stores. No está mal para una *hippy* con los zapatos pintados.»

ANNE CUNNINGHAM,
cofundadora de Idea Stores y exdirectora
de las Bibliotecas de Tower Hamlets

CUANDO CLARA PASÓ junto al árbol de Navidad mustio que había al final de las escaleras mecánicas, se tambaleó bajo el peso de una caja de libros y gruñó por el esfuerzo. Una banda del Ejército de Salvación estaba afinando e intentaba con gran optimismo que los ocupantes del refugio, a punto de entrar en su sexta Navidad en guerra, desarrollaran algún tipo de espíritu festivo.

—Clara, ¿puedo hablar contigo?

Marie la estaba esperando junto a las escaleras mecánicas.

—Hola, cariño, por supuesto, pero ahora no. Ruby me está esperando fuera, en el bibliobús. Hablamos después de la hora del cuento, ¿vale?

La niña puso cara larga.

—Es que esta noche no puedo ir a la biblioteca.

—Pues entonces iré a verte después a tu litera. —Marie se mordió el labio—. Anímate, mi niña —respondió Clara—. ¡Ya casi es Navidad!

Distraída, siguió caminando y sintió una punzada de dolor en las pantorrillas al subir con tacones las escaleras mecánicas averiadas.

—Pero ¡qué ven mis ojos, Clara Button con tacones y falda! —se burló Ruby mientras cargaba los libros en el asiento trasero y cerraba la portezuela de golpe.

—Instrumentos de tortura absurdos —murmuró Clara.

—También te has pintado los labios —comentó Ruby con suspicacia antes de arrancar el motor y enfilar traqueteando Cambridge Heath Road.

—Tengo una reunión con Pinkerton-Smythe cuando volvamos de hacer la ronda por las fábricas y necesito ganármelo. —Ruby enarcó una ceja—. Ya te contaré. Y, por cierto, creo que será mejor que nos preparemos para la que se nos viene encima.

—¿A qué te refieres?

—A lo que ahora llamo el Efecto Ámbar.

—Ah, sí, eso.

—¿Te lo has terminado?

Ruby asintió.

—Me pasé tres noches seguidas sin dormir para acabármelo. Es una lectura asombrosa. Si te soy sincera, ha conseguido distraerme de todo lo que está pasando en casa. —Clara no se atrevió a preguntar—. Está embarazada —anunció Ruby en tono sombrío.

—Uf, Ruby, no sé qué decir.

—Nadie puede decir nada. Solo desearía que mi madre tuviera un poco del descaro de Ámbar.

—Yo diría que es algo más que descaro —bufó Clara—. Asesinó a su marido con una fusta durante el gran incendio de Londres.

—Bueno, siendo justos, él había intentado envenenarla.

—Pero solo porque ella se estaba acostando con el hijo de él —señaló Clara.

Ambas negaron con la cabeza y se echaron a reír justo en el momento en el que detuvieron el bibliobús ante la fábrica Rego. Era una novela extraordinaria y Clara aún estaba intentando decidir si le gustaba o no.

Habían conocido muchos libros tremendamente populares durante la guerra, desde *Lo que el viento se llevó* hasta *La hija de Robert Poste*, pero ahora había un aspirante nuevo. Clara no sabía muy bien por qué, pero le daba la impresión de que la autora, Kathleen Winsor, había dado voz a los millones de mujeres que se sentían frustradas y solas. No podía decirse que una mujer que manipulaba, asesinaba y se acostaba con hombres para sobrevivir a la viruela y al fuego en el Londres del siglo XVII fuera la más simpática de las protagonistas, pero quizá no se tratara de eso. ¿No era acaso un reflejo de lo que ocurría en la vida real, aunque escrito de forma más sensacionalista?

En un mundo desesperado por escapar de los escombros y las raciones, las correrías de Ámbar resultarían irresistibles.

—Bueno, me encanta que sea subversiva —dijo Ruby—. Es gratificante ver un personaje que utiliza sus armas de mujer para sobrevivir. Además —sonrió mientras abría la puerta de la fábrica de un codazo—, ¿a quién no va a gustarle una protagonista que dice que sus enemigos son «necios y presumidos mequetrefes»?

TRES HORAS MÁS tarde, Clara llegó al ayuntamiento, donde iba a celebrarse su reunión con el señor Pinkerton-Smythe, con una lista de espera para *Por siempre Ámbar* tan larga como su brazo. Hacía solo siete días que lo habían recibido. ¿Cómo se habían enterado tantas mujeres de que tenían ejemplares? ¿A quién quería engañar? Sería más fácil represar el Támesis con cerillas que contener los cotilleos en Bethnal Green.

Una secretaria le hizo un gesto para que esperara. Clara bajó la mirada, avergonzada. Su último par de tacones negros decentes había pasado por fin a mejor vida y solo le quedaban unos rojos, así que la noche anterior había comprado un bote de esmalte negro y los había pintado.

«Haga pasar a la señora Button», ordenó la voz de su jefe a través del intercomunicador crepitante.

—¿Ha sabido algo de la señora Caley? —le preguntó a Clara en cuanto entró en su despacho—. Su marido ha venido a verme otra vez.

—No, lo siento.

—Y he recibido otra queja.

—¿De quién? —preguntó ella con cansancio.

—Del señor Talbot. Por lo que se ve, su esposa ha perpetrado una infidelidad en su biblioteca y también lo ha dejado.

Clara se desanimó. ¿Por qué la consideraba responsable de la moral de todas las mujeres que cruzaban la puerta de su local?

—Es una lástima, pero yo no sé nada al respecto.

—Pero es curiosa la cantidad de mujeres que se hacen con un carné de la biblioteca y luego comienzan a tener ideas estúpidas, ¿no? Cuando usted le proporciona a esa gente libros incendiarios, se generan todo tipo de problemas.

«¿A esa gente?»

—Ya he hablado con usted en otras ocasiones acerca de ofrecer un material más edificante y, sin embargo, ha llegado a mis oídos que ahora la biblioteca está en posesión de un escandaloso libro americano.

—¿*Por siempre Ámbar*? —preguntó Clara.

—Sí, así es. ¿Lo ha leído? —exigió saber.

—Sí, leo todos los libros antes de decidir si los pongo en préstamo.

—¿Y lo considera adecuado?

La bibliotecaria cambió ligeramente de posición.

—Bueno, se le podría hacer alguna crítica, pero, la verdad, se oyen cosas peores en el Camel un viernes por la noche. Las mujeres necesitan algo para compensar la monotonía de las horas de apagón.

—Las mujeres se dejan llevar por las emociones, no por la razón. Lo hemos visto con la señora Caley y ahora también con la esposa del señor Talbot. Hacen cosas que no deberían hacer porque no dan para más.

—Dudo mucho que las mujeres de Bethnal Green lean *Por siempre Ámbar* en busca de consejos. Los maridos de la mayoría de ellas están sirviendo lejos de aquí.

—No obstante, ese tipo de libros vulgarizadores está minando nuestra cultura nacional.

—Con todos mis respetos, señor Pinkerton-Smythe, nos guste a usted y a mí o no, la vida británica ha cambiado con relación a cómo era antes de la guerra.

Su jefe juntó las yemas de los dedos de ambas manos.

—Verá, estoy demasiado ocupado como para perder el tiempo con discursos sobre la sociedad británica. ¿A qué ha venido?

—Bueno…, quería comentarle una idea que he tenido.

Pinkerton-Smythe le echó un vistazo a su reloj de pulsera.

—Continúe.

—Nos hacen muchísima falta obras clásicas de la literatura infantil. Ahora mismo, todos los volúmenes infantiles decentes de los que disponemos tienen lista de espera.

—Todos necesitamos cosas, señora Button. ¿No sabe que estamos en guerra?

Clara apretó los puños y se clavó las uñas en las palmas.

—Sí, soy consciente de ello. Pero no hay razón para no solicitar ayuda a los países que están en condiciones de ofrecerla, ¿no? Con su permiso, he pensado en escribir a la Asociación Canadiense de Bibliotecas para pedirles obras infantiles.

—Pero para eso ya están las campañas de donación, ¿verdad?

—Sí, pero, con todo el respeto, señor, nadie de por aquí tiene libros que donar. He hecho una lista de cincuenta obras clásicas para niños.

—¿Como por ejemplo?

—*Alicia en el país de las maravillas*, *Mujercitas*, *El libro de la selva*, *La isla del tesoro*… Este último he tenido que incluirlo porque ya solo nos queda un ejemplar. También pediré varios de Enid Blyton…

—¿Enid Blyton? ¿Por qué está en esa lista? No hace más que repetir el mismo tipo de historia hasta la saciedad.

—Es una de las autoras más populares de la biblioteca —protestó Clara—. Una de nuestras usuarias, la pequeña Babs Clark, debe de haberse leído *El árbol muy muy lejano* al menos una decena de veces.

—Pobre niña —contestó el hombre en tono desdeñoso—. ¿No debería animarla usted a leer otro libro?

—Los niños que releen libros tienen un vocabulario mucho más extenso y… —Se interrumpió al ver que su jefe no estaba ni remotamente interesado—. Mire, puedo dejarle la lista. El caso es que estos son los libros en los que se basan los hábitos de lectura duraderos…

Volvió a quedarse callada. Pinkerton-Smythe le estaba mirando los pies.

—¿Qué les pasa a sus zapatos? Es como si se estuvieran derritiendo sobre el suelo de mi despacho.

—Caray, perdón. Los he pintado de negro, pero la pintura no ha agarrado muy bien.

—Qué peculiar. Verá, de verdad que estoy muy ocupado. Adelante, escriba si quiere, pero será una pérdida de tiempo. —Presionó el intercomunicador—. Señora Clutterbuck, acompañe a la señora Button a la salida.

Ya de vuelta en la biblioteca, tuvo que tomarse una de las ginebras de Ruby para calmarse.

—¡Ese señor es…! —exclamó hecha una furia, y después se quitó los ridículos zapatos pintados y los tiró detrás del mostrador—. Es un… un…

—¿Necio y presumido mequetrefe? —sugirió Ruby.

—No te desanimes —intervino el señor Pepper—, yo me encargo de la hora del cuento. Ve a escribir tu carta.

Clara se quedó inmóvil un instante con el bolígrafo en la mano. ¿Qué escribiría la archimanipuladora de Ámbar St Clare?

Estimados señores:

Les escribo desde la única biblioteca subterránea de Gran Bretaña, en el corazón del East End londinense, devastado por el Blitz.

Fue en una casa de Bethnal Green donde Samuel Pepys salvaguardó su famoso diario durante el gran incendio de Londres. Una vez más, el fuego nos ha asolado y hemos perdido gran parte de nuestros preciados libros infantiles.

Toda una generación de niños está creciendo sin acceso a las grandes obras del pasado. Esta es una petición urgente de clásicos infantiles.

En estos momentos, todas las importaciones de libros están paralizadas, salvo que se trate de una donación benéfica. Si tienen excedentes de los libros incluidos en esta lista, aquí, en Bethnal Green, agradeceríamos recibirlos.

Hemos perdido muchísimas cosas, pero no el corazón ni la esperanza. Los libros nos ayudan a seguir siendo humanos en un mundo inhumano, ¿no les parece?

Hizo una pausa y mordisqueó el extremo del bolígrafo. Necesitaba más halagos.

Sé que los canadienses son personas bondadosas y cultivadas.
Con un cordial saludo,
Clara Button, compañera bibliotecaria

Pensó en el bueno de Tubby. Ya era demasiado tarde para él, pero no para Sparrow, Marie, Beatty y el resto de las Ratas del Metro.

Escribió en el sobre: «Bibliotecario jefe, biblioteca pública, Toronto».

—Me voy a la oficina de correos —le dijo a Ruby.

—Antes de que te vayas… —Ruby levantó un periódico al que le faltaba un trozo enorme que alguien había recortado en el centro y esbozó una mueca a través del agujero—. Acabo de encontrarlo en la sala de lectura.

—¿Otra vez las páginas de las carreras?

Ruby asintió.

—¡Y un artículo sobre «Complacer es tu deber»!

—¡Uf, por todos los santos! ¿Qué puede tener nuestro fantasma cortaperiódicos en contra del hecho de que las mujeres se saquen todo el partido posible? Tenemos que vigilar más de cerca la sala de lectura.

Unos minutos más tarde, pasó a toda prisa por delante de la cafetería. Por una vez, Dot no levantó la vista para saludarla. Estaba friendo hígado, con la espátula en una mano y «ese libro» en la otra. Lo último que vio la bibliotecaria antes de salir al gélido aire de diciembre fue a la señora Chumbley en el cubículo del despacho del refugio, con la esquina de un libro verde asomando por detrás de la cubierta de *Heridas y fracturas de guerra*.

¿A qué había dado rienda suelta Clara entre las mujeres de Bethnal Green?

—Celebra los extremos de la feminidad. Ámbar desafía los límites, como tantas otras mujeres en tiempos de guerra —afirmó la señora Chumbley esa misma noche en el club de lectura.

—Y yo que creía que solo se dedicaba a follarse alegremente a todo lo que se meneaba en la antigua ciudad de Londres —resopló Pat—. Qué suerte la suya. Ojalá volviera a tener veintiún años, los pechos firmes y una cintura de cuarenta y cinco centímetros.

Las mujeres del grupo estallaron en carcajadas.

Irene suspiró.

—Después de otro día preocupándome por si mis chicos volverán a casa algún día, gracias a este libro —se lo llevó al pecho y lo abrazó— he experimentado una felicidad que hacía mucho tiempo que no sentía.

—Estoy de acuerdo —dijo Dot—. Me ha hecho salir de mí misma.

Todas asintieron.

—¿Qué opinan Billy y el señor P. como lectores masculinos? —preguntó Clara.

—Puede que os sorprenda, pero me ha gustado —respondió el señor Pepper—. Las historias del pasado son los hilos que nos unen a una visión más amplia.

—Tiene razón —convino Billy con entusiasmo, y Clara sonrió al verlo tan animado—. Las historias son la manera en que le conferimos sentido al caos de esta guerra.

—¿No os ha parecido demasiado escandaloso? —indagó la bibliotecaria—. En las calles de Boston, por ejemplo, lo están quemando.

—La guerra ha reconfigurado el paisaje literario —aseguró el señor Pepper—. La velocidad a la que está cambiando la vida de las mujeres es asombrosa. Sospecho que tus usuarias están más que preparadas para esto.

—¡Exacto! Que no se atrevan a privar a las mujeres de Bethnal Green de una pequeña e inofensiva fantasía —imploró Ruby.

—Creo que deberías pasarle un ejemplar a tu madre a escondidas —dijo Pat—. Pobre Net, creo que no le iría nada mal distraerse un poco de la vida en estos momentos.

—Pues tienes razón. Clara, ¿te importa si le paso el mío?

—En absoluto, si crees que va a tener tiempo para leerlo —respondió su amiga.

—Un momento, Labios de Rubí, ¿tú no tenías pensado escribir una novela picante? —preguntó Irene.

—¿Yo? —dijo Ruby.

—Sí, nos lo dijiste tú misma en Rego, ¿no te acuerdas? «Repleta de sexo», dijiste. Tienes que cumplir tu palabra.

—Sí, claro, porque seguro que los editores quieren publicar libros de gente como yo —replicó ella en tono de mofa—. No es que mi cultura deje mucho que desear, es que no tengo ninguna.

—Hay muchos escritores de clase trabajadora, Ruby —se atrevió a decir el señor Pepper—. Por ejemplo, Walter Greenwood, autor de *Amor en la miseria*.

—¡Oh, me encantó ese libro! —exclamó Clara.

—¿Y cuántos de esos escritores de clase obrera son mujeres, señor P.?

—Pero el hecho de que estemos debatiendo sobre este libro, escrito por una mujer y con una protagonista atrevida y emancipada, significa que estamos avanzando, ¿no? —replicó Clara.

—Sí, pero es americana —respondió Ruby al mismo tiempo que cogía su vaso—. Allí las cosas son distintas. Seamos realistas: la única publicación sobre sexo escrita por un británico que tenemos en esta biblioteca es *Anticoncepción para la mujer casada*. —Bebió un buen trago de la copa y dejó escapar una risa amarga—. Y seguro que lo escribió un hombre. Yo no soy escritora, soy una simple auxiliar de biblioteca.

—Jamás has sido una «simple» auxiliar de biblioteca —insistió Clara, que siempre había deseado que su amiga fuera consciente de su propio potencial—. Sería incapaz de llevar este sitio sin ti.

—Gracias, Clara. —Ruby sonrió con tristeza—. Bueno, a ver, Irene, ¿cuál es la parte que más te ha gustado? Sé que ese marcapáginas que tienes ahí metido es por algo, so cochina.

—Pues, ya que lo mencionas… —Irene rio y abrió el libro por una página algo ajada—. Escuchad esto.

Procedió a leer un fragmento extraordinariamente detallado sobre los atributos físicos de un hombre moreno, el interés amoroso de Ámbar.

Cuando terminó, levantó la vista de la página y se abanicó la cara solo medio en broma.

—Señor, si me estás escuchando, por favor, manda a un Bruce Carlton a mi vida.

—Hola —dijo entonces una voz grave y cadenciosa.

Todos dieron un respingo y se volvieron hacia la puerta, donde un hombre alto, con una mata de pelo oscuro y rizado, y unos ojos verdes y penetrantes, esperaba con cierto aire de inquietud.

—Vaya, Irene —murmuró Pat—, debes de tener línea directa.

—Hola. Soy Clara, la bibliotecaria municipal —se presentó mientras se ponía en pie.

—Eh… Yo soy Roger, siento haber interrumpido.

—Bienvenido, *milord* —ronroneó Ruby—. Sé de una moza que anda con ganas de yacer con usted.

Pat estuvo a punto de caerse de la silla de la risa.

—¡Cerda descarada!

—No les hagas caso —dijo Clara—. ¿Qué puedo hacer por ti?

—¿Tú no eres ese tipo que ha escapado de Jersey en un bote de remos? —preguntó Dot.

—Así es. Acabo de dar una charla en el teatro. Alguien me ha sugerido que me pasara por la biblioteca para buscar información sobre una familia de Jersey que era conocida mía.

—Pasa —dijo Clara—. Intentaremos ayudarte.

—Por favor, permítame que le estreche la mano —dijo el señor Pepper—. Escapar de un territorio ocupado por los nazis es una hazaña tremendamente valiente.

Se dieron la mano y Roger se encogió de hombros.

—No lo tengo tan claro. Creo que les debo más a las mareas favorables que al valor. Pero, bueno, me preguntaba si podríais echarme una mano para dar con el paradero de dos niñas llamadas Marie y Beatty Kolsky.

—¡Marie y Beatty! —exclamó Ruby.

—O sea que las conoces —respondió él—. Menuda suerte. Di por hecho que estarían en un orfanato.

La señora Chumbley se echó hacia delante.

—¿Por qué crees que deberían estar en un orfanato?

—Bueno, porque, después de que su madre muriera… —comenzó a decir con cara de desconcierto.

—¡Espera! —soltó Ruby—. ¿Como que después de que su madre muriera?

—Sí, bueno —dijo Roger—, nos enteramos a través de la Cruz Roja de que había fallecido durante la primera semana del Blitz. Y, dada la edad de las niñas, supusimos que estarían bajo el cuidado de las autoridades locales.

—¿La edad de las niñas?

—Sí. Marie tiene ocho años y Beatty, a ver que piense… Ahora ya tendrá doce.

Clara cerró los ojos e intentó poner sus pensamientos en orden.

—Sabía que había algo raro —farfulló Ruby, pálida de asombro—. Sabía que Beatty ocultaba algo.

—¿No… no sabíais que su madre había muerto? —preguntó Roger.

—No —contestó Clara—. Beatty nos dijo que su madre trabajaba siempre de noche. Y que ella tenía dieciséis años. Hasta ha conseguido un empleo en una fábrica de la zona.

—¡Pero si es una cría! ¿Cómo es posible que no os hayáis dado cuenta?

—Durante los meses posteriores al bombardeo, esto fue un caos —replicó Ruby un tanto a la defensiva—. Si una persona estaba lo bastante decidida a ocultar un secreto, lo tenía bastante fácil.

—Por supuesto, perdonadme —se disculpó Roger.

—No, la culpa de que estas mentiras no se hayan detectado recae directamente sobre mí —intervino la señora Chumbley, que había permanecido sumida en un silencio atónito—. Los ocupantes de este refugio son responsabilidad mía. He faltado a mi deber. Mañana informaré a las autoridades y después presentaré mi dimisión. Es una negligencia importante.

Un clamor recorrió el grupo.

—A ver, ya habrá tiempo para recriminaciones —dijo Clara—. Yo también debo asumir parte de la culpa… Teníamos nuestras sospechas sobre la madre.

—Dios mío —resolló Ruby—, yo creía que hacía la calle y que por eso trabajaba de noche.

—Pero no lo entiendo —intervino Queenie—. ¿Por qué se han empeñado tanto en mentir?

—Conociendo a Beatty, haría cualquier cosa para evitar que las instituciones se hicieran cargo de su tutela y de la de su hermana y las separaran —respondió Ruby. En ese momento, le acudió otro pensamiento a la cabeza—. Su padre. Beatty le ha escrito cartas todas las semanas. ¿Qué se sabe de él?

A Roger se le ensombreció la mirada.

—Me temo que los Estados de Jersey tienen mucho de lo que responder en cuanto al trato dispensado a nuestra población judía

—contestó con amargura—. La mayoría de los judíos de las islas del Canal partieron hacia Inglaterra antes de la invasión. Los que se quedaron se vieron sometidos a leyes promulgadas a petición de los alemanes. El jefe de extranjería de Jersey le entregó al comandante una lista de todos los judíos de la isla. A los que no se escondieron los mandaron al continente. Quién sabe si alguien volverá a verlos. Se oyen rumores...

—¿Rumores? —dijo Ruby.

—De las islas del Canal, la más cercana al extremo norte de Francia se llama Alderney. Allí hay un campo de trabajos forzados donde envían a los prisioneros de guerra rusos y ucranianos, a los judíos franceses, los republicanos españoles y demás. —Bajó la voz—. En Jersey hemos oído contar atrocidades sobre esa isla, pero nadie sabe con certeza lo que ocurre de verdad. Todavía. —El silencio se había apoderado de todo el grupo—. Nadie ha vuelto a ver al padre de Beatty y de Marie desde 1942. Con un poco de suerte, estará escondido. —Negó con la cabeza—. He visto de cerca el trato tan brutal que los alemanes les dispensan a sus esclavos rusos. Para ellos, tanto los rusos como los judíos son *Untermenschen*, infrahumanos.

—«Donde se queman libros, terminarán quemándose personas» —murmuró el señor Pepper—. Fue el poeta Heinrich Heine quien lo dijo hace muchos años.

A Billy se le descompuso el rostro. Una expresión de puro odio le deformó las facciones, que normalmente transmitían placidez.

Pero a Clara no le dio mucho tiempo a reflexionar sobre ello, porque, de pronto, un recuerdo de aquella mañana le invadió la mente.

«Es que esta noche no puedo ir a la biblioteca.»

—Esta mañana Marie me ha dicho que quería hablar conmigo, pero me ha pillado demasiado liada. ¿Alguien las ha visto hoy?

—No han venido a la hora del cuento —señaló el señor Pepper.

—¿Sabían que venía a dar una charla al refugio? —preguntó Roger.

—Sí, lo habían anunciado a bombo y platillo —contestó Ruby.

—¡Se han ido! —gritó Clara.

Todo el grupo se levantó a la vez y se abalanzó hacia la puerta; los ejemplares de *Por siempre Ámbar* cayeron dando tumbos al suelo.

—Las aterrorizaremos si las abordamos todos a la vez —dijo Billy—. Clara y Ruby, id vosotras.

Cuando llegaron a las literas de las hermanas Kolsky, sus peores temores se hicieron realidad. Les habían quitado las sábanas.

—¡No! —gritó Clara, que se aferró al borde metálico de la litera superior.

Lo único que quedaba eran sus carnés de la biblioteca, bien colocados el uno al lado del otro.

16

Ruby

«Los trabajadores de una biblioteca son personal de primera línea. Muchísima gente ha entrado a contarme sus problemas. Somos un poco psicólogos.»

MICHELE JEWELL,
ex auxiliar de biblioteca de Kent

DOS SEMANAS MÁS tarde, cuando apenas faltaban unos días para Navidad, seguía sin haber ni rastro de las desaparecidas hermanas Kolsky.

Era el invierno más frío del que Ruby tenía memoria, pero, a pesar de ello, el final de la guerra estaba tan cerca que casi lo rozaba con los dedos. Que la atenuación de las luces hubiera sustituido al apagón significaba que el débil resplandor que brotaba de las casas atravesaba la niebla navideña. Todas las noches, los habitantes del refugio se reunían en torno al árbol, al pie de las escaleras mecánicas, y cantaban villancicos a la luz de las velas. La esperanza era frágil, pero unía a aquellas personas como los hilos de una manta suave.

En paralelo a todo aquello, pese a la gelidez del invierno, o puede que debido a ella, la fiebre de *Por siempre Ámbar* se había desatado.

Los rumores sobre «ese libro cochino» corrían desbocados por todo el refugio. Las trabajadoras de las fábricas se apiñaban en los huecos de las escaleras para leer fragmentos en voz alta, las amas de casa descuidaban sus tareas, las secretarias lo guardaban en los cajones de su escritorio para hojearlo a hurtadillas. Incluso su madre, que, como ella misma reconocía, «no era muy de libros», había empezado a leerlo cuando Victor no estaba.

—¿Qué tiene este libro, Cla? —planteó Ruby mientras añadía a Belle Schaffer, la de la litera 854, a la lista de espera—. ¿Cla?

Le tocó el brazo a su amiga y esta dio un respingo.

—Perdona —suspiró, y dejó de repartir las devoluciones por las estanterías—. Es que no puedo dejar de pensar en las niñas. No están a salvo, no con esos cohetes, y ¡aún no han atrapado al violador! —Se estremeció—. No soporto ni pensarlo. Ahora que sabemos lo de su madre, tengo la sensación de que debo asumir la responsabilidad.

—Aparecerán, Cla —insistió Ruby.

—¿Cómo puedes estar tan segura?

—Tienes a Billy y a toda su brigada buscándolas. El *East London Advertiser* publicó un artículo sobre ellas en portada. Hasta las Ratas del Metro han puesto en marcha partidas de búsqueda.

Ruby echó un vistazo a su alrededor. Era sábado y se acercaba la hora de cerrar. Salvo por un par de rezagados y un tipo de aspecto extraño que se encorvaba sobre el *Daily Mail* en la sala de lectura, estaba todo muy tranquilo.

—Esta noche hay una fiesta de Navidad en el teatro para los niños del refugio. Deben de estar todos allí —comentó—. ¿Por qué no te vas a casa a descansar un poco? Ya termino yo aquí.

—Gracias. Billy acaba su turno dentro de una hora y me ha prometido que saldrá a buscarlas. El dueño de una cafetería de Mile End le ha dicho que dos niñas que encajan con la descripción de Beatty y Marie se pasan por allí casi todas las noches. Quiero estar presente. Por si acaso.

—Oiga, ¿hay alguna posibilidad de que nos atiendan en algún momento? —las interrumpió una voz.

—Perdone —dijo Ruby—. ¿En·qué puedo servirle?

—Detesto los libros —le espetó el hombre que acababa de aparecer junto al mostrador al mismo tiempo que se quitaba el bombín—, es decir, las novelas, sobre todo.

—Bueno, tenemos una colección de no ficción bastante razonable —intervino Clara.

—Dudo que tengan algo de la talla de lo que me gusta leer. Me llevaré *The Times* a su sala de lectura.

—Como desee —dijo Ruby, que enarcó una ceja mientras lo veía acomodarse en la sala contigua—. Qué tío más raro —le dijo a Clara moviendo solo los labios—. Venga, márchate ya.

A LAS SIETE de la tarde, Ruby decidió cerrar temprano. A juzgar por el ruido que llegaba desde el teatro de al lado, la fiesta infantil de Navidad comenzaba a animarse.

—La biblioteca va a cerrar. Vayan terminando, por favor, amigos.

Entró en la sala de lectura y se detuvo en seco. El caballero de modales abruptos seguía absorto en su ejemplar de *The Times*, pero el otro hombre estaba concentrado en algo muy distinto.

Fingía estar leyendo el *Daily Mail*, pero tenía las dos manos debajo de la mesa y movía el brazo derecho enérgicamente arriba y abajo.

—Increíble —murmuró Ruby. Con calma, volvió al mostrador, cogió el libro de tapa dura más robusto que encontró y regresó—. Si le da con un poco más de ganas, lo mismo se la arranca.

El hombre levantó la vista, en absoluto azorado por que lo hubieran sorprendido masturbándose en la biblioteca. Más bien al contrario: se recostó contra el respaldo de la silla y se abrió el abrigo. Sonrió y esperó la consiguiente conmoción, pero...

—Las he visto más grandes —comentó Ruby y, tras levantar *Por siempre Ámbar* en el aire, se lo estampó en la punta del miembro viril con un chasquido.

El hombre se encogió como un acordeón de papel. Su rostro era la viva imagen del dolor cuando se tiró, doblado por la mitad, al suelo de la biblioteca. Ruby lo agarró por el cogote. Por suerte, no era un hombre grande en ninguno de los sentidos de la palabra, así que pudo sacarlo a rastras de la biblioteca.

Justo en el momento en el que Ruby lo lanzaba al andén, la señora Chumbley acompañaba a san Nicolás hacia el teatro para darles una sorpresa a los niños.

—Señora Chumbley, justo la mujer que necesitaba —resopló—. ¿Me ayudaría a expulsar a este hombre del refugio? Lo he pillado tocándose en la biblioteca.

—Menudo fastidio —replicó la subdirectora, que hizo entrar a san Nicolás en el teatro antes de que lo viera algún niño.

La mujer no necesitó que se lo dijeran dos veces y se arremangó la blusa. Fue una verdadera lástima que el hombre se golpeara las rodillas con tantos escalones al subir y que aterrizara en un charco a la salida del metro.

—No queremos ese tipo de miembros en la biblioteca —resolló Ruby.

La señora Chumbley y ella seguían riéndose cuando volvieron a bajar las escaleras del metro.

—Nos hemos ganado un trago rápido, ¿no le parece, señora C.? —dijo Ruby cuando entraron juntas en la biblioteca.

—¿Con qué le has pegado? —preguntó la subdirectora del refugio mientras Ruby servía una copa de brandi para cada una.

—Con *Por siempre Ámbar*.

Estallaron en carcajadas una vez más; la señora Chumbley se rio tanto que tuvo que sentarse y enjugarse los ojos con la manga.

—Un momento —dijo Ruby mientras escrutaba el mostrador—, había dejado el ejemplar aquí mismo. —Posó una mano en el lugar en el que había dejado el libro de tapa dura antes de sacar al hombre por las malas de la biblioteca—. Justo aquí.

Se dirigió corriendo a la sala de lectura, por si, en medio del caos, se lo había dejado allí. Pero la novela no estaba, y el caballero del bombín tampoco.

—Ay, Dios. Clara se va a enfadar un montón. Lo han robado.

—Cálmate, querida, no es el fin del mundo —la tranquilizó la señora Chumbley, cuya voz quedó casi ahogada por el *crescendo* de ruido del espectáculo de marionetas que se estaba celebrando en el teatro contiguo.

Pero Ruby sentía una rabia irracional. La cantidad de libros que les habían robado a lo largo de la guerra era sorprendentemente baja, y a ella le gustaba pensar que era un reflejo de la alta estima que el refugio les tenía.

—Ha tenido que ser ese bicho raro al que dejé aquí leyendo el periódico —concluyó Ruby.

—¿Quieres que vayamos a buscarlo? —preguntó la señora Chumbley.

—No tiene sentido, ha tenido tiempo de sobra para largarse —suspiró.

Ambas se sobresaltaron al notar un movimiento junto a la puerta.

—¡Netty! —exclamó la señora Chumbley.

En el umbral de la biblioteca, vestida tan solo con un camisón, estaba la madre de Ruby. Tenía los brazos enjutos y el pecho cubiertos de un sinfín de moratones.

La señora Chumbley se quitó el abrigo de trabajo y la envolvió en él.

—Entra rápido, querida, que vas a pillar un catarro de muerte. —Netty temblaba con tal violencia que ni siquiera pareció notar el abrigo—. Sírvele un brandi a tu madre —ordenó la subdirectora.

Ruby obedeció y le acercó el vaso a los labios a Netty.

—Ese cabrón ha ido demasiado lejos esta vez —siseó la joven con rabia, sin saber por dónde empezar a curar a su madre.

—Voy a mi despacho a por el botiquín —dijo la señora Chumbley—. Volveré lo antes posible.

Netty empezó a hablar, las palabras le salían a borbotones:

—Me... Me ha pillado leyendo *Por siempre Ámbar*. Creía que iba a estar fuera hasta por la noche, pero volvió antes. —El sonido de su voz era tan fino en comparación con el estruendo de la fiesta navideña que Ruby tuvo que aguzar el oído para oírla—. Me ha dicho que me merecía una paliza que no olvidara jamás... —Miraba a Ruby sin verla, hacia un lugar desconocido y terrible que tenía en la cabeza—. Estaba fuera de sí por la bebida... No paraba de darme patadas. Me ha dicho que soy el demonio... —Se agarró con fuerza a la mano de su hija—. Creí que iba a matar al bebé.

Una rabia impotente se apoderó de su hija. El maltrato era inexorable e inevitable de un modo aterrador.

—He esperado a que se quedara dormido y he salido corriendo. No podía pensar en nada que no fuera escapar de allí. —Miró a su Ruby con los ojos desorbitados—. Lo he dejado. Por fin lo he hecho.

—¿Por qué ahora, mamá? ¿Por qué en este momento?

—Ya he perdido una hija —susurró y los pensamientos de ambas volvieron a Bella—. No pienso perder más. ¡Ay, Dios! ¿Qué pasará cuando se despierte y vea que me he ido? Armará la de San Quintín.

Ruby sintió una oleada de miedo helado. ¿Y cuál sería el primer lugar al que iría a buscarla?

Miró hacia la puerta y se asustó tanto que dio un respingo. La señora Chumbley había vuelto, pero sin botiquín.

—Viene para acá. Lo he visto en lo alto de las escaleras mecánicas.

Netty se desmoronó y su hija tuvo que agarrarla.

—Me va a matar.

La joven pensó que el corazón iba a estallarle de miedo.

—¡Las llaves! —gritó la señora Chumbley—. Ruby, coge las llaves, cierra la biblioteca.

El cerebro se le convirtió en papilla. ¿Dónde las había puesto?

—Mejor dicho, olvídalo, no hay tiempo —dijo la subdirectora del refugio—. Llegará en cualquier momento. Por la cara que tenía, es capaz de tirar la puerta abajo.

—¿Qué hacemos? —gritó Ruby—. El conducto de ventilación de los túneles, ¿podemos sacar a mi madre por ahí?

—No hay tiempo. Ayúdame a mover la mesa —ordenó la señora Chumbley, que echó a correr hacia la sala de lectura—. Nos atrincheraremos.

Juntas, empujaron una mesa de caballete a lo largo de toda la biblioteca y luego la subdirectora del refugio empezó a gritar:

—Ayuda. ¡Socorro! ¡Necesitamos ayuda en la biblioteca!

Pero ni siquiera su voz profunda fue capaz de competir con los gritos de emoción del teatro cuando el espectáculo de marionetas llegó al clímax.

—Mamá, métete detrás del mostrador —ordenó Ruby mientras colocaban la mesa delante de la puerta. Netty estaba paralizada por el espanto—. Por el amor de Dios, mamá, tienes que esconderte.

Ruby se llevó el cuerpo rígido de su madre medio a rastras hasta detrás del mostrador.

Después, sumida en un estado como trance, fue a ocupar su lugar junto a la señora Chumbley tras la mesa.

Cuando el pie de Victor impactó contra ella, la puerta de la biblioteca dio un salto.

—Chist —murmuró la señora Chumbley al mismo tiempo que se llevaba el dedo a los labios—. No te muevas.

—¿Dónde está? —El alcohol le espesaba la voz a Victor—. ¡Es el diablo! He venido a matarla.

Un golpe tremendo resquebrajó la puerta y varios fragmentos de madera patinaron por el suelo de la biblioteca. Estaba hecha de contrachapado barato, no aguantaría mucho más la furia de Victor.

Pum. Pum. Pum. Pateó la puerta con una bota pesada hasta que Ruby alcanzó a distinguir la punta de un pie.

—Ay, Dios —gimió—. Ya está casi dentro.

—¡Sigue sujetando! —ordenó la señora Chumbley, que utilizaba todo el peso de su cuerpo para empujar la mesa contra la puerta.

Con un gruñido enorme, la puerta cedió hacia el interior de la biblioteca, y consiguió que Ruby y la mesa de caballete salieran rodando por el suelo.

—¿Dónde está? —rugió Victor sin parar de revolverse, dando tumbos ebrios.

Ruby intentó levantarse, pero Victor empezó a tirar los libros de las estanterías y le cayeron en la cabeza. La rabia lo hacía parecer gigantesco.

—Me niego a que mi mujer lea libros, ¿te enteras? —bramó echando espumarajos por la boca—. Sois unas perdidas, ¡todas! Les llenáis la cabeza de tonterías a las mujeres.

—Victor, tienes que calmarte —dijo la señora Chumbley.

La ignoró y, tras levantar a Ruby del suelo arrastrándola, la inmovilizó contra una estantería.

—¿Dónde está?

La joven hizo todo lo posible para ocultarle el miedo que sentía, pero ahí estaba, saltándole como llamas en la garganta.

—No está aquí —contestó mirándolo a los ojos—. Y, aunque supiera dónde está, no te lo diría.

—¡Mentirosa!

La apretó más con los dedos, le oprimió la carne pálida que le rodeaba la yugular como si quisiera exprimirla hasta arrancarle la verdad.

—Dímelo o te mato.

Tenía el rostro deformado por la rabia y la paranoia y, por primera vez, Ruby cobró conciencia del verdadero alcance de la enfermedad de aquel hombre. Victor le tapó la boca con una mano y le asestó una bofetada dura y punzante.

La cabeza de Ruby crujió contra la estantería. Unas formas extrañas y nebulosas comenzaron a flotar en los contornos de su campo de visión. Por encima del hombro de su agresor, vio que su madre salía de su escondite detrás del mostrador.

—Estoy aquí, Victor.

Ruby intentó hablar, decir algo que detuviera a Netty, pero estaba sin aliento. Y entonces su padrastro la lanzó hacia el exterior de la biblioteca.

Chocó de espaldas contra la pared curvada, justo debajo de los azulejos rojos y azules del cartel de la estación de Bethnal Green. Después cayó al suelo del andén mientras el dolor le estallaba detrás de los ojos.

17

Clara

«He sido testigo de un intento de asesinato, objetivo de una banda de narcotraficantes y la última esperanza de personas sumidas en una pobreza atroz: las peculiaridades de la vida en una biblioteca. Pero lo que no me esperaba era que un simple trabajo a tiempo parcial se convirtiera en una apasionante batalla por la supervivencia, tanto para mí como para la biblioteca.»

ALLIE MORGAN,
bibliotecaria, activista comunitaria
y autora de *La bibliotecaria*

HABÍAN LLEGADO A los pies de la escalera mecánica cuando Billy la agarró de la mano.

—Clara, por favor, ¿por qué no hacemos otra cosa, en vez de ir a la biblioteca? Solo esta noche. Tienes un aspecto horrible.

—Vaya, gracias —se rio ella.

—Ya sabes a qué me refiero. La caminata de ida y vuelta hasta Mile End ha sido larga. ¿Por qué no nos vamos al Salmon and Ball y te invito a una copa? Que se encargue Ruby de cerrar, ¿no?

La bibliotecaria se quedó mirando al grupo reunido alrededor del árbol de Navidad, los rostros bañados por la luz de las velas que sostenían. Se dejó llevar por *Noche de paz* y se sintió vencida por el cansancio.

—Suena tentador. Pero ¿me das cinco minutos? Antes me he equivocado y he cogido las llaves de Ruby, tengo que devolvérselas.

Billy le dio un beso en la coronilla.

—Vale, pero no quiero que pasemos demasiado tiempo en la biblioteca. Necesitamos el resto de la noche para celebrar... con un poco de suerte.

—¿Para celebrar qué?

Pero él ya no le prestaba atención. Estaba hincando una rodilla en el suelo.

—Billy —murmuró Clara, que miró con nerviosismo a los cantantes de villancicos—. ¿Qué haces?

—Algo que debería haber hecho como es debido hace meses —respondió él. Le cogió la mano—. Clara, ¿quieres casarte conmigo? No puedo esperar hasta que termine la guerra. No quiero desperdiciar ni un minuto más.

La voz de los cantantes fue apagándose y todos se volvieron para mirarlos, sonriendo con expectación.

—Pero... Pero ¿por qué ahora?

—Porque, cuando encontremos a las niñas, quiero que tengan un hogar familiar como Dios manda. Si es lo que quieren, claro. Y tú y yo juntos, como marido y mujer, podemos proporcionárselo. —Billy sonrió—. Y, además, porque estoy locamente enamorado de ti.

—No... No sé qué decir...

—Pues prueba a decir que sí —sugirió una mujer de la banda del Ejército de Salvación.

Clara apartó la mirada de los rostros de la multitud silenciosa y la clavó en el de Billy. Lo que encontró fue el amor más puro que había visto en su vida. ¿Por qué había sido tan intransigente desde la muerte de su marido y se había entregado al cien por cien a la biblioteca? No podía convertir su corazón en un mausoleo para siempre.

El amor de Billy le estaba enseñando que la vida era intensa y grande, que estaba llena de posibilidades incluso en tiempos de guerra. Le estaba ayudando a recuperar las sencillas alegrías de la existencia que la pena le había arrebatado. Estar con él era como haber descubierto en su biblioteca unas puertas en las que no había reparado.

—¿Lo harías? Cuando encontremos a las chicas, ¿me ayudarás a cuidarlas?

—Haría cualquier cosa que me pidieras, Clara.

—¿Aunque no volvieran nunca a Jersey y se quedaran con nosotros de por vida?

—De por vida.

—Entonces mi respuesta es sí. —Empezó a reírse y a temblar—. Sí, quiero casarme contigo, Billy Clark.

Poseído por un repentino torrente de energía, el sanitario se puso en pie de un salto y la cogió en volandas.

—¡Billy!

Clara se echó a reír y se sujetó el sombrero mientras él le daba vueltas y más vueltas. El público prorrumpió en aplausos y empezó a vitorearlos. La atmósfera de la estación se volvió electrizante cuando la multitud se abalanzó sobre Billy para estrecharle la mano y sobre Clara para besarla en la mejilla.

Diez minutos más tarde, consiguieron liberarse y la banda les dedicó *Oh, Noche Santa*.

Contemplaron a los cantantes en silencio mientras Clara disfrutaba de la emoción de sentirse protegida entre los brazos de Billy, aún sin ser capaz de creerse del todo su nuevo y valiente comienzo. Las niñas seguían desaparecidas, la biblioteca seguía en peligro, la vida era frágil, pero la esperanza había tejido una red en torno a su corazón.

—¿Nos vamos ya a tomarnos esa copa? —susurró Billy.

—Sí. En cuanto haya devuelto las llaves. Además, quiero que Ruby sea la primera persona a la que se lo cuente.

Él se echó a reír.

—Supongo que tendré que acostumbrarme a decir que sí una vez que nos casemos.

—Cómo lo sabes —contestó ella con una gran sonrisa dibujada en el rostro. Sin embargo, en ese momento se le ocurrió un inquietante pensamiento repentino—. Querrás que deje la biblioteca, que solo…

Billy le puso un dedo sobre los labios con suavidad.

—Clara. Nunca, jamás, te pediría que eligieras entre ser mi esposa y ser bibliotecaria. Eres quien eres.

Una ola de alivio la recorrió de arriba abajo.

—Vamos.

Lo agarró de la mano y tiró de él hacia la biblioteca.

Por el camino, oyeron un grito agudo que surgía desde lo más profundo del túnel de los trenes que circulaban hacia el oeste.

—Parece que Papá Noel está arrasando en el teatro —comentó Billy.

—Claro, están celebrando la fiesta de Navidad de los niños —respondió Clara.

Giraron a la izquierda y enfilaron el andén a toda prisa, pero, cuanto más se acercaban, más atronadores se volvían los gritos, que reverberaban contra las paredes del túnel.

—No vienen del teatro —dijo Clara—. Vienen de la biblioteca.

—¿Esa es Ruby? —preguntó Billy, que aguzó la vista para intentar distinguir algo pese a la mala iluminación del túnel.

En el extremo más alejado del andén, junto a la entrada de la biblioteca, había dos figuras que gritaban y aporreaban la puerta de la biblioteca.

—Dios mío, sí, es Ruby —gritó Clara—. ¿Qué ha pasado?

Billy le soltó la mano y echó a correr. Tenía las piernas tan largas que no tardó en dejar atrás a Clara y, cuando esta volvió a alcanzarlo, seguía sin entender qué había ocurrido.

—Rubes, ¿qué está pasando?

—¡Es Victor! —gritó la señora Chumbley—. Ha entrado a la fuerza, con un ataque de cólera espantoso. Nos ha echado a Ruby y a mí, y tiene a Netty ahí dentro.

—Corra, señora Chumbley —ordenó Billy—. Llame a la policía.

—No hay tiempo, ¿no te das cuenta? —Ruby se volvió hacia ellos, muerta de miedo—. Va a matarla.

Oyeron un golpe sordo y un grito ahogado en el interior.

Agarró a Billy del brazo.

—Haz algo. Ha bloqueado la puerta con una mesa.

Les llegó otro ruido, algo a medio camino entre un sollozo y un grito, tan horrible que ni siquiera parecía humano.

—¡La está matando! —gritó Ruby, que tuvo que taparse los oídos—. ¡Por Dios, la está matando!

Billy palideció por completo. Se dio la vuelta y echó a correr.

—¡Billy, detente, espera! —le gritó la señora Chumbley.

Clara lo siguió con la mirada sin dar crédito a lo que veía.

—Pues parece que esto es cosa nuestra —dijo la señora Chumbley y, tras levantar el pie, dio una patada, dos—. ¡Venga! —las apremió.

Juntas, Ruby, Clara y la señora Chumbley patearon la puerta una y otra vez, pero ni siquiera uniendo sus fuerzas consiguieron abatir lo que fuera que la sujetaba desde dentro.

—Escuchad —dijo Ruby.

Se detuvieron, con la respiración entrecortada y agitada. El silencio era ominoso. Clara pensó que Ruby iba a estallar mientras se lanzaba sin cesar contra la puerta, enloquecida de rabia. La bibliotecaria cerró los ojos para protegerse del horror, de la impotencia de la situación. Al otro lado de la puerta, estaban matando a golpes a una mujer.

Abrió los ojos y ahí estaba Billy, armado con una pala metálica.

—Quitaos de en medio —ordenó.

Cogió la pesada pala como si fuera un ariete y la estampó contra la puerta una vez, dos veces. Al final, el fuerte impacto del acero contra la madera hizo retroceder la pila de mesas que Victor había encajado bajo el picaporte, lo justo para que Billy consiguiera abrirse paso hasta el interior.

La escena que los recibió superaba cualquier cosa que Clara hubiera podido imaginarse. Había libros esparcidos por todas partes y, encima de ellos, atrapada entre las páginas, estaba Netty.

Las manos de su marido le rodeaban el cuello como si fueran un cepo, con tanta fuerza que Victor tenía los nudillos blancos.

Con un único movimiento fluido, Billy tiró de él para apartarlo de Netty y el hombre quedó tirado en el suelo, despatarrado y sin aliento. En ese momento, Clara rezó por que entrase en razón, se le pasara la borrachera y, tras soltar unos cuantos tacos, se marchase de allí hecho una furia.

Sin embargo, el padrastro de Ruby se levantó con una rapidez asombrosa para tratarse de un borracho, se precipitó contra Billy y le asestó un cabezazo que resultó en un crujido hueco. Clara gritó. Se odió por su total incapacidad para hacer algo que no fuera chillar mientras los hombres se arrojaban peligrosamente de un lado a otro de la biblioteca como participantes de una danza grotesca. Victor no era un hombre alto, pero sí fornido. Billy apenas se había recuperado del cabezazo cuando el marido de Netty le propinó el siguiente puñetazo en el vientre.

El joven se dobló por la cintura, pero Victor lo levantó agarrándolo por el cuello de la camisa hasta que la cara del sanitario quedó a escasos centímetros de la suya.

—Esto es por haberte entrometido antes en mi camino, desertor —se burló Victor, y a continuación le clavó un puño como un martillo en el plexo solar.

El golpe hizo que Billy cayera de espaldas y saliera derrapando por el suelo de la biblioteca hasta estrellarse contra el mostrador. Ahogó un grito de dolor. Estaba atónito, tenía los ojos tan abiertos que se le veía toda la membrana blanca que los recubría. Al principio, Clara pensó que se debía al dolor, pero luego se dio cuenta de que era por puro estupor.

—Tú… —balbuceó Billy al mismo tiempo que se llevaba las manos al pecho y que una mirada de reconocimiento le asomaba a los ojos—. ¡Fuiste tú quien atacó a Clara!

La bibliotecaria se volvió de golpe y miró a Victor con horror e incredulidad.

—Sí, y, cuando acabe contigo, por fin ajustaré cuentas con esa zorra —gruñó antes de preparar de nuevo el puño.

Clara cerró los ojos, incapaz de mirar. Oyó el crujido firme del hueso contra la madera, el patinar del papel y luego un chasquido hueco y húmedo. Debían de haber pasado diez segundos, pero le parecieron horas.

Cuando volvió a abrir los ojos, se dio cuenta de que Billy y Victor habían salido dando tumbos de la biblioteca hacia el andén.

Las imágenes le llegaban fragmentadas. La señora Chumbley corría por el túnel dispersando a la multitud, pidiendo que alguien, que cualquiera, llamara a una ambulancia. Ruby tenía a su madre sobre el regazo y la mecía, ambas mirando hacia otro lado.

Victor yacía bocabajo en el andén y una mancha roja se extendía por el hormigón. Y, de pie junto a él, con la pala en la mano, se alzaba Billy.

Clara tenía los músculos de la garganta tan agarrotados por el pánico que al principio no pudo hablar, pero al final se le escapó un sollozo lastimero.

—Bi... Billy, ¿qué ha pasado?

Él le lanzó una mirada vacía a la figura tendida en el suelo y luego la desvió hacia la pala que tenía en la mano. La incredulidad de su expresión terminó transformándose en una especie de horror ante lo que acababa de hacer. Se contempló las manos sin dar crédito.

—Lo he matado —jadeó al mismo tiempo que se apoyaba en la pared de azulejos para estabilizarse—. Por Dios, Clara, he matado a un hombre.

3 de enero de 1945

El Año Nuevo llegó envuelto en una nube de niebla helada. Se supo que el Ejército Rojo estaba a menos de 260 kilómetros de Berlín, pero Clara apenas prestaba atención a los acontecimientos mundiales. Las noticias que habían estallado en su propio entorno eran explosivas y profundamente estremecedoras.

A instancias de la policía, la biblioteca subterránea había cerrado durante dos semanas para que el ambiente febril se calmara y se eliminasen las manchas de sangre del andén. Desde el Ayuntamiento le llegaban citaciones diarias para que fuera a ver al señor Pinkerton-Smythe, pero Clara había pasado con Billy todos los días transcurridos desde la muerte de Victor Walsh para intentar convencerlo de que se abriera. El sanitario se negaba a salir de su piso de Stepney salvo para ir a la comisaría a prestar declaración y para pasear a *Beauty*, y se había dado de baja en su querido puesto de ambulancias.

—Ya han pasado diez días, Billy —le suplicó cuando una llo-viznosa mañana de miércoles se pasó por allí con unas roscas de pan recién hecho de la panadería Rinkoff—. Si no quieres hablar, como mínimo tienes que comer.

Él rechazó la rosca de pan caliente y se limitó a seguir mirando por las ventanas cubiertas de cinta antiexplosiones de su prisión autoimpuesta. La comida no era lo único que rechazaba. Los mora-tones que tenía alrededor de los ojos, causados por el cabezazo de Victor, se habían ido desvayendo hasta adquirir un color mostaza amarillento, pero Billy no mostraba ni el más remoto interés en que Clara le untara nada que ayudara a curarlos.

—Billy —repitió en voz baja. *Beauty* levantó la vista desde el rincón de la cama en el que dormía y empezó a golpear el edredón con la cola—. Ya sabes lo que te dijo la policía —insistió Clara, que soltó las roscas de pan y se sentó a su lado en la cama—. No van a acusarte. Han recogido bastantes declaraciones de los testigos que vieron lo que sucedió cuando la pelea pasó al exterior de la biblioteca.

—¿Ah, sí? ¿Y qué ocurrió, según ellos?

—Ya lo sabes —respondió ella, confusa—. La señora Chumbley, el coro del Ejército de Salvación, el director del teatro… Todos di-cen que solo te metiste en la pelea para intentar defender a Netty y que Victor te estaba atacando. Que te tenía contra la pared y te es-taba estrangulando cuando lo golpeaste con la pala. La policía está convencida de que fue en defensa propia. Tendrás que testificar en la investigación forense, claro, pero no hay indicios de que, llegados a este punto, vayas a enfrentarte a cargos o a un juicio.

Billy siguió mirando por la ventana, con aire indiferente, hacia un grupo de niños que empujaban un carrito de paseo lleno de leña recogida en la calle. Las ruedas del cochecito se habían atascado en un adoquín del callejón.

—Lo habéis sobrecargado —murmuró—. Aligerad la carga.

—Billy, escúchame, por favor —insistió Clara—. Me estremezco solo de pensar en lo que ese hombre me habría hecho el año pasado delante de mi casa de no haber sido por ti. ¡Piensa en a cuántas muje-res más habrá atacado! Lo más seguro es que nunca lleguemos a saberlo con certeza. —Estiró la mano y le acarició el cuello, pero él le apartó el brazo de un golpe. Clara se tragó el dolor que el gesto le había provocado e insistió con dulzura—. No fue más que un terrible accidente, Billy.

—No, no fue un accidente. Golpeé a Victor deliberadamente con una pala. Si no lo hubiera hecho, ni se habría caído hacia atrás ni se habría abierto la cabeza. —Se frotó la cara con las manos, volvió a hablar con la voz colmada de sufrimiento—. No estaría muerto.

—Pero, si eso fuera cierto, si él siguiera vivo, es probable que a quien estuviéramos enterrando en este momento sería a Netty. Si no hubieras intervenido y no hubieses logrado que entráramos en la biblioteca, la habría estrangulado. —Le rodeó la cara con las manos—. Mírame, Billy —dijo en voz baja—. Mi negativa a llorar a ese hombre se debe a algo mucho más profundo que el hecho de que me atacara. Nunca te lo había contado porque Ruby me lo tenía prohibido, pero lleva años pegando a Netty. La situación había empeorado desde que se enteró de que estaba embarazada. No le has salvado la vida solo a ella, sino también a su hijo nonato. Billy, tú eres el héroe, no el villano.

Se levantó tan deprisa que Clara casi se cae de la cama y Beauty se sentó y empezó a ladrar.

—¡No seas tan tópica, Clara! —le espetó mientras se pasaba los dedos por el pelo—. Aquí no hay héroes que valgan. Esto no es un cuento de tu biblioteca. ¡He matado a un hombre! ¡Un hombre ha muerto por mi culpa! —Empezó a caminar con nerviosismo de un lado a otro de la habitación y Clara lo miró cariacontecida—. Sé que era un hombre brutal, pero, en cualquier caso, no me correspondía a mí quitarle la vida. Los hombres como Victor tienen que estar en la cárcel. Soy pacifista, ¿o es que lo has olvidado?

—No, claro que no.

—Este… Este no soy yo. Apenas me reconozco. Soy sanitario de ambulancia. La única razón por la que decidí dedicarme a ello fue para atenuar tanta muerte y destrucción, y ¡ahora resulta que el asesino soy yo!

—Pero Ruby y Netty no te culpan. —Negó con la cabeza e intentó encontrar una manera de articular la humillación, el reinado del terror, las violaciones y la brutalidad a la que Netty y solo Dios sabe cuántas mujeres más se habían visto sometidas. Jamás lo pronunciaría en voz alta, pero sabía que Ruby se alegraba de que su padrastro estuviera muerto—. Netty vivía aterrorizada, ni te imaginas las cosas que Victor le hacía. Y ahora sabemos que no era ni mucho menos la única. Era un monstruo.

La adrenalina se desvaneció del cuerpo de Billy y este se dejó caer de nuevo sobre la cama.

—Puede que ellas no me culpen, pero muchos otros sí. Y, aún más, dirán que lo maté por venganza.

Por desgracia, esa última parte era cierta. La muerte de Victor había dividido al refugio, puesto que algunos estaban convencidos de la inocencia del fallecido. Era como si la muerte confiriera dignidad a las personas y, de repente, se hablaba de él en susurros. Daba igual que maltratara a su mujer, que hubiese intentado agredir a Clara y que perturbara la paz de los edificios cada dos por tres con sus arrebatos de borracho: de pronto, Victor había dejado de ser «ese dichoso hombre» y había pasado a ser «ese pobre hombre». Billy tenía muchos defensores, pero había un grupo de hombres, encabezados por Ricky Talbot y el señor Caley, que exigían el cierre inmediato de la biblioteca alegando que era un hervidero de vicios y pecados.

—Lo más importante es que capeemos el temporal —insistió Clara—. Voy a ver a Pinkerton-Smythe, no puedo seguir aplazándolo, y luego, la semana que viene, reabriremos la biblioteca. Creo que tú también deberías volver al trabajo, para dejar de darle vueltas a la cabeza.

Él la miró de hito en hito, con los ojos abiertos como platos.

—¿Dejar de darle vueltas a la cabeza? —repitió.

—Mira, Billy, te quiero muchísimo. Lo que sucedió fue horrible, pero, gracias a ti, Netty sigue viva y las mujeres están a salvo en la calle. Solo quiero que las cosas vuelvan a ser como antes. Tenemos que concentrar nuestros esfuerzos en encontrar a las niñas y luego…

—Suspiró y se tragó el pánico que no paraba de crecer en su interior—. Luego quizá podamos casarnos, como teníamos pensado.

Él negó con la cabeza.

—Lo siento, Clara, pero las cosas nunca podrán volver a ser como antes. Ya no. Tú y yo… —se interrumpió y bajó la mirada, empezó a rascar un trozo de linóleo rasgado—. Es una mala idea.

El dolor la invadió por dentro, las preguntas se le atascaron en la garganta.

—No… No me creo lo que acabas de decir —tartamudeó—. Hace diez días, te arrodillaste y me juraste que me amabas. Ahora me repudias. No lo entiendo.

—No sé explicarlo —dijo en tono abatido.

—Es por lo que te pasó en Dunkerque, ¿no? —gritó, y Billy bajó la mirada—. Por el amor de Dios, Billy, cuéntamelo de una vez —suplicó Clara—. Te prometo que, hicieras lo que hicieses, no te juzgaré. Sé que eres un buen hombre.

Él sacudió la cabeza, muerto de vergüenza.

—No lo soy. Soy un cobarde.

—¡Pues la medalla que escondes al fondo de tu armario dice lo contrario!

—Por favor, créeme, Clara. Estás mejor sin mí.

—Entonces…, ¿me… me estás diciendo que hemos terminado?

Billy se acercó de nuevo a la ventana, incapaz de mirarla a los ojos. Los niños habían desaparecido.

—Creo que es mejor que te vayas.

Clara se levantó, recogió la bolsa de roscas de pan que se había caído al suelo, la dejó en la cama y se encaminó hacia la puerta con todo el aplomo del que logró hacer acopio.

Antes de cruzarla, se volvió.

—Sé que no estaré mejor sin ti.

Una vez fuera, Clara echó a correr en dirección a la biblioteca, con un enorme nudo de ansiedad oprimiéndole el pecho y un interrogante tan grande como la luna. Durante todo ese tiempo, le había restado importancia a las dudas y preocupaciones sobre el pasado de Billy, pero, al parecer, lo que fuera que hubiese ocurrido en

Francia seguía atormentándolo y la muerte de Victor no había hecho más que exacerbarlo. Mientras corría, Clara se dio cuenta de que en realidad no conocía a Billy en absoluto.

Bajo tierra, se encontró con un equipo de limpieza formado por el señor Pepper, la señora Chumbley y Ruby. Estaban devolviendo los libros a las estanterías e intentando restablecer el orden antes de la reapertura de la biblioteca.

—Me ha dejado —consiguió decir Clara.

—Ay, cielo, ¿por qué? —preguntó Ruby.

—No lo sé.

—Está conmocionado, querida —dijo el señor Pepper—. Cambiará de opinión, ya lo verás.

—No sé gran cosa de asuntos del corazón —reconoció la señora Chumbley—, pero está más claro que el agua que está enamoradísimo de ti.

—Es obvio que no, porque ya no quiere estar conmigo. —Clara hizo un esfuerzo heroico por contener las lágrimas y abrió la trampilla del mostrador. Se dio cuenta de que todos la miraban—. ¿Podemos cambiar de tema, por favor? ¿Dónde está tu madre? ¿Se encuentra bien? —le preguntó a Ruby.

—Sí, está bien. Tenía una cita con la comadrona y ahora está descansando.

—¿Y el bebé?

—De maravilla, debe de ser una personita muy dura. —Ruby sonrió y, por primera vez en años, Clara le vio una cierta luminosidad en los ojos—. Como tú —añadió—. Eres fuerte, Clara, tan fuerte como un soldado, de hecho. Todos saldremos de esta. —Ruby la abrazó con fuerza—. Siento muchísimo lo que intentó hacerte, Cla —susurró—. No soporto pensar en lo que podría haberte hecho.

—Gracias a Billy, no tuve que llegar a experimentarlo. Me estremezco solo de imaginar en lo que pasó tu madre.

—Lo sé, pero ya se ha acabado. Por fin está a salvo.

—Aquí está, señora Button.

La voz atiplada cortó el aire que las separaba.

Clara se quedó de piedra y después se preparó mentalmente para el encuentro que le esperaba.

—Señor Pinkerton-Smythe y...

Recorrió con la mirada al fornido hombre que lo acompañaba.

—Este es un colega del ayuntamiento. Está aquí para asegurarse de que no surgen problemas.

—¿Problemas? Somos bibliotecarias, no capos de la mafia —replicó Ruby.

El señor Pinkerton-Smythe enarcó una ceja y en ese momento Clara supo que, fuera lo que fuese lo que estaba a punto de suceder, una parte de él iba a disfrutarlo.

—Le he enviado numerosos mensajes para que viniera a verme, pero, como ha hecho caso omiso de ellos, no me ha dejado más opción que venir aquí. ¿Dónde podemos hablar en privado?

—Lo siento, han sido unos días difíciles. Iba a ir a verle esta tarde.

—Bueno, pues le he ahorrado la molestia.

Ruby le apretó la mano cuando pasó junto a ella camino de la sala de lectura.

—Iré directo al grano, ¿le parece? —dijo su jefe en cuanto se sentó—. El Consejo Municipal de Bethnal Green no puede seguir tolerando los continuos escándalos que provoca esta biblioteca subterránea. Bajo su supervisión, hemos recibido quejas de madres indignadas, sobre mujeres que abandonan el hogar familiar y, ahora, esto, la muerte de un hombre.

—Siendo precisos, eso último en realidad no ocurrió en la biblioteca.

—No le busque tres pies al gato. Por lo que tengo entendido, Netty Walsh empezó a leer *Por siempre Ámbar* y se le metió en su cabeza de chorlito dejar a su marido...

—Porque casi la mata de una paliza.

—¡Por lo que más quiera, señora, deje de interrumpirme! —bramó, y le pegó un puñetazo a la mesa. Clara se estremeció—. Como es comprensible, se lo tomó como una afrenta y persiguió a su esposa hasta la biblioteca con la intención de convencerla de que volviera a casa. ¡Acabó muerto en el andén!

—Con todos mis respetos, señor, estaba muy borracho y, momentos antes, había agredido a su mujer.

No mencionó que Victor también había sido el autor del ataque contra ella. Dudaba que esa información cambiara la forma de pensar de su jefe.

—¿Y le reprocha que estuviera enfadado?

—Fue un accidente terrible —dijo Clara, que intentaba con todas sus fuerzas mantener la calma.

—Que resultó en la muerte de un hombre. Y fue uno de los miembros de su club de lectura quien se encontró en el centro de este último suceso. Empaña la reputación de todo el servicio bibliotecario.

—Lo lamento.

—Se lo advertí. ¿O no le dije lo que ocurre cuando se sobreexcita a las mujeres a través de la ficción? Si se pone un libro como *Por siempre Ámbar* en manos de una mujer, por supuesto que empezará a sentirse insatisfecha con su vida doméstica.

—Estaba insatisfecha porque una vez él le pegó una paliza tan brutal que acabó en el Hospital de Londres alimentándose a través de una pajita durante quince días —replicó la bibliotecaria con frialdad, y sintió que algo se removía en su interior—. Siento muchísimo el escándalo generado y que se haya producido una muerte, pero no lamento el fallecimiento de ese hombre más de lo que lamento animar a su esposa a leer libros.

Clara se vio al borde del altísimo precipicio desde el que estaba a punto de saltar. El drama de la muerte de Victor y el doloroso encuentro que acababa de mantener con Billy habían acabado con el poco autocontrol que le quedaba.

—Netty Walsh tiene derecho a vivir segura —insistió con la cabeza bien alta—. La señora Caley tiene derecho a dejar a su marido controlador. La mujer de Ricky Talbot tiene derecho a ser feliz. —Se echó hacia delante en el asiento, con la sangre martilleándole en los oídos—. Puede que esto le suponga una verdadera sorpresa, pero ¡las mujeres no son esclavas! Si los libros que les he prestado les dan fuerzas para actuar siguiendo sus convicciones, perfecto. Me alegro.

La boca del señor Pinkerton-Smythe se había convertido en una línea tan fina que a Clara le recordó a la hoja de un cuchillo.

—Y, ya que estamos: quizá esto tampoco le guste, pero lo cierto es que todo niño que resida en Bethnal Green y tenga ocho años o más tiene el innegable derecho de inscribirse en la biblioteca como lector. Y sí, incluso los vagabundos y los pobres tienen derecho a entrar aquí. Todos los ciudadanos tienen derecho a entrar aquí, porque ¿sabe qué? Los dueños de esta biblioteca son ellos, no usted ni yo, ni ningún otro estirado del ayuntamiento.

El señor Pinkerton-Smythe se recostó sobre el respaldo de su silla y dejó escapar una risita femenina.

—Bueno, bueno… Ahí lo tenemos. —Se puso de pie, una mosca le revoloteaba alrededor de la calva—. Espero su dimisión en mi mesa por la mañana.

—¿Y si no la presento?

—Entonces la sacarán de aquí escoltada. Esta biblioteca reabrirá la semana que viene, tal como estaba previsto, pero usted ya no será su responsable, señora Button. Buenos días.

Cuando se marchó, Clara se preguntó cómo era posible que en el lapso de un día hubiera perdido dos de las cosas más preciadas de su vida.

18

Marzo de 1945
Ruby

«¿Silencio en las bibliotecas? ¡Yo diría que no!
Cualquiera puede entrar por la puerta, y tenemos
que estar dispuestos a escuchar y ayudar.»

MICHELLE RUSSELL,
directora de la Biblioteca de Romford,
en el distrito londinense de Havering

LA BIBLIOTECA HABÍA perdido su alma. Ese era el consenso general once semanas después de la abrupta marcha de Clara. El frío del invierno había amainado hasta dar paso a una primavera incierta. El Tercer Reich de Hitler empezaba a dar los últimos estertores. Parecía que, por fin, la guerra terminaría pronto.

Ruby miró de soslayo al señor Pinkerton-Smythe. La coronilla calva, rosada y sudorosa le brillaba mientras desempaquetaba con impaciencia una remesa de libros y tarareaba una cancioncilla para sí.

El horrible y encapotado día de enero en el que había obligado a Clara a marcharse, con los gritos de Netty aún resonando en la biblioteca, Ruby había estado a punto de presentar su dimisión, pero algo se lo había impedido. Un plan había comenzado a tomar forma en su mente, confuso al principio, pero cada vez más nítido a medida que avanzaban las semanas. ¿De qué serviría Ruby estando fuera?

Los agentes dobles eran mucho más devastadores. Solo Dios sabía lo mucho que le había costado resistirse a la tentación de decirle a Pinkerton-Smythe por dónde podía meterse sus nuevas pautas. Y se le había hecho aún más difícil tras verlo desmantelar todo lo que Clara había construido con tanto esfuerzo.

Los recortes en la biblioteca habían sido rápidos y brutales. En primer lugar, había reducido el horario de apertura: ahora solo abrían entre las 13.00 y las 17.00 los días de diario, y cerraban a cal y canto los fines de semana, lo cual significaba que las trabajadoras de las fábricas nunca podían ir a cambiar los libros. Después, limitó el acceso de los niños a solo treinta minutos al día, a las 15.00, y suspendió tanto el servicio de bibliobús como la hora del cuento de buenas noches.

Se había disuadido a los indigentes de utilizar la biblioteca. El Comandante ya no era bienvenido.

No había reducido los servicios bibliotecarios para las personas que más los necesitaban, sino que los había cauterizado por completo. El insulto final llegó cuando incluyó *Por siempre Ámbar* en la lista negra y rompió la lista de espera con una floritura triunfal. Aprobó una moción unánime para confiscar los libros subidos de tono de la biblioteca, y redujo las existencias de novela romántica y ligera.

Los miembros de Los Ratones de Biblioteca de Bethnal Green —Pat, Queenie, Irene, Dot y demás— fueron dejando de acudir poco a poco. Incluso Gato de Biblioteca meneó la cola con indignación y se marchó. En aquellos momentos, solo unos pocos se aventuraban a entrar. En la biblioteca reinaba un silencio sepulcral. El mayor miedo de Clara, que las bibliotecas predicaran solo a los conversos, se había hecho realidad.

Pero aquella noche era distinta. La biblioteca iba a permanecer abierta hasta tarde para celebrar un evento especial y un selecto grupo de niños, elegidos a dedo por Pinkerton-Smythe, iban a asistir como invitados.

Cada vez que Ruby pensaba en lo que tenía planeado hacer, se le encogía el estómago.

—¿Le ayudo, señor Pinkerton-Smythe? —preguntó con dulzura.

—Sí, exponga estos libros en el mostrador. Que queden bonitos, que eso es lo que os gusta hacer a las chicas.

—Desde luego, señor.

Cuando Ruby empezó a desembalar los libros, el señor Pepper salió de la sala de lectura y, sin decir palabra, comenzó a ayudarla.

—Qué idea tan estupenda tuvo al escribir a la Asociación Canadiense de Bibliotecas —le dijo la joven a su jefe para halagarlo con su sonrisa más brillante—. De primera.

Él le devolvió la mirada, un poco receloso al principio, pero, al no detectar el menor rastro de sarcasmo, se hinchó de orgullo.

—Gracias, querida. Tenemos el deber de cuidar a nuestros usuarios más jóvenes, ¿no?

—¿Significa eso que podemos recuperar la hora del cuento infantil?

—Por supuesto que no. Es conveniente mantener a los lectores juveniles separados de los adultos. Bien, ahora que ya está todo en orden, me voy. Tengo que ocuparme de algunos detalles de última hora en el ayuntamiento, pero volveré con tiempo de sobra para recibir al ministro y a la prensa.

—¿A qué hora llegarán, señor?

—A las seis en punto.

—Genial. No se ponga nervioso, seguro que es un orador estupendo.

Pinkerton-Smythe jugueteó con sus gemelos.

—Se intenta.

Cuando se marchó, el señor Pepper se volvió hacia ella.

—Ruby, no tengo nada claro todo esto. No le va a gustar ni un pelo.

—Eso espero, la verdad. No se lo habrá contado a la señora Chumbley, ¿no?

—Claro que no, no comprometería de ese modo su puesto como subdirectora del refugio.

—Ni como prometida suya —replicó ella con una sonrisa al mismo tiempo que le tiraba de la corbata.

La expresión del señor Pepper se suavizó y negó con la cabeza.

—Madre mía, si el año pasado por estas fechas me hubieras dicho que dentro de una semana voy a casarme con la señora Chumbley, te habría dicho que estabas chiflada.

—Entonces, ¿qué ha cambiado, señor P.?

El hombre acarició el nuevo ejemplar de *La isla del tesoro* y sonrió.

—Es una mujer maravillosa y reconozco que me equivoqué al juzgarla.

—Desde luego, en el refugio tiene una reputación formidable.

—Sí, pero esa es solo una de sus facetas. Una faceta que ha tenido que cultivar. Creo que cuando perdió a su prometido en la guerra anterior, desarrolló una coraza para poder sobrevivir, pero, debajo de ella, hay un pozo de bondad extraordinario. —Volvió a negar con la cabeza—. Ya sé que, por supuesto, ni a Clara ni a ti os sorprende a estas alturas, pero mi vista ya no es lo que era. Soy consciente de que a menudo cometo errores al devolver los libros a las estanterías y de que muchas veces habéis tenido que rectificarlos vosotras.

—No tantas… —mintió Ruby.

—Por favor, querida —dijo el señor Pepper—. No hace falta que me justifiques. El deterioro está siendo muy rápido. Dentro de seis meses, tendré que considerarme afortunado si veo algo, o eso me ha dicho el médico.

—Vaya, señor P. —se lamentó la joven—, lo siento muchísimo.

—Vamos, Ruby. No es necesario que me compadezcas. Echaré de menos leer libros, pero tengo muchas otras cosas por las que sentirme agradecido. La señora Chumbley y yo tenemos la suerte de haber conseguido tres maravillosas habitaciones en la Biblioteca de Whitechapel. Le han ofrecido un puesto de conserje allí, así que nos mudaremos después de la boda y ha prometido leerme en voz alta. Ya es más de lo que merezco. —Sonrió con nostalgia y, cuando parpadeó detrás de las gafas, a Ruby le recordó a un pequeño búho—. Hay que ser una mujer extraordinaria para querer hacerse cargo de un viejo ciego.

—Vaya, señor P., les echaré mucho de menos a los dos.

Lo abrazó con fuerza. El señor Pepper formaba parte del entramado mismo de la biblioteca, y los túneles no serían lo mismo sin la voz atronadora de la señora Chumbley retumbando en ellos.

Primero Clara, ahora eso. Incluso su propia madre, que tanto había dependido de ella, comenzaba a ganar confianza poco a poco ahora que había escapado de la sombra de Victor. El día anterior, al volver del trabajo, se la había encontrado sentada en el patio con todas las mujeres de los edificios, arreglando el mundo y con una mano posada con orgullo sobre el vientre abultado. Tras años aguantando que le arrancaran la vida a golpes, iba camino de una existencia mejor, camino de la libertad.

Todo estaba cambiando. El mundo de la posguerra estaba a la vuelta de la esquina, pero la pregunta seguía siendo: ¿qué lugar había en él para una auxiliar de biblioteca de veintiséis años que durante el conflicto había acumulado más canas al aire que sellos de préstamo de un libro de Agatha Christie?

—Clara y tú vendréis, ¿verdad? Es el martes que viene en la iglesia roja de Bethnal Green Road —insistió el señor Pepper.

—¿Me lo está diciendo por si mañana ya estoy en la lista negra del refugio?

—Bueno…

Ella le guiñó un ojo.

—No se preocupe. Allí estaré. No me lo perdería por nada del mundo. —Le alisó la corbata—. Y que conste que creo que la suertuda es la señora Chumbley, que se lleva a un hombre bien guapo y erudito.

—Anda, calla —rio el anciano—. Los dos somos muy afortunados. Solo espero que Clara y tú encontréis también la misma felicidad.

—Yo no necesito a un hombre que me complique la vida, muchas gracias, señor P. Pero Clara…

—¿Sigue sin reconciliarse con Billy?

—Peor aún, no ha vuelto a saber nada de él. Nunca le abre la puerta de su casa ni responde a sus cartas. La ha expulsado por completo de su vida. Es como si se culpara de todo lo ocurrido, y eso los ha separado.

—Fue una experiencia profundamente traumática —señaló el señor Pepper.

—Solo sé que Clara y él eran perfectos el uno para el otro. Ambos merecen ser felices —reflexionó Ruby.

—Confía en el amor —respondió el anciano—. Siempre encuentra la forma de volver.

—Eso espero, señor P. Pero, venga, que estos libros no van a desempaquetarse solos.

En cuanto volvieron al trabajo, un hombre alto entró en la biblioteca y le hizo un gesto a Ruby.

—Oye, cielo, ¿tenéis por aquí la partida de nacimiento de Jack el Destripador? —preguntó el americano, que, a juzgar por su apariencia, debía de trabajar para el ejército.

—No, lo siento —respondió Ruby—. Para eso tendrás que ir a la Biblioteca de Whitechapel. Creo que hasta tienen una foto suya.

—Caray, gracias, iré. Es que me encanta la historia británica.

Se quedó mirándola unos segundos más de la cuenta y después se marchó. El señor Pepper se volvió hacia Ruby con una ceja enarcada.

—¿Qué? —preguntó ella con una sonrisa traviesa.

—Casi me da pena el señor Pinkerton-Smythe —respondió el señor Pepper.

A LAS 18.15, la biblioteca estaba abarrotada.

—Dios mío, ¿de verdad ha pasado un año desde la última vez que estuve aquí? —dijo el ministro John Hilton, el director de Propaganda Nacional del Ministerio de Información, por encima del rumor de voces.

Desde que el ministro había llegado, Pinkerton-Smythe no se había separado ni un momento de su lado y lo guiaba con obsequiosidad por la sala presentándole a los periodistas. Ruby respiró hondo y avanzó para interponerse en el camino del señor Hilton.

—Vaya, de usted sí que me acuerdo —ronroneó el hombre—. Pero ¿dónde está esa joven bibliotecaria tan maravillosa, la señora Button, la chica de nuestro cartel de las bibliotecas?

—Me temo que ha dimitido, señor ministro —respondió a toda prisa el señor Pinkerton-Smythe—. ¿Seguimos?

—¡Qué lástima! —replicó el ministro—. Tenía muchísima energía y una gran visión, no parecía el tipo de mujer de las que tiran la toalla.

—No, ¿verdad? —respondió Ruby en tono mordaz.

—Ministro, tiene otro compromiso dentro de cuarenta y cinco minutos —apuntó su ayudante.

—Cierto. —Se volvió hacia los miembros de la prensa y dio unas cuantas palmadas vehementes. La sala se sumió en el silencio—. Hoy nos hemos reunido aquí para celebrar lo que podría considerarse un triunfo de la biblioteca del refugio del metro de Bethnal Green.

»Al señor Pinkerton-Smythe, presidente de la Comisión de Bibliotecas del Consejo Municipal de Bethnal Green, se le ocurrió la ingeniosa idea de escribir a la Asociación Canadiense de Bibliotecas para solicitar donaciones de libros infantiles.

»Su llamamiento no solo se envió a dieciséis bibliotecas municipales de Toronto, sino que también se leyó en una transmisión radiofónica de la Canadian Broadcasting Corporation y se publicó en el *Globe and Mail* de Toronto.

»Señor Pinkerton-Smythe, ¿le gustaría decirnos cuál ha sido la respuesta?

El jefe de Ruby levantó ambas manos y se ruborizó cuando todas las miradas de la biblioteca se volvieron hacia él.

—Nada más lejos de mi intención que dar bombo a mis acciones…

—Sé muy bien por dónde me gustaría meterle ese bombo —farfulló Ruby en voz baja.

El señor Pepper posó una mano sobre la de la joven.

—Pero el llamamiento ha tenido bastante éxito.

—Venga, no sea tan modesto —lo animó el ministro—. Las donaciones han llegado a raudales desde todos los rincones desde la isla del Príncipe Eduardo en un extremo hasta la Columbia Británica en el otro; desde los distritos mineros del norte hasta las granjas de las praderas. Incluso grupos de niñas y jóvenes se han prestado voluntarias para recopilar todos los libros. —Se acercó al mostrador dando zancadas y señaló la exposición que había preparado Ruby—. ¡Miren! Cincuenta ejemplares de *El jardín secreto* procedentes de Vancouver, diez ejemplares de *La isla del tesoro* llegados desde un instituto, treinta y tres ejemplares de *Mujercitas* enviados por jóvenes voluntarias de Charlottetown. El Women's Canadian Club de Toronto organizó una fiesta de la biblioteca que sin duda debió de ser un éxito, ¡porque han enviado ciento cuarenta ejemplares!

—¿A qué se refiere exactamente con una «fiesta de la biblioteca»? —preguntó un hombre de la BBC.

—Por lo que se ve, al otro lado del charco existe la tradición de celebrar fiestas en las que todo el mundo lleva regalos a las futuras madres o novias para ayudarlas a establecerse, así que tuvieron la brillante idea de organizar una fiesta de la biblioteca.

Un murmullo recorrió la multitud.

—¿Qué había en la caja de los ciento cuarenta? —quiso saber un periodista del *Daily Herald*.

—Demasiados tesoros para nombrarlos todos, pero sí puedo decirle que contiene cuarenta y cuatro ejemplares de *Los niños del agua*. —Cogió un ejemplar de *Ivanhoe*—. Muchos han llegado con dedicatorias, como este. «Que los niños y niñas de Bethnal Green disfruten leyendo *Ivanhoe* tanto como disfruté yo hace sesenta y tres años. La ha escrito un granjero octogenario de Alberta que hace muchos años enseñó en la escuela de la beneficencia de Nichol Street. —El ministro se volvió hacia la multitud—. Canadá nos ha abierto los brazos y nos ha expresado su amor a través de la literatura. Preguntas, por favor.

Una avalancha de periodistas se abalanzó sobre el señor Pinkerton-Smythe y Ruby sintió la mirada del señor Pepper clavada en ella. En su cabeza, una voz la instaba a seguir adelante:

«¡Ahora! ¡Hazlo ya!»

Pero, de pronto, en aquella sala abarrotada de hombres, fue como si la mandíbula se le volviera de plomo.

—Bueno, si hemos terminado, creo que deberíamos sacarle una foto al ministro delante de los libros.

—¡No! —exclamó Ruby—. Tengo algo que decir.

El señor Pinkerton-Smythe encarriló al ministro hacia el mostrador de la biblioteca y la multitud empezó a hablar de inmediato. Pero Ruby había esperado demasiado tiempo a que llegara ese momento como para permitir que su voz quedara ahogada. Se quitó los tacones, se encaramó de un salto ágil al mostrador de la biblioteca y se irguió.

—Repito que tengo algo que decir, si no les importa.

Todos los presentes, que percibieron un elemento anárquico, se detuvieron y estiraron el cuello para mirarla.

Un silencio absoluto se apoderó de la biblioteca. Ruby sintió que la cabeza le daba vueltas cuando se dio cuenta de que la prensa la estaba fotografiando. Los periodistas, que intuían que aquello se convertiría en una noticia jugosa, tenían los bolígrafos a punto sobre los cuadernos.

—Adelante —le dijo el señor Pepper moviendo solo los labios y con una sonrisa de ánimo.

—La gente no viene a la biblioteca solo a buscar algo que leer.

—¿Ah, no? —preguntó el ministro, con un dejo de diversión en la voz.

—No. En realidad, en muchos casos, la gente viene a buscar a alguien con quien hablar porque se siente sola, o tiene miedo, o ambas cosas. Es muy habitual que el bibliotecario sea la única persona con la que han hablado en todo el día.

Posó la mirada en el señor Pinkerton-Smythe, que parecía estar a punto de explotar.

—Mi amiga, Clara Button, que es la verdadera bibliotecaria de este sitio, lo entendía. Fue ella quien me enseñó que no estamos aquí solo para ocuparnos del préstamo de libros. Estamos para escuchar. De hecho —le lanzó una sonrisa irreverente a la multitud—, los bibliotecarios deberían ganar el doble de lo que ganan, porque también trabajan de reformadores sociales, consejeros sentimentales, profesores y asistentes sociales. Pónganlo en sus periódicos.

Los reporteros se echaron a reír; no sabían muy bien quién era aquella rubia chispeante, pero sí que vendería muchos ejemplares. Ruby se relajó y empezó a disfrutar de la situación.

—Mi compañera, Clara, entendía que los libros ofrecen una promesa de transformación y evasión, que te alejan de esta guerra deprimente y te llevan a mundos que ni siquiera habías soñado con visitar. —Se estampó un puño en la palma de la otra mano—. Prestar, sellar, leer, devolver. ¡Listo! Has viajado por el mundo sin salir de Bethnal Green. Puñetas, ¿no es eso ser más listo que el hambre?

Más risas. El ayudante del ministro le tiraba de la manga para instarlo a marcharse, pero el señor Miller se zafó de él y le dedicó una sonrisa embelesada a Ruby.

—Clara está firmemente convencida de que todos los miembros de la sociedad deben tener acceso gratuito a los libros de la biblioteca... ¡Sobre todo los niños! Así que, aunque es estupendo que tengamos todos estos nuevos libros infantiles (libros, me apresuro a añadir, que fue Clara y no el señor Pinkerton-Smythe quien tuvo la idea de solicitar), es un poco como una placa de chimenea de chocolate: ¡inútil!

—¿Por qué? —preguntó un periodista del *Daily Mirror*.

—Porque las actuales normas de la biblioteca estipulan que los niños solo pueden entrar treinta minutos al día y el señor Pinkerton-Smythe ha suprimido la hora del cuento —replicó—. Los niños son el alma de esta biblioteca, pero ya no son bienvenidos, así que no vienen. En este sitio hay tanto silencio que se oiría hasta el hipo de una pulga.

—¿Es cierto lo que dice? —quiso saber el ministro, que se volvió hacia el señor Pinkerton-Smythe—. ¿Fue a la señora Button a quien se le ocurrió todo esto?

—No... No recuerdo bien de dónde surgió la idea en un primer momento, pero fui yo quien la aprobó —balbuceó—. Siempre he sido un defensor acérrimo de la lectura y la alfabetización infantil.

—Entonces, ¿por qué ahora solo pueden entrar treinta minutos al día en la biblioteca?

—Bueno, me he visto obligado a hacer ciertos recortes —contestó a la defensiva.

—Por eso nos gustaría presentarle una petición al ministro —añadió Ruby. Desvió la mirada hacia la puerta de la biblioteca, donde se produjo un repentino estallido—. ¡Adelante, niños! —gritó Ruby.

La multitud se abrió para dejar paso a un ruidoso desfile de Ratas del Metro, encabezado por Sparrow, que entró portando pancartas pintadas a mano.

«¡No acaben con nuestros cuentos! ¡Más libros, menos bombas!»

Irrumpieron como pollos sin cabeza, un bullicioso grupo de niños exaltados, y detrás de ellos se presentaron los antiguos usuarios habituales de la biblioteca, a quienes Ruby no veía desde el mes de diciembre.

Rita Rawlins y su loro malhablado, Pat Doggan, Queenie, Irene, Dot y Alice las de la cafetería, el Comandante, la pareja que había sacado en préstamo el manual de sexualidad, las chicas de la fábrica que se habían leído hasta la última letra del folleto sobre anticoncepción… Los socios de la biblioteca del refugio se plantaron codo a codo en la sala para protestar porque les habían apagado la luz que iluminaba el corazón de aquella institución.

—Señora Chumbley, desaloje a estos manifestantes de inmediato —ordenó el señor Pinkerton-Smythe.

—¡Lo siento, pero no! —bramó la subdirectora en tono jovial, y se apoyó en la puerta con los brazos cruzados sobre el pecho.

—En esa petición hay más de cinco mil firmas que solicitan la restitución de Clara Button como bibliotecaria municipal —anunció Ruby, que se bajó del mostrador de un salto y le entregó las hojas al ministro.

—Gracias, señorita Munroe, le doy mi palabra de que le dedicaré toda mi atención a este asunto —dijo el ministro. Entonces se volvió hacia Sparrow, que continuaba aferrado a su pancarta, y se agachó hasta quedar a su altura—. Hola, jovencito. ¿Cómo te llamas?

—Sparrow, señor.

—Sparrow… ¿No es esa una forma de referirse a los muchachos que hablan *cockney*?

—Algo así.

—Siempre he sentido curiosidad por saber cuál es la definición de un auténtico *cockney*. ¿Hay que haber nacido en la zona donde se oyen las campanas de la iglesia de St Mary-le-Bow, como suele decirse?

—¡Qué va! Solo hay que saber utilizar bien la jerga del East End, ya sabe, lo de las rimas y demás.

—Madre mía, jamás he conseguido entenderla —contestó el hombre, riendo a carcajadas—. Bueno, ¿qué significa para ti esta biblioteca, jovencito?

—Todo, señor. Mi madre no tiene tiempo de leerme porque somos un puñetero porrón, o al menos eso dice ella. Perdón, mamá. Y está muy liada con el trabajo bélico. Clara nos leía todas las noches. Y también... —Titubeó y miró a su madre. Pat le dedicó un gesto de asentimiento para animarlo—. Bueno, también me enseñó a leer. Y, cuando mi amigo Tubby murió, me puse muy triste. Venir aquí me hacía sentir mejor.

Aquello pareció afectar al ministro.

—Siento mucho lo de tu amigo, Sparrow. ¿Cómo murió Tubby?

—Por una bomba volante.

El niño se encogió de hombros y se mordió el labio con fuerza.

—Oye, ¿qué te estaba leyendo Clara antes de marcharse?

—*Moby Dick*, señor.

El señor Miller sonrió con nostalgia.

—Vaya, me encantaba ese libro, todos los niños merecen que alguien les lea esa historia. Pero, tengo que preguntártelo, ¿no puedes leer en casa?

—La perdimos en un bombardeo, señor. Ahora vivimos aquí abajo. Se está muy bien, ¿eh?, pero los túneles son un poco oscuros para poder leer.

El ministro le estrechó la mano y se enderezó.

—Creo que eres un joven excepcionalmente valiente y cortés. Ha sido todo un honor conocerte, Sparrow.

—Gracias a usted, si eso.

—Nos encargaremos de que la señora Button vuelva a leerte ese libro. —Se volvió hacia la multitud—. Y ahora, debo irme antes de que a mi pobre ayudante le dé un infarto. Que disfruten de sus nuevos libros.

Ruby estaba lo bastante cerca como para oír el aparte que el ministro mantuvo con el señor Pinkerton-Smythe antes de marcharse.

—Más le vale tener una buena razón para haber prescindido de la señora Button. Ha montado un lío de narices. ¡Soluciónelo, hombre!

UN POCO MÁS tarde, Ruby aporreó tanto la puerta de Clara que estuvo a punto de tirarla abajo antes de que su amiga la abriera.

—¡Lo hemos conseguido, Cla! —gritó—. Uf, tendrías que haber visto la cara de Pinkerton. Tenía cara de huevo... ¡revuelto, frito y escalfado!

Clara se hizo a un lado para dejar entrar a una Ruby jadeante, a la señora Chumbley y al señor Pepper.

—¿Qué hemos conseguido? —preguntó al mismo tiempo que se arrebujaba en la bata—. ¿Qué hacéis todos aquí?

—Sentimos molestarte a estas horas, querida —se disculpó el señor Pepper mientras la señora Chumbley lo guiaba hasta el pequeño salón de Clara.

Ruby estaba a punto de estallar de emoción, pero, al mirar a su amiga, le faltó poco para venirse abajo. Su aspecto era estremecedor. Nunca le había sobrado peso, pero en ese momento apenas se diferenciaba de un perchero. Sin embargo, lo que realmente hizo que saltaran las alarmas fue la ausencia total de libros en la habitación.

—¿Me explica alguien qué ha pasado, por favor? —insistió Clara.

—La petición que enviaste a Canadá ha dado resultado y, ¡ay, Clara, tienes que ver los libros que nos han llegado! —exclamó Ruby—. ¡Son cientos! Todos los libros que el señor Pepper y tú pedisteis y un montón de cajas más. Y muchos con dedicatorias, además. Escucha. —Se sacó del bolso *Las aventuras de Huckleberry Finn* y lo abrió por la guarda—. «A los niños y niñas de Bethnal Green, en agradecimiento por vuestros sacrificios en pos de la libertad.»

Su amiga se tapó la boca con las manos y abrió los ojos como platos, asombrada.

—Es increíble.

—¡A que sí! —dijo Ruby entusiasmada y aliviada al ver que la buena noticia sacaba a su amiga del estado de abatimiento en el que estaba sumida—. La historia de nuestra pequeña biblioteca ha conmovido a mucha gente y te lo debemos todo a ti, Cla —insistió Ruby—. Lo mejor de todo es que le hemos dejado claro al ministro de quién fue en realidad la idea y hemos presentado una petición.

—¿Una petición? ¿Para qué? —murmuró Clara.

—¡Pues para que te readmitan! —intervino la señora Chumbley—. Debido a los recortes, han sido tantos los usuarios que han boicoteado la biblioteca desde que te marchaste que no ha resultado difícil convencerlos para que firmaran. ¿Recuerdas lo que te dije hace un montón de meses?

Clara palideció.

—No...

—Te dije que defendieras la biblioteca formando un Ejército de Lectores. Con lo que no había contado era con que el Ejército de Lectores acudiera en tu defensa. Una condenada genialidad, ¿no? —Ruby, que ni siquiera era capaz de estarse quieta, sonrió—. Así que ahora que las autoridades saben que la idea fue tuya y que todo el refugio te ha mostrado su apoyo, el viejo Pinkerton-Smythe tiene todas las de perder.

—Tiene razón, Clara, querida —dijo el señor Pepper con voz tranquila—. Tengo la sensación de que, si mañana vas a verlo, podrás reclamar tu puesto partiendo de una posición muy ventajosa.

Ella se quedó callada.

—Pe... pero si dimití.

—Bueno, en teoría sí, pero solo porque te obligó —dijo Ruby.

—Pero ¿qué sentido tiene?

—¿Como que qué sentido tiene? —repitió su amiga asombrada.

—Me refiero a que no soy más que una sustituta, el puesto solo es mío hasta que los bibliotecarios varones vuelvan de la guerra, cosa que no tardará mucho en ocurrir si las noticias son ciertas.

—¡No me puedo creer lo que estoy oyendo, Clara! —le espetó Ruby—. ¿Dónde está tu espíritu de lucha?

Miró de hito en hito a su amiga, pálida y derrotada, en bata, y le entraron ganas de zarandearla.

—Creo que deberíamos darle algo de tiempo a Clara —dijo el señor Pepper con gran diplomacia—. Que nos hayamos presentado todos aquí de buenas a primeras debe de haberla intimidado.

—No necesito más tiempo, señor Pepper. No voy a reclamar mi puesto.

—Pero ¿por qué? —gritó Ruby—. ¡Tú eres la biblioteca!

—Porque voy a mudarme.

—¿Adónde? —preguntó Ruby—. ¡No lo has hablado conmigo! ¿Tienes trabajo en otra biblioteca?

—No. No tengo otro trabajo. Lo siento, Ruby. Estaba intentando reunir el valor necesario para decírtelo. —Se agarró el bajo de la bata y lo estrujó entre los dedos—. Me mudo a casa de mi suegra.

—¡Te mudas al lugar donde se inventó el aburrimiento! —Ruby no daba crédito—. ¿Para qué demonios quieres irte a vivir allí? ¿Para sacarles brillo a las plantas de esa vieja bruja? —Las cortantes palabras de la joven le arrancaron a Clara una lágrima que le resbaló por la mejilla—. ¿Cómo puedes hacernos algo así, qué pasa con los niños del refugio? —gritó su amiga, enfadada—. ¿Qué van a hacer sin ti? ¿Qué voy a hacer yo sin ti?

—Dejemos a Clara en paz para que digiera lo que le hemos contado —la interrumpió el señor Pepper—. Pero te ruego, querida, que lo reconsideres. —Le tomó las manos entre las suyas—. Ruby tiene razón. La biblioteca te necesita. Me dijiste que tu amor por las personas es tanto o más importante que el amor por los libros.

—Ese es justo el problema, señor Pepper. Siempre había creído que los bibliotecarios contribuían a crear una sociedad más justa, mejor, pero me equivocaba.

—Pero ¿qué estás diciendo, Cla? —preguntó Ruby, exasperada.

—Fui una idiota al pensar que los libros podían transformar vidas… Ningún libro impidió que la bomba volante matara a Tubby. Ningún cuento impidió que Beatty y Marie huyeran. ¡Ningún final feliz impidió que los nazis persiguieran a su padre! —Las lágrimas eran incontrolables ahora que meses de dolor y angustia se habían liberado de golpe—. Un hombre murió en mi biblioteca porque fui idiota… —Se agarró la cabeza con las manos—. Tan idiota como para poner un libro incendiario en manos de su mujer, y ahora Billy me odia. ¿No lo veis? —chilló—. Los libros son una buena distracción, pero la vida, la vida real, sigue adelante a pesar de todo. —Los acompañó a la puerta y la abrió, con el rostro bañado en sombras—. No cambiaré de opinión.

Ruby hizo ademán de seguir al señor Pepper y a la señora Chumbley, pero, en el último momento, se volvió para encarar a su amiga.

—Cinco mil personas quieren verte de nuevo en esa biblioteca —susurró—. Pero yo necesito recuperarte, Cla… Como amiga.

—Lo siento, Rubes. Siempre seré tu amiga. Pero ahora tengo que buscarme una vida fuera de la biblioteca.

Cerró la puerta con suavidad. Ruby nunca se había sentido tan sola.

19

Clara

«Siendo bibliotecaria, la gente confía en ti. Baja las barreras. Somos trabajadores sociales, personas dispuestas a escuchar, confidentes.»

MAGGIE LUSHER,
directora de la Biblioteca de Kesgrave, en Suffolk

UNA SEMANA MÁS tarde, llegó el día de la boda del señor Pepper y la señora Chumbley. Clara no necesitó apenas tiempo para arreglarse. Un vestido azul pálido y un toque de carmín le parecieron un atuendo tan bueno como cualquier otro para una boda en tiempos de guerra. Se miró al espejo y se estremeció. A Ruby le quedaban muy bien los labios rojos. Ella, en cambio, parecía un payaso pintado.

Después de limpiárselos, cogió su ejemplar de *El jardín secreto* y lo abrió.

A mi amigo Sparrow. Aún te quedan muchas puertas por abrir. Por favor, sigue leyendo. Con cariño, Clara.

Se encendió un cigarrillo, algo que llevaba años sin hacer. Fumar la ayudaba a anestesiar el sufrimiento que le provocaba no ser capaz de leer. Por primera vez en su vida, Clara no conseguía seguir las frases, las palabras se separaban de la página y flotaban ante ella, inconexas y sin sentido.

La desesperación por haber perdido a las niñas se había fundido con el dolor de que Billy la hubiera abandonado, y todo ello no hacía sino intensificar su aflicción por Duncan. En lo que a las relaciones se refería, era como si tuviera el toque de Midas, pero al revés: todo lo que era oro perdía el brillo cuando ella lo tocaba.

Tras la visita de Ruby, la señora Chumbley y el señor Pepper, se había metido en la cama, sumida en la desesperanza. Y allí debería haberse quedado. Su mente volvía una y otra vez a la humillación del día anterior. En su afán de intentar comunicarse con Billy, se había presentado en el Puesto 98. Blackie le había dicho que lo habían trasladado a Brentford.

—¿O era a Hendon? —había aportado Darling.

Sabían a la perfección dónde estaba Billy. Habían cerrado filas frente a ella para protegerlo.

Al salir, habría jurado que los ladridos que oía eran los de *Beauty*.

¿Estaba Billy allí dentro, escondiéndose de ella? Solo de pensarlo se retorcía de vergüenza.

Nada de todo aquello tenía sentido.

«Siempre estaré aquí cuando me necesites.»

Eso le había dicho Billy tras la muerte de Tubby. En aquel momento, su promesa le había parecido muy genuina y sincera y, sin embargo, ¿dónde estaba ahora?

Cuanto antes se marchara del East End, mejor. Apagó el cigarrillo y cogió la maleta.

—Bueno, adiós.

Fue como si su voz muriera en la habitación vacía.

Ya en la calle, atajó atravesando el Barmy Park. Una bruma primaveral doraba los árboles. Las ruinas de la antigua biblioteca proporcionaban la sensación de flotar en la neblina. Se dio la vuelta y consultó su reloj de pulsera: las seis de la mañana. Debía de ser más tarde. Sacudió la mano. El reloj llevaba cinco días seguidos parándosele a las seis en punto, siempre acompañado por el aullido del perro del vecino.

Albergaba la esperanza de pasar por delante de la entrada del metro sin que nadie la viera, pero no tuvo tanta suerte.

—Clara —la llamó la señora Chumbley, y la joven se detuvo de mala gana—. Vendrás a la boda, ¿verdad? La ceremonia empieza a las nueve en punto.

—No me la perdería por nada del mundo. Oiga, ¿podría hacerme un favor? —Rebuscó *El jardín secreto* en su bolso y se lo entregó a la señora Chumbley—. ¿Podría darle esto a Sparrow?

—¿No quieres dárselo tú misma? Aún está en su litera.

Clara desvió la mirada hacia los escalones que bajaban al metro.

—No…, no puedo. Lo siento.

Se volvió a toda prisa y continuó caminando hacia Bethnal Green Road.

Un muchacho colgó la portada más reciente del *East London Advertiser* en su puesto de venta de periódicos.

Desde canadá hasta bethnal green...
libros infantiles para la madre patria.

La joven le dio la espalda, incapaz de soportar la expresión arrogante que Pinkerton-Smythe lucía en la fotografía de primera plana.

—Señorita… Espere… —Cuando se dio la vuelta, vio a Sparrow corriendo hacia ella, aferrado a *El jardín secreto*—. La señora Chumbley acaba de darme esto —dijo el niño, casi sin aliento.

—Ah, sí… —Clara tragó saliva con dificultad—. Es un regalo de despedida.

—¿Qué? ¡Pensaba que iba a volver! ¡Pero si hasta hicimos una petición!

Ella negó con la cabeza.

—Lo siento, Sparrow. Es complicado.

—Los adultos siempre dicen lo mismo. ¿Ha sido por mi culpa?

—Dios, no. No, no y no. Leer para ti ha sido un gran privilegio. —Se le llenaron los ojos de lágrimas—. Te tengo muchísimo cariño, Sparrow.

—No debe de ser tanto, porque entonces habría venido a despedirse como es debido. —Clara se estremeció—. Primero Tubby —continuó el chico con un suspiro de incredulidad—, y ahora usted. ¿Cómo puede hacerme una cosa así? —Bajó la mirada hacia el libro—. Confiaba en usted.

263

—Perdona —dijo ella entre lágrimas—. Abandono el East End, no te abandono a ti.

El muchacho le estampó el libro en las manos, hirviendo de rabia.

—Es lo mismo. Tampoco la necesito, de todas formas. Es una cobarde, nada más.

—Sparrow… Por favor, no te lo tomes así —gritó a su espalda, pero el niño ya se había ido y sus pasos resonaban como disparos.

Bethnal Green Road la recibió como una mujer malhablada. Carcajadas escandalosas. Vendedores ambulantes nervudos que vociferaban en una jerga indescifrable.

Mientras escuchaba aquellas voces, tan intensas y efusivas, contando cada una su historia, Clara se sintió totalmente desgarrada. Sparrow tenía razón: era una cobarde.

Giró a la izquierda por Vallance Road, donde un pequeño ejército de mujeres salía a limpiar las entradas de las casas con grandes cubos humeantes y reinaba un olor a limpio y a podrido a la vez, como a lejía en una carnicería.

Un hombre mayor asomó la cabeza desde el número 48, con un cuenco de agua para afeitarse en las manos y media cara todavía cubierta de espuma.

—Clara, tienes que volver a la biblioteca —suplicó—. Mi parienta ha dejado de ir desde que te marchaste y ahora me monta un cirio todas las noches. El único ratito de paz que tengo es cuando tiene la nariz enterrada en un libro.

—Lo siento, Fred.

Al menos cinco o seis mujeres se acercaron corriendo hacia ella con pequeños regalos de boda para que se los entregara a la señora Chumbley. Clara no se había dado cuenta de lo mucho que quería a aquellas señoras fuertes y leales. Al final, valoraban la bondad por encima de todo.

¿A cambio de qué le estaba dando la espalda a Bethnal Green? ¿De servir copas durante las partidas de cartas de Maureen?

—¡Clara! Más vale que no te largues sin despedirte, me cago en la leche.

La voz atravesó la calle de arriba abajo.

Ruby corría hacia ella ataviada con un vestido de color rosa vivo increíblemente ajustado, con un pañuelo a juego y unas gafas de sol con la montura también de color rosa.

—Como si me atreviera —contestó riendo—. Además, tenemos que asistir a una boda.

Ruby entrelazó su brazo con el de Clara.

—Exacto, y eso me da tiempo de sobra para hacerte cambiar de opinión.

—¿De verdad puedes andar con ese vestido? —le preguntó.

—¿Para qué necesitas andar cuando puedes contonearte?

—Eres incorregible, Ruby Munroe.

—Venga, que sé que te estás muriendo de ganas de decirlo.

—¿Qué?

—Que soy la versión de Betty Grable de Bethnal Green.

Su amiga estaba a punto de responder con un chiste malo cuando ocurrió algo extraño. Un fogonazo intenso iluminó la calle. Clara se miró las piernas. ¿Cómo había acabado en la acera? No sentía dolor, pero un rubor rojo se extendía como una amapola sobre el azul de su vestido. Ruby estaba tirada en el suelo a unos metros de ella, el pañuelo que llevaba en la cabeza emitía reflejos de plata.

La bibliotecaria se levantó tambaleándose y una lluvia de esquirlas de cristal resbaló de su cuerpo hacia abajo. Ayudó a Ruby a ponerse en pie y las dos contemplaron horrorizadas la sólida pared de humo negro que avanzaba hacia ellas.

—¡Una bomba volante! —gritó una voz incorpórea—. Ha caído en Hughes Mansions.

Y de repente todo cobró vida. La gente empezó a precipitarse hacia la nube de humo.

—¡Vamos, Clara! —la apremió Ruby.

Vallance Road era una calle muy larga. Las mismas viviendas ante las que Clara había pasado hacía solo unos momentos estaban ahora envueltas en humo. Las puertas habían saltado por los aires y las ventanas estaban hechas añicos. La explosión había abierto en canal las casas adosadas y estas habían vomitado su contenido sobre la calzada, de modo que Clara y Ruby tuvieron que trepar sobre montones de escombros en varias ocasiones. Clara sintió que los ladrillos y el hormigón se le clavaban dolorosamente en los pies, y entonces se dio cuenta: había perdido los zapatos.

Cuando se adentraron más en la nube, los sentidos empezaron a fallarle. Durante un instante, perdió a Ruby. El pánico la invadió.

—¡Rubes! —gritó mientras se pasaba los dedos por el pelo.

Bajó la mirada. Tenía los dedos manchados de sangre y se percató de que tenía el pelo repleto de pequeños fragmentos de cristal.

Alguien estiró una mano hacia ella y la agarró.

—No me sueltes —aulló Ruby.

No cabía la menor duda de dónde se había enterrado el cohete.

Clara conocía bien Hughes Mansions, unos edificios situados en el extremo más cercano a Whitechapel de Vallance Road. Muchos de los usuarios de su biblioteca, la mayoría de ellos judíos, vivían allí. Eran tres bloques de cinco plantas, idénticos, que se alzaban el uno al lado del otro. Aunque ahora el del medio había desaparecido y en su lugar quedaba solo un cráter gigantesco en el que antes vivía gente. Personas traumatizadas e histéricas se arrastraban sobre los escombros y apartaban ladrillos a uno y otro lado con las manos desnudas en busca de sus seres queridos.

—¡Bájense! —gritó un trabajador de salvamento mientras intentaba frenéticamente acordonar el cráter a la desesperada.

Un hombre pasó tambaleándose a su lado, empapado en sangre y con su bebé en brazos, llamando a su mujer. Un soldado lloraba en silencio junto al cadáver de una mujer cuyas piernas apenas se vislumbraban entre los escombros. Los restos destrozados de un cartel de «Bienvenidos a casa» yacían cerca.

Aquella era la imagen misma del infierno. Clara consultó su reloj resquebrajado. No sabía por qué razón le parecía importante saber la hora, aparte de para intentar ubicarse en medio de aquel caos. Las 7.21 de la mañana. A muchos de los inquilinos los habría sorprendido desayunando, preparándose para ir a trabajar o para la fiesta del Pésaj. La magnitud de la pérdida de vidas escapaba a su entendimiento.

—No podemos quedarnos aquí paradas sin hacer nada —gritó a la vez que se volvía hacia Ruby.

Vio a una mujer que atravesaba la multitud que comenzaba a agolparse en torno al cordón y la reconoció como la señorita Miriam Moses, la fundadora del Brady Girls Club. Visitaba con frecuencia la biblioteca con las chicas y con los chicos del Brady Boys Club. La energía de aquella reformadora social siempre impresionaba e inspiraba a Clara. Aquel sería su mayor revés hasta el momento.

—¡Señorita Moses! ¿Qué podemos hacer para ayudarla?

Miriam se volvió hacia ella, pálida como un fantasma.

—Estamos usando la sede del Brady Girls Club como cuartel general para el escuadrón de rescate pesado. Vayan allí.

Y acto seguido se marchó a seguir buscando a los jóvenes miembros de su club.

—Cla, ve tú al club —le dijo Ruby con la voz entrecortada—. Yo voy a ir a buscar a la señora Chumbley y al señor Pepper para contarles lo que ha pasado. Volveré lo antes posible. Y te traeré unos zapatos.

Las dos mujeres se abrazaron, con el corazón destrozado por el panorama que se desplegaba ante ellas.

En un abrir y cerrar de ojos, pasaron diez horas y, con cada segundo, Clara sentía que el alma se le marchitaba un poco más. Apenas tuvo tiempo ni para respirar mientras ayudaba a los demás voluntarios a transformar el club en un comedor improvisado. Ruby regresó con unos pantalones, una camisa limpia y zapatos.

—También he encontrado esto —dijo mientras le guardaba *El jardín secreto* en el bolso—, justo donde se te cayó.

Untaron pan y roscas con mantequilla y prepararon enormes jarras de té y de caldo de carne concentrado. Hacer té y bocadillos parecía una labor muy intrascendente en vista de las que los equipos de salvamento estaban llevando a cabo fuera. Pero Clara tenía la poderosa sensación de que debía estar allí, de que debía ayudar de alguna manera, por mundana que fuese. El estruendo metálico de la maquinaria les llegó desde el exterior cuando apareció una grúa móvil que retiraría los enormes trozos de mampostería y permitiría que los equipos de rescate llegaran hasta las personas atrapadas. Era como si los gritos y los gemidos impregnaran el tejido del edificio. Clara no podía ni imaginarse la cantidad de personas que estarían sepultadas en los recovecos del cráter, muy cerca de donde ella se encontraba.

Cuando la luz de la tarde se suavizó y el humo empezó a disiparse, la sensación de incredulidad se transformó en rabia y desconcierto. El Servicio de Voluntarias también había instalado en el club un centro de ayuda en el que podía consultarse una lista de las víctimas confirmadas.

El goteo de personas que entraban en el club en busca de noticias sobre sus seres queridos no tardó en convertirse en una avalancha. En cuanto alguien abandonaba la cola, otro se unía, todos con el rostro marcado por la angustia.

Las palabras «¿Has visto a...?» reverberaban continuamente en la sala. Algunos recibían la buena noticia, si es que podía llamarse así, de que a sus seres queridos los habían rescatado y trasladado al Hospital de Londres. Pero para algunas pobres almas aquel era el final del camino. La lista de víctimas no tardó en alcanzar las dos cifras.

Poco tiempo después, el club estaba tan abarrotado que los agotados rescatistas que intentaban entrar no lograban superar a la multitud de vecinos desesperados que volvían una y otra vez para exigir respuestas. Era un caos. Clara y Ruby estaban ayudando a las mujeres del Servicio de Voluntarias a anotar los nombres y direcciones de centenares de familiares angustiados. Clara no conseguía quitarse un pensamiento de la cabeza: ¿Debería haber luchado por su puesto en la biblioteca? Podría haber creado allí una oficina de información para aliviar la tensión que se vivía en el club. La sensación de sufrimiento era abrumadora. A pesar de las atrocidades que estaba presenciando, sintió que la culpa le serpenteaba por dentro por el alivio que le producía saber que al menos Sparrow y el resto de las Ratas del Metro estaban a salvo en el refugio.

La bibliotecaria reconoció al soldado que había visto poco antes desplomado contra la pared del fondo de la sala.

—Tómate esto —dijo, y le puso en las manos una taza de té con todo el azúcar que pudo añadirle.

Él apenas pareció reparar en la taza caliente cuando levantó la mirada hacia Clara.

—He pasado un año en Birmania —murmuró—. Hacía solo cuarenta y ocho horas que había vuelto a casa. Íbamos a celebrar una fiesta familiar esta noche.

—Lamento mucho tu pérdida —dijo ella—. ¿Era tu mujer?

El soldado la miró.

—No, mi madre. Y, por lo que se ve, mis tres hermanas también...

—Ay, cielo —dijo la joven en voz baja, y le puso una mano en la muñeca.

Cuando notó su caricia, el muchacho se desmoronó. El té se le resbaló de entre los dedos, enterró la cabeza en las manos y rompió a llorar con sollozos que lo estremecían de pies a cabeza.

—Toda mi familia ha muerto —lloró—. ¿Qué voy a hacer?

Clara lo abrazó con fuerza, como si fuera un niño, y compartió su dolor.

Para cuando consiguió encontrarle ropa de abrigo y un sanitario de ambulancia que lo trasladara al hospital, estaba exhausta y tenía el corazón roto en mil pedazos.

—Menuda bienvenida. Pobre hombre —dijo Ruby sin dejar de negar con la cabeza.

Cerca de allí, estalló la noticia de que habían sacado de entre los escombros los cadáveres de dos niños que habían vuelto a casa hacía unos días después de haber pasado tres años evacuados. Su madre se desplomó en el suelo, jadeando entre sollozos silenciosos.

—No creo que pueda soportarlo mucho más tiempo —dijo Clara en voz baja.

—Cógelo —contestó Ruby, y le dio un cigarrillo—. Descansa un poco y ve fuera un momento a tomar el aire.

Con los ojos anegados por las lágrimas, la bibliotecaria salió a trompicones del Brady Club. En cuanto llegó al exterior, quedó cegada por el potente haz de luz de un arco blanco, erigido para ayudar a los rescatistas a seguir con la búsqueda en el cráter a pesar de la creciente oscuridad.

Dio un paso adelante y alguien se chocó de bruces contra ella con tanta fuerza que la dejó sin respiración.

—A ver si miras por dónde vas, ¿no te...? —La voz del hombre se apagó—. ¡Clara!

Un segundo más tarde, el sanitario la estaba abrazando mientras ella permanecía con los brazos inmóviles. El cerebro de la joven tardó unos instantes en comprenderlo.

—¡Billy! —Una avalancha de alivio, amor y después dolor la recorrió de arriba abajo—. Creía que estabas en Barnet, o en Hendon, o en algún otro sitio —dijo.

—Pues... —comenzó—. Es complicado. ¿Qué haces aquí? ¿Estás herida?

—No, estoy bien, solo tengo algún que otro corte. —Señaló hacia el club—. Estoy echando una mano.

—No creo que este sea el lugar adecuado para ti, Clara. ¿Por qué no vuelves a la biblioteca?

Pronunció aquellas palabras con una ternura infinita, pero Clara se sintió agraviada. ¿Qué derecho tenía a preocuparse por ella? Se había eximido de él el día en que la había echado de su piso. Le entraron ganas de gritarle. De decirle que lo odiaba, que era patético por haber salido huyendo cuando más lo necesitaba. Pero no podía escapar de la dolorosa verdad: a pesar de sus muchos esfuerzos, seguía queriéndolo.

—Por favor, Clara, vete al refugio, allí estarás a salvo.

—Ya no trabajo en la biblioteca. Dimití cuando me dejaste.

—¿Qué?

Su cara era la viva imagen del asombro.

Se quedaron mirándose a los ojos, con los cuerpos iluminados por la luz blanca.

—Es ridículo —dijo Billy al fin.

—Eso dijeron Ruby y los demás. Pero me voy del East End. De hecho, debería haberme ido hoy.

—No te vayas —dijo el sanitario, que se echó el casco hacia atrás en un gesto de desesperación.

—Pero ¿a ti qué más te da? —gritó frustrada—. Me dejaste.

—Clarkie, date prisa. Necesitamos las mantas —vociferó una voz femenina.

Blackie y Darling estaban trabajando al borde del cráter, en esos momentos trasladaban un cuerpo destrozado a una camilla.

—Debo irme —dijo Billy—. Pero tenemos que hablar. Necesito explicarte ciertas cosas y ahora no puedo hacerlo. —Se dio la vuelta para marcharse y entonces se detuvo—. Te quiero, Clara. Siempre te he querido.

20
Ruby

«No existen los niños a los que no les guste leer,
sino los niños que no han encontrado el libro adecuado.»

NICOLA *LA BIBLIOTECARIA NINJA* POLLARD,
bibliotecaria escolar del St John Fisher
Catholic High School de Harrogate

TRES DÍAS DESPUÉS, la búsqueda de los desaparecidos continuaba adelante. Ruby jamás había visto nada igual. Los equipos de rescate trabajaban sin descanso, día y noche, y la sensación de urgencia aumentaba con cada hora que pasaba. Incluso habían movilizado a perros adiestrados para localizar a personas atrapadas entre los escombros. El número de muertos superaba con creces el centenar y seguía en ascenso. Pero, en medio de toda aquella desesperación, había fragmentos de esperanza. El día anterior, un niño había oído hablar a su hermano y a su hermana bajo los cascotes y había guiado a los equipos de rescate hasta ellos. Los habían sacado con vida tras veinticuatro horas sepultados bajo las ruinas.

La organización del Brady Club había empezado a funcionar mucho mejor, sobre todo desde que la señora Chumbley estableció en Deal Street, una calle cercana, un centro de descanso para los familiares de los desaparecidos y para quienes se habían quedado sin hogar a causa del bombardeo.

Ruby y Clara iban hacia allí cargadas con un montón de ropa donada cuando Ruby levantó la vista.

—¿Es ese quien creo que es? —preguntó con los ojos entornados.

El impacto de la explosión era impresionante. En el centro se encontraba el cráter que se había tragado el bloque de pisos central, pero el edificio delantero, el que daba a la calle, estaba más o menos intacto. El señor Pinkerton-Smythe se encontraba en el tercer piso, asomado a la barandilla del rellano exterior que recorría la anchura del bloque en todas las plantas. Contempló el cráter desde aquella altura y después se dio la vuelta y volvió a entrar.

—¡No tenía ni idea de que vivía aquí! —exclamó Clara.

—Yo tampoco.

—Deberíamos ir a comprobar si ha sufrido una conmoción o si está en estado de *shock*.

—Bah, déjalo, Cla, es un mierda y, además, somos las últimas personas a las que le apetecerá ver.

Clara se volvió hacia ella, con una expresión cargada de reproche.

—Puede ser, pero, aun así, es un ser humano.

Ruby no estaba tan segura de ello, pero no pensaba permitir que Clara fuera sola y su amiga ya había echado a andar hacia el edificio.

—Tengo que ir a que me examinen la cabeza —masculló mientras corría tras ella.

Llamaron a la puerta y les abrió un hombre que superaba en edad al señor Pinkerton-Smythe.

—¿Sí?

—Estamos colaborando con el centro de descanso de abajo —dijo Clara—. Solo queríamos saber si están todos bien. Tenemos mucha ropa de abrigo si la necesitan.

El hombre miró con desprecio el fardo de ropa vieja que Clara llevaba en los brazos.

—Diría que no. Será mejor que pasen, supongo. —Les hizo un gesto para que entraran en el piso diminuto—. ¡Gerald! —gritó en dirección al pasillo—, tenemos visita.

Entretanto, Ruby se quedó mirando a aquel hombre y dándole vueltas a la cabeza. ¿Dónde lo había visto antes? Le sonaba muchísimo, pero era incapaz de saber de qué.

El señor Pinkerton-Smythe entró en la sala y, en ese preciso instante, la joven lo recordó.

—¿Qué hacen ustedes aquí? —preguntó su jefe con frialdad.

—¡Dios mío, es usted! —exclamó Ruby mirando de hito en hito al señor mayor que había abierto la puerta—. Usted estaba en la biblioteca la noche en la que tuve que salir corriendo... La noche en la que robaron *Por siempre Ámbar*.

Era el hombre del bombín, el que le había hablado con desprecio de los fondos de la biblioteca antes de llevarse *The Times* a la sala de lectura.

Los dos hombres se quedaron inmóviles durante unos segundos y, mientras tanto, Ruby le echó un vistazo al piso. Era parecido a casi todos los de la zona, salvo por el hecho de que estaba atestado de libros. En la mayoría de los hogares, apenas había un puñado de ellos, pero aquel estaba a rebosar de lo que parecían ediciones caras de tapa dura apiladas en estanterías altas. Había uno que destacaba, verde como una manzana, incrustado en la estantería como una joya.

A la velocidad del rayo, Ruby lo sacó y abrió la tapa. Seguía teniendo el tique de reserva en el bolsillo interior.

—¡Clara, mira! ¡Es el ejemplar robado!

—¿Qué? —Su amiga ahogó un grito, dejó caer el revoltijo de ropa y cogió el libro. Pasó los dedos por el sello de la Biblioteca de Bethnal Green—. Tienes razón, Rubes. Es... —dijo con incredulidad tras levantar la vista.

—¡No sean ridículas! —les espetó el señor Pinkerton-Smythe a pesar de que el miedo le asomaba a los ojos.

Ruby empezó a repasar otros títulos y de repente lo vio con una claridad absoluta:

—Está acaparando estos libros para venderlos cuando acabe la guerra, ¿no?

Clara recorrió las estanterías con la mirada.

—¡Aquí hay unos algunos ejemplares muy valiosos!

Cogió uno al azar, *Orgullo y prejuicio*.

—¡Biblioteca Poplar! Otro libro de préstamo.

Ruby miró a su amiga y se dio cuenta de que no recordaba la última vez que la había visto tan enfadada. De hecho, Clara estaba temblando de rabia.

—De... De todos los actos traicioneros y pérfidos... —tartamudeó—. Robar libros de las bibliotecas, en especial de las que frecuentan las personas que más los valoran y necesitan...

Entonces Ruby los vio, amontonados en el extremo de una estantería: una pila ordenada de recortes de periódico. En el primero de ellos aparecía una joven bailando el *jitterbug* en brazos de un americano. Debajo, estaban las páginas de las carreras.

—¡Y también era usted quien recortaba los periódicos! —exclamó—. Usted o él —dijo señalando al otro hombre—. ¿Por qué?

—¡Bueno, alguien tiene que hacer las veces de guardián de la moral de la biblioteca, porque está claro que la señora Button no está a la altura de esa tarea!

—Por Dios —resopló Clara—. Lo que está haciendo es censurar no solo lo que lee la gente, sino también a qué dedican su tiempo libre. ¡Y pensar que yo sospechaba del pobre señor Pepper! —La situación era tan absurda que le arrancó una carcajada—. ¡Es usted un traidor!

—Y usted es una liberal sensiblera que desperdicia el tiempo con niños sin futuro —replicó el señor Pinkerton-Smythe tras encararse con Clara—. Y la señorita Munroe no es más que una furcia barata que se pinta como una puerta.

Ruby soltó un aullido y estuvo a punto de abalanzarse sobre él, pero Clara la contuvo.

—No, Ruby —dijo casi sin aliento—. No te rebajes a su nivel.

A Ruby le retumbaba el corazón en el pecho y, por muchas ganas que tuviera de sacarle los ojos a aquel hombre, sabía que Clara tenía razón.

—Bueno, pues entonces voy a llamar a la policía. A ver cómo se toman todo esto en el ayuntamiento.

—¡Espere! —dijo el otro hombre, que la agarró del brazo cuando pasó junto a él.

—¡Quíteme las manos de encima!

El hombre mayor la soltó.

—Estoy seguro de que podemos alcanzar algún tipo de acuerdo. No hay por qué involucrar a las autoridades.

—¿Quién es usted? —quiso saber Ruby.

—Soy el hermano de Gerald. ¿Cuánto nos va a costar que no digan nada de esto?

Sacó una billetera.

—Si no se aparta y nos deja salir, va a necesitar un cirujano que le extirpe esa cartera —le soltó Ruby.

—Espera, Ruby —la interrumpió Clara—. Creo que sí podemos llegar a un acuerdo.

Su amiga se dio la vuelta sin dar crédito a lo que acababa de oír.

—Clara... ¿No querrás decir...?

Pero, mientras escudriñaba el rostro de la bibliotecaria, se percató de que estaba ocurriendo algo extraordinario. Su ira se había templado hasta convertirse en algo distinto y, por primera vez desde hacía mucho tiempo, Ruby percibió un destello de la antigua Clara. Decidida, fuerte y con todo bajo control.

—Para empezar, dejará de presidir la Comisión de Bibliotecas —prosiguió la joven con calma.

—¡No sea ridícula! —exclamó el señor Pinkerton-Smythe entre risas.

Clara se encogió de hombros.

—Muy bien, adiós.

—Deténgase —dijo el otro hombre, y le lanzó una mirada furibunda a su hermano—. Gerald, si nos arrestan, no sobreviviremos al escándalo. Debo pensar en mi puesto en la Administración Pública.

—Su hermano tiene razón —dijo Ruby—. ¡Imagínese los titulares! «Jefe de una biblioteca roba novela picantona.» ¿O prefiere «Presidente corrupto de la comisión roba a una furcia»? Será el hazmerreír de la ciudad cuando todo esto llegue a los tribunales.

El señor Pinkerton-Smythe se puso pálido mientras reflexionaba sobre las posibles consecuencias.

—Pero ¿qué voy a decirles?

—Dígales que está traumatizado por los efectos de la bomba volante y que quiere que lo trasladen lejos de Bethnal Green —respondió Clara—. Al menos se marchará sin perder la dignidad.

El señor Pinkerton-Smythe se dejó caer en un sillón.

—¿Y ya está?

—No. Antes de dimitir, anunciará quién va a relevarlo en el cargo.

—¿A quién tiene en mente? —preguntó él con recelo.

—A la señora Chumbley. Será una excelente presidenta siempre y cuando usted reúna los apoyos necesarios para su nombramiento, pero no creo que eso vaya a suponer ningún problema después de todo lo que esa mujer ha hecho por el refugio.

—¿Y quién se ocupará de la biblioteca? —preguntó Ruby.

Clara sonrió.

—Yo, por supuesto. Pero solo hasta que vuelvan los hombres; luego me gustaría volver a ocupar mi antiguo puesto de bibliotecaria infantil.

—¿Estás segura, Clara? —dijo Ruby en tono de aviso—. Creía que detestabas que te vieran como una mera suplente.

—No seré una mera bibliotecaria infantil —dijo sin apartar la mirada del señor Pinkerton-Smythe—. Sino una bibliotecaria infantil que tendrá voz y voto en la remodelación de la biblioteca y cuyo puesto ostentará el mismo estatus que el del bibliotecario de la sección de adultos.

Clara levantó *Por siempre Ámbar*.

—Me quedaré con esto como garantía, ¿de acuerdo? Solo para asegurarme de que cumple con mis deseos. ¿Me he explicado bien?

El hombre asintió, casi incandescente de furia.

—¡Largo de aquí! —consiguió decir al fin.

—Será un placer —respondió Clara—. Vamos, Ruby.

Desde el rellano exterior, vieron a la señorita Moses corriendo calle abajo hacia el Brady Club con aspecto de estar destrozada. Ya se había confirmado que veintidós niños judíos que formaban parte del club habían muerto en la explosión.

—Esperen —dijo Clara, y se volvió una vez más hacia los Pinkerton-Smythe—. Les pediré una última cosa a cambio de mi silencio.

Vendan todos los libros que puedan y hagan un donativo generoso al Brady Club para que, cuando esta pesadilla acabe, la señorita Moses tenga dinero para llevarse de vacaciones a los supervivientes.

El hermano del señor Pinkerton-Smythe se echó a reír.

—Ya no hay duda, esta mujer está loca.

Ruby se volvió hacia la barandilla, se llevó dos dedos a la boca y silbó. Un policía que vigilaba el cordón miró hacia arriba.

—De acuerdo, lo haremos.

—Bien. Hagan la donación en nombre de Ámbar y, después, filtren la noticia al periódico local para que me entere de que ya ha ocurrido. Ah, y devuelva a la biblioteca todos esos ejemplares de *Por siempre Ámbar* que sé que tiene guardados bajo llave en el ayuntamiento para que podamos ponerlos a disposición del público de inmediato.

Y, sin más, Clara y Ruby se alejaron del piso y dejaron atrás a los dos apesadumbrados hermanos.

21

Clara

«Me crie en un piso de protección oficial, era pobre
y no tenía dinero para hacer nada, así que la biblioteca
era mi vía de escape. Devoraba libros. Las bibliotecas
me cambiaron la vida y ahora soy bibliotecaria.
Quiero un enorme cartel de neón que diga:
"Estamos aquí para todos".»

CHARLOTTE BEGG,
supervisora de la Biblioteca de Freshwater,
Isla de Wight

RUBY APENAS ERA capaz de controlar la euforia cuando se encaminaron hacia Deal Street.

—¡Cla! ¿Qué narices acaba de ocurrir?

—La verdad es que no lo sé —contestó ella riendo y con aire de incredulidad—. No creerás que me he pasado de la raya, ¿no?

—Para nada. Se merece de sobra todo lo que le ha caído encima. Caray, chica. ¡Menuda jugada te has marcado! Hasta Ámbar St Clare estaría orgullosa de ti.

Le apretó la mano y, de repente, Clara sintió que le flaqueaban las piernas. No tenía ni idea de cómo había conseguido mantener la calma, tenía el corazón desbocado.

—Aun así, ¿cómo es que has cambiado de opinión? —preguntó Ruby—. Hace un par de días estabas más que dispuesta a marcharte.

279

—Ha sido cuando me ha dicho que desperdiciaba el tiempo con niños sin futuro. Me ha recordado la promesa que le hice a la madre de Tubby en la biblioteca: que nunca dejaría de creer en los niños. Le he fallado. —Recordó el dolor que transmitía la expresión de Sparrow la última vez que lo vio—. Y, lo que es más importante, también he fallado a los niños.

Había permitido que el trauma por la muerte de Victor y su desengaño amoroso con Billy le nublaran el juicio, pero ahora tenía claro el camino que debía seguir. Sparrow. Ronnie. Molly. Maggie May. Joanie. Todos los críos de la biblioteca subterránea necesitaban tener a alguien de su lado.

—Se acabó el comportarme como los demás esperan que lo haga y se acabó el vivir en el pasado —juró—. Esta es mi vida y necesito volver a mi biblioteca.

—¿Con o sin Billy? —preguntó Ruby.

—Con o sin él. Quiero a Billy y él dice que también me quiere a mí, pero lo que me está ocurriendo con él, sea lo que sea, no puede continuar definiéndome.

Las terribles experiencias de Sparrow, la muerte de Tubby, el desarraigo de las chicas de Jersey de la isla que tanto amaban... Clara no podía proteger a los niños de la guerra, pero sí podía hacérsela más soportable.

—Esos niños se merecen algo mejor. Tengo que conseguir que vuelvan a la biblioteca.

—¡Esa es mi chica! —dijo Ruby, que le dio un puñetazo juguetón en el brazo—. Me alegro de haberte recuperado. ¿Y qué me dices de Pinkerton-Smythe, eh? O, mejor dicho, ¡de Gerald! Siempre he sabido que era una sabandija. —Levantó el dedo meñique—. «¡La señorita Munroe no es más que una furcia barata que se pinta como una puerta!»

Clara seguía riéndose de la asombrosamente precisa imitación de Pinkerton-Smythe que había hecho su amiga cuando abrieron la puerta del centro de descanso.

—¡La ropa! —exclamó al acordarse de pronto de que se la había dejado en el piso de su antiguo jefe—. Lo siento muchísimo, señora Chumbley, pero nos la hemos olvidado.

—No te preocupes por eso —le contestó la mujer en tono sombrío—. Ha habido novedades. Será mejor que te sientes.

Clara supo que la noticia estaba relacionada con Beatty y Marie antes de que a la señora Chumbley le diera tiempo siquiera a abrir la boca.

—Por lo visto, han encontrado un pañuelo con el estampado de la bandera del Reino Unido entre los escombros. Alguien ha dicho que recuerda que en la biblioteca subterránea había una chica que llevaba uno parecido. ¿Se te ocurre quién podría ser?

—¡Beatty! —murmuró Clara—. Es el de Beatty; no sé cómo, pero lo sé.

—Podría ser de cualquiera, ¿no te parece? —razonó la señora Chumbley.

—Pero la están buscando, ¿verdad?

—Claro que sí —respondió la mujer—. Sin embargo, ya han pasado tres días...

Dejó la frase suspendida en el aire.

—Razón de más para que no pierdan ni un solo segundo. Cuide de esto, señora Chumbley —dijo Clara.

Le lanzó el ejemplar de *Por siempre Ámbar* y salió a toda prisa del centro de descanso. A lo lejos, oyó que Ruby la llamaba, pero no dejó de correr hasta llegar a los edificios.

La policía estaba acordonando la zona, y todos y cada uno de los hombres y mujeres que se habían deslomado allí a lo largo de los tres últimos días parecían enfermos y derrengados.

—¡Por favor, necesito ver a Billy Clark! —gritó Clara, que se aferró al brazo de un policía.

El agente titubeó.

—Señorita, han dado por finalizadas las labores de rescate. No creen que haya muchas más probabilidades de encontrar a alguien aún con vida.

—¡Me da igual! Llame a Billy Clark si puede, es el jefe de estación de la 98.

—Muy bien. Espere aquí.

Ruby por fin le dio alcance. Intentó recuperar el aliento apoyando las manos en las rodillas y agachándose.

—Cla, por favor, no te hagas ilusiones —suplicó, pero su amiga no le prestaba atención, porque había visto que Billy se acercaba al cordón.

—¡Clara! —exclamó él al verla—, ¿qué sucede?

Llevaba puesto un equipo de protección, un mono grueso de goma, y tenía la cara cubierta de un fantasmagórico velo de polvo, así que apenas lo reconocieron.

—Bi... Billy, por favor, escúchame. Sé que habéis encontrado el pañuelo de Beatty.

—Aún no sabemos a ciencia cierta de quién es el pañuelo, Clara. Los perros están intentando encontrar algún rastro. Por favor, marchaos al centro de Deal Street y esperad allí, os mantendremos informadas...

—Pero...

—Sin discusiones.

—Vamos, Clara, es mejor que hagamos lo que nos pide —dijo Ruby, y se llevó a su amiga con delicadeza hacia el centro de descanso.

El ambiente que reinaba en Deal Street mientras esperaban era tenso.

—Clara, por favor, intenta tranquilizarte. Siéntate y tómate una taza de té —le suplicó la señora Chumbley, pero la joven no le hizo caso y se limitó a seguir paseándose de un lado a otro de la sala mientras se mordisqueaba un pellejo que tenía junto al pulgar.

La promesa que acababa de hacer respecto a no volver a fallar a los niños de la biblioteca le resultaba aún más relevante a la luz de los acontecimientos. ¿Estaban Beatty y Marie atrapadas en una tumba subterránea, asustadas y solas, heridas o algo peor?

Al echar un vistazo a su alrededor, se dio cuenta de que no era la única persona que esperaba aterrorizada en el centro de descanso. Los habitantes del East End habían perdido mucho en aquella guerra, pero no tanto como sus amigos judíos. Con las noticias que comenzaban a llegar desde algunos rincones de la Europa liberada —noticias sobre campos de exterminio gigantescos, llenos de cuerpos demacrados de hombres, mujeres y niños, de esqueletos andantes—, los horrores no hacían más que acumularse.

El total de víctimas de Hughes Mansions ascendía ya a ciento treinta y cuatro, ciento veinte de las cuales eran judías. Aquel cohete era la última tirada de dados de Hitler y había estallado justo en el centro de una comunidad ya muy abatida.

Transcurrió al menos una hora más antes de que llegara el aviso de que, de entre todos los perros, había sido *Beauty* la que había captado un rastro. Clara salió por la puerta *como* un torbellino, con Ruby pisándole los talones.

Beauty estaba escarbando como una loca en una zona de escombros situada en el extremo más alejado del área de explosión de la bomba, y la cola del cohete estaba incrustada muy cerca. Unos tablones de madera apuntalaban de forma precaria lo que parecían unos cascotes bastante peligrosos y solo dejaban una fina rendija por debajo de ellos. Habían colocado el arco de luz blanca sobre el agujero.

—¡Billy! ¿Qué está pasando? —gritó Clara por encima del cordón, y él se acercó.

—Nos ha parecido oír algo. El conserje del edificio cree que es donde estaba la puerta de acceso al sótano.

—¡Un buen lugar para esconderse! —exclamó Clara.

—Por favor, no te hagas ilusiones.

—Pero ¿vais a intentarlo?

—Por supuesto. Mientras haya esperanza, seguiremos intentándolo.

Clara observó la diminuta abertura que se hundía en un denso montón de ladrillos y hormigón destrozados, y sintió que se le erizaba la piel de la espalda. Parecía la trampilla por la que se entraba al infierno.

—¿Quién va a bajar? —preguntó al sentir que le faltaba el aire. Supo la respuesta incluso antes de que Billy contestara—. No, Billy, no —dijo con la voz trémula—. ¿Por qué tienes que ser tú?

—Es una simple cuestión de fisiología. Soy el más delgado.

—Clara miró al resto de los miembros del equipo de rescate, fornidos y corpulentos, y no pudo rebatírselo—. Además —continuó—, me he ofrecido voluntario. Si se encuentran ahí abajo, estarán muy deshidratadas y aterrorizadas. Las conozco, así que tendré más posibilidades de convencerlas de que salgan.

Clara cerró los ojos y se resignó a lo que estaba a punto de ocurrir.

—Gracias —susurró.

—Es mi trabajo, Clara.

—Ya lo tenemos todo listo, Billy —gritó uno de sus compañeros.

—Voy —contestó él. Se hizo un gran silencio entre ambos y Clara lo vio prepararse mentalmente—. Ve dentro y pon el hervidor de agua al fuego, ¿vale? —dijo Billy—. Volveré enseguida y entonces nos sentaremos y mantendremos esa charla que tenemos pendiente.

Se marchó sin darle la oportunidad de responder.

Clara sintió que estaba a punto de desmayarse de miedo.

—Venga, creo que es mejor que no lo veamos —dijo Ruby.

—No pienso moverme de aquí —replicó la bibliotecaria con fiereza. Se volvió hacia su amiga, con el aliento como humo bajo la luz mortecina—. Ya hizo algo parecido durante el Blitz. Siendo razonables, ¿cuánta suerte cabe esperar que tenga un hombre?

Cuando se dieron la vuelta, Billy ya había desaparecido, se había deslizado hacia el interior de las entrañas de la tierra hecha pedazos.

El tiempo adquirió una cualidad extraña. Los minutos se deformaron y se volvieron interminables; la agonía y el suspense invadieron la atmósfera. Uno de los miembros del equipo de rescate les llevó a *Beauty* para que la cuidaran, puesto que la perrita no paraba de lloriquear y de intentar meterse en el agujero para seguir a su amo.

Con la llegada del crepúsculo, una neblina húmeda empezó a inundar la zona afectada por la explosión. La tensión era palpable. A ojos de Clara, los puntales que sostenían la entrada del agujero eran tan finos como dos cerillas, si se tenía en cuenta el peso de los cascotes que debían soportar. La temperatura cada vez más baja hacía crujir y gemir el suelo a los pies de ambas jóvenes.

Clara era consciente de las miradas de preocupación que los miembros del equipo de rescate se lanzaban unos a otros.

En ese preciso instante, uno de ellos se agachó y metió un brazo en el agujero. Se oyó un grito y, de repente, la atmósfera se tornó eléctrica.

Lo primero que salió fue una mano infantil y las chicas de la ambulancia se pusieron en marcha enseguida para preparar las camillas. Era una niña, con el pelo largo y oscuro pegado a la cabeza y con la cara convertida en una máscara de polvo de escayola.

—¿Quién es? —preguntó Clara—. ¿Son ellas?

—No lo sé, no veo, podría ser —balbuceó Ruby—. ¡Espera! ¡Sí! Es ella, creo que es Beatty. No, espera, es Marie.

Cuando sacaron a la niña del todo, uno de los sanitarios la cogió en brazos y, con mucho cuidado, trasladó el cuerpo desmadejado y flácido de la pequeña hasta la camilla.

Clara se sintió como si se hubiera tragado la luna cuando empezaron a acercarse hacia ellas.

—Sí, ahora ya estoy segura de que es Marie... ¡Espera! Hay más actividad. Están rescatando a otra persona...

Se tapó la cara y rompió a llorar, abrumada por el milagro que estaba presenciando.

La multitud contuvo el aliento mientras sacaban a Beatty sana y salva del agujero, aunque no era más que un guiñapo ennegrecido.

—Vamos, Billy, vamos... ¿Dónde estás? —farfulló Ruby.

Clara consultó su reloj de pulsera y empezó a sacudir la muñeca con nerviosismo.

—Se me ha vuelto a parar a las seis.

De repente, *Beauty* levantó la cabeza hacia el cielo y aulló.

El túnel se derrumbó.

22

Ruby

«Me siento como una camarera, porque la gente que coge confianza contigo se para a contarte su vida. A veces debería tener una copa, una bayeta y un surtido de botellas de alcohol detrás de mí.»

ANNA KARRAS,
bibliotecaria de la Biblioteca Pública
del Condado de Collier en Naples, Florida

—POR FAVOR, DOCTOR, seguro que puede decirnos algo más... —suplicó Clara.

—Lo siento, pero en este momento no puedo darles más datos. El estado del paciente es crítico y estamos haciendo todo lo posible por salvarlo. Les sugiero que se vayan a casa —respondió el médico con brusquedad antes de darse la vuelta y alejarse por el pasillo de baldosas al ritmo del chirrido de sus zapatos.

Clara se desplomó sobre un banco de madera y, exhausta, se frotó la cara con ambas manos.

—Cla —le dijo Ruby con suavidad tras acuclillarse junto a ella y agarrarle las manos—, ya has oído al médico. Son las cuatro de la madrugada. Será mejor que nos vayamos a casa e intentemos descansar un poco.

Su amiga levantó la mirada, arrasada por el dolor.

—¿Cómo voy a dejarlo? ¿Y si muere durante la noche?

A Ruby no le gustaba tener que admitirlo, pero, a juzgar por lo que habían presenciado tras el derrumbe del túnel, le parecía una posibilidad bastante obvia. Había sido indescriptible. En medio del caos y la confusión, había conseguido contener a Clara mientras el equipo de rescate excavaba desesperadamente para tratar de liberar a Billy de entre los escombros. Los gritos de Clara se habían mezclado con los aullidos de *Beauty* y habían llegado hasta el último rincón de aquel agujero infernal.

Lo habían encontrado en el preciso instante en el que caía la noche. Ruby había tenido que emplear todas sus fuerzas para evitar que su amiga tirara a golpes las puertas de la ambulancia cuando las cerraron y lo trasladaron lo más rápido que pudieron al Hospital de Londres.

—Está en buenas manos, Cla. Me encantaría que me dejaras llevarte ya a casa para descansar. Podemos volver a primera hora de la mañana.

Clara negó con la cabeza.

—Vete tú si quieres, pero yo no me muevo de aquí.

—Vale, pues hazme un hueco. —Clara levantó la cabeza, cansada—. Yo voy donde tú vayas —aclaró Ruby—. Así que, venga. Échate para allá.

Ruby se quitó el jersey, lo arrebujó con cuidado hasta formar una especie de almohada y se lo colocó sobre el regazo.

—Apoya ahí la cabeza.

Agradecida, Clara se quitó los zapatos y se tumbó en el banco con la cabeza sobre el regazo de Ruby.

—Gracias. Pero no voy a dormir, por si vuelve el médico.

—Bueno, tú descansa —susurró Ruby mientras le acariciaba el pelo.

—Rubes...

—Dime...

—¿Qué voy a hacer si se muere?

—Duérmete, cielo—respondió su amiga, que se agachó y le dio un beso silencioso en la cabeza. Iba a ser una noche larga.

A LAS SIETE de la mañana, cuando las enfermeras del turno de noche se marcharon, Ruby seguía sin pegar ojo. Se frotó el cuello con suavidad para no despertar a Clara. Tenía las piernas entumecidas desde hacía rato, pero no se atrevía a moverse. Su amiga necesitaba todo el descanso posible para afrontar los sinsabores que le esperaban. Ruby volvió a pensar en el túnel en el que Billy había quedado enterrado en vida. ¿Cómo iba a sobrevivir un ser humano a algo así?

La jefa de enfermeras salió y, cuando descorrió las cortinas con las que protegían las altas ventanas del pasillo por la noche, la luz entró a raudales. Clara se revolvió en el banco, aún dormida.

Por el extremo opuesto del pasillo aparecieron un par de figuras familiares.

—¿Qué ha pasado? —retumbó la voz de la señora Chumbley.

—Señora Chumbley. ¿Señor Pepper? —preguntó Clara, que se sentó y reprimió un bostezo.

—Ya me imaginaba que os encontraríamos aquí —dijo la señora Chumbley—. ¿Alguna novedad?

—No —respondió Ruby.

—¿Por qué no salís a tomar un poco el aire y os lleváis esto? —propuso la mujer al mismo tiempo que le tendía a Ruby un termo y dos tazas esmaltadas.

—Tenéis cara de que os sentaría bien una taza de té, queridas —dijo el señor Pepper, que sacó una bolsa de papel—. Os he traído un par de panecillos de beicon de parte de Dot. Todos los del refugio os mandan recuerdos. Y rezan por Billy.

—Voy a buscar unas cuantas respuestas —lo interrumpió la señora Chumbley, que se alejó por el pasillo con gran estruendo.

—Vamos, Cla —dijo Ruby, que se sentía como si alguien le hubiera tirado arena a los ojos—. Me muero por un cigarro y una taza de té.

Clara negó con la cabeza.

—A veces eres más terca que una mula, Clara Button. ¿Qué nos cuenta del refugio, señor Pepper?

—Pues una cosa de lo más peculiar. Es la comidilla de los túneles. El señor Pinkerton-Smythe ha presentado su renuncia.

—¿De verdad? —murmuró Ruby, que le lanzó a Clara una mirada de soslayo.

—Sí. Al parecer le han ofrecido un nuevo cargo en el Gobierno, algo extraordinariamente confidencial. Pero aquí viene lo más raro: ha recomendado a la señora Chumbley para que asuma la presidencia de la comisión y ha solicitado que Clara se reincorpore a su puesto de bibliotecaria. Además, ha conseguido una magnífica cantidad de dinero que se destinará a la renovación de la biblioteca central y, en cuanto terminen las obras, podremos trasladar allí la biblioteca subterránea. —El anciano sacudió la cabeza con incredulidad—. Y ha devuelto los ejemplares de *Por siempre Ámbar* a la biblioteca esta misma mañana. Jamás había visto un cambio tan radical.

—No, si al final hasta va a tener corazón —comentó Ruby en tono sarcástico—. ¿Eh, Cla?

Pero Clara no le hizo caso, puesto que la señora Chumbley acababa de volver con un médico.

—Ella es Clara, la prometida del señor Clark —dijo la mujer, que le lanzó a la joven una mirada que no admitía réplicas.

Clara tuvo la sensación de que estaba a punto de desmayarse y se agarró de la mano de Ruby.

—¿Qué novedades hay, doctor? —preguntó esta última.

—Está vivo —dijo el médico, y Ruby sintió que el alivio hacía flaquear el cuerpo de su amiga—. ¿Puedo hablarles con franqueza?

—Adelante, por favor —lo instó la señora Chumbley—. A estas alturas de la guerra, todos hemos sido testigos de suficientes desgracias como para no soportar el impacto de otra.

—Ha sufrido una hemorragia interna masiva y una fractura de cadera. Hemos conseguido estabilizarlo, pero está en coma. También hemos tenido que extirparle un ojo que había sufrido muchos daños debido al derrumbe.

Clara se puso en pie de un salto. Se llevó la mano a la boca y echó a correr por el pasillo.

—Oh, Billy —dijo Ruby entre lágrimas.

—Si les soy sincero, el ojo es la menor de sus preocupaciones —continuó el médico en tono solemne—. Creo que es conveniente advertir a su prometida que el estado del paciente es crítico. Me gusta ofrecer esperanzas siempre que puedo, pero las posibilidades de que se recupere son muy escasas. Por lo que tengo entendido, la valentía de este hombre es inmensa.

Le faltó poco para dar el pésame.

Clara volvió enjugándose la boca y Ruby la rodeó con los brazos. No podía decir nada que atenuara la sensación de desesperanza.

—¿Podemos verlo? —preguntó Clara.

El médico asintió.

—Muy poco rato.

Ruby esperaba que, una vez dentro de la habitación de Billy, Clara se derrumbara, pero mantuvo la compostura de una forma extraordinaria. De hecho, fue la señora Chumbley quien sollozó con desconsuelo al verlo.

En aquella habitación todo estaba limpio como una patena, hasta la enfermera parecía tan pulcra como una servilleta recién almidonada, y aquello hacía que el aspecto de Billy resultara aún más incongruente. Tenía la cara cubierta de laceraciones. Algunas se las habían tratado con solución yodada, otras tenían puntos de sutura.

Ruby no pudo evitar fijarse en el ojo derecho del sanitario, que ya no era esférico, sino plano. No paraba de darle vueltas en la cabeza a un montón de preguntas.

¿Moriría o sobreviviría? Y, en caso de sobrevivir, ¿cómo llevaría el haberse quedado tuerto? ¿Sería capaz de volver a trabajar o a leer? ¿Habría sufrido daños cerebrales? ¿Se acordaría de Clara?

Parecía muy vulnerable, apenas un fardo de piel fina como el papel y huesos rotos.

La serenidad de Clara se desvaneció de golpe. Las lágrimas le resbalaban por la cara, le rodaban por las mejillas y caían sobre las sábanas.

—Billy. Tienes que sobrevivir. Te necesito. Las niñas y yo te necesitamos.

Se llevó la mano fría del sanitario a la mejilla, dejó que la humedad salada de sus lágrimas le manchara la piel.

—¿Clara Button? —La jefa de enfermeras había entrado en la habitación con gran sigilo—. Hay dos muchachas que preguntan por usted.

Dos PLANTAS MÁS abajo, Ruby y Clara se aferraron a Beatty y Marie, las abrazaron una y otra vez sin parar de darles besos.

—Nos habéis dado un buen susto, chicas —dijo Ruby.

—Lo siento —se disculpó Beatty con timidez—. Supongo que ya sabéis la verdad, ¿no?

En aquel momento, su aspecto era sin lugar a duda el de la niña de doce años que realmente era y, ahora que conocía su verdadera edad, Ruby no entendía cómo narices no se había dado cuenta antes.

—Sí, lo sabemos todo —dijo Clara—. Y somos nosotras las que debemos pediros perdón. Perdón por no haberos cuidado mejor.

—No es culpa vuestra —dijo Beatty con abatimiento—. Me aterrorizaba que, si las autoridades se enteraban, nos separaran y nos enviasen a un orfanato. Antes de irnos de Jersey, le prometí a mi padre que, pasara lo que pasara, no permitiría que eso ocurriera jamás. —Las miró con los ojos abiertos como platos a causa del miedo—. Aunque imagino que eso es justo lo que va a ocurrir ahora.

Clara negó con la cabeza.

—No. Cuando os den el alta, no vais a ir a ningún otro sitio que no sea mi casa. Yo cuidaré de vosotras hasta que recibamos noticias de vuestro padre. Os doy mi palabra.

—Y se acabó lo de trabajar en la fábrica —dijo Ruby—. A partir de ahora, nos ayudarás en la biblioteca.

Marie sonrió, aliviada.

—¿Yo también?

—Sobre todo tú, enana. —Ruby se echó a reír y la abrazó con fuerza—. No quiero perderte de vista ni un momento. Se acabaron las escapadas a la habitación del terror.

—Ay, uf —se quejó Marie—. Me estás haciendo daño.

—Perdona, cielo—dijo Ruby, que la soltó enseguida.

Marie tenía tres costillas fracturadas y a Beatty se le había roto el bazo, pero, aparte de eso, unas cuantas magulladuras molestas y la deshidratación, lo sorprendente era que habían salido físicamente ilesas de aquella terrible experiencia. Ruby tenía la sensación de que las cicatrices mentales tardarían más en sanar. Ninguna de las dos recordaba nada del tiempo que habían pasado atrapadas bajo tierra, pero el médico les había asegurado que era la estrategia que había buscado el cerebro para procesar un suceso tan traumático.

—¿Cómo está Billy? —preguntó Beatty—. Me gustaría verlo y darle las gracias por habernos rescatado.

Ruby miró a Clara con la esperanza de que no edulcorara demasiado la verdad. Después de todo lo que habían pasado aquellas niñas, la sinceridad era la única opción posible.

—No está nada bien —contestó su amiga en voz baja—. Lo mantienen sedado para ver si consigue recuperarse de las lesiones. Lo único que podemos hacer es rezar.

Beatty rompió a llorar.

—Si se muere, será por culpa de mis estupideces —sollozó—. Perdónanos por escaparnos, Clara.

—Calla, no seas tonta —dijo Ruby, que la estrechó tanto como se atrevió entre sus brazos—. Lo más importante es que volvéis a estar con nosotras, con vuestra familia de la biblioteca, y nosotras nunca dejaremos de quereros, pase lo que pase.

Ruby y Clara intercambiaron una mirada por encima de la cabeza de las niñas mientras las abrazaban con suavidad. Habían vuelto a la biblioteca. Las hermanas estaban a salvo. La guerra estaba a punto de finalizar..., pero el futuro nunca les había parecido tan incierto.

23

Clara

«Me ha costado cincuenta y tres años, pero por fin estoy trabajando en la biblioteca que frecuentaba de niña. Siento que he triunfado en la vida. Es el mejor trabajo del mundo.»

MICHELLE MASON,
encargada del mostrador de información,
Biblioteca de Tilbury

CLARA HABÍA TERMINADO con su rutina de lectura. Habían pasado cinco semanas desde el día en que Billy había llegado a aquel hospital en camilla, con la vida pendiente de un hilo, y los libros se habían convertido en la columna vertebral de la joven, habían evitado que se desmoronara mientras él permanecía en coma.

Todos los días acudía al centro médico durante las horas de visita y se sentaba a leer junto a Billy. Leía en el trayecto de autobús desde la biblioteca hasta el hospital. Leía en la recién resucitada hora del cuento y les leía a Beatty y Marie cuando las arropaba por la noche. Leía porque en aquel momento era lo único que tenía sentido.

Sacó el *East London Advertiser* y observó con interés que, tras semanas de vagas referencias a un gran bloque de pisos bombardeado «en algún punto del sur de Inglaterra», por fin informaban del ataque contra Hughes Mansions poniéndoles nombre a los edificios.

—No te va a gustar nada, Billy, pero te están aclamando como a un héroe —le dijo—. No paran de hablar de tu valiente acto de servicio al rescatar a las niñas huidas.

Había una foto del sanitario en la portada, al lado de otra en la que aparecían Beatty y Marie.

Hojeó el periódico en busca de retazos de buenas noticias. En la página siguiente había un artículo sobre Sparrow. Clara se había sumido en una tremenda aflicción al enterarse de que lo habían pillado intentando entrar con un cuchillo en un campo de prisioneros de guerra lleno de soldados alemanes capturados. Según el artículo, el pequeño había declarado que quería vengar la muerte de su amigo Tubby. A Clara se le partía el corazón, pues sabía que, de haber estado ella en la biblioteca en aquel momento, podría haberlo convencido de que actuara de otra forma. Recordó la expresión acusadora de Sparrow la última vez que lo había visto. «Tampoco te necesito.»

Sin el huerto y sin la biblioteca, ¿en qué podía centrarse aquel crío desconsolado? Tenía que encontrar la manera de hacerlo volver al lugar donde le correspondía estar.

Con un suspiro, pasó la página.

—Anda, Billy, mira. Resulta que una misteriosa benefactora conocida únicamente como Ámbar le ha donado una gran suma de dinero a la señorita Moses para que la emplee en el Brady Club. Va a gastársela en renovar las equipaciones deportivas y en llevarse a los supervivientes al campo.

Sonrió con satisfacción. Pinkerton-Smythe se había largado y ella no había experimentado ni siquiera un ápice de arrepentimiento. La señora Chumbley había rechazado el puesto en la biblioteca de Whitechapel y se estaba adaptando sin problemas a su nuevo papel de presidenta de la Comisión de Bibliotecas. Incluso habían encontrado un piso en una planta baja, cerca de Vicky Park, que tenía un patio trasero idílico en el que el señor Pepper se sentaba a la sombra de una morera a escuchar el canto de los pájaros.

Entre la señora Chumbley y Ruby, la biblioteca subterránea estaba bien cubierta mientras Clara visitaba a Billy y a las niñas en el hospital. Compaginarlo todo era complicado, pero Clara pensaba que más le valía acostumbrarse, sobre todo si le aprobaban la solicitud para acoger a las niñas.

—Se ha acabado el tiempo de visita —anunció la enfermera—. Supongo que no tiene sentido preguntarle si volverá mañana, ¿verdad? —Clara asintió—. Me he fijado en que lee mucho, ¿por qué no le lee los libros en voz alta a Billy? Tengo la teoría de que lo oye todo.

—Buena idea. Eso haré.

—¿Cuál es su autor favorito?

—No lo sé —reconoció la bibliotecaria, que cayó en la cuenta de que al final nunca había llegado a adivinarlo.

Les quedaban tantas cosas por decirse, había tantos detalles que aún desconocía sobre Billy. Un rayo de sol polvoriento se coló en la habitación y los dividió como si fuera un secreto. Billy yacía perdido en la oscuridad, con su historia a buen recaudo. Clara se dio la vuelta de inmediato.

CUANDO LLEGÓ A su casa, Ruby la estaba esperando en la puerta, con un pie apoyado en la pared y fumándose un pitillo.

—Esto es como una puñetera campaña de recogida de alimentos de la Cruz Roja. Pero, ojo, está claro que lo necesitas. He visto más carne en la rótula de un gorrión.

Le dio un pellizco cariñoso en el brazo.

—Mi madre te ha hecho budín de pan y mantequilla, Pat te ha preparado algo que me atrevería a decir que es picadillo de ternera, y Queenie e Irene te mandan veinte cigarrillos Players.

—He dejado de fumar.

—Mejor, nunca te ha pegado. Venga, abre. Me parece que necesitas una taza de té y un masaje en los pies.

—Como agua de mayo —respondió.

Ruby soltó una carcajada ronca y apagó el cigarrillo en el bordillo.

—¿Hay alguna novedad sobre Billy? —preguntó mientras Clara empujaba la puerta.

—No. Pero, con un poco de suerte, a las niñas les darán el alta la semana que viene. La jefa de enfermeras ha accedido a que me las traiga a casa hasta que se resuelvan los trámites de la acogida.

—¡Clara, es una noticia estupenda! —dijo mientras se dirigían directamente al salón.

—¿Qué es una noticia estupenda?

Ruby dio un respingo y se agarró del brazo de Clara.

—Señora Button, ¡me ha dado un susto de muerte! —exclamó.

—¡Y a mí! —resopló Clara.

Estupefacta, Clara se quedó mirando a su madre y a su suegra, sentadas cada una a un lado de la chimenea como dos sujeta-libros.

Hacía más de un año que no veía a su madre y la impresión de encontrársela en su casa le robó la voz.

—¿Có...? ¿Cómo habéis entrado? —tartamudeó al final.

—Tengo una llave —contestó Maureen con frialdad—. Me la dio mi hijo. A fin de cuentas, esta era su casa.

—Por supuesto —dijo Clara mientras intentaba contener la rabia—. Hola, mamá.

—Hola, querida —respondió la mujer con sequedad.

—Hace ya unas semanas que te esperamos —continuó Maureen.

—Lo siento, escribí para explicártelo. Han pasado muchas cosas. La bomba voladora, y luego aparecieron las niñas de Jersey.

—Eso me dijiste —contestó su suegra—. ¿O sea que vas a ser... la madre sustituta de esas niñas?

—Sí, así es. Necesitan a alguien que las proteja hasta que localicen a su padre. Ahora mismo, soy lo más parecido que tienen a una familia.

Maureen enarcó una ceja.

—Una lástima que no fueras capaz de proteger a tu propio hijo nonato.

Clara se sintió como si la hubieran golpeado, una vergüenza intensa se irradió desde lo más profundo de su ser.

—Usted sí que sabe cómo meter el dedo en la llaga, ¿eh, pedazo de arpía asquerosa? —gritó Ruby.

—Déjalo, Ruby, por favor —suplicó Clara.

—Sinceramente, Clara, ¿qué manera de honrar la memoria de mi hijo es esta?

—La mejor manera —replicó con vehemencia—. Duncan habría querido a esas niñas tanto como yo. ¡Tenía un corazón tan enorme como la luna!

—Clara, ¿no te das cuenta de lo insultante que es esto para la familia de Duncan? —intervino al fin su madre, que mostró su apoyo a Maureen estirando un brazo y posando una mano sobre la de ella.

A Clara le entraron ganas de gritar. ¿Por qué no me apoyas a mí, que soy tu hija? ¿Por qué no puedes quererme sin condiciones? Pero, por desgracia, sabía que desde la muerte de Duncan algo se había roto entre ellas... ¿Y si en realidad lo único que las unía era el puente que formaba él?

Le acudieron a la cabeza recuerdos incómodos de su infancia. Clara escondiéndose de su madre debajo de la cama con un libro. Clara creyéndose la nota discordante. Al continuar con su trabajo en la biblioteca en lugar de dedicarse a ser esposa a tiempo completo, había infringido un código de conducta tácito. Se dio cuenta, con una tristeza inmensa, de que solo se había sentido aceptada de verdad cuando trabajaba con Peter en la biblioteca.

—Lo siento, mamá. No pretendo ofender a nadie, pero no puedo cambiar ni lo que soy ni lo que siento.

Su madre puso los ojos en blanco.

—Te lo dije, Maureen. Es una pérdida de tiempo.

La señora Button se puso en pie mientras se estrujaba las meninges buscando una manera de quedarse. Clara, sin embargo, sabía que no era una cuestión de amor, sino de control.

—Entonces, ¿me estás diciendo que elegirías a dos niñas judías antes que a tu propia sangre? —exigió saber—. Por Dios, ¡fueron los de su calaña los que trajeron la guerra a nuestro país!

Qué curioso era que, cuando se veía acorralada, todos los prejuicios innatos de su suegra salieran a la luz mostrando su cara más desagradable.

—No voy a rebajarme a responder a esa pregunta —contestó Clara en voz baja.

Maureen arrojó la llave sobre la repisa de la chimenea, con la boca tan apretada como el filo de una cuchilla.

—Entonces no quiero saber nada más de ti, me lavo las manos. Parece que tu madre tenía razón desde el principio: es evidente que has elegido esa biblioteca por encima de tu verdadera familia.

Las dos mujeres salieron dejando tras de sí una estela de olor a perfume dulzón y naftalina. Clara se examinó en busca de arrepentimiento, pero se dio cuenta de que en realidad solo sentía alivio.

Ruby le dio un abrazo fuerte y largo en cuanto se fueron.

—¿Estás bien, cielo? —preguntó, y Clara asintió.

—Supongo que, en cierto modo, es verdad que he elegido la biblioteca.

—Y a tu familia de la biblioteca —añadió Ruby—. Que te quiere con locura. —Le estampó un beso que le dejó una enorme marca de carmín rojo en la frente—. Voy a preparar el té.

CLARA NO RECORDABA haber dormido tan profundamente como aquella noche desde hacía tiempo. El juicio al que la habían sometido su madre y su suegra, la condena y las mentiras le habían resultado extenuantes. Billy tenía razón: ella no tenía la culpa de haber perdido al bebé. No podría haber evitado aquel aborto, como tampoco podría haber calculado la trayectoria de la bomba que lo provocó. Llevaba demasiado tiempo amortajada en reproches y culpabilidad.

La tarde siguiente, sintiéndose más ligera, volvió al hospital aferrada a un libro de la biblioteca y con la esperanza de que quizá las cosas fueran distintas aquel día, de que Billy estuviese consciente. Pero no había cambiado nada. Seguía allí tumbado, sin estar muerto, pero tampoco vivo. Estaba atrapado en una especie de tierra de nadie extraña, oscura y cavernosa.

Clara lo miró a los ojos; la piel que los rodeaba estaba oscura y amoratada, como un pétalo aplastado. Tenía una apariencia muy frágil, como si estuviera a solo un paso de la muerte.

Cogió el libro.

—*Amor en la miseria*, de Walter Greenwood.

Lo habían leído en el club de lectura y a Billy le había encantado, incluso había comparado el lenguaje con hincarle el diente a una lechuga crujiente. También había afirmado que era el libro más emotivo que había leído en su vida.

La novela, ambientada en el barrio obrero de Salford durante la Depresión, era una crónica de la pobreza y la miseria del pasado.

—¿Te acuerdas de la reacción tan intensa que te provocó este libro, Billy? Dijiste que era un texto que decía las verdades a la cara. Nunca te había visto tan conmovido.

Los integrantes más jóvenes del club de lectura no recordaban la Depresión con mucha claridad, pero el señor Pepper y la señora Chumbley sí, al igual que Pat, Irene y Queenie.

Queenie les había contado a todos que su padre se pasaba la vida en la biblioteca, sentado codo con codo junto a centenares de hombres que escudriñaban las páginas de empleo. Irene había compartido la desesperación de su padre por no encontrar nunca un trabajo, y también que luego se desquitaba a puñetazos con su madre.

—Este libro nos abrió a todos en canal, ¿verdad, Billy? —musitó Clara—. Sacó a relucir nuestras propias historias.

Y, de repente, cayó en la cuenta. Las obras de renovación de la biblioteca central avanzaban a buen ritmo. Pronto su pequeña biblioteca quedaría relegada al pasado. Los días que había pasado cobijada bajo tierra con sus amigos y con Billy habían sido los mejores de su vida. Y ya se estaban cristalizando en recuerdos. El olor de los libros viejos y ajados, con pegamento en el lomo, la sobrecubierta descolorida. La luz de las velas. Las risas. La ginebra.

Comenzó a leer y, mientras se adentraba en las páginas, albergaba la esperanza de que las palabras que lanzaba hacia el exterior estuvieran llegando hasta Billy. La esperanza de que, de alguna manera, en algún lugar, esas verdades dichas a la cara lo estremecieran. El final de la guerra estaba ya muy cerca, se esperaba que se anunciase cualquier día. ¿Viviría Billy para ver el mundo con el que siempre había soñado? ¿Un mundo en paz?

SE CORRIÓ LA VOZ de que Clara había vuelto a la biblioteca y de que iba todos los días a leerle a Billy para intentar que saliera del coma.

Bajó autorización médica, establecieron una rotación de lectores en la que todos los miembros de Las Ratas de Biblioteca de Bethnal Green hacían turnos para ir a leerle una vez al día. Eso permitió que Clara empezase a trabajar de nuevo en la biblioteca y preparase la casa para cuando les dieran el alta a las niñas.

A lo largo de los siguientes cuatro días, habría sido imposible que un hombre escuchara más historias. La señora Chumbley le leía *Nacida en viernes*, de Georgette Heyer, con la idea de que, como a Billy no le gustaban nada las novelas románticas de Regencia, quizá consiguiera irritarlo tanto como para hacer que se despertase.

El señor Pepper le leía poesía con ayuda de una lupa. Wordsworth, Tennyson y Keats. Incluso parte del personal de enfermería se detenía a escuchar cómo la tranquilizadora voz del anciano inundaba la habitación.

Pat le llevó a Ernest Hemingway y la noticia de que Hitler se había suicidado. Queenie abandonó sus habituales novelas de suspense y le leyó extractos de *El poder y la gloria*, de Graham Greene.

La única que no fue capaz de apartarse de su estilo de siempre fue Irene, que le leyó encantada extractos de *Éxtasis en el desierto*, de Denise Robins.

Sin embargo, el género literario no parecía importar: el paciente no mostraba ningún síntoma de mejora. Clara creía que Billy estaba flotando en el fondo del océano más profundo y oscuro, en un lugar en el que las historias no lograban penetrar. La espera se alargaba y una sensación de agotamiento nervioso descendió sobre ella como un manto.

El médico hablaba con ella y con la familia de Billy. La maravillosa hermana que había donado su colección de Beatrix Potter apareció y se dirigió a Clara con tal dulzura que la bibliotecaria estuvo a punto de llorar de gratitud. Pero eso no suavizaba la amarga realidad: las probabilidades de que se recuperara disminuían con cada día que pasaba.

Palabras como «prueba de actividad cerebral» o «estado vegetativo permanente» circulaban por encima y alrededor de Clara y, aun así... Aun así. ¿Cómo lo había expresado Billy antes de meterse en aquel túnel del que en realidad nunca había vuelto a salir? «Mientras haya esperanza, seguiremos intentándolo.»

Por fin, el martes concluyó la espera.

Clara oyó una algarabía tremenda a las puertas del hospital. Se acercó corriendo a la ventana. Toda la calle Whitechapel había estallado de alegría.

Con el corazón desbocado, salió corriendo de la habitación y buscó por el pasillo, pero, por una vez, no había enfermeras a las que acudir. Estaban todas en el despacho de la jefa, al final de la planta, enjambradas en torno a una radio a través de la cual una voz cavernosa y familiar se dirigía a la nación:

«Dios los bendiga a todos, esta victoria es suya... En toda nuestra larga historia, jamás hemos visto un día mejor que este.» Un momento de silencio y luego un estruendoso rugido de vítores que les llegó desde el exterior.

Vio que las enfermeras abandonaban su habitual profesionalidad para abrazarse y besarse. Volvió a la habitación de Billy, le cogió la mano y se la llevó a la cara.

—Se acabó. —Le acercó los labios a la oreja—. La guerra ha terminado, Billy.

Nada. Yacía como si estuviera sepultado en un sarcófago de mármol.

Cuanto más avanzaba la tarde, más extraordinarias se volvían las escenas que se desarrollaban al otro lado de la ventana del hospital. Una multitud ataviada de rojo, blanco y azul inundaba Whitechapel High Street. Había una enorme hoguera que no paraba de crecer, a la espera de la oscuridad y del roce de una cerilla. Los edificios que llevaban años sumidos en la oscuridad rezumaban luz y unas cintas de luz plateada se proyectaban hacia el cielo en forma de V.

A Clara la luz le resultaba cegadora.

Le dio la espalda. En el interior de la habitación de hospital, todo era frialdad, contención estéril.

La puerta crujió con suavidad.

—Ya me imaginaba que te encontraría aquí.

Su presencia llenó la habitación, un rayo de sol que se abría paso a la fuerza desde detrás de una nube.

—¡Ruby! ¿Qué haces aquí? Ahí fuera se está celebrando la fiesta de tu vida.

—Y que lo digas —contestó riendo—. Tendrías que ver cómo están los edificios. La señora Chumbley se ha hecho cargo de los juegos infantiles; Pat lleva tal borrachera que ha encabezado una conga por todo Russia Lane; Minksy Agombar y sus hermanas se han subido al carro del lechero a cantar, y la señora Smart ha dejado inconsciente a Stan con la tapa de un cubo de basura por toquetear a Mary O'Shaughnessy.

Clara enarcó una ceja.

—Creo que estoy mucho más segura aquí dentro.

Se volvió hacia Billy.

—Ah, y Sparrow, Ronnie y el resto de la pandilla han hecho una réplica de Hitler para echarla a la hoguera, ¡es tan realista que da miedo! —dijo Ruby muerta de risa mientras se quitaba los guantes.

Al oír el nombre de Sparrow, Clara levantó la cabeza de golpe.

—Leí en el periódico lo que había pasado.

—Pat le pegó la paliza de su vida.

—Pobre Sparrow. La verdad es que no se le ha permitido llorar a Tubby en ningún momento. No me extraña que esté tan enfadado. Me temo que perdí su confianza cuando intenté escabullirme sin decirle adiós. Debe de odiarme, y con razón.

—Tonterías —replicó Ruby con desdén—. Te bajaría el ladrillo más alto de una chimenea si se lo pidieras. —Clara se rio a su pesar—. En serio, Cla. Te echa de menos. Como todas las Ratas del Metro... Billy querría que estuvieras ahí fuera con ellos.

Clara negó con la cabeza.

—No puedo dejarlo solo.

—Ya suponía que dirías eso. —Ruby se quitó el abrigo y sacó un montón de libros de su bolso—. He saqueado la biblioteca. ¿Por cuál empiezo, por *Las uvas de la ira* o por *Orgullo y prejuicio*?

—Rubes, no tienes...

La joven levantó una mano.

—Calla, so tonta. Hemos pasado toda la guerra juntas, así que no pienso dejarte ahora.

—Pero tu madre también te necesita —protestó Clara.

—Mi madre se pondrá bien —replicó su amiga con firmeza—. Sigue teniendo sus días malos, pero ahora debe pensar en el bebé. —Acarició el lomo de los libros con una mano—. Cuando Victor estaba vivo, el embarazo parecía una maldición, pero ahora, por raro que parezca, es lo que le impide desmoronarse. —Clavó una mirada de ojos azules como el hielo en Clara—. Ahora debemos impedir que seas tú quien se desmorone, solo hasta que ese chico vuelva en sí.

—Que Dios te oiga —respondió Clara, agotada.

Ruby levantó los libros.

—¿Nuevo clásico americano o viejo clásico inglés?

—Viejo clásico inglés.

Ruby abrió el libro y empezó a leer. Clara le apoyó la cabeza en el hombro. La prosa de Jane Austen la inundó, tan relajante como una canción de cuna. Clara cerró los ojos.

24
Ruby

«Tanto las bibliotecas como el amor necesitan tiempo para desarrollarse. Conocí a mi pareja de joven, justo antes del nuevo milenio, mientras trabajábamos juntos de bibliotecarios. No nos unimos románticamente hasta casi veinte años más tarde. Ambos teníamos que pensar, que crecer y, sí, que leer mucho antes de eso.»

ANNE WELSH,
Beginning Cataloguing

—CIELO SANTO, ¡NO me oigo ni pensar con este dichoso jaleo! —gritó Ruby tras cruzar la puerta de la biblioteca y asomarse al andén lleno de ecos.

A lo largo de los tres días que habían transcurrido desde el Día de la Victoria en Europa, habían desaparecido no solo el teatro, sino también la guardería y la consulta médica. El estruendo lo provocaba el equipo de obreros que estaba desmontando las literas metálicas de los túneles.

Ruby se volvió hacia la biblioteca y se preguntó qué sucedería antes, si el desmantelamiento o el colapso total de la biblioteca. El suelo de madera estaba tan desgastado que todos los días se preguntaba cuándo llegaría el momento en el que el peso de los libros fuera demasiado y acabaran todos amontonados en las vías del túnel de los trenes que se dirigían hacia el oeste.

Por fin habían recibido la orden de desalojo. La London Passenger Transport Board les reclamaba su estación. Por los túneles debían circular los trenes de la línea Central, no niños. Debían oírse el silbido y el traqueteo de los vagones, no risas y gritos. La guerra había terminado y les habían dado hasta el final del verano para empaquetar todos los libros y marcharse. Los obreros del Ayuntamiento ya estaban reparando la biblioteca de Barmy Park, dañada por las bombas, para que los libros de Bethnal Green no se quedaran sin hogar.

Ruby se sentía un poco perdida. ¿Quién iba a ser ahora ahí arriba, en la superficie, en la vida civil? Mirara adonde mirara, la gente enarbolaba pancartas de «Bienvenido a casa, hijo», y las calles se estaban empezando a llenar de hombres vestidos con el traje de civil que les habían entregado tras la desmovilización. La paz había llevado un anhelo desesperado de normalidad y, aunque Ruby jamás lo reconocería en voz alta, echaba de menos las voces extranjeras, la posibilidad de comportarse con temeridad, de bajar las escaleras mecánicas montando un escándalo después de una noche de borrachera. El torbellino de la vida en tiempos de guerra sería un afrodisíaco del que iba a costarle desengancharse.

—Yo diría que las bibliotecarias no tienen permitido perturbar la paz, ¿no?

Ruby se dio la vuelta.

—Gracias por...

Se interrumpió cuando Clara abrió los ojos como platos y señaló con el pulgar a su espalda.

—¡Chicas! —exclamó cuando vio que Marie y Beatty esperaban tímidamente detrás de Clara—. Oh, venid aquí, no os he echado de menos ni un poquito.

Las envolvió a las dos en un enorme abrazo de oso que las hizo reír. Marie se rio tanto que empezó a toser.

—Venga, échalo ya, a lo mejor es un reloj de oro —le dijo Ruby en tono burlón.

—Rubes —la regañó Clara—, se está recuperando de una lesión en las costillas.

—Te preocupas demasiado —replicó su amiga—. Estas dos son más duras que la suela de un zapato.

Pero, por una vez, su amiga no se echó a reír. De hecho, Clara parecía exhausta.

—Acabamos de conocer a los reyes —anunció Marie dando saltitos.

—¡Venga ya! —exclamó Ruby.

—Los reyes y las princesas Isabel y Margarita han visitado Hughes Mansions esta mañana —le explicó Clara—. En el último momento, me hicieron llegar un mensaje diciendo que querían conocer a las niñas rescatadas.

—¡Madre mía! —jadeó Ruby.

—Ya, eso mismo pensé yo. No me parecía muy buena idea volver a llevarlas allí, porque, al fin y al cabo, acaban de darles el alta, pero al final pensé que lo mejor sería dejar que lo decidieran ellas mismas.

—Y decidimos que sí —dijo Beatty con firmeza.

—La reina ha sido muy amable y la princesa Isabel es preciosa —dijo Marie, entusiasmada—. Todos me han dicho que fui muy valiente.

—Ha sido muy emotivo —dijo Clara con aire pensativo—. La multitud ha roto el cordón de seguridad y ha hecho pasar un muy mal rato a los hombres que debían protegerlos, pero solo los han rodeado para cantarles *They'll Always Be An England*.

—Asombroso —dijo Ruby.

—La verdad es que sí. Se habían informado muy bien sobre todo lo ocurrido, incluso me han preguntado cómo está Billy.

—¿Y?

—Sin novedades —respondió Clara.

—¿No crees que se nos debería permitir visitarlo, Ruby? —preguntó Beatty en tono exigente.

—Pues, eh...

Miró a Clara.

—Les he dicho a las niñas que me lo pensaré. No sé si ahora mismo es una gran idea.

—Creo que ya somos lo bastante mayores como para tomar nuestras propias decisiones —anunció Beatty con un brillo desafiante en los ojos oscuros.

Se alejó dando zancadas hacia la sección de libros infantiles y Ruby miró a Clara con las cejas arqueadas.

—¿Qué te dijo el médico cuando les dio el alta?

—Que este tipo de comportamientos desafiantes eran de esperar. Marie es la de siempre, pero parece que la culpa que Beatty siente por lo de Billy se ha convertido en rabia. Uf, Rubes, no soporto seguir hablando de esto ni un segundo más, mejor te ayudo a recoger libros.

Dos horas más tarde, las Ratas del Metro invadieron la biblioteca, puesto que se había corrido la voz de que habían recuperado la hora del cuento. Aunque ninguno de ellos dormía ya en los túneles, había ciertos rituales de los tiempos de guerra de los que no podían desprenderse.

Molly y Maggie May se lanzaron de cabeza a la sala de lectura. Clara les había pedido a Marie y a Beatty que repartieran papel y lápices a los niños a medida que iban entrando. La biblioteca se llenó enseguida y Ruby atisbó caras que llevaba meses sin ver.

—¡Joannie! —exclamó Clara—. ¡Has vuelto!

La muchacha pelirroja a la que habían metido en un lío por prestarle *Emilio y los detectives* sonrió.

—Sí, mi madre dice que puedo venir mientras esperamos a que el colegio abra de nuevo.

—¡Ronnie, pero mírate! —exclamó Ruby—. ¿Te han echado abono?

Lo habían evacuado hacía solo seis meses, pero había pegado un estirón tremendo.

—No —contestó con una sonrisa tímida—. En el campo tienen mucha comida.

—¿Dónde está tu compinche? —preguntó Clara mientras escudriñaba ansiosamente la puerta en busca de Sparrow.

El chaval se encogió de hombros.

—Lo siento, todavía no lo he visto desde que volví.

Sin saber cómo, consiguieron entrar todos en la sala, apretujados entre montones de cajas.

—Tengo una magnífica noticia —dijo Clara, que dio una palmada para llamar la atención de los niños—. En esas cajas hay cientos de libros infantiles nuevos esperando a que los desempaquetemos en cuanto nos traslademos a la biblioteca de la superficie cuando esté lista. ¡Para que los leáis todos!

Los niños contemplaron la torre de cajas sumidos en un silencio absoluto.

—¡Caray! —exclamó Maggie May—, eso son muchos libros.

Una niña de ocho años llamada Dolly, que acababa de incorporarse, rompió a llorar.

—Es imposible que me los lea todos —sollozó.

Por suerte, la reacción general fue de gran entusiasmo, les ilusionaba que su nueva biblioteca fuera a tener montones de libros nuevos y relucientes solo para ellos.

—Muchos de ellos los han donado niños y niñas de Canadá, así que he pensado que sería divertido organizar un concurso para ver quién escribe la mejor carta de agradecimiento —anunció Clara.

La rivalidad era feroz y los niños no tardaron en ensimismarse cada uno en su carta. El sonido de los lápices al deslizarse sobre el papel inundó la biblioteca.

Se oyó un ruido junto a la puerta y Ruby le dio un codazo suave a Clara.

—¡Sparrow! —exclamó su amiga. La aparición del niño la había pillado por sorpresa y se le formó un nudo de emoción en la garganta—. ¡Has vuelto!

—Y usted también.

Se quedaron mirándose, cada uno en un extremo de la biblioteca. Ruby sabía lo que aquel niño significaba para Clara. En teoría, no debían tener favoritos, pero su amiga adoraba a aquel crío inteligente e incomprendido.

—¿Vas a quedarte? —le preguntó.

Sparrow entró dejando un rastro de barro en el suelo a su paso y le entregó a Clara un paquete lleno de bultos y cubierto de tierra.

—Para usted —resopló, y después se limpió la nariz con la manga.

—¡Grosellas! —exclamó la joven al desenvolver el paquete.

—He pensado que podría hacer una tarta o algo así.

—¿De dónde las has sacado?

—No las he robado —replicó el muchacho a la defensiva.

Clara estiró una mano y le acarició el brazo.

—Sé que nunca harías algo así.

—Solo hice eso del campo de prisioneros de guerra. No tenía intención de hacerles daño, solo quería asustarlos, que tuvieran miedo. Eso es lo que debió de sentir Tubby...

—Te creo —respondió Clara—. Bueno, ¿qué te ha dicho la policía?

—Que no vuelva a meterme en líos. Así que me he hecho un huerto nuevo al lado de las vías. Tengo árboles frutales y todo tipo de... —se interrumpió, avergonzado.

—Me alegro mucho de que hayas venido, porque quiero decirte una cosa. —Clara soltó las grosellas—. Cuando nos trasladamos a la biblioteca permanente, me gustaría que vinieras a trabajar para mí como auxiliar de biblioteca a tiempo completo en la sección de infantil.

—¿Como una especie de chico de los recados?

—Más bien como una especie de aprendiz. Aunque, por desgracia, no puedo ofrecerte mucho dinero, es un comienzo.

—Pero si no tengo estudios.

—Tus estudios son los que has recibido en la biblioteca, y eso te hace aún más apto para el puesto.

—¿Cómo aprendería?

—Al principio, sentándote con servidora... —contestó Clara y, luego, al ver su expresión de confusión, añadió—: Siguiéndome de cerca, quería decir. Con el tiempo, encontraremos la manera de que te saques el diploma de bibliotecario. Si es que eso es lo que quieres.

Ruby lo vio darle vueltas a la posibilidad en su ágil mente.

—Mi madre tendría que estar de acuerdo.

—Por supuesto. Se lo preguntaré yo misma. Esto no es caridad. De verdad que necesito a alguien como tú, Sparrow, para ayudar a los niños de por aquí a entender lo que es capaz de hacer la lectura. —Él asintió despacio—. Voy a introducir tebeos en la biblioteca —continuó Clara—, y necesitaría que escogieras una buena selección.

—¿Por qué no lo ha dicho antes? En ese caso..., ¿cuándo empiezo?

—Vaya, estupendo, ¡cómo me alegro!

—Y quiero pedirle perdón, señorita.

—¿Por qué?

—Por haberla llamado cobarde.

—Tenías razón. —Hizo amago de abrazarlo, pero luego resultó evidente que se lo había pensado mejor—. ¿Aceptarías el ejemplar de *El jardín secreto*? —le preguntó en tono esperanzado—. Todavía lo tengo.

—Vale.

—Genial, luego paso por tu casa a dejarlo. ¿Por qué no entras? Una niña de Toronto llamada Dawn ha donado un ejemplar nuevo de *La isla del tesoro*. Lo he guardado especialmente para ti. He pensado que a lo mejor podrías contestarle, ¿no?

El muchacho dudó. Ruby sabía que no se sentía tan seguro con la escritura como con la lectura.

—Si quieres me la leo cuando termines —se ofreció Clara y el chico asintió, cogió un lápiz y se dejó caer junto a su amigo Ronnie.

Sin más ceremonias, Sparrow había vuelto al redil.

La hora del cuento pasó volando. Desempolvaron el libro favorito de Tubby, *La familia de la calle Sin Salida*, y el capítulo titulado «La Banda de la Mano Negra» recibió una acogida estrepitosa.

Ruby contemplaba a su amiga con admiración mientras esta se entregaba a la dramatización de la lectura. Mientras relataba las aventuras del pequeño Jim Ruggles como polizón en el desagüe de una barcaza, casi se veían los planes que Ronnie y Sparrow iban urdiendo en la cabeza.

La pequeña Dolly se emocionó tanto cuando todos escucharon que en realidad solo había ido a parar a Francia que vomitó en el suelo, así que Clara consideró que era un buen momento para parar.

—¡Gracias, Clara! —dijeron a coro unas cincuenta voces.

—¿Quién quiere visitar la habitación del terror por última vez? —gritó Ronnie y, de repente, se produjo un éxodo masivo.

—Usted no lo ha oído, ¿verdad? —le preguntó Sparrow mientras se daba la vuelta para seguir a Ronnie.

—¿Oír qué? —respondió Clara al mismo tiempo que le guiñaba un ojo.

—Es maja, en el fondo.

El muchacho sonrió y echó a correr en busca de una última aventura subterránea.

—¡Churro, mediamanga, mangotero!

Sparrow gritó la vieja rima antes de encaramarse de un salto a la espalda de Ronnie. Después, salieron disparados por el andén con los brazos extendidos como si fueran fuegos artificiales.

Ruby y Clara los observaron mientras se alejaban simulando el traqueteo de una metralleta y sus ratatatatá retumbaban por todo el túnel. Ruby sabía que los recuerdos de la vida bajo tierra perdurarían mucho tiempo en la memoria de aquellos niños. Los juegos del pillapilla, el miedo tentador de la habitación del terror, las clases de claqué en el teatro, los cuentos en la biblioteca... Todo aquello les dejaría una huella profunda y duradera.

Ruby percibió un tufo a algo pantanoso, mezclado con el olor del jabón carbólico y del vómito.

—Una cosa te digo: lo que no voy a echar de menos es lo mal que huele aquí abajo.

Todavía se estaban riendo cuando el señor Pepper y la señora Chumbley hicieron su aparición, sonrojados por la emoción de haber intercambiado sus votos matrimoniales.

—Por favor, no os enfadéis —les rogó la señora Chumbley—, pero no nos parecía apropiado montar un gran revuelo.

—Sí, nos pareció que no avisar a nadie y hacerlo con discreción sería más respetuoso para con Billy —dijo el señor Pepper. Cuando lo oyó pronunciar el nombre de Billy, a Clara se le borró la sonrisa de la cara—. Nos vamos enseguida a visitarlo y a leerle un poco —añadió el anciano.

—Es un detalle, muchas gracias. Yo iré mañana.

—Con nosotras —dijo Marie, que apareció de pronto junto al mostrador.

—Sí, Clara se niega a dejarnos ver a Billy —intervino Beatty—. ¡Me trata como a una niña tonta y no lo soy!

Clara le lanzó una mirada de desesperación a su amigo.

—Señor Pepper, écheme una mano. Por favor, dígales a las niñas que no les conviene ver a Billy todavía. Han sufrido mucho.

—Clara, querida. Los niños son más fuertes de lo que pensamos.

—¡Ves, te lo dije! —exclamó Beatty.

Ruby vio que Clara se debatía entre varias emociones contradictorias y se dio cuenta de que en realidad no debía de estar compartiendo con ella ni una mínima parte de las dificultades que estaba atravesando con Beatty.

—Sigo sin tenerlo claro —insistió Clara—. El médico me dijo que teníamos que evitar todo tipo de situaciones difíciles.

Beatty estampó su libro de la biblioteca contra el mostrador y provocó que todos dieran un respingo.

—Por Dios santo. Tuvimos que escapar de nuestra casa, mataron a mi madre, mi padre está desaparecido, y a Marie y a mí nos enterraron vivas. —Miró a Clara de hito en hito, con los ojos encendidos de rabia—. ¿Cómo se te ocurre decir una cosa tan absurda?

—No me refería a eso, Beatty. Solo quiero protegeros a las dos —contestó Clara, que estiró la mano para acariciarle el brazo.

Beatty se la sacudió de encima con un gesto de rabia.

—No necesitamos que nos protejas, no eres nuestra madre —le espetó, y se marchó corriendo de la biblioteca.

—Me temo que, hasta que descubramos qué suerte ha corrido el padre de las niñas, te esperan tiempos difíciles —dijo el señor Pepper en voz baja.

La señorita Moses, del Brady Club, asomó la cabeza por la puerta e interrumpió la conversación.

—Por fin, aquí estás, Clara —dijo la mujer, que entró a toda prisa y se desabrochó el sombrero.

—Me alegro de que haya venido, señorita Moses —respondió Clara—. Quería hablar con usted para inscribir a las niñas en el Brady Club.

—Ese tema tendrá que esperar —contestó la mujer, con una expresión solemne en el rostro grave—. Tengo noticias. Debemos hablar a solas urgentemente.

—Nosotros nos marchamos ya —dijo la señora Chumbley haciendo gala de una gran discreción—. Si no, no llegaremos a tiempo a las horas de visita.

—Yo también os dejo tranquilas —dijo Ruby.

—No —suplicó Clara, que la agarró de la mano—. Quédate, por favor. Te necesito conmigo.

Sin decir una sola palabra, la señorita Moses les hizo un gesto para que se sentaran en la sala de lectura.

—Es el padre de las niñas, ¿verdad? —soltó Clara—. Está muerto, ¿no? Santo cielo. ¿Cómo voy a darles esta noticia con todo lo que está pasando con Billy?

—Tranquilízate, querida —respondió la señorita Moses—. En efecto, la noticia tiene que ver con el padre de las niñas, pero está vivo, Clara.

—¡Lo han encontrado! —exclamó.

La señorita Moses le pasó una carta por encima de la mesa.

—Ha llegado al Brady Club. La remitente es una tal señora Moisan, de Jersey.

Clara y Ruby se quedaron mirando el trozo de papel como si fuera una granada de mano.

—Por lo que se ve, no ha parado ni un segundo de buscar a sus sobrinas a través de la Cruz Roja. Un día cogió el *Evening Post* y no daba crédito a lo que veían sus ojos, pero allí estaban las dos, en primera página, junto a un artículo que hablaba del heroico rescate de dos niñas evacuadas de Jersey. Escribió al club. Lo mencionaban en el artículo y, bueno, albergaba la esperanza de que conociéramos el paradero de Beatty y Marie. Solo sabía que las habían evacuado a Bethnal Green, pero, desde el Blitz y la muerte de su hermana, les había perdido la pista por completo a las chicas.

A Ruby se le cayó el alma a los pies cuando vio la cara de Clara. Se había puesto blanca del susto.

—¿Qué más dice? —preguntó Ruby.

—Lleva todo este tiempo muerta de preocupación y le gustaría que las niñas volvieran a casa enseguida. A su padre lo han liberado del campo de Belsen. —La señorita Moses guardó silencio unos instantes para que asimilaran sus palabras—. Van a repatriarlo a St Helier. El mes que viene.

—Caray, pues menuda noticia, sí —dijo Clara, que exhaló el aliento muy despacio—. O sea que se acabó, entonces. —Y, sin más, Ruby vio que su amiga se forzaba a esbozar su omnipresente sonrisa «estoica»—. Será mejor que vaya a buscar a las niñas y se lo cuente todo. Se pondrán contentísimas.

—Te acompaño —dijo Ruby, pero Clara negó con la cabeza.

—No. Prefiero hacerlo sola.

Ruby la observó mientras salía de la biblioteca en compañía de la señorita Moses y supo que a su mejor amiga se le estaba partiendo el corazón lentamente mientras su sueño de ser madre implosionaba una vez más.

Los cambios no paraban de llegar aquel primer viernes de los tiempos de paz. En cuanto Clara se marchó, Ruby oyó un repiqueteo en los túneles. Supo que era su madre antes incluso de que Netty asomara la cabeza por la puerta. Hasta sus pasos parecían más seguros desde hacía un tiempo.

—Hola, cariño. Nos han invitado a todos a casa de la señora Smart a pasárnoslo bien un rato. ¿Te apetece venir?

—Pues la verdad es que no, mamá. Estoy hecha polvo. Pero tú ve y diviértete.

—Gracias, cielo, eso haré. Te he dejado una chuleta tapada con un paño de cocina en los fogones, no me esperes despierta. ¡Hasta mañana! —Se dio la vuelta para marcharse—. Uy, cariño, casi se me olvida. El señor Rosenberg, el capataz de la fábrica de Rego, me ha ofrecido trabajo en las máquinas. Eso quiere decir que tendré ingresos estables y, lo mejor de todo, que no tendré que estar todo el día de rodillas.

—¡Qué buena noticia, mamá!

—¿A que sí? Sobre todo ahora que la pequeñina empieza a dejarse notar.

Se acarició la barriga.

—¿Cómo sabes que es una niña?

—Confía en mí, es una niña. Estoy pensando en llamarla Ámbar Bella.

—Qué bonito, mamá.

—¿Crees que a tu hermana mayor le parecería bien?

Ruby se agachó y besó a su madre en la mejilla.

—Se habría puesto como unas castañuelas.

—La echo de menos.

—Yo también... Venga, vete ya, ¡largo de aquí!

Netty se alejó caminando deprisa, como si el aire que la rodeaba fuera un poco más ligero. Se había pasado años sufriendo, sin saber nunca cuándo o de dónde vendría el siguiente puñetazo o la siguiente patada, pero Ruby sabía que el maltrato psicológico le había dejado una huella mucho más profunda. Su madre se había ganado aquella paz a pulso.

Sin pensárselo dos veces, sacó una botella de ginebra de detrás de *El arte de cuidar de tu hogar*.

Allí estaban escondidas las cartas de Beatty a su padre, escritas con esperanza y antes de que se conociera la existencia de los campos de concentración. Ruby había hecho cola junto a muchísimas más personas para entrar en el Troxy a ver las imágenes de las tropas británicas entrando en Bergen-Belsen, grabadas por Pathé News. Eran fragmentos de un infierno inimaginable.

¿Qué horrores indecibles habría soportado el señor Kolsky?

Ruby bebió un trago largo de ginebra y, de repente, sintió la misma rabia ardiente que había llevado a Sparrow a coger un cuchillo y salir en busca de un alemán. Pensó en las familias a las que habían tenido que sacar del cráter de Hughes Mansions. Los periódicos por fin habían publicado sus nombres. Buenas familias judías, muchas de las cuales eran habituales de la biblioteca.

Con la mano temblorosa, soltó el vaso. El camino que se extendía ante ella era complejo e increíblemente intrincado. Debía mantener la lucidez, no macerarse en una rabia tóxica. El problema era que la bebida era lo único que suavizaba las aristas de aquella situación, su pequeño capricho. Con un esfuerzo hercúleo, se obligó a verter de nuevo la ginebra en la botella.

Recorrió por la biblioteca ordenando sillas y retirando periódicos hasta que oyó un ruido fuera. Unos pasos pesados que se acercaban con decisión por el andén.

—Mamá, ¿eres tú? —preguntó en voz alta, aunque sabía muy bien que no era Netty.

A esa hora, la estación estaba casi desierta, salvo por los guardias de seguridad del ayuntamiento, que patrullaban los túneles y detenían a los saqueadores.

Cogió la botella de ginebra y se acercó a la puerta con gran sigilo; recordó la noche en la que Victor había irrumpido en la biblioteca y el corazón empezó a golpearle las costillas con fuerza.

—¿Hola?

Su voz resonó en el vacío de la oscuridad. La zona de las vías en la que antes estaba el teatro era un túnel de un negro sólido. El polvo que habían levantado las mudanzas envolvía el ambiente.

Una figura alta pareció surgir de la nada y Ruby ahogó un grito al mismo tiempo que levantaba la botella en el aire.

—Un paso más, amigo, y te la llevas puesta.

—¡Ruby, soy yo!

El hombre dio un brusco paso atrás, con los brazos en alto en señal de rendición.

A ella se le desbocó el pulso.

—¡Eddie!

Él le quitó la botella de ginebra de entre las manos con mucho cuidado y sonrió.

—¿Así recibes a un hombre que ha cruzado el Atlántico solo para verte?

—¿Qué...? ¿Qué demonios haces aquí? —tartamudeó la joven.

—Sírveme una copa y te lo cuento.

Diez minutos más tarde, Ruby había recuperado la compostura casi por completo, pero era incapaz de apartar la mirada del hombre que tenía sentado frente a ella en la biblioteca.

Seguía siendo el mismo Eddie de siempre, el mismo joven atractivo que, cuando lo había visto por última vez, estaba saliendo desnudo de la cama de una habitación de hotel del Soho. Sin embargo, ahora sus ojos reflejaban un cierto cansancio. Era un hombre que tal vez había visto demasiado. Desde luego, ya no parecía tener veintiún años.

—Bueno, ¿cómo estás? —le preguntó con incredulidad.

—Pues no creo que vaya a competir en las carreras en un futuro próximo, pero tampoco me puedo quejar. Oye, ¿recibiste los libros que te envié?

—¡Madre mía, Eddie! Lo siento mucho, quería escribirte para darte las gracias, pero esto ha sido... —Se volvió hacia la puerta recompuesta de la biblioteca y le dio unos golpecitos al lateral de su vaso—. Mi padrastro ha muerto.

—Lo siento mucho.

—No lo sientas. Era un mierda de tres pares de narices.

—Vaya...

—Aun así, Eddie, eso no es excusa. Perdóname, fue todo un detalle por tu parte enviarme todos aquellos libros. —Esbozó una gran sonrisa—. Has hecho felices a un montón de mujeres.

—En realidad lo de los libros no me importa. Lo que me importa es la pregunta que te hacía en la carta.

—¿La pregunta?

El joven le sonrió con tanta ternura que algo pareció reblandecerse en su interior.

—Te pedía que te casaras conmigo.

Ruby sintió que se quedaba sin aliento.

—Ay, Eddie, en serio, ¿por qué quieres casarte conmigo? Me siento muy halagada y todo eso, pero, bueno... —Se interrumpió, pensando en las pequeñas espinas que tenía clavadas en el corazón.

«Mi hermana mayor aplastada y enmarañada en una escalera húmeda. Los dientes rotos de mi madre. Ese cráter humeante. Y, sé sincera, Ruby, tus problemas con la bebida.»

—No estoy hecha para casarme con un soldado —insistió mientras buscaba sin éxito el adjetivo adecuado—. Estoy cansada.

—No me sorprende —contestó Eddie en voz baja—. Me da la sensación de que te has pasado los dos últimos años castigándote por algo que no fue culpa tuya...

Acercó su silla a la de ella y le pasó los dedos por la piel suave de la nuca. Luego se inclinó hacia ella y su chaqueta de cuero crujió cuando posó los labios con suavidad sobre los de Ruby. Eddie olía a colonia cara, a lugares que susurraban aire fresco y sal marina.

—Recuerdas lo que te conté entonces —susurró Ruby en el espacio cargado que los separaba.

—¿Cómo iba a olvidarlo? He pensado en ello casi todos los días desde aquel momento. —Ruby sintió que el cuerpo del joven se tensaba—. Odié con todas mis fuerzas tener que dejarte sola en aquella habitación de hotel. Me prometí que, si sobrevivía a la guerra, volvería y te diría lo asombrosamente valiente y fuerte que creo que eres. Hay soldados que no han sufrido ni la mitad que tú.

Ruby cerró los ojos. Eddie era incapaz de entenderlo.

—No soy fuerte. Estoy destrozada.

—Joder, todos estamos hechos polvo, ¿no, Ruby? El mundo entero está hecho mierda.

Le agarró la cara, le besó la frente y luego fue dejándole un rastro de besos por la mejilla hasta encontrar su boca. Ruby sintió que su determinación comenzaba a marchitarse como los pétalos de una flor.

—Pero me niego a pasarme la vida lamentándome —continuó—. Creo que nuestra supervivencia, el hecho de que sigamos aquí cuando millones de personas han muerto, significa que tenemos el deber moral de vivir nuestra vida.

Ella volvió a pensar en su corazón dolorido y en sus cientos de pequeñas heridas. Una espina más y moriría desangrada.

—No puedes quedarte aquí abajo para siempre, Ruby, en esta biblioteca subterránea —dijo Eddie con gran astucia—. Tarde o temprano tendrás que salir a la superficie, a este nuevo mundo.

—Pero... Pero... ¡es una locura! ¿Dónde viviríamos?

—Detalles. —Se encogió de hombros—. En Bethnal Green. En Brooklyn. Me da igual.

—¿Y qué iba a hacer yo en Estados Unidos? Soy una bocazas, hablo demasiado alto y soy demasiado cabezota.

—¡Encajarás a la perfección!

—Pero... soy auxiliar de biblioteca.

Eddie se echó a reír.

—En Estados Unidos también hay bibliotecas, Ruby, muchas.

La joven se cruzó de brazos.

—Muy bien. No soy en absoluto recomendable. De hecho, deberían meterme en la vitrina de un museo con una etiqueta que dijera «¡Mujer caída en tiempos de guerra!».

Él hizo otro gesto de indiferencia.

—¿Quién quiere casarse con una mujer recomendable?

—Fumo y digo demasiadas palabrotas.

—Yo también.

—Cuando me emborracho, cuento chistes muy verdes.

—Estoy deseando escucharlos.

Ruby se estrujó las meninges en busca de cualquier detalle que pudiera disuadirlo.

—Llevo un puñetero puño de acero en el bolso, por el amor de Dios.

Ahí Eddie sí pareció sorprenderse un poco.

—Estoy seguro de que tienes tus razones.

Ruby descruzó los brazos y los levantó en el aire.

—¿Por qué yo?

—Porque, Ruby Munroe, nunca he conocido a una mujer tan inteligente y hermosa como tú. Y me haces reír. Después de ti, no encontraría a nadie que te llegara siquiera a la suela del zapato. —Se le curvaron los labios y fue como si la sonrisa le invadiera toda la cara—. Y porque el corazón quiere lo que quiere. —Y, por fin, Ruby se quedó sin argumentos—. Vale, muy bien —dijo Eddie—. ¿Qué me respondes?

Instintivamente, la joven hizo ademán de coger su vaso, pero se contuvo. Ahí dentro no encontraría la respuesta.

—¿Me das hasta mañana para pensármelo?

—Tómate todo el tiempo que necesites —contestó, y se recostó contra el respaldo de la silla con una sonrisa—. Pero te advierto una cosa: no pienso subirme al barco sin ti.

—Menudo chulo de mierda, ¿no?

Eddie apuró su vaso y se puso de pie.

—No. Solo es que estoy loco por ti, Ruby Munroe. Nunca conoceré a nadie como tú mientras viva y no pienso desperdiciar el tiempo intentándolo. —La agarró por la barbilla y se la levantó con suavidad hasta obligarla a mirarlo a los ojos—. Hasta pronto, Ruby. —Le acarició la mejilla y la joven sintió los dedos cálidos y suaves sobre la piel—. Sé que tienes miedo, aunque finjas que no es así, pero te prometo una cosa: conmigo nunca tendrás que fingir. —Le dio un beso lento y se apartó, con los labios teñidos de rojo—. Estoy alojado en el Rainbow Corner, en Piccadilly. Ve a buscarme allí.

Y entonces se fue y sus pasos resonaron en el andén desierto.

Ruby cerró la biblioteca y subió las escaleras mecánicas despacio. Cuando llegó a la escalera que salía a la calle, mientras subía cada uno de los diecinueve escalones, contaba a cada respiración las razones por las que no podía marcharse. «Clara me necesita. Mi madre me necesita.» Luego, un pensamiento más desagradable: «No te mereces a ese hombre».

El miedo le recorrió la columna vertebral como un dedo huesudo. Estaba ocurriendo de nuevo, la presión insoportable en el pecho, el corazón acelerado. La oscuridad la oprimía, tan espesa y caliente como una sopa. Vio cuerpos cayendo a su alrededor, un destello de pelo rojo enredado, miembros cerosos aplastados.

—¡Para! ¡No sigas! —gritó al notar que le fallaban las piernas.

Se agarró a un áspero escalón de hormigón, jadeando. Tanteó en la oscuridad hasta que, con una mano, encontró la barandilla que ahora había en el centro de la escalera y que le habría salvado la vida a Bella.

Se obligó a permanecer sentada y muy quieta, conteniendo el grito que sentía que se le escaparía en cualquier momento, como un fantasma, hasta que cayó en la cuenta. Nunca se había permitido respirar hondo y exhalar como era debido, ni tampoco reconocer el enorme vacío que su maravillosa hermana había dejado en su vida. No había tenido más remedio que tragarse su dolor, pintarse una sonrisa roja y patriótica y ahogar sus sentimientos en tarros de mermelada llenos de ginebra. Pero la guerra había acabado y su pena parecía una caída sin fin. Y, de pronto, aparecía aquel hermoso hombre que le ofrecía la oportunidad de ser feliz, y el problema era que Ruby no sabía si sería capaz. Lloró con impotencia, sus sollozos desgarraban la oscuridad.

—¿Rubes? ¿Eres tú?

—Cla —susurró—. ¿Qué haces aquí?

—Les he dado la noticia a las niñas. —Frunció el ceño y se sentó a su lado en el escalón—. Están eufóricas y aterrorizadas. Marie ya está dormida, pero Beatty me ha apartado de su lado por completo. Quiere estar sola. Siento que ya la he perdido... —Se quedó callada y acarició la cara manchada de lágrimas de su amiga con una mano—. Rubes, ¿estás llorando? ¿Qué ha pasado?

Ruby se lo contó todo entre sollozos. La repentina reaparición de Eddie, su proposición de matrimonio, sus temores de estancarse en el East End y convertirse en una borracha amargada y desgraciada como Victor.

—Pero no te abandonaré, Cla. Te lo prometo. Estaré aquí, a tu lado, a cada paso del camino.

Su amiga se echó hacia atrás con una sonrisa divertida en la cara.

—Ay, cielo. Te has pasado todo este tiempo centrada en cuidar de los que estamos a tu alrededor. De mí, de tu madre. Y nosotras no nos hemos parado a pensar qué es lo que necesitas tú.

—¿Y qué necesito?

—Amor —respondió Clara—. Yo diría que se te ha presentado una buena oportunidad de ser feliz con un hombre que te adora. Por el amor de Dios, Rubes, ha viajado desde Estados Unidos solo para verte.

—Pero ¿y mi madre, el bebé y Bella?

—¡Tu madre cuenta con un pequeño ejército de mujeres para ayudarla cuando nazca el bebé! Además, es más fuerte de lo que crees... tiene la misma fuerza que tú corriendo por las venas. —Suavizó la voz—. Y Bella ya no está. Puedes llevarte sus recuerdos adondequiera que vayas.

—Pero tú sí me necesitas —dijo con preocupación mientras se rascaba el esmalte descascarillado de una uña—. Sobre todo ahora que las niñas se van y Billy sigue tan enfermo.

—Cariño, tengo que enfrentarme a unos cuantos hechos incómodos. Billy lleva seis semanas en coma. Los médicos no están seguros de si volverá a recuperar la conciencia en algún momento y, en caso de que lo haga, tampoco saben muy bien hasta qué punto será el mismo de antes... —Se interrumpió y respiró hondo—. No puedes aparcar tu vida por nosotras. Tu madre y yo estaremos bien. Ha llegado el momento de ver quién es la verdadera Ruby Munroe. —Sonrió y le dio un empujoncito en el hombro—. ¡Que Dios nos ayude!

Ruby al fin sonrió y se dio cuenta con una punzada de dolor de lo mucho que había llegado a depender de su amiga. ¿No era de la solidez de su amistad de donde había sacado siempre la fuerza?

Clara titubeó.

—Creo que es hora de dejar que Bella descanse en paz, ¿no crees?

De manera involuntaria, Ruby volvió a contener el aliento mientras sopesaba la pregunta. Las dos contemplaron las profundidades tenebrosas de la escalera oscura en silencio. Y entonces ocurrió algo tan extraordinario que, de no haber estado Clara allí con ella para verlo, Ruby habría creído que era un truco de su imaginación. Un susurro de tinieblas subió los escalones como una voluta de humo y se le enroscó alrededor de los tobillos ronroneando seductoramente. La joven dio un respingo.

—¡*Gato de Biblioteca*! —exclamó Clara.

—El mismo que viste y calza, ha vuelto —murmuró Ruby.

Hacía meses que no veían al gato negro, desde el momento en el que Pinkerton-Smythe se había hecho con el control de la biblioteca y el animal se había marchado indignado.

—No soy muy dada a los presagios —dijo Clara—. Pero me da la impresión de que este gatito siempre aparece justo cuando más lo necesitamos.

Gato de Biblioteca se encaramó de un salto al regazo de Ruby y esta enterró la cara en el pelaje buscando el consuelo de su delicioso calor.

—¿Dónde has estado, muchacho? —murmuró.

En la oscuridad, percibió el aroma embriagador a lavanda del pelo del animal. Ese olor era el favorito de Bella, y Ruby sintió la cálida presencia de su hermana con la misma intensidad que si la tuviera justo detrás de ella en las escaleras. Clara tenía razón. No podía permanecer atrapada en el pasado para siempre. Lo que había sucedido en aquellos escalones era terrible, pero tenía que seguir avanzando, vivir en compañía de su dolor. Si no, ¿qué? Pensó en la irritable Maud, que todas las noches se emborrachaba hasta perder el conocimiento en el Salmon and Ball, y en la pobre Sarah, de la que se rumoreaba que estaba en un manicomio recibiendo «tratamiento».

Se inclinó hacia su amiga y la abrazó con todas sus fuerzas. Las lágrimas de ambas se mezclaron, *Gato de Biblioteca* era un cálido bultito de pelo acurrucado entre ellas. Ruby sintió que el profundo pozo de compasión y fuerza de Clara la recorría de arriba abajo. Su amiga era extraordinaria, ¿y si pudiera serlo ella también?

Ruby se apartó y le entregó el gato a Clara con delicadeza.

—¿Adónde vas? —le preguntó la bibliotecaria.

—Voy a ver a Eddie antes de que me dé por cambiar de opinión.

Dos trayectos en autobús más tarde, Ruby se bajó en Piccadilly Circus y echó a correr en dirección al club de la Cruz Roja Americana con el corazón aguijoneándole el pecho como la aguja de un tatuaje. Empezó a llover a cántaros. La blusa no tardó en quedársele pegada al cuerpo y el pañuelo de la cabeza se le empapó.

—Mierda —murmuró cuando el chaparrón se convirtió en un diluvio. ¿Por qué no se lo había pensado mejor? ¿O por qué no se había llevado un paraguas?

Las luces de neón titilaban en las aceras mojadas. Las parejas con las que se cruzaba corrían a toda velocidad, muertas de risa, protegiéndose del repentino aguacero con periódicos.

A Ruby se le resbalaban los pies en los zapatos de tacón mojados, tanto que, mientras atravesaba la plaza circular a la carrera, estuvo a punto de caerse.

—Mierda, mierda, mierda.

Se quitó los zapatos y corrió por las calles mojadas del Soho con los pies protegidos solo por las medias. Llevaba la cabeza gacha y no se percató de su presencia hasta que se chocó contra él con un golpe húmedo.

—Ruby...

—Eddie...

—¿Qué narices haces aquí? —le preguntó con los ojos risueños—. Estás empapada. Y ¿dónde están tus zapatos?

—No quería tenerte en vilo.

Ruby se estremeció, la lluvia le tamborileaba en la cabeza.

—Bueno, te lo agradezco muchísimo, pero, venga, será mejor que te lleve a algún sitio donde puedas secarte.

—No, no, tengo que hablar ahora —balbuceó ella—. Si no te lo digo ya, perderé el valor. Mi respuesta es sí.

Eddie abrió los ojos como platos.

—¿En serio?

Ruby asintió.

—Sí. Quiero casarme contigo y vivir en Estados Unidos. —Se vio a sí misma reflejada en el escaparate de la tetería Lyons. Se le había emborronado el carmín y tenía los rizos rubios pegados a la cara—. Bueno, si es que aún me quieres. ¡La leche, tengo una cara que pararía un reloj!

Eddie rompió a reír y le echó su abrigo sobre los hombros. Su delicioso aroma la envolvió y se sintió segura, arropada por su calor y su fuerza.

—Estás más guapa que nunca —le susurró, y Ruby sintió su voz suave en el oído mientras el soldado la rodeaba con los brazos y le entrelazaba las manos a la altura de la parte baja de la espalda.

Eddie hizo ademán de besarla, pero ella se apartó.

—Y no pienso dejar que me metas prisa —añadió—. Tengo que ir a las islas del Canal con Clara y pasar una temporada con mi madre. Esas son mis condiciones.

—Esperaré el tiempo que haga falta —le prometió él—. ¡Tú mandas, nena!

—¿Estás seguro de que quieres casarte conmigo?

—Sí, y, ahora, ¿te callas y me dejas besarte?

Y en aquella húmeda noche de primavera de 1945, Eddie se agachó y la besó con tal ternura que a Ruby se le resbalaron los zapatos de las manos y se le cayeron sobre la acera. En ese instante, la joven se olvidó de la lluvia. De hecho, se olvidó de todo.

25

Clara

«Durante la guerra, mi predecesor tenía el grandilocuente nombre de Arscott Sabine Harvey Dickinson. Ocupó el nada envidiable puesto de bibliotecario jefe de la Biblioteca de St Helier durante la ocupación de Jersey. Los angustiados y hambrientos isleños no podían hacer gran cosa, aparte de leer, durante las horas de apagón.»

EDWARD JEWELL,
bibliotecario jefe de la Biblioteca de Jersey

ERA UNO DE esos días veraniegos de ensueño cuando el viejo barco correo zarpó del puerto de Weymouth y se adentró en las frías aguas del canal. El aire salobre tenía un aspecto luminoso y dorado; sin embargo, era tan gélido que hasta se le podría haber dado un mordisco.

El mar, de un cobalto resplandeciente, resultaba cegador; el cielo era de un azul mágico y ondulante. Después de años bajo tierra, aquello resultaba una gran sobrecarga sensorial.

—Marie, esa es tu cena —dijo Clara en tono de reproche y sin creerse lo que veían sus ojos cuando la niña empezó a lanzarle trozos de su bocadillo de queso a un grupo de gaviotas estridentes.

—Estoy demasiado emocionada para comer —respondió ella.

Beatty no abrió la boca, su rostro parecía una máscara inescrutable mientras mantenía clavada la mirada de ojos oscuros en la brillante línea azul del horizonte. Desde el momento en el que la señorita Moses les había entregado la carta que anunciaba que el padre de las niñas seguía vivo, una sensación de irrealidad se había

325

apoderado de todos los habituales de la pequeña biblioteca subterránea. La culpa de Beatty, que después se había convertido en ira, había acabado dando paso a un silencio desconcertante.

Al final, al señor Kolsky lo habían trasladado en un barco de transporte de tropas neozelandés y había tardado cinco semanas en volver a St Helier. Seguían disponiendo de muy poca información, aparte de que la tía materna de las niñas había pedido que las acompañaran a casa de inmediato.

El ritmo del barco correo acababa de estabilizarse en un cómodo traqueteo cuando Beatty se puso en pie de un salto.

—¡Las cartas! ¡Me las he olvidado!

—¿Qué cartas? —preguntó Clara.

—Las que escribí y te di para que me las guardaras, Ruby.

—Ah, es verdad —dijo Ruby, que frunció la cara para protegerse del sol brillante—. No te preocupes, no tardarás en volver a verlo en persona y podrás decirle cuánto lo has echado de menos.

—Pero es que la cuestión no es esa. Quería enseñárselas, para demostrarle que no nos hemos olvidado de él en ningún momento.

Se dio la vuelta y echó a correr por el barco abriéndose paso entre los pasajeros que chasqueaban la lengua en señal de desaprobación.

—Déjala —dijo Ruby, que agarró a Clara de la mano cuando esta hizo ademán de seguirla—. ¿Te haces una idea de cómo debe de sentirse? Está a punto de ver su casa y a su familia por primera vez desde hace cinco años.

Clara suspiró y volvió a sentarse en el banco de listones de madera.

—No... —reconoció—. No me hago una idea. Y a eso hay que sumarle que vuelve a casa sin su madre, y aún no sabemos si su padre está al corriente de la noticia.

En aquel momento, el mundo entero era un signo de interrogación. La guerra había hecho saltar por los aires a millones de personas, como si fueran piezas de un rompecabezas. Ahora todos y cada uno de ellos tenían que adivinar dónde volverían a encajar.

—Creo que ya no estoy segura de nada —suspiró Clara. Era como si la complejidad de los días que le esperaban la hubieran atado de pies y manos—. Todo me parece un caos. Me siento culpable cuando no estoy con Billy y, cuando estoy con él, me siento culpable por no estar con las niñas.

—Bueno, no eres la única a la que le pasan esas cosas —comentó Ruby—. Las mujeres tienen el monopolio de la culpa. Pues, ¿sabes lo que te digo?, ¡que a la mierda con ella! —exclamó en voz alta por encima del estruendo de las gaviotas.

—Chist —la reprendió Clara—. La gente nos está mirando.

—Me importa un bledo. Que miren todo lo que quieran.

Por fin, Clara se echó a reír.

—Mucho mejor —sonrió Ruby.

Clara miró a su amiga y ambas se sumieron en un silencio prolongado.

Desde que Ruby había aceptado su propuesta de matrimonio, Eddie había pasado todos sus ratos libres en la biblioteca; llegaba a diario con enormes ramos de flores o acompañando a una encantada Netty, a la que después se llevaba a tomar té y pasteles. Clara nunca había visto a Ruby tan feliz. Seguía siendo la misma de siempre, eso sí, con tanta laca en el pelo que cualquier día se asfixiaría y un lenguaje tan soez como un desagüe, pero ahora también había una especie de suavidad, una luz que perforaba la oscuridad. Jamás se «arreglaría» ni olvidaría lo que había ocurrido en aquella escalera, del mismo modo que Clara jamás olvidaría a Duncan ni a su bebé. La guerra los había roto a todos, pero había llegado el momento de volver a juntar los pedazos de bordes irregulares.

—¡Y pensar que la próxima vez que viaje en barco será para irme a América! —dijo Ruby.

—Te voy a echar mucho de menos —gimió Clara—. Aún no me creo que te vayas a ir de verdad.

—Ni yo tampoco —aseguró la joven mientras buscaba un cigarrillo Black Cat y lo encendía—. ¿Crees que los cuervos abandonarán la Torre de Londres cuando me vaya?

—Seguro que sí. Estoy muy orgullosa de ti por atreverte a correr el riesgo.

—No he pensado mucho más allá, Cla —respondió. La brisa marina hacía ondear el pañuelo que llevaba en la cabeza. Inhaló y exhaló el humo del tabaco—. Pero tienes razón. Se lo debo a Bella. Supongo que tengo que vivir la vida por las dos.

—¿Significa eso que te has perdonado por lo que sucedió aquel día? —preguntó Clara.

—No, pero estoy dispuesta a intentarlo y eso es un comienzo, ¿no?

—La culpa es como un nudo frío y retorcido —dijo la bibliotecaria en voz baja—. Sé bien de lo que hablo. Se tarda mucho tiempo en desatarlo, pero todo llegará.

Ruby suspiró y levantó la cara hacia el sol. Un mechón de cabello rubio se le escapó del pañuelo y brilló como oro líquido.

—Esperemos que sí. Creo que me irá bien vivir en un lugar en el que nadie sepa lo que ocurrió.

Clara asintió.

—Tiene sentido.

—Incluso he decidido que intentaré escribir una novela cuando llegue a Brooklyn; voy a dejarme llevar por el espíritu del que no arriesga no gana y todo eso.

—Vaya, Rubes. Eso es increíble.

Se encogió de hombros.

—A saber, lo mismo hasta soy capaz de escribir un librito obsceno.

Clara le dio un codazo juguetón en el brazo.

—Bueno, material de investigación no te falta, eso está claro.

—¡Serás canalla! —La bisutería de Ruby destelló al sol y soltó una de sus carcajadas profundas y guturales—. Pero tienes razón. —Desvió la mirada hacia el horizonte—. Dios, cómo lo quiero, Cla. Lo quiero de verdad. Eddie me entiende. Y lo más raro de todo es que parece que él también me quiere de verdad, tal como soy.

El alivio que le producía a Clara saber que su amiga había conocido a un hombre que al parecer no quería cambiarla era indescriptible. Creía que no sería capaz de dejarla marchar bajo ninguna otra circunstancia. Después de tantos años bajo tierra, Ruby se había ganado el derecho de disfrutar de grandes cielos, necesitaba un país tan audaz y brillante como ella.

—¿Quién iba a decirlo? Ruby Munroe, por fin lista para ser la esposa de alguien.

—Sin embargo, la cuestión es si Estados Unidos estará preparado para ti —preguntó Clara.

Ruby la atrajo hacia sí y se abrazaron con fuerza. Clara inhaló su aroma a tabaco y perfume Phul-Nana. Todo lo que le resultaba cálido y familiar se le escapaba de entre las manos.

—Gracias por acompañarme en este viaje —susurró.

—No te habría dejado hacer esto sola por nada del mundo. Siempre lo hemos afrontado todo juntas. Es nuestra forma de ser —murmuró Ruby.

Clara vio que algo llamaba la atención de su amiga a su espalda y se volvió despacio.

Los imponentes acantilados de granito de la costa norte de Jersey se alzaban ante ellas, tan escarpados que arañaban el azul cerúleo del cielo. Había llegado el momento.

EN EL PUERTO, la multitud empezó a abrirse paso a empujones para bajar por la pasarela y llegar al muelle. De vez en cuando, alguien salía disparado de entre el gentío y volaba hacia los brazos de uno de los pasajeros que desembarcaban. Los evacuados seguían regresando a la isla de la que habían huido aquel oscuro día estival de 1940.

A su alrededor se desarrollaban escenas de inmensa emoción y, cuando Clara sintió que la mano de Marie se deslizaba en la suya, se sintió abrumada.

—¿Cómo es tu tía? —le preguntó.

—Muy guapa —contestó la niña—. Tiene mucho pelo, ondulado y muy oscuro; y también tiene mucho que achuchar. —De repente, Marie frunció el ceño—. Por lo que recuerdo.

Recorrió la multitud con la mirada mientras se mordisqueaba el labio inferior.

—Estará con nuestra prima Rosemary, supongo —intervino Beatty; era la primera frase decente que pronunciaba desde que habían salido de Londres.

—¡Beatty! ¡Marie!

Una voz ronca sonó a su espalda y se volvieron.

—¿Tía? —dijo Beatty.

A Clara no le pasó desapercibido el tono de incredulidad en la voz de la muchacha.

—Pero ¡cómo habéis crecido! —exclamó—. Me había jurado que no os diría eso.

Abrió los brazos y las niñas se abalanzaron sobre ella.

Mientras se abrazaban, Clara la estudió con curiosidad. No era la mujer que Marie acababa de describirle. Estaba delgada como una hoja de papel y tenía el pelo gris plateado recogido en lo alto de la cabeza como un merengue.

—Encantada de conocerte, Clara —dijo la señora Moisan por encima de la cabeza de sus sobrinas—. Y tú debes de ser Ruby. Tenéis que estar agotadas y muertas de hambre. Venga, vámonos a casa.

Siguieron a la multitud que abandonaba el muelle. En comparación con el bullicio de Londres, las estrechas calles adoquinadas que rodeaban el puerto les parecían tranquilas.

—Me temo que tendremos que ir a pie. Vivo en Havre des Pas, que no está muy lejos de aquí.

—¿Dónde está tu coche, tía? —preguntó Beatty. La muchacha se volvió hacia Ruby y Clara con una expresión de orgullo—. Mi tía fue la primera mujer de la isla que condujo un Austin 10 nuevecito.

—Me lo quitaron los alemanes —contestó la mujer en tono rotundo.

—¿Y dónde está Rosemary? ¿Está en casa? —preguntó Marie, que tuvo que corretear un poco para no quedarse atrás debido al ritmo acelerado que había marcado su tía una vez que enfilaron la carretera que llevaba al este.

Entonces la mujer se detuvo de golpe y agachó la cabeza.

—También me la quitaron los alemanes.

Veinte minutos más tarde, llegaron a su casa: una preciosa villa victoriana, pintada de color crema, que se alzaba sobre una fina franja de arena dorada a orillas del mar y que parecía sacada de una postal. Las hermosas casas y hoteles que rodeaban la bahía parecían pastelitos escarchados.

Ya en la puerta, la señora Moisan se volvió hacia ellas.

—Una vez que os haya acompañado a vuestra habitación y hayáis podido asearos y cambiaros, tomaremos el té en el salón. Y entonces os informaré de las novedades. Tengo mucho que contaros. —Primero le acarició la cara a Marie y después a Beatty, con los ojos inundados de dolor—. Sé que habéis sido muy valientes estos últimos cinco años, ángeles míos, pero debéis prometerme que lo seréis un poquito más.

Introdujo la llave en la cerradura, y Ruby y Clara intercambiaron una mirada fugaz.

Treinta minutos más tarde, se reunieron en la que Clara supuso que era la mejor estancia de la casa. Había dos sillones de caoba tapizados con brocado delante de una chimenea de mármol. La habitación era alargada y en el extremo más alejado tenía unos altos ventanales panorámicos que daban a la bahía. Los últimos rayos de sol iluminaban el horizonte, una franja de un naranja centelleante.

La luz mortecina iluminaba una zona de moqueta más oscura.

—Ahí estaba el resto de mis muebles —explicó la señora Moisan—. Pero el invierno pasado tuvimos que quemarlos para hacer leña, así que, niñas, me temo que tendréis que sentaros en el suelo —anunció y, sin decir ni una sola palabra, Beatty y Marie se sentaron con las piernas cruzadas frente al pequeño fuego. Después les hizo un gesto a Clara y a Ruby para que ocuparan los únicos asientos—. Yo me quedaré de pie junto a la chimenea.

—Por favor, no, ya me quedo yo de pie —protestó Clara.

—Ni hablar —replicó en tono cortante—. Sois mis invitadas.

Se volvió para atizar el fuego y, cuando lo hizo, Clara se dio cuenta de que los huesos angulosos de los hombros le sobresalían por debajo de la fina blusa color crema.

—Os pido disculpas por el estado en el que nos encontráis. Os aseguro que, antes de la guerra, ni vestíamos así ni teníamos este aspecto. Los isleños somos gente orgullosa, pero nuestros... huéspedes no deseados —dijo afinando los labios— nos han humillado de todas las formas imaginables.

En la repisa de la chimenea había una foto enmarcada y Clara sintió una punzada de reconocimiento. Eran tres niñas metidas en agua espumosa hasta las rodillas, vestidas con bañadores de lunares a juego. La señora Moisan la sorprendió mirándola.

—Esa era la foto favorita de mi hermana. Rosemary era una niña adorable. Erais incapaces de sacarla de esa piscina, ¿verdad, niñas?

—Tía —le espetó Beatty. Las largas horas de viaje la habían dejado agotada y parecía estar a punto de desmoronarse—. Por favor, cuéntanoslo todo. ¿Qué le pasó a Rosemary, adónde se la llevaron los alemanes y dónde está nuestro padre? ¿Y dónde está el tío Tim?

Clara se estiró y le puso una mano en el hombro.

—Dale un respiro a tu tía.

—Tranquila, no pasa nada. Merecen saber toda la verdad sobre su familia... o lo que queda de ella. Siento mucho tener que decíroslo, pero Rosemary murió... —Pasó la mano por la repisa de la chimenea y cogió la fotografía—. Y, por desgracia, me han dado la noticia de que su padre, mi marido, también ha fallecido.

Un silencio espeso descendió sobre ellas.

—¿Cómo? —preguntó Beatty con una voz diminuta y temerosa.

—Empezaré por el principio.

Clara se puso de pie y agarró a la señora Moisan del brazo con mucha delicadeza. La guio hasta el sillón y esa vez ella no se opuso; se sentó, aún con la foto aferrada en la mano. Clara se sentó en el suelo con las piernas cruzadas. Instintivamente, Marie se acurrucó en su regazo y se envolvió en los brazos de la bibliotecaria como si fueran una manta. La señora Moisan las observó, ni un solo detalle escapaba a sus ojos. Apretó los dedos alrededor del reposabrazos antes de comenzar su relato.

—Cuando estalló la guerra, nuestra vida siguió adelante sin demasiados cambios. Mi marido, Tim, y yo regentábamos esta casa de huéspedes, y mi hermana, la madre de las niñas, venía y me ayudaba a preparar los desayunos. Su padre, mientras tanto, se encargaba de su joyería en St Helier. Pero entonces llegó la invasión de Francia y todo cambió. Vuestro gobierno británico decidió que no nos defendería en el caso de que los alemanes nos invadieran.

—Pero ¿por qué? —preguntó Clara, que se sentía avergonzada por saber tan poco sobre la suerte que habían corrido las islas del Canal.

—Defendernos no tenía ningún valor estratégico, así que nos abandonaron. Al menos, así lo sentimos nosotros.

—Entonces, ¿por qué evacuaron a las niñas y a su madre y, sin embargo, su familia y el señor Kolsky se quedaron?

—Ah —suspiró la mujer con una sonrisa irónica en los labios—. Quedarse o marcharse. La pregunta con la que todo el mundo se debatía en esta isla. —Se encogió de hombros—. A mi hermana le resultó fácil. Desde el primer momento dijo que, si los alemanes se acercaban demasiado, cogería a las niñas y se iría a Inglaterra. Teníamos una tía en Whitechapel y opinaba que allí estarían más seguras.

—Pues el tiro le salió por la culata —replicó Beatty con la voz cargada de resentimiento—. Cuando llegamos, nuestra tía había decidido evacuarse y a mamá la mataron la primera noche del Blitz. Habríamos estado mucho mejor aquí.

—No, no habríais estado mejor —dijo la señora Moisan con tal brusquedad que Beatty dio un respingo—. Si pudiera volver atrás en el tiempo, Rosemary y yo nos habríamos subido a bordo de aquel barco con vosotras.

—Entonces, ¿qué os llevó a quedaros? —preguntó Ruby.

—Mi marido procedía de una de las familias más antiguas de Jersey. Estaba demasiado arraigado a esta tierra. —Suspiró—. La vida está llena de elecciones. La mayoría de ellas son mundanas y de repente llega una, un dilema tan devastador que ni siquiera sabes qué camino tomar. Al final, dejé la decisión en manos de mi marido.

Bajó la mirada hacia la foto y acarició suavemente la cara de su hija con el pulgar.

—No pasa un día sin que me arrepienta. En cuanto a vuestro padre, niñas, respetó el deseo de marcharse de vuestra madre, pero se puso del lado de Tim. Veía que la gente insultaba a los hombres que se subían a los barcos de evacuación, que los llamaban ratas y desertores. Y él era orgulloso. —Se estremeció y empezó a juguetear con un hilo suelto que había en el brazo del sillón—. Sin embargo, al ser judío, era el que más peligro corría de todos...

Clara quería hacerle mil preguntas, pero era la señora Moisan la que tenía que contar aquella historia, no le correspondía a ella meterle prisa.

—Al principio, las privaciones no eran más que una molestia. —Hizo un gesto con la mano como para restarles importancia—. Nos cambiaron la hora para que coincidiera con la de Berlín, nos expidieron carnés de identidad. Los alemanes eran educados. Rosemary no podía caminar ni hasta el final de la calle sin que le dieran una palmadita en la cabeza. Al tener el pelo rubio, les recordaba a las hijas que habían dejado atrás. Pero, poco a poco, la fachada fue desapareciendo. —Empezó a darle vueltas y más vueltas a su alianza en el dedo—. Toques de queda, apagones, racionamiento... Nuestro mundo se volvió más pequeño y oscuro.

»Toda esta área se convirtió en una zona militar. ¿Os lo podéis imaginar? Corríamos el riesgo de que nos dispararan solo por estar en el lado equivocado de la línea pasadas las nueve de la noche. Y, cielo santo, los vecinos...

Esbozó una mueca y Clara no supo si estaba a punto de echarse a reír o de llorar.

—Todo Havre des Pas era un nido de ratas alemanas. Justo en la casa de al lado, en el número 1 de Silvertide, estaba la *Geheime Feldpolizei*, la policía militar secreta.

—¿Te refieres a la Gestapo? —preguntó Ruby.

—En teoría no, pero el segundo al mando de Silvertide era una celebridad en la isla. Heinz Carl Wölfle. Hasta se hacía llamar el Lobo de la Gestapo, así que no creo que nadie tuviera muy clara la distinción. Y menos aún mi marido y vuestro padre, niñas, cuyos arrestos ordenó.

—¿Por qué? —quiso saber Beatty.

—1942 —prosiguió la señora Moisan haciendo caso omiso de la pregunta de Beatty—. Ese fue el año en el que todo cambió. En marzo de ese año, se endurecieron las restricciones contra los judíos. Fue a Tim a quien se le ocurrió la idea. —Se agarró con fuerza al sillón—. Estaba sentado aquí mismo cuando me dijo que no teníamos más remedio que esconder aquí al padre de las niñas. Si seguía viviendo encima de su joyería, sería solo cuestión de tiempo que fueran a buscarlo.

—¡Pero si teníais a la policía secreta en la casa de al lado! —exclamó Ruby.

—Lo sé. Llegamos a la conclusión de que esconderlo a plena vista era tan atrevido que a lo mejor incluso salía bien. Era una estrategia audaz, pero lo cierto es que no teníamos muchas más alternativas. Lo escondimos en el sótano y cubrimos la trampilla con una alfombra de trapo. Solo salía al anochecer, cuando echábamos los postigos, y hablábamos en susurros. A esas alturas, todos los judíos que quedaban en la isla estaban escondidos, pero tener la barriga vacía puede convertir en delatoras a personas a las que antes considerabas amigas. Nos convertimos en una isla de secretos y espías. ¿En quién podías confiar? ¿Quién estaba aguantando, quién colaboraba?

Lo narraba todo con una gran frialdad, como si la ocupación le hubiera esterilizado las emociones.

—Los alemanes convertían en prisionero político a todo el mundo. Había un flujo constante de personas que desfilaban hacia la casa de al lado para «charlar un ratito con el Lobo». —La señora Moisan cerró los ojos—. Fue un sábado de junio. Había ido al mercado y terminé metiéndome en una pelea con Barbara Vibert, mi antigua peluquera. Me llevé la última col apestosa del mercado y ella se enfadó muchísimo. Se me desgarró el abrigo en el forcejeo.

—¿Por una col? —preguntó Ruby.

La mujer se volvió hacia ella de golpe.

—¿Has pasado alguna vez un día entero sin comer?

—Lo siento —murmuró Ruby.

—Me di cuenta de lo enfadada que estaba Barbara. Después de la pelea, se dio la vuelta para marcharse, pero, en el último momento, se detuvo. «Hace tiempo que no veo a tu cuñado, el señor Kolsky», me dijo. Nada más, pero la advertencia estaba implícita.

En la oscuridad de la habitación, la tensión era casi insoportable.

—Vinieron a la mañana siguiente, justo antes del amanecer. El Lobo de la Gestapo con dos de sus hombres. No tardaron mucho en encontrar la trampilla del sótano. Arrestaron a Michael y a mi marido. —Se quedó callada unos segundos, perdida en el recuerdo—. Es curioso, la verdad. No hubo violencia. El Lobo iba vestido con mucha elegancia, cualquiera podría haberlo confundido con un vendedor de seguros.

—Pero ¿no estabas muerta de miedo? —preguntó Ruby.

—Sí, claro. No me engañaba, sabía que tarde o temprano volverían a por nosotras. Había colaborado con un judío y lo había escondido delante de sus narices, era imposible que dejaran pasar algo así.

—Entonces, ¿qué hiciste? —preguntó Clara, que sintió que se le tensaban las entrañas.

—Tuve que pensar rápido. Recurrí a la única persona en la que confiaba, el doctor Noel McKinstry. Por lo que me habían dicho, ayudaba a la gente que se había metido en aprietos.

—¿Cómo supiste que podías confiar en él?

—Había llegado a conocerlo bien durante el transcurso de la guerra. Veréis, Rosemary tenía diabetes y él siempre hacía cuanto estaba en su mano para que no se le agotaran las existencias de insulina. Enseguida escribió una carta a las autoridades alemanas para informarlos de que Rosemary y yo teníamos tuberculosis. Incluso intercambió muestras médicas. El truco de la carta de exención funcionó. A los alemanes les aterrorizaba la tuberculosis, así que nos dejaron en paz.

—Sin embargo, ¿era ya demasiado tarde para su marido y el señor Kolsky? —preguntó Clara, y la señora Moisan asintió.

—A Michael lo mandaron en barco al continente dos días después. A mi marido lo deportaron unas cuantas semanas más tarde como parte de un grupo de veinte presos políticos de Jersey. Se marcharon dos miembros de mi familia, pero solo uno volvió a casa.

—¿Có... cómo? —preguntó Clara, temblorosa.

—Al padre de las niñas lo liberaron de Belsen. Debo advertiros, chicas, que está muy enfermo, ingresado en el sanatorio de St Helier. Pero está vivo.

Beatty sollozaba sin poder controlarse y a Clara le entraron ganas de estrecharla entre sus brazos y protegerla de aquel dolor.

—A mi marido fueron trasladándolo de una cárcel francesa a otra; sin embargo, con el avance de los Aliados, terminaron por desplazarlo más al este, al campo de concentración de Auschwitz-Birkenau. —Por fin, cerró los dedos en un puño y se lo llevó a la boca. Su expresión dejó a Clara vacía por dentro—. Imagino que morir de tifus le supuso una liberación, pero, aun así, no puedo dejar de darle vueltas en la cabeza a cómo es posible que mi marido, un hombre tan bueno, terminara muriendo en aquel lugar.

—¿Y Rosemary? —se atrevió a preguntar Clara—. No lo entiendo, si escapasteis de la detención, ¿cómo murió?

Durante un largo rato, la señora Moisan mantuvo la mirada clavada en el suelo como si buscara algo.

—Puede que ella no muriera en un campo de concentración —dijo al fin—, pero, creedme, fue tan víctima del Tercer Reich como su padre. En el invierno de 1944, se habían agotado todos los suministros de insulina y mi hija estaba muy enferma. Sentimos un gran alivio cuando el doctor McKinstry se enteró de la llegada de un cargamento procedente de Francia y él mismo acudió al puerto. No obstante, cuando llegó, el contenedor estaba vacío. La insulina había alcanzado un precio desorbitado en el mercado negro. Rosemary entró en coma diabético y murió. No vivió para enterarse de la muerte de su padre y eso, al menos, es de agradecer.

Los ojos de la tía de las niñas permanecían terriblemente inexpresivos.

—¿Por qué no me marché a Inglaterra cuando tuve la oportunidad? Fui una insensata y he pagado el precio más alto que podría imaginarse. Dicen que el corazón se rompe, pero el mío... —Se rozó el pecho con sutileza—. El mío sigue latiendo con terquedad.

Marie se bajó del regazo de Clara y se acercó a su tía para rodearle el cuello con los brazos sin decir una palabra. Al sentir su contacto, la señora Moisan se estremeció, como si se hubiera olvidado de lo que se siente cuando te abraza una criatura, y rompió a llorar.

Durante mucho rato, permanecieron allí sentadas, asimilando los complicados hilos de aquella historia devastadora.

—Beatty, por favor, tráeme lo que hay en el cajón superior de ese aparador de ahí —dijo al final la señora Moisan.

Beatty se levantó, sin dejar de temblar, y sacó un fajo de mensajes de la Cruz Roja.

—Mientras el Lobo y sus hombres registraban la parte superior de la casa, Rosemary se coló en el sótano y vuestro padre le dio esto.

—¿Qué son? —quiso saber Clara.

—Los mensajes que le enviamos a nuestro padre —dijo Beatty, que los miraba con incredulidad.

—Los guardó todos. Se aferraba a la noción de que estabais a salvo. —Sonrió y sus ojos recuperaron un destello de luz—. Estaba muy orgulloso de que sus hijas se hubieran inscrito en una biblioteca subterránea. «Mis pequeñas e inteligentes ratonas de biblioteca», solía decir. Rosemary consiguió ocultarlos bajo su tablero de ajedrez. A vuestro padre le daba un miedo atroz que cayeran en manos de los nazis y descubrieran dónde estabais.

—Tu hija fue muy valiente —señaló Ruby.

La señora Moisan asintió.

—Sí. —Le dio un beso en la coronilla a Marie—. Bueno, niñas, creo que ahora necesitáis descansar, porque mañana iremos a visitar a vuestro padre.

A LA MAÑANA siguiente, cuando Clara bajó las escaleras, la señora Moisan había recobrado su habitual energía y las emociones de la noche anterior volvían a estar enterradas en su correspondiente lugar.

Estaba leyendo un ejemplar del *Evening Post* mientras Beatty y Marie desayunaban pan y mermelada.

—Siéntate. Debo confesar que este es mi pequeño placer, leer un periódico que ya no está censurado. —Levantó la tetera y empezó a servir—. Te pido disculpas si anoche hablé con demasiada franqueza. Es mi realidad desde hace tanto tiempo que a veces se me olvida que es difícil de digerir.

Clara posó una mano sobre la de la mujer.

—Por favor, no te disculpes nunca conmigo. Estoy aquí para apoyar a las niñas y ¿cómo voy a hacerlo si edulcoras el pasado?

Ella asintió.

—Gracias. Ahora, háblame de ti. ¿Cómo era la biblioteca que creaste durante la guerra?

—Ay, tía, era una biblioteca maravillosa —dijo Beatty, y ambas se dieron la vuelta, sorprendidas—. Ha sido un lugar seguro tanto para mí como para Marie. No sé qué habríamos hecho sin él. Y Clara es la mejor bibliotecaria del mundo.

—Eso no es cierto en absoluto —protestó Clara—, pero gracias por el apoyo entusiasta, Beatty.

Se había quedado de piedra. Hacía semanas que Beatty no le dirigía tantas palabras seguidas. Clara notó que a la muchacha se le había suavizado la mirada y supo que era su forma de disculparse. Estuvo a punto de echarse a llorar de alivio.

—Es verdad, tía —insistió Beatty—. Cuando desaparecimos, no dejó de buscarnos en ningún momento, no paró hasta que nos encontró y Billy nos rescató...

Se interrumpió al ver la expresión de su tía.

—Cielo santo, ha sido mucho más que una bibliotecaria para vosotras.

Clara bajó la mirada hacia su té y se sintió incómoda. ¿Se había pasado de la raya? En su desesperación por ser madre, ¿se había olvidado de establecer límites?

Ruby entró en la cocina y su amiga agradeció la interrupción.

Tomaron más té y pan untado con una sustancia picante y deliciosa, hecha a base de manzanas y canela, llamada mantequilla negra, y después llegó la hora de partir.

La cháchara nerviosa que las había acompañado durante la mañana se desvaneció mientras se ponían los abrigos y salían a la calle.

—Vuestro padre está en el hospital de St Helier y son muy estrictos con los horarios de visita —anunció la señora Moisan justo antes de salir—. He conseguido que me presten unas bicicletas.

Al oírla hablar, Clara se dio cuenta de que su presencia estaba causando cierto revuelo. Varios vecinos habían salido de las casas y miraban con curiosidad a las niñas.

De repente, el rostro de la señora Moisan se tornó de hielo. Una mujer de unos cincuenta y tantos años, de aspecto inofensivo y con una cesta de mimbre en la mano, subía por la calle hacia ellas.

—Ya vuelves de comprar, ¿eh? —le dijo la señora Moisan en tono de desprecio cuando estaba a punto de cruzarse con ellas. La mujer aceleró el paso y se negó a mirarla a los ojos—. Espero que te atragantes con la comida, ¡puta asquerosa! —Después, escupió con fuerza a los pies de la mujer. Clara y Ruby intercambiaron una mirada de asombro—. Ojalá no conozcas un momento de paz por lo que hiciste. —Señaló a las niñas, que parecían aterrorizadas—. Estas son las hijas del señor Kolsky. Míralas... —La mujer echó a correr—. ¡Míralas a la cara y luego a ver si eres capaz de vivir con lo que hiciste!

La mujer dobló la esquina y desapareció de la vista.

Clara le tocó la espalda con suavidad a la señora Moisan.

—Era ella, ¿verdad? ¿Era la mujer que os delató?

La señora Moisan asintió, con el rostro invadido por la furia.

—No me puedo creer que no haya habido consecuencias —señaló Clara.

—Por lo visto, no hay ninguna ley que prevea una pena adecuada para quienes delataron a otros isleños. Han pensado que la mejor forma de servir a los fines de la justicia es dejar que la gente condene al ostracismo a los culpables de colaboración. —Clara se quedó boquiabierta. Le parecía que todo aquello tenía un tufillo demasiado intenso a Lejano Oeste—. Así que se supone que tengo que pasar página sin más, como ha hecho ella.

La señora Moisan le quitó la pata de cabra a la bicicleta y empezó a pedalear por el ventoso paseo marítimo con la espalda rígida.

El atemorizador encuentro se cernía sobre ellas como una nube oscura mientras circulaban en bicicleta por St Helier. Aquel día, las calles estaban más concurridas, en los comercios abundaban la carne y las verduras, y Clara incluso atisbó una tienda de golosinas que parecía funcionar a las mil maravillas.

—Los británicos, a través de la Fuerza 135, están haciendo un trabajo magnífico a la hora de solucionar el desaguisado alemán y de hacer que nuestra economía se recupere —comentó la señora Moisan mientras observaban las colas de amas de casa parlanchinas.

Hasta que se detuvieron en un semáforo, Clara no vio la primera señal evidente de que los nazis habían dejado huella: una enorme esvástica negra pintada con alquitrán en el lateral de una casa.

—Es lo que llamaban una *Jerrybag* —dijo la señora Moisan con desdén—. Cuando se enteraban de que una mujer estaba confraternizando con un alemán, marcaban su casa. —Ruby, Clara y las niñas se quedaron mirando la marca con curiosidad—. Por favor, no la miréis así —les pidió la tía de las niñas—. Creedme cuando os digo que en esta isla hubo muchos más actos de resistencia que de colaboración. —Sus ojos despedían un brillo desafiante bajo el sol radiante de la mañana—. El número de personas que subvertían al enemigo supera con creces al de las que se acostaban con él.

El tráfico avanzó y la mujer se alejó pedaleando con brío.

Diez minutos más tarde, se detuvieron ante un imponente edificio victoriano que se alzaba tras un sólido muro de granito.

—Ya hemos llegado —anunció la señora Moisan.

Cuando entraron en el hospital, Clara continuaba sumida en el turbio estanque de venganza e ira que, a todas luces, seguía bañando a los atribulados isleños, y en las situaciones imposibles a las que se habían enfrentado y seguían enfrentándose.

Un médico y una enfermera acudieron a recibirlas.

—Buenos días, Beatty y Marie. —El doctor saludó a las niñas con cariño—. Antes de que entréis a ver a vuestro padre, tengo que hablar con vuestra familia.

A Clara se le aceleró el corazón mientras seguía a la señora Moisan y al médico por un largo pasillo hasta el despacho de este.

En cuanto se sentaron, el doctor sacó un expediente.

—El señor Kolsky está muy, muy enfermo. Sufre una grave desnutrición y está aquejado de septicemia, puede que a causa de una intoxicación alimentaria o de haber bebido agua sucia... —Guardó silencio unos instantes y se dio unos golpecitos en el pulgar con el bolígrafo—. Estamos tratándole todas esas dolencias físicas y notamos cierta mejoría en dichas afecciones.

—¿Pero? —preguntó la señora Moisan con recelo.

—Es por su mente por lo que temo. La septicemia, sus experiencias o ambas cosas le han provocado un desequilibrio perturbador que requerirá de al menos otros seis meses de convalecencia aquí y de un intenso tratamiento psiquiátrico.

Clara tenía el corazón tan desbocado que le sorprendía que nadie más lo oyera.

—¿Cuáles fueron esas experiencias? —quiso saber la cuñada del paciente—. Hable con franqueza.

—Bueno, tardaremos un tiempo en reunir un informe completo, puesto que los horrores aún se están desvelando. Pero tengo entendido que, en el caso del señor Kolsky, las consecuencias no se deben tanto a la cantidad de tiempo que pasó en Belsen como a la intensidad de la experiencia, que es lo que le ha provocado este desequilibrio... —titubeó—. ¿Cómo podría explicarle algo así a unas señoras?

—Por lo que más quiera —le espetó la señora Moisan—, la guerra ha sido muchas cosas, pero no discriminatoria. Ha infligido su brutalidad a ambos sexos. Somos mujeres. Podemos afrontar la verdad.

—Muy bien. Para cuando llegó el señor Kolsky, las autoridades del campo ya estaban intentando ocultar todas las pruebas de sus crímenes para que los ejércitos británico y ruso no las encontraran cuando entraran. Obligaron a muchos prisioneros a marcharse, a desfilar hacia la muerte. Pero el señor Kolsky se quedó. Por lo que tengo entendido, su trabajo y el de muchos otros consistía en deshacerse de los cadáveres. Durante los tres días previos a la liberación de Belsen, lo obligaron a arrastrar a los muertos hasta las fosas. Lo azotaron y golpearon hasta que arrastró a miles de personas a terribles fosas comunes.

—Siga —ordenó la señora Moisan con voz tranquila; sin embargo, una vena le palpitaba en la sien.

—Ya se imaginarán lo indecible que debió de ser caminar entre cadáveres y ser testigo de hechos sobrecogedores.

Se hizo un silencio tenso mientras asimilaban aquella noticia.

—¿Qué consecuencias tiene eso para un hombre? —preguntó Clara, jadeante.

—Por lo que parece, no recuerda absolutamente nada de su vida anterior a la guerra. Tenemos la esperanza de que ver a sus hijas lo ayude a recuperar la memoria.

La señora Moisan se volvió hacia Clara.

—Esto será muy duro para las niñas. Por eso quería que vinieras hoy. Necesitan a alguien en quien confíen.

A Clara le entraron ganas de salir corriendo de aquella habitación pequeña, con su empalagoso olor a jabón carbólico, pero la tía de Beatty y Marie tenía razón. Las niñas necesitaban recuperar a su padre y él las necesitaba a ellas.

Asintió mientras el médico se ponía en pie.

—¿Vamos?

Cuando llegaron adonde se encontraban las pequeñas, sentadas junto al puesto de enfermería, Clara tenía las tripas revueltas.

—A ver, niñas —dijo el médico con voz suave y agachándose ante ellas—, vuestro padre está ingresado en una habitación individual. La última vez que lo visteis, tenía cuarenta y cuatro años, pero debo advertiros que ahora parece mucho mayor por culpa de lo que vivió en el campo de concentración. No se parecerá ni se comportará como el padre al que recordáis de 1940. Veros a las dos será un paso primordial para su recuperación, pero, si no os sentís preparadas o necesitáis más tiempo...

—Estamos preparadas —insistió Beatty.

—Muy bien —dijo el doctor—. Pero, por favor, es muy importante que no mencionéis el campo de concentración en ningún momento.

Mientras avanzaban por un laberinto de pasillos, Clara agarró a las dos niñas de la mano y sintió que la aprensión de ambas le subía serpenteando por los brazos hasta el corazón.

Se abrió una puerta y, de repente, se encontraron en una habitación blanca y luminosa. En el centro de la estancia, recostado contra varias almohadas en la cama, yacía un hombre muy viejo.

Clara sintió que se le cortaba la respiración. Era un esqueleto envuelto en piel. Su apariencia era más la de un hombre de ochenta años que de uno de cuarenta.

Tenía el pelo blanco y de punta, dividido en mechones que parecían matas de dientes de león; su piel había adquirido un extraño tono amarillento.

—Señor Kolsky —dijo el doctor en voz baja—. Tengo una visita muy especial para usted. Son sus hijas, Marie y Beatrice. Han estado en Inglaterra y ahora han vuelto a casa.

Tardó un rato en enfocar la mirada mientras se volvía despacio para mirarlas. Tenía los ojos tan legañosos que le costaba mantenerlos abiertos. Clara les soltó la mano a las niñas, pero Marie se aferró a su pierna.

Una lenta luz de reconocimiento apareció en el rostro del señor Kolsky. El hombre deslizó los dedos poco a poco por la sábana cuando Beatty dio un tímido paso hacia su padre.

Fue la primera en hablar, con una expresión llena de amor.

—Papá, soy yo... —Le cogió la mano entre las suyas con delicadeza—. Soy yo. Oh, papá...

—Ponte a la luz, donde pueda verte —susurró él.

Beatty volvió a avanzar y él se llevó la mano de su hija a la mejilla. De repente, fue como si se estremeciera y un espasmo le recorrió el rostro.

—Rose... Mi querida Rose, ¿dónde has estado?

Beatty abrió los ojos como platos.

—No, papá, no soy mamá, soy yo. Beatty, tu hija.

Él negó con la cabeza y le apretó la mano con más fuerza. Una tormenta de emociones le inundó el rostro. Confusión. Ira. Miedo.

—¿Dónde están nuestras hijas? —preguntó con voz trémula—. ¿Qué han hecho con ellas? —Empezó a temblar—. Que no se las lleven, Rose. ¿Me oyes? No permitas que se lleven a nuestras hijas.

Beatty apartó la mano y ahogó un sollozo.

El señor Kolsky intentó incorporarse mientras ella retrocedía a trompicones.

—Por favor, Rose, tienes que esconder a las niñas para que estén a salvo.

Ahora tiritaba e intentaba salir de la cama, pero estaba tan débil que apenas podía levantar la sábana.

El médico se precipitó hacia él y Beatty se escondió en el costado de Clara.

—Creo que es mejor que salgan ya —las urgió el médico.

Cuando estuvieron fuera de la habitación, oyeron el eco de la frágil voz del señor Kolsky en el pasillo.

—¿Dónde está mi esposa? ¿Adónde se la llevan?

Las enfermeras las guiaron hasta una habitación privada donde, durante veinte minutos seguidos, Beatty lloró desconsolada en brazos de Clara y Marie permaneció sentada a su lado hecha un ovillo. La puerta se abrió con suavidad.

—Como habéis visto, vuestro padre está muy enfermo —dijo el médico.

—¿Cómo van a curarlo? —preguntó la señora Moisan.

—No puedo darle una respuesta clara —respondió el médico, con aire de cansancio—. Nunca nos habíamos encontrado con un caso así. El cerebro de vuestro padre intenta protegerlo de los terribles horrores que ha presenciado.

—¿Quiere decir que es algo así como una caja de fusibles fundida? —preguntó Beatty.

El médico sonrió con tristeza.

—Eso es, exacto. Eres una chica inteligente. Pero te prometo, querida, que aquí haremos todo lo que esté en nuestra mano para cuidar de tu padre hasta que encuentre el camino de regreso a sí mismo.

Salieron del hospital irreversiblemente alteradas por la experiencia. La imagen del cuerpo demacrado de aquel hombre permanecería grabada en el cerebro de Clara durante el resto de sus días.

—Creo que necesitamos un paseo y que nos dé un poco el aire —anunció la señora Moisan.

—Sí, buena idea —convino Clara.

—Lo siento, me refería solo a las niñas y a mí —repuso la mujer.

Clara se sintió como si le hubieran pegado una bofetada.

—Ah. Claro. Por supuesto. Os veré en casa.

Se montó en la bicicleta y se alejó pedaleando lo más deprisa que pudo para que las niñas no vieran las lágrimas que le rodaban por las mejillas. Salió de St Helier a toda velocidad, agradeciendo que la fría brisa de la isla le secara las lágrimas en cuanto caían.

Ruby no dijo ni una palabra, se limitó a seguirla en su bicicleta mientras se dirigían hacia el oeste bordeando la bahía de St Aubin para llegar a la de St Brelade. Dejaron atrás campos y playas jalonadas por horribles fortificaciones, gigantescas monstruosidades de hormigón tan impenetrables como la mente del señor Kolsky. Clara nunca se había sentido zarandeada por semejante vorágine de emociones.

Por fin, agotada, la bibliotecaria se detuvo cuando la tierra se acabó en el extremo suroeste de la isla. Clara inhaló la dramática belleza del paisaje. La marea había bajado y una calzada flanqueada por rocas negras conducía a un majestuoso faro blanco. A lo lejos, se oían unos estruendos tremendos cada vez que el océano arremetía contra la tierra.

—Parece que hemos llegado al final del camino —murmuró Clara al bajarse de la bicicleta—. Me parece una metáfora muy apropiada.

El pañuelo de la cabeza se le había soltado y el aire le agitaba el pelo oscuro alrededor de la cara. Se estremeció cuando el viento cobró fuerza y empujó unas enormes nubes plateadas por encima del cabo.

—Las he perdido, ¿no?

—Ay, Cla —dijo Ruby con un suspiro—, no puede decirse que las hayas perdido, porque... ¿De verdad creías que eran tuyas, cariño?

—No, supongo que no. No puedo dejar de pensar en el señor Kolsky y en la señora Moisan.

—Oye, ¿puedes arreglártelas sin mí? —preguntó de repente Ruby—. Te veré en la casa.

—¿Adónde vas?

—Le prometí a Stan, el de los edificios, que iría a ver a su tío, que regenta un *pub* junto a los muelles.

Clara enarcó una ceja.

—Ruby Munroe. No se te ocurra meterte en el mercado negro.

—No, no es nada deshonesto, su tío no es contrabandista. Solo tengo que darle un mensaje. —Se acercó a su amiga y la besó en la mejilla—. Hasta luego.

Clara todavía no estaba preparada para volver a la ciudad, así que se sentó, cerró los ojos y escuchó el rugido del océano. Ruby y ella se embarcarían al día siguiente en el primer barco de regreso.

Se recostó sobre la hierba fresca del acantilado. Era como si el viento le susurrara historias y el océano no parara de acallarlo. El golpeteo de las botas militares sería un eco interminable, y se preguntó cómo iban a encontrar las niñas su lugar en aquella isla devastada por la guerra y, aún más importante, cómo iban a hacer frente a la fragilidad mental de su padre. Debía aceptar que tendrían que hacerlo sin ella.

Se quedó allí tanto tiempo que debió de quedarse dormida, porque, cuando levantó la vista, fue como si alguien hubiera pintado el cielo.

La puesta de sol era espectacular. El color de las naranjas sanguinas se fundía con el añil. Volvió en bicicleta, despacio, maravillándose con el cielo nocturno, que formaba un dosel brillante sobre las colinas bajas y con las estrellas que salpicaban la negrura.

Clara entró en Havre des Pas empujando su bicicleta y se sorprendió al encontrarse a la señora Moisan esperándola en la puerta.

—Menos mal que has llegado. Me preocupaba que te hubieras perdido. Tenemos que hablar. —Su comportamiento había cambiado—. Ven. —Agarró a Clara del codo—. Deja aquí la bici.

Echaron a andar por el paseo marítimo, ante los grandes hoteles que bordeaban la primera línea, hasta que la tía de las niñas por fin se detuvo y se sentó en un banco. Le hizo un gesto a Clara para que la imitara.

—Te he estado observando con las niñas. Eres lo más parecido a una madre que tienen. Ahora lo veo. Esta mañana me has pedido sinceridad total, así que... —Desvió la mirada hacia el mar—. Me gustaría que las niñas volvieran a casa contigo. Me he convertido en una vieja, estoy demasiado hundida en mi dolor para darles lo que necesitan.

—Pero ¿qué pasa con su padre? —preguntó Clara.

—Pueden volver a verlo cuando tengan vacaciones. Espero que se recupere y que ellas puedan formar parte de esa recuperación, pero, a corto plazo, es a tu lado donde estarán mejor. —La señora Moisan sonrió. Tenía una sonrisa preciosa y la habían visto tan poco...—. Necesitan tus historias, Clara, tus libros y tu biblioteca. Pero, sobre todo, tu amor.

—¿Qué quieren las niñas? —preguntó casi sin aliento.

—Por eso me las he llevado de paseo. Intentan ser leales, pero en realidad quieren volver contigo.

—¿Estás segura?

La mujer asintió.

Clara exhaló despacio.

—Las cuidaré mucho y las traeré a casa siempre que tengamos vacaciones. Me encanta este sitio. Es una isla preciosa.

—Lo fue y lo volverá a ser. También necesita recuperarse.

—Eres una mujer muy fuerte.

Una sonrisa irónica le curvó la comisura de los labios.

—Eso me han dicho. Pero ya no quiero ser fuerte. Estoy cansada. Solo quiero vivir en paz con mis recuerdos.

Las niñas y Ruby las estaban esperando en la casa. A Clara le bastó con mirarlas una vez a la cara para saber que la señora Moisan estaba en lo cierto.

—¿Podemos volver a Londres contigo? —preguntó Beatty, que le escrutó el rostro con inquietud.

—Claro que sí —contestó ella riendo y llorando a la vez mientras les acariciaba la cara.

Se aferraron las unas a las otras durante largo rato antes de que Beatty se apartara.

—Tenía mucho miedo de que dijeras que no, porque me he portado fatal contigo. Es que he estado muy enfadada por lo de Billy, me culpaba a mí misma y me he desquitado con quien no debía.

Clara sonrió y la besó en la frente.

—No sé mucho de la maternidad, pero diría que eso forma parte del trabajo. —Miró primero a Beatty y después a Marie—. Estaré a vuestro lado siempre que me necesitéis. Y también cuando no.

A la mañana siguiente, en el puerto, el sol brillante del verano era cristalino, se reflejaba en el agua mientras la multitud se acercaba por el muelle.

El aspecto de la señora Moisan era el de una persona que se había quitado un gran peso de encima.

—Venid aquí —dijo con una gran sonrisa mientras atraía a las niñas hacía sí—. *J'vos aime bein, èrvénez bétôt* —susurró.

Mientras se abrazaban, Clara se dio cuenta de los sacrificios que aquella mujer estaba haciendo por la felicidad de sus sobrinas. Al permitirles regresar a Bethnal Green, les estaba ofreciendo una vuelta a casa más segura.

Por encima de ellas, Clara vio una cara que le resultó conocida.

—Es ella —susurró al mismo tiempo que le daba un codazo a Ruby en las costillas.

—¿Quién?

—Barbara Vibert. La mujer que denunció a la señora Moisan.

Iba cargada con dos maletas que intentaba subir con gran dificultad por la pasarela.

Ruby encendió un cigarrillo y le lanzó una mirada sagaz a través del humo.

—Es verdad. Al menos ya no estará aquí para molestar a la señora Moisan.

—Ruby —dijo Clara, despacio—. ¿Sabes algo de esto?

A su amiga se le curvaron los labios rojos en una sonrisa.

—A mí que me registren. A lo mejor solo le apetecía un cambio, ¿no?

—Rubes... ¿cómo has...? —empezó Clara—. En realidad, ¿sabes qué?, mejor no me lo cuentes.

Ruby se colocó el cigarrillo entre los dientes y empezó a recoger las maletas.

—Venga —murmuró—, vámonos a casa. Echo de menos el humo y la contaminación.

Cuando subieron a bordo, los motores del barco arrancaron con gran estrépito y el aire, espeso por el olor de la sal y el aceite, se cargó de la emoción de las nuevas travesías.

En la cubierta, las niñas se despedían de su tía sacudiendo las manos con energía mientras el barco crujía y se alejaba del muelle. Pronto empezaron a surcar las aguas en dirección a Inglaterra. Algunas historias siempre serían demasiado dolorosas y oscuras, reflexionó Clara mientras contemplaba la figura encorvada de Barbara Vibert, que iba sentada sola y de espaldas a la costa de Jersey. Las heridas siempre serían demasiado profundas. El torrente sin filtrar de la experiencia humana no tardaría en cicatrizar y los supervivientes de la guerra, o sanarían, o bien enterrarían sus historias en lo más hondo de su ser.

Cuando divisaron la costa inglesa, Beatty apoyó la cabeza en el hombro de Clara.

—No pierdas nunca la esperanza con tu padre —le dijo Clara.

—No tengo intención de hacerlo —replicó Beatty—. Siempre que tú no pierdas la esperanza con Billy.

La muchacha la miró a los ojos, retadora.

—Vale. Podemos ir a verlo, pero, por favor, no te hagas ilusiones.

Durante un rato, ambas permanecieron sentadas en silencio mientras Clara intentaba averiguar qué decir. ¿Cómo iba a ser capaz aquella niña de hacer frente a la incertidumbre y las complejidades del caso de Billy después de todo lo ocurrido con su padre? Siendo razonables, ¿cuántos traumas se podía esperar que superase una muchacha de esa edad?

La pasarela cayó sobre el muelle con un golpe seco.

—Es culpa mía que esté en esa cama de hospital —dijo Beatty en voz baja mientras se levantaba—. Ya he perdido a un padre, no pienso a perder a otro.

26
Ruby

«Las bibliotecas siguen siendo una de las instituciones más seguras y libres que tenemos. Siguen siendo un servicio estatutario y las autoridades locales siguen estando obligadas a ofrecer una biblioteca pública gratuita.»

KATHLEEN WALKER,
bibliotecaria jubilada

EN CUANTO RUBY abrió los ojos, supo que se habían quedado dormidas. Habían vuelto muy tarde de Jersey la noche anterior y, para no molestar a su madre, se había quedado en casa de Clara. Su amiga les había cedido su cama a las niñas hasta que encontrara algún piso con dos habitaciones, así que Ruby y ella habían estado charlando hasta bien entrada la noche antes de dejarse vencer por el sueño, acurrucadas en sendos sillones junto al fuego.

Ruby bostezó y se pasó la mano por el pelo alborotado. La habitación estaba inundada de sol y del tañido de las campanas de la iglesia.

—Buenos días, dormilona —la saludó Marie, que se estaba encargando de remover una cacerola de leche sobre los fogones—. ¿Cacao?

Beauty estaba pacientemente sentada a sus pies, a la espera de que, con un poco de suerte, le lanzaran algún bocado extraviado.

—Sí, por favor. Qué alegría volver a oír las campanas de la iglesia. ¿Dónde está Beatty? —preguntó—. ¿Está en el patio?

Ruby señaló el lavabo exterior.

—No, qué va. Se ha ido al hospital a ver a Billy —respondió Marie en tono alegre.

—¿Cómo dices? —replicó Ruby.

—Se fue hace más o menos una hora. Me dijo que no os despertara ni a Clara ni a ti.

Ruby se espabiló de golpe.

—¡Cla! —gritó mientras sacudía a su amiga para despertarla.

La bibliotecaria entreabrió un ojo y se incorporó, con el cuerpo entumecido.

—¿Qué decíais de un té?

—No hay tiempo para eso. Es Beatty. Se ha ido al hospital a ver a Billy.

—Ay, Dios mío. No, no, no. No puede ir sola. No debería suceder de esta manera, no la he preparado para verlo así —farfulló—. Pero, espera, solo tiene doce años, seguro que no la dejan entrar sola, ¿verdad?

Ruby enarcó una ceja.

—Estamos hablando de Beatty, Cla.

Al oírla, la joven se levantó de un salto del sillón y se calzó unos zapatos de tacón a toda prisa.

—Tienes razón. Es la chica más decidida con la que me he topado en la vida. Venga, tenemos que irnos.

—Cla, cariño. ¿No quieres vestirte? —le preguntó Ruby—. Sigues estando en pijama.

—No hay tiempo. Venga, vamos. Y tú, Marie, apaga esa cacerola. Tenemos que irnos. ¡Ya!

—¿Por qué corremos, Clara? —le preguntó la niña mientras atravesaban Barmy Park y dejaban atrás la biblioteca con *Beauty* trotando y ladrando de entusiasmo tras ellas.

—No puede ir a visitar a Billy ella sola.

Los perplejos vecinos que iban camino de la iglesia se detenían a contemplar la imagen de la bibliotecaria cruzando Bethnal Green en pijama, con Ruby, Marie y una pequeña Jack Russell pisándole los talones.

—Por favor, Dios, dime que no está ahí dentro —resolló Clara con la respiración entrecortada cuando por fin subieron los escalones del hospital de dos en dos.

—¡*Beauty!*

Ruby y Clara se miraron.

—No la verán —dijo Marie, que se metió a la perrita bajo el abrigo.

En el puesto de enfermeras, la jefa levantó la mirada con un gesto de alarma.

—Señora Button, estábamos a punto de ponernos en contacto con usted.

Clara levantó los brazos y luego se apretó un puño contra el costado para detener una creciente punzada de dolor.

—Ya, ya lo sé. Lo siento mucho. Solo tiene doce años, sé que parece mayor y ha pasado una época horrible.... —dijo entre jadeos.

—¿Se refiere a su hija mayor, a la que está ahí dentro con él ahora mismo?

A Ruby se le cayó el alma a los pies. ¿Cómo era posible que Beatty fuera tan irresponsable y obstinada de volver a mentir sobre su edad?

—Uf, por el amor de Dios... —soltó Clara.

—Señora Button, debe escuchar lo que...

Pero no había tiempo para pararse a escuchar. Como un torbellino, Clara abrió la puerta de la habitación de Billy de un empujón y a continuación se detuvo con tal brusquedad que Ruby se chocó contra su espalda.

Aquello era demasiado para asimilarlo. Médicos con batas blancas y enfermeras: había tantos alrededor de la cama que Ruby ni siquiera alcanzaba a verla y se le heló el corazón. ¿Billy había muerto?

Clara gritó.

—Beatty. Sal de ahí ahora mismo. No debes estar aquí, ahora no.

Las emociones de la última semana se liberaron como el corcho de una botella y las lágrimas inundaron a la niña.

—Por favor, Billy no querría que lo vieras así.

—Clara tiene razón; por favor, ven con nosotras, cariño —le suplicó Ruby.

—Billy puede hablar por sí mismo —replicó la niña.

Los médicos se volvieron para mirarlas y, de repente, ahora era Ruby la que veía. La que veía de verdad.

—¿Billy? —jadeó, y se volvió hacia Clara.

La bibliotecaria se había quedado clavada en el sitio, tapándose la boca con las dos manos.

Billy tenía los ojos abiertos y las manos entrelazadas con las de Beatty. Entre ambos, un libro yacía abierto sobre las sábanas.

—Se despertó mientras le leía —dijo Beatty con calma.

—Yo... Yo no... No me lo creo... —tartamudeó Clara al fin.

Billy la miró con el rostro cansado y lleno de amor.

—Clara. ¿Por qué vas vestida con mi pijama? —susurró.

De repente, la puerta se abrió de golpe tras ellas. Marie y *Beauty* entraron corriendo en la habitación y la perrita se encaramó a la cama de un salto.

—Hola, vieja amiga —susurró Billy mientras *Beauty* lo cubría de besos húmedos.

—Esto es muy poco ortodoxo —dijo la jefa de enfermeras, que irrumpió en la estancia detrás de ellas—. Hay que desalojar esta habitación de inmediato.

—Déjelas —dijo el médico que estaba a cargo, un hombre de aspecto cansado que, sin duda, había visto demasiadas cosas durante la guerra como para inquietarse por algo así—. Este hombre ya ha perdido demasiado tiempo.

Y entonces Clara y las niñas lo abrazaron y besaron con toda la delicadeza de la que fueron capaces, se embriagaron del milagro del regreso de Billy. Ruby sonrió y después salió con sigilo de la habitación para concederle algo de intimidad a aquella familia tan poco convencional.

VOLVIÓ A SU casa caminando despacio mientras intentaba procesar las emociones de los últimos días, pero le resultaba absolutamente imposible asimilar todo lo que había visto y experimentado en apenas unas horas. Ruby se sentía como si hubiera sido testigo de lo mejor y de lo peor de la humanidad, y las emociones que estaban a punto de desbordarla eran tan abrumadoras como si se hubiera tragado el sol.

Billy había vuelto con ellas. Las niñas de Jersey estaban en casa y a salvo. Solo había una persona con la que Ruby quisiera compartir todo aquello, pero eso tendría que esperar. Primero necesitaba asearse y tomarse un café bien cargado. Se le ocurrió un pensamiento repentino que hizo que la cabeza empezara a darle vueltas. Por lo general, en el pasado, siempre que le ocurría algo, fuera bueno o malo, en lo primero que pensaba era en la bebida. Celebraba todos los hitos con una copa. El deseo seguía ahí, pero, desde la llegada de Eddie, estaba más mitigado.

Atravesó Barmy Park. A su alrededor, el sol estival bañaba el parque polvoriento y le confería un cálido tono almibarado. Entre los residuos de la guerra, aún sin recoger, una hilera de flores se había abierto paso con optimismo bajo un trozo de alambrada oxidada y bordaba la hierba con brillantes flores amarillas.

Dejándose llevar por un impulso, cogió una flor amarilla y corrió hasta la entrada de la estación de metro de Bethnal Green. La dejó en el escalón superior.

—Te quiero, hermanita —susurró.

Clara tenía razón. Su hermana ya no estaba allí. Tendría que buscar su espíritu en otros lugares. En los sacrificios de mujeres como la señora Moisan, en el amor incondicional de Eddie, en el milagro de la recuperación de Billy y en el reflejo de la luz solar contra los cristales nuevos de la antigua biblioteca bombardeada.

—Ruby, ¡has vuelto!

Cuando se volvió, vio a la señora Chumbley subiendo una caja de libros desde el metro.

—¿Me ha echado de menos? —preguntó con una sonrisa—. Vamos, la ayudaré.

—Ruby —dijo la mujer en tono serio—. Tu madre te esperaba anoche.

—Sí, lo siento, tardamos una eternidad en volver de Jersey. No se va a creer lo que...

—Olvídate de todo eso —la interrumpió—. Tienes que irte a casa cuanto antes.

La expresión de la señora Chumbley tenía algo que la hizo estremecerse de miedo. La joven se dio la vuelta y echó a correr. Dobló la esquina de Russia Lane y entró corriendo en Quinn's Square. La plaza seguía llena de los restos de los banderines del día de la victoria y la brisa matutina los hacía ondear. Subió los escalones de dos en dos e irrumpió por la puerta.

La señora Smart y la mayoría de las mujeres del rellano se habían congregado en su pequeña cocina, cada una ocupada en una tarea distinta. Como contrapunto, Eddie estaba sentado a la mesa mientras se fumaba un puro. Una enorme olla de agua hervía a fuego lento.

—Oh, Ruby, ya has vuelto —dijo la señora Smart con alivio—. Tu madre ha recibido una bendición.

No entendía nada. ¿Una bendición? ¿A qué se refería? ¿Y por qué había tanta gente reunida en su piso? Por lo general, aquello solo ocurría cuando se había producido una muerte en los edificios.

Ruby se sintió desfallecer y cayó de rodillas al suelo. Eddie se levantó de un salto.

—No, cariño —la tranquilizó mientras la ayudaba a levantarse—. No lo has entendido. Tu madre ha recibido la bendición de un bebé.

Ruby abrió la boca y luego la cerró.

—No es propio de ti quedarte sin palabras —dijo la señora Smart entre risas justo antes de volverse hacia Eddie—. Nuestra Rubes es la única mujer capaz de irse de vacaciones y volver con la lengua quemada por el sol.

—Pero... Pero si el bebé no tendría que haber nacido hasta dentro de por lo menos un mes —consiguió decir.

—Bueno, los bebés hacen las cosas a su manera —respondió su vecina—. Llegan cuando les parece bien a ellos, no se adaptan a nuestras previsiones. Venga, menos dramas, señorita. Entra a conocer a tu hermano pequeño.

La señora Smart le dio un empujón suave en dirección al dormitorio de su madre.

La puerta se abrió con un crujido y Ruby aspiró una gran bocanada de aire. Su madre estaba incorporada en la cama. Sostenía entre los brazos a un bebé minúsculo, no más grande que un conejo desollado, envuelto en mantas.

—Hola, cariño. Ven que te presente al pequeño. Es diminuto, pero ha venido la comadrona y cree que está sano.

—¡Ay, mamá! —exclamó Ruby, que se dejó caer en la cama a su lado—. Siento mucho no haber estado aquí.

—No pasa nada, cielo. —Su madre sonrió con cansancio, incapaz de apartar la mirada de la carita del bebé—. Fue todo muy rápido. Ayer tu Eddie vino para llevarme de compras. Cuando íbamos por la mitad de Petticoat Lane, rompí aguas. —Ruby abrió los ojos como platos—. Lo sé. ¡Ni que fuera una novela! Eddie paró un taxi. Era la primera vez que me montaba en uno. Fue como algo sacado de una película. Cuando llegamos a casa, salió corriendo a buscar a la comadrona, pero ya era demasiado tarde. Cuando volvió con ella, la señora Smart ya me había ayudado a parirlo en el suelo de la cocina.

—Uf, mamá, no me lo puedo creer.

—Ni yo, cariño. Tu Eddie es un buen hombre, no hay duda. Si no fuera por su rapidez mental, este habría llegado al mundo en medio del dichoso mercado. —Al fin, Ruby se echó a reír—. Lo sé —sonrió Netty al mismo tiempo que sacudía la cabeza—. ¿Te lo imaginas? Según la señora Smart, Eddie es el héroe del momento. La mitad de Bethnal Green ya está al corriente de la historia.

—Es precioso, mamá —suspiró Ruby mientras acariciaba la mejilla aterciopelada y suave de su hermano con un solo dedo—. ¿Cómo vas a llamarlo?

—Creo que James, como mi padre. Es curioso. Tenía clarísimo que el bebé iba a ser una niña, pero ahora no sé ni por qué me dio por pensar algo así.

—Las cosas tienen la costumbre de no salir como esperamos —murmuró Ruby, que se dio cuenta de que estaba tan absorta en la cara del bebé como su madre.

—En eso tienes razón. Cuando descubrí que estaba embarazada, me pareció una maldición. Ahora no puedo imaginarme la vida sin él. —El bebé se agitó y formó una O perfecta con la boca—. Parece que quiere comer —dijo Netty—. ¿Nos ayudas a sentarnos, por favor?

—Por supuesto, mamá. Perdóname por no haber estado aquí. Pero no volveré a separarme de tu lado. Estaré junto a ti para ayudarte en todo momento.

Por primera vez, Netty apartó la mirada de la criatura.

—Ni se te ocurra. Ahí fuera hay un joven apuesto que te está ofreciendo una buena vida. Este y yo estamos en buenas manos.

—Pero, mamá...

—No. Lo digo en serio. No estoy diciendo que no vaya a echarte de menos todos los días, pero, en mi opinión, ya ha habido demasiadas pérdidas, demasiadas vidas desperdiciadas. Te vas a América, mi niña, y no hay más que hablar.

Ruby sonrió mientras ayudaba a su madre a sentarse más erguida y le mullía las almohadas.

—Si tan segura estás, mamá...

Netty asintió.

—Yo ya soy libre y quiero que tú también lo seas.

Y, mientras la luz del sol que se filtraba a través de la ventana los bañaba a los tres, un futuro vasto y luminoso se extendió ante ellos.

27
Clara

«El amor por la lectura y la escritura no debería ser solo coto de los privilegiados, sino para todos.»

LISA ROULLIER y LENA SMITH,
bibliotecas de Barking y Dagenham

PASARON DOS SEMANAS más antes de que consideraran que Billy estaba lo bastante fuerte como para que Clara lo sacara del hospital en una silla de ruedas a tomar un poco el aire. El médico les había advertido que tuvieran mucho cuidado. Billy había sufrido un trauma muy intenso y, aunque los primeros síntomas eran halagüeños, no querían arriesgarse a que sufriera una recaída.

Nadie sabía qué le había devuelto la conciencia. ¿El tiempo? ¿O acaso la voz de Beatty había llegado hasta él de una forma que jamás llegarían a comprender?

Habían pasado al menos cinco días antes de que el paciente pudiera pronunciar algo más que una frase débil, pero, desde el momento en que había vuelto en sí, Clara no había necesitado palabras para darse cuenta de que Billy sabía perfectamente quién era ella. Se lo notaba en la expresión de la cara, en la forma en que se aferraba a su mano incluso cuando las enfermeras le estaban cambiando los vendajes o le administraban los medicamentos.

La recuperación del habla completa había sido lenta, estaba claro que su cerebro necesitaba cierta estimulación, pero Clara le había leído pasajes de libros. Sin embargo, de lo que más parecía disfrutar era de las visitas de las niñas; se le iluminaban los ojos en cuanto entraban en la habitación. Era evidente que se divertía cuando Beatty regañaba a Marie por montar demasiado jaleo. Adoraba a aquellas niñas y el hecho de que se hubiera comprometido a criarlas hacía que su recuperación pareciera más lógica. Beatty tenía razón: Clara no debería haberlas subestimado. Cuánto tenía que aprender sobre la maternidad. Desde luego, si su trabajo en la biblioteca le había enseñado algo, era a esperar lo inesperado.

Empujó la silla de Billy hasta una pequeña panadería cercana y compró tarta de manzana antes de dirigirse a la plaza Swedenborg. Encontraron un banco con vistas a una zona verde flanqueada por hileras de hermosas casas del siglo xviii.

Clara se puso a dar vueltas a su alrededor para arroparlo con las mantas.

—Sé que soy un inválido, pero, si siempre me lo haces todo, no recuperaré las fuerzas.

—Perdona —contestó, avergonzada. A plena luz del día, Clara se fijó en que el pelo de color rubio arena de Billy estaba salpicado de canas y en que tenía los pómulos demacrados—. ¿Ha sido raro? —preguntó—. Cuando te fuiste, estábamos en guerra, pero te has despertado en un mundo en paz.

—Me quedé de piedra al enterarme de que habían disuelto el Puesto 98.

Blackie y Darling habían pasado a visitarlo el día anterior y le habían contado que el Consejo del Condado de Londres ya lo había cerrado, y que iban a volver a convertirlo en un colegio.

—Me siento un poco inútil.

Clara titubeó mientras partía la tarta con los dedos y dejaba que las migas cayeran al suelo. Las nubes se abrieron y un repentino estallido de luz solar los iluminó. Fue como si el tiempo se ralentizara.

«Sé valiente, Clara, dile lo que sientes.»

—Todos y cada uno de los días que has pasado en esa cama de hospital me he jurado que, si te despertabas, te diría esto —soltó—: sigo queriéndote. —Le tomó las manos entre las suyas, sintió los huesos de sus dedos fríos y frágiles—. Delante del Brady Club, tú me dijiste que también me querías. ¿Te acuerdas?

—Claro que me acuerdo —respondió él, y le apretó los dedos—. Siempre te he querido. Creo que ya te quería incluso antes de conocerte.

Clara rompió a reír, aliviada.

—Creo que eso es abusar un poco de tu credibilidad.

—¿En serio? —Se volvió hacia ella moviendo el cuerpo lenta y dolorosamente—. Duncan te describió de una forma preciosa, muy elegante. «Muy por encima de mis posibilidades», fueron sus palabras exactas.

Clara se lo quedó mirando con los ojos muy abiertos y la mente acelerada.

—Perdona... Perdón, ¿has dicho «Duncan»? —Él asintió y no dejó de mirarla a los ojos con gran intensidad—. ¿Conocías a mi marido?

—Sí, conocía a Duncan —confesó—. La última vez que lo vi, le prometí que te cuidaría, que me aseguraría de que estabas a salvo. —Clara se dio cuenta de que la vergüenza le nublaba los ojos—. Creo que es posible que me haya excedido en el cumplimiento de esa promesa. —Los pensamientos de Clara giraban en cien direcciones distintas a la vez—. Verás, Clara, no pretendía enamorarme de ti. Al principio, solo te vigilaba desde lejos, como le había prometido a Duncan. No me resultó difícil. Saliste en todos los periódicos cuando montaste la biblioteca del refugio. Pero entonces llegó la noche en que Victor te atacó y me vi obligado a salir de entre las sombras, literalmente. Antes de que él se abalanzara sobre ti, te había visto sentada en el parque después del homenaje y había estado a punto de presentarme. Parecías tan perdida y sola...

—¡Dios mío! —exclamó al recordar los ladridos de un perro—. ¿Estabas en el parque con *Beauty*?

Billy asintió.

—Te seguí para asegurarme de que llegabas bien a casa a pesar del apagón y fue entonces cuando vi a Victor. —La conmoción había dejado a Clara sin palabras—. Creo que, de no haber sido por eso, no habría llegado a presentarme jamás —prosiguió—. Sin embargo, cada vez que iba a la biblioteca, me enamoraba un poquito más de ti.

—Pero... Pero ¿por qué no me habías dicho que conocías a Duncan? —consiguió articular.

—Me dijiste que tu marido había muerto en combate... —se interrumpió—. No quería ponerte en una situación difícil ni comprometerte, así que me pareció más sencillo no decir nada y, cuanto más tiempo pasaba y más me enamoraba de ti... —exhaló—, más difícil se me hacía confesar que lo conocía.

—¿Dónde os conocisteis? —preguntó luchando contra un repentino malestar.

—La primera vez en Dunkerque. Luego volvimos a vernos en Inglaterra, en un hospital de campaña de la costa sur.

—O sea que sabes... —Se quedó callada y de repente se sintió como si alguien calzado con unas botas le estuviera pisoteando el corazón.

Sentía frío y calor al mismo tiempo, y todo su mundo comenzó a tambalearse.

—¿Que se suicidó? Sí.

Clara se recostó contra el respaldo del banco y se aferró al borde del asiento con los dedos.

—¿Por qué no me lo habías dicho? —preguntó con una voz que sonaba distante.

—Porque tú no me lo contaste y sé lo vergonzoso que la sociedad hace parecer el suicidio. Aquella vez, en la biblioteca antigua, tuve la sensación de que estuviste a punto de decírmelo, pero al final te contuviste.

—Es cierto —recordó—. Le prometí a mi suegra que jamás revelaría la verdad sobre su muerte. Fue a ella a quien se le ocurrió la historia y, Dios mío, se aseguró de todos los modos posibles de que no me apartara de esa versión. Haber muerto en combate parecía mucho más valiente que...

La mera palabra hacía que se le formara un nudo en la garganta.

—El suicidio —susurró Billy.

—No se parecía en nada al relato de héroe de guerra que contaba mi suegra. Ella creía... —Clara se interrumpió, sin apenas poder creerse que estuviera pronunciando aquellas palabras en voz alta—. Creía que el estigma nos condenaría al ostracismo. —Billy asintió—. Quizá todo hubiese sido más fácil si yo no hubiera estado embarazaba de su bebé, claro. Lo concebí durante su último permiso antes de Dunkerque. Siempre sentí que, si él lo hubiera sabido, las cosas podrían haber salido de otra forma

Billy negó con la cabeza.

—Lo dudo, Clara. No estaba bien. Las veces que nos sentamos a hablar, me di cuenta de que estaba sufriendo muchísimo.

Y, de repente, Clara cayó en la cuenta de que Billy había conocido de verdad a Duncan, se había sentado a hablar con él en la cama del hospital antes de que se tomara la sobredosis.

—Cuéntamelo, Billy, por favor —suplicó—. Quiero saberlo todo. La verdad sin adornos. —Él se restregó la cara con aire cansado y Clara recordó las palabras del médico—. Perdóname, Billy. Es demasiado pronto. Puedo esperar.

—No. Mereces saber la verdad.

Se aclaró la garganta y, de repente, la bibliotecaria sintió miedo.

—Yo estaba trabajando como conductor de ambulancias voluntario para la Cruz Roja en Francia cuando nos llamaron para ayudar durante la evacuación de las Fuerza Expedicionaria Británica en Dunkerque. Fue un absoluto infierno. Actuábamos bajo un bombardeo constante. Solo podíamos atender a los que tenían posibilidades de salir adelante y a los que podíamos trasladar en camilla a los barcos. —Clara permaneció paralizada en el banco, incapaz de moverse incluso cuando a Billy se le resbaló la manta del regazo—. El quinto día nos llamaron para ayudar a una batería a las afueras de la ciudad. Tenían órdenes de evacuarse a las playas antes de que llegaran las tropas alemanas.

»Sin embargo, no les dio tiempo a salir antes de que treinta bombarderos se lanzaran en picado sobre ellos. Llenamos la ambulancia de heridos en un santiamén. Y, entonces, entre aquel abismo atisbé a un joven soldado que cargaba con un hombre a la espalda. Era su oficial al mando, me explicó el soldado. Tenía metralla en el cráneo. Vi que el hombre ya se estaba muriendo. Le dije que no quedaba sitio en la ambulancia, pero me suplicó hasta que cedí.

—El soldado era Duncan, ¿verdad? —intervino Clara con la voz cargada de resignación, y Billy asintió.

—Acabábamos de meterlo cuando nos bombardearon de nuevo. La Cruz Roja en el círculo blanco debería haber impedido que nos atacaran, pero, en mi opinión, funcionó más bien como una invitación para que lo hicieran —dijo con amargura. Se volvió hacia ella—. Tu marido me tiró a una zanja y me protegió con su cuerpo.

—Y hoy la gente lo llamaría cobarde —murmuró Clara.

Billy asintió una vez más.

—Exacto.

—¿Qué pasó después?

—Cuando los bombarderos pasaron de largo, salimos de la zanja...

Entonces Billy perdió el hilo y se quedó como ensimismado; Clara sintió que se le encogía el corazón: era demasiado, tenía que dejar de interrogarlo, pero, aun así...

Al cabo de unos momentos agonizantes, Billy volvió a hablar:

—La ambulancia había estallado en llamas. Todos los que estaban en el interior estaban ardiendo. Los habíamos perdido. No tuvimos más remedio que abandonarlos y encaminarnos hacia las playas, donde conseguimos embarcar en una de las últimas naves que salieron.

Clara cerró los ojos para protegerse de la imagen.

—Tu marido fue un héroe aquel día —explicó Billy—. Hizo todo lo posible por salvar la vida de su oficial y, sin duda, salvó la mía. Pero, ya en Portsmouth, cuando fui a visitarlo al hospital en el que lo estaban tratando de una fractura de clavícula, él no lo veía así. Se culpaba de la muerte de su superior; decía que, si no hubiera insistido en que lo metieran en aquella ambulancia, seguiría vivo.

»Bien sabe Dios que intenté explicarle que ya tenía muy pocas posibilidades de sobrevivir, pero se negó a creerme. No paraba de repetir que se había enfrentado a la primera prueba de su guerra y había fracasado.

—Ojalá me hubieran informado —suspiró Clara—. Era un hombre amable y concienzudo. Habría hecho cualquier cosa por cualquier persona, así que no me extraña que lo interpretara como un fracaso.

—Me di cuenta de que había perdido la cabeza —confesó Billy—, así que lo visitaba tan a menudo como podía. En mi última visita, antes de que le dieran el alta para que se reincorporara a su unidad, me dio la sensación de que se había resignado a su propio fracaso. Lo había visitado no sé qué oficial del ejército, le había dicho que recobrara la compostura.

«Otra vez esa frase.»

—A mí me habían destinado al este de Londres, puesto que la amenaza de invasión era alta. Me dijo que su bella esposa trabajaba de bibliotecaria infantil en Bethnal Green. —Billy la miró, destrozado por el esfuerzo de narrarle la historia—. Me pidió que fuera buen amigo y te cuidara. Incluso me enseñó una foto del día de vuestra boda en la que salíais los dos y que, de alguna manera, había conseguido conservar durante toda su estancia en Francia. —Esbozó una sonrisa débil—. Le dije que tenía suerte de tener una esposa tan espectacular. —La sonrisa desapareció—. Me contestó que no te merecía.

—¿Y cuándo se...?

—Dos días más tarde. Una de las enfermeras me contó en secreto que había allanado la farmacia y se había llevado unas pastillas. Fue devastador. Supongo que su trauma terminó venciéndolo. —Clara permaneció callada, asimilando la noticia—. El suicidio no es vergonzoso, Clara —dijo—. Duncan tenía el valor de veinte hombres.

—Lo sé. Nunca me he sentido avergonzada de él, ni una sola vez —insistió ella—, pero, a medida que pasaban los meses, la sensación era que no debíamos contarle a nadie cómo había muerto en realidad.

—¿Lo sabe alguien? —preguntó Billy.

Ella negó con la cabeza.

—Nadie salvo mi madre y la suya. Ah, y Ruby, por supuesto, a ella no podría ocultarle nunca nada. —De repente, se dio cuenta de una cosa—: Aquel día, delante del puesto de ambulancias, mi suegra te reconoció, ¿verdad? ¡Te conocía de antes!

Billy exhaló hondo.

—Sí. Nos vimos un momento cuando fue a visitar a Duncan poco antes de que se quitara la vida.

—¡Ni siquiera sabía que había ido a verlo! —exclamó Clara—. Debía de saber lo enfermo que estaba. —Se sintió tan traicionada que empezó a temblar—. ¿Cómo... Cómo pudo ocultármelo? Yo también habría ido. Podría...

—Clara —la interrumpió con suavidad—. No vas a sacar nada bueno al culparla. El dolor es algo complejo. Sospecho que, encima del suyo, hay capas de culpa y vergüenza. Lo entiendo muy bien.

—¿Tú? —preguntó con incredulidad—. ¿De qué tienes que sentirte avergonzado? Espera, ¿es este el secreto que me has estado ocultando todo este tiempo, la vergüenza de la que hablabas?

Billy hizo un gesto de asentimiento.

—He traicionado a tu marido y no me siento orgulloso de ello. Confió en mí para que te cuidara, no para que me enamorara de ti.

—¿Por eso te contuviste cuando te besé en la biblioteca?

—Créeme, Clara: me había imaginado mil veces cómo sería besarte. No te culparía en absoluto si te levantaras y te marcharas ahora mismo.

Clara se agachó, cogió la manta y se la colocó alrededor de las piernas.

—¿Y de qué serviría eso? —Le tomó la cara entre las manos y lo besó suavemente en los labios—. Entonces ambos nos sentiríamos desgraciados.

Él le devolvió la mirada, asombrado.

—Pero es todo tan complicado...

—No, no lo es —insistió Clara—. De hecho, hacía mucho tiempo que no tenía las cosas tan claras. No siento vergüenza por el suicidio de Duncan, y tampoco siento vergüenza por amarte. —Le puso una mano sobre el corazón—. ¿No lo ves? Ya no hay secretos entre nosotros. Necesito amarte, es la única manera de conferirle sentido a la muerte de Duncan. Él te encomendó que velaras por mi futura felicidad. Vio algo en ti que le dio confianza. Y esto: tú, la idea de un nosotros, me hace feliz.

—¿De verdad lo crees? —preguntó Billy—. ¿Que la idea de un «nosotros» lo haría feliz?

—Sí, de verdad. Los últimos cinco años, el dolor y la pérdida, han sido insoportables. Necesito dejar el pasado atrás, no seguir cargando con toda esa vergüenza y ese secretismo. Es agotador. —Lo miró a los ojos—. ¿No estás tú también cansado de todo eso?

Billy asintió y rompió a llorar tras desprenderse del secreto con el que había cargado durante tanto tiempo.

Continuaron así un rato, con Billy sollozando en silencio, hasta que por fin cogió una bocanada trémula de aire.

—Se acabó. Clara, ¿quieres casarte conmigo?

—Sí. Con una condición.

—Lo que quieras.

—Que me digas cuál es tu libro favorito.

—¡Aaah! —exclamó mientras sonreía entre lágrimas—. En ese aspecto, parece que Beatty me conoce mejor que nadie. Me lo estaba leyendo cuando recuperé el conocimiento.

—¿Beatrix Potter? —Billy asintió con la cabeza—. ¿Animales que hablan?

—¿Qué quieres que te diga? Confieso que la idea de que los animales lleven una vida secreta me resulta bastante atractiva —bromeó—. ¿Estás segura de que aún quieres casarte conmigo?

—Sí —contestó riendo—. ¡Sí, sí, sí!

La plaza destrozada por las bombas, situada en un rincón destartalado de Londres, no parecía lo bastante grande para contener todas las emociones que desbordaban el corazón de Clara.

Ya estaba oscureciendo cuando acompañó a Billy de vuelta al hospital. Luego emprendió el camino de regreso a Bethnal Green. Por primera vez desde hacía muchos años, las casas brillaban de nuevo, presumían de su interior, de las familias sentadas a la mesa, algunas con sus seres queridos, otras solo con sus fotografías. No sabía lo que le deparaba el futuro junto a Beatty y Marie, no conocía las dificultades a las que sin duda tendría que enfrentarse, pero al menos ahora lo haría con Billy a su lado.

Clara se detuvo en Barmy Park y contempló la biblioteca oscura y silenciosa, cuya cúpula de cristal recién reparada brillaba bajo la plateada luz de la luna. Se alzaba como un faro de esperanza. Ya estaba a punto de volver a casa cuando vio unas volutas de humo que emergían de entre las sombras. Una mujer con los labios rojísimos y un abrigo escarlata con ribetes de piel se abría paso a través del parque contoneando las caderas.

—Ruby Munroe, ¿adónde crees que vas?

—La leche, Clara, menudo susto me has dado.

—Perdona —se disculpó entre risas—. Pero es que parece que vas de incógnito, ¿qué andas tramando?

Ruby, que ya había recuperado la compostura, sonrió.

—Me las ha dado la señora Chumbley. —Agitó un juego de llaves que llevaba en los dedos—. Ya han trasladado todos los libros y mañana demolerán la biblioteca del metro. ¿Quieres echarle un último vistazo?

—Tendría que volver a casa con las niñas... pero no pasa nada por diez minutos.

Bajaron por la escalera mecánica, el único ruido que se oía era el de sus pasos resonando contra las paredes cuando se sumergieron en el cilindro de oscuridad.

—Cuánto silencio —susurró Clara cuando llegaron al último escalón.

Se detuvieron y aguzaron el oído. Con las literas, el teatro, la guardería y la consulta médica desmantelados, los túneles estaban vacíos y llenos de eco, solo se oían el correteo de las ratas y el traqueteo lejano de los trenes. Por primera vez en su vida, a Clara le pareció una estación de metro a medio terminar.

—Ya no es lo mismo, ¿verdad? —susurró Ruby—. Era la gente la que lo hacía especial.

Clara asintió.

—Toda la vida estaba aquí —musitó—. ¿Te acuerdas de las bodas en el teatro a las que todo el mundo estaba invitado, el piano de cola, las actuaciones improvisadas...?

—Las hileras interminables de morrales andrajosos, los ronquidos, la carraspera de refugio... —interrumpió Ruby.

—¡La peste! —exclamaron las dos al mismo tiempo, y estallaron en carcajadas.

—Dios, lo echaré de menos —dijo Ruby, cuya piel lechosa resplandecía en la oscuridad—. ¿Crees que nos hemos adaptado demasiado? ¿Que hemos vivido demasiado tiempo bajo tierra?

—No —dijo Clara, que enlazó su brazo con el de Ruby—. A veces hay que adentrarse en las profundidades de la oscuridad para poder ver.

—Y también ha salvado muchas vidas, ¿verdad? —comentó Ruby.

—Miles.

Recorrieron por última vez el andén de los trenes que se dirigían hacia el oeste cogidas del brazo y Ruby introdujo la llave en la cerradura.

—No sé por qué la señora Chumbley se ha tomado la molestia de cerrarla —dijo al mismo tiempo que encendía la luz—. Aquí no hay nada.

Era cierto. Clara echó un vistazo a la biblioteca vacía. Habían retirado hasta el último libro, habían desmontado las estanterías y las baldas, desatornillado el mostrador de madera. La sala de lectura parecía un cascarón de madera contrachapada vacío. Se estremeció. Despojada de los libros, la biblioteca parecía desnuda y desamparada. La magia había desaparecido.

—Es un puñetero milagro que no hayamos acabado nunca en las vías —dijo Ruby riendo—. Sobre todo cuando las Ratas del Metro entraban en tromba a la hora del cuento. ¡Mira qué finas son las tablas del suelo! Se ven los travesaños a través de las grietas.

Pero Clara no le estaba prestando atención, tenía el brazo metido en la cavidad de la pared del túnel.

Sacó *El arte de cuidar de tu hogar* y una botella de ginebra cubierta de polvo.

—La señora Chumbley ha debido de olvidárselo. ¿Quieres la ginebra, Rubes?

Su amiga negó con la cabeza.

—No, gracias.

—¿Seguro?

—He dejado de beber.

—Caray, pues sí que es una buena influencia el tal Eddie. A lo mejor quieres esto, entonces.

Le pasó el libro.

—¡Un respeto! Estaré demasiado ocupada escribiendo mi propia novela como para leerlo.

Clara rompió a reír.

—Esa es mi Ruby Labios de Rubí. ¿Cuándo os vais?

—A finales de este mes, si todo va bien. Tendremos que casarnos antes. Nada ostentoso, solo una firma rápida en el registro civil.

—¿Te importa si Billy y yo lo compartimos con vosotros? —preguntó Clara.

—¿Vais a casaros?

Clara asintió.

—Me lo ha pedido, otra vez, esta tarde, cuando lo he sacado del hospital para dar un paseo. ¡Menuda cara has puesto! —exclamó con una carcajada.

—Ay, Cla —gritó Ruby, que la envolvió en un abrazo de oso—. No sabes lo feliz que me hace. —La soltó—. Es lo que quieres, ¿verdad? Me refiero a que no lo haces solo por las niñas, ¿no?

—No voy a mentirte: hará que adoptar a las niñas sea mucho más sencillo, pero, en realidad, es lo que más deseo del mundo.

Se reservó la historia de que Billy había conocido a Duncan. Esa historia solo le correspondía contarla a él.

Ruby frunció el ceño de repente.

—No tendrás que dejar el trabajo en la biblioteca, ¿verdad?

—Hablaré con la señora Chumbley. Con sus problemas de salud, Billy no podrá trabajar durante un tiempo, así que ha accedido a quedarse en casa y cuidar de las niñas cuando vuelvan del colegio. Vamos a necesitar mis ingresos.

—Bien —dijo Ruby—, has trabajado demasiado como para que a estas alturas tengas que darle la espalda a la biblioteca de Bethnal Green.

—Cierto —convino Clara, que volvió a recorrer la pequeña biblioteca polvorienta con la mirada—. Nos lo hemos pasado de maravilla aquí abajo, ¿eh?

—Y hemos trabajado como puñeteras mulas —dijo Ruby.

—Sí. Pero ha valido la pena. Es decir, no van a ponernos una medalla en el pecho ni nada por el estilo, pero hemos añadido nuestro granito de arena, ¿no crees?

—¡Tú desde luego, Cla, eres una pionera! —insistió Ruby—. Esta pequeña biblioteca subterránea ha sido toda una revolución social. Cuando la gente no podía llegar hasta los libros, tú llevabas los libros hasta ellos. Y, por si fuera poco, has ayudado a no pocos a enamorarse de la lectura.

—Eso espero —contestó su amiga, pensativa—. Lo único que pretendía era ayudar a la gente a escapar de la guerra, aunque solo fuera durante unos capítulos.

—Deberías escribir algo al respecto, documentarlo para las generaciones futuras.

—¿Como unas memorias, quieres decir?

Ruby asintió.

—O un legado.

—Me da la sensación de que sería un poco narcisista —contestó Clara—. Además, nadie se creería que abrimos una biblioteca en un túnel del metro.

—Ya, tienes razón. Venga —dijo Ruby—, vámonos de aquí.

La joven salió a toda prisa por la puerta y Clara la siguió, pero no pudo evitar lanzarle una última mirada al escenario de la mayor historia de resistencia de la Segunda Guerra Mundial. Un lugar de referencia para el amor. El guardián de todos sus secretos. Le lanzó un beso a la sala vacía y después giró el cartel de la puerta. «La biblioteca está cerrada.»

28
Clara

«¿Quieres ver mundo? No te alistes
en el ejército, hazte bibliotecario.»

DENISE BANGS,
Idea Store Libraries, Tower Hamlets

UN FELICES PARA SIEMPRE PARA LAS FAMOSAS
BIBLIOTECARIAS DE BETHNAL GREEN

El pasado sábado, en una gloriosa jornada de julio, la iglesia de St
John, en Bethnal Green, acogió a los vecinos que acudieron en masa
a celebrar la boda conjunta de dos de sus más queridas bibliotecarias.

Los bibliotecarios de los barrios contiguos de Stepney, Whitechapel, Poplar y Bow formaron una «guardia de honor» de libros bajo la
cual desfilaron los recién casados.

Clara Button, radiante con su vestido de encaje color crema, contrajo
matrimonio con el antiguo sanitario de ambulancia Billy Clark. La fama
de Clara se debe a que fue la bibliotecaria que ayudó a crear y gestionar
la única biblioteca subterránea de Gran Bretaña, y también la persona
que convenció a los canadienses de que donaran cientos de libros infantiles para reponer la recién inaugurada biblioteca a cielo abierto, que en
su día quedó dañada por la acción enemiga. Ella y su nuevo marido han
acogido a dos niñas evacuadas de las islas del Canal.

La segunda novia, Ruby Munroe, dejó boquiabiertos a los invitados mientras caminaba hacia el altar del brazo de su madre con un traje

blanco de Max Cohen. Ella y su marido, el exsoldado americano Eddie O'Riley, se embarcaron rumbo a Estados Unidos al día siguiente de la boda. Se cree que allí la novia ha conseguido trabajo en una biblioteca de Brooklyn y también se rumorea que planea convertirse en novelista.

Primavera de 1946

CLARA SE ASOMÓ por la ventana hacia la tarde primaveral. El cielo estaba teñido de un tono marrón bizcocho, del color de una página vieja, mientras el sol al fin se abría paso a la fuerza tras el humo de la cercana fábrica de cerveza.

Billy y ella ya llevaban nueve meses casados. La doble boda, planeada a toda prisa, había culminado en un festejo del que aún se hablaba. No podía decirse que Ruby hubiera abandonado el East End, sino que más bien se había marchado envuelta en un halo de gloria.

Ahora llevaban una vida más tranquila. Su casa prefabricada tenía un pequeño jardín que, aunque no era gran cosa, bastaba para que Billy cultivara unas cuantas verduras y criara gallinas. Era una tarde perezosa de domingo. *Gato de Biblioteca*, al que habían adoptado, o, mejor dicho, que los había adoptado a ellos, se llamaba ahora *Peter* y estaba tumbado al sol en una zona de tierra.

Desde el otro lado de la valla, le llegaba el ruido de un cortacésped. Marie estaba construyendo una gruta con conchas que se había llevado consigo de Jersey. Beatty le leía a Billy y él la escuchaba inmóvil, con *Beauty* acurrucada en el regazo.

Seguía cansándose con facilidad y detestaba no poder trabajar. Que Beatty le leyera era una distracción perfecta y el vínculo entre ellos se fortalecía a cada página que pasaban. Él no era su padre, ya tenían uno, pero hasta que la mente del señor Kolsky recuperara las fuerzas necesarias para enfrentarse a las atrocidades del pasado, Billy ocupaba su lugar.

Tal como hacía Clara. El amor de ambos era incondicional. Ella era consciente de que las niñas podían decidir volver a Jersey cuando quisieran. Ya las había llevado a pasar una semana allí en Navidad.

Había sido una visita emotiva. La tía de la niña, que ya no vivía a la sombra de su delatora, parecía mucho más fuerte. A Beatty le había hecho mucha ilusión enterarse de que la señora Moisan había fundado un club de natación en una antigua piscina victoriana al que le había puesto el nombre de su hija Rosemary; los encuentros se celebraban los fines de semana y eran todo un éxito de asistencia. Clara no había sido lo bastante valiente para unirse a ellas en el chapuzón inaugural del club en diciembre, pero se había asomado desde el puente y había animado a todos los chicos de Jersey mientras se zambullían en la piscina entre carcajadas estridentes cargadas de adrenalina. Se estaba escribiendo una nueva historia.

En el aspecto físico, el señor Kolsky se encontraba más fuerte, aunque seguía muy enfermo. Habían ido a visitarlo todos los días. Ya no creía que Beatty fuera su esposa, pero se mostraba confuso y agitado. En su tercera visita, las emociones lo abrumaron tanto que se aferró a Marie y rompió a llorar. La niña había reaccionado con gran ternura y paciencia, ambas lo habían tratado así, y Clara se sentía inmensamente orgullosa, aunque no sorprendida, de su valentía.

Hacia el final de su estancia, la aprensión había desaparecido de las visitas y, el último día, los médicos incluso permitieron que las chicas lo llevaran en una silla de ruedas hasta la playa envuelto en un montón de mantas. Marie no había parado de parlotear ni un segundo durante toda la salida. Clara se había mantenido a una distancia discreta. Verlos a todos juntos, sentados en un banco con vistas al mar mientras comían *fish and chips* le resultó aleccionador. Las niñas se estaban convirtiendo en jóvenes hermosas y el señor Kolsky había disfrutado de su compañía. Mientras veía a Beatty arropar a su frágil padre con las mantas y leerle, a Clara se le ocurrió que, en muchos sentidos, las tornas habían cambiado y ahora era la muchacha la que ejercía de madre en aquella relación. El médico había quedado impresionado con la madurez de ambas niñas y las había invitado a que en su próxima visita llevaran más libros para leerle de nuevo.

Incluso les dijo que el hecho de leerle tanto a su padre podría desempeñar un papel importante en su recuperación, pero eso ellas ya lo sabían.

Había más de una forma de ser padre o madre. El trabajo de Clara tan solo consistía en querer a las niñas hasta que estuvieran listas para marcharse. Pero la bibliotecaria había llegado a la conclusión de que su posición no era tan distinta a aquella en la que se encontraban otras muchas mujeres que tenían hijos. Los niños no te pertenecían, estaban para que los disfrutaras durante el tiempo que ellos quisieran.

De vuelta en el East End, el Brady Club mantenía ocupadas a las niñas y, además, la señorita Moses y Beatty habían entablado una estrecha amistad. La mujer incluso le estaba enseñando *yiddish* a la niña y la había animado a inscribirse en la Biblioteca Whitechapel para poder acceder a su enorme fondo de literatura judía. Beatty albergaba la esperanza de que leerle a su padre en su lengua materna abriera algunas de las rutas que se le habían congelado en el cerebro. Había muchas razones por las que mantener la esperanza.

La radio crepitaba a través de la ventana abierta de la cocina. Clara estaba asando un pollo, que acompañaría con una buena col del huerto. La vida era buena.

Clara sonrió para sus adentros mientras se disponía a untar con mantequilla las rebanadas del pan que les había sobrado el día anterior para hacer budín de pan y mantequilla. La biblioteca avanzaba a buen ritmo. Ahora que las obras estaban terminadas, ella misma estaba empezando a llenar la hermosa sala de biombos móviles de tapete verde cubiertos de fotografías de todos los rincones del mundo, de plantas, montañas y animales salvajes. Había mesas redondas llenas de flores, estanterías bajas, alfombras de trapo sobre el suelo de parqué y cortinas rojo cereza en las ventanas. Incluso le había echado el ojo a un miniteatro. Su sueño de convertir la biblioteca infantil en un espacio luminoso y acogedor para inspirar a las mentes jóvenes se estaba haciendo realidad.

Sparrow estaba demostrando ser un custodio entusiasta de todos los preciosos libros nuevos que les habían llegado desde Canadá. Hacía poco que había puesto en marcha un club de tebeos para animar a más niños a acudir a la biblioteca, y también un club de amigos por correspondencia para que los niños y niñas de Bethnal Green escribieran a los jóvenes canadienses que habían donado libros.

«¿Por qué no van a poder incluirse en la biblioteca actividades que vayan más allá de los libros?», había sido el argumento del muchacho. Y tenía razón. Mientras la propuesta llevara al aprendizaje, ¿quién era ella para negarse? Aunque Clara tenía la ligera sospecha de que quizá el club de amigos por correspondencia tuviera algo que ver con una guapa pelirroja llamada Dawn, de Toronto, que había respondido a la carta de agradecimiento de Sparrow con otra misiva y una foto.

El joven no era el único que tenía grandes planes. Clara sonrió mientras espolvoreaba una mezcla de especias sobre el pudin y miraba el corcho que colgaba de la pared de la cocina. Un recorte de *The New York Times*.

AUTORA DEBUTANTE ALCANZA NUEVAS COTAS

Debajo del titular, había una foto publicitaria de Ruby posando en lo alto del Empire State Building, con el pelo recogido en lo alto, dientes relucientes y jersey ajustado.

¡Lo había logrado! Aunque Clara nunca lo había dudado, ni siquiera un segundo. Volvió a recordar la fábrica de ropa y el juramento de Ruby.

«Un día de estos, pienso escribir una novela romántica repleta de sexo.»

«Empecé *Tras el apagón* durante el viaje a Estados Unidos —le había dicho al periodista—. Mi protagonista, Bella, encuentra la liberación sexual durante el Blitz. Consigue que Ámbar St Clare parezca una monja.»

La promocionaban como «la próxima Kathleen Winsor» y el manuscrito había desencadenado una frenética guerra de ofertas a seis bandas entre los editores neoyorquinos.

Ruby había alcanzado todas sus grandes aspiraciones. Su gran plan había dado resultado y Clara no podía estar más feliz por ella. El dolor de echarla de menos solo se veía compensado por la alegría de ver a su mejor amiga desarrollar todo su potencial.

Clara le lanzó un beso a la foto mientras ponía la bandeja de budín de pan en el fuego.

Desde que Ruby le había sugerido que escribiera algo sobre su pequeña biblioteca para los lectores valientes, no había parado de darle vueltas al futuro; aun así, había tardado bastante en dar con la idea adecuada. Sacó una hoja de papel y cogió un bolígrafo. Quería dejar constancia de su historia, documentar la vida de la biblioteca subterránea para los futuros bibliotecarios. Como una cápsula del tiempo, pensó, que abriría el bibliotecario municipal de Bethnal Green en el centenario de la institución. Calculó que sería en 2022. Qué lejos parecía estar.

Si seguía viva, tendría ciento tres años. Se rio para sus adentros ante lo ridículo de la idea.

Quizá le interese conocer cuáles fueron mis retos y alegrías durante el desempeño de su cargo. Escribo esto en la primavera de 1946. Es fácil reflexionar en tiempos de paz, mirar hacia delante e imaginarse un futuro, pero le aseguro que, cuando las bombas empezaron a caer, la certeza de ese futuro brillaba por su ausencia.

Puede que también le divierta saber que, durante la guerra, la biblioteca siguió funcionando desde una «sucursal» provisional situada sobre las vías de la línea Central. Nos encantaba esa pequeña biblioteca llena de crujidos. Nos salvó la vida de muchas maneras. Imagino que ahora le costará creerlo. ¿Se sigue viajando en metro? Mi hija adoptiva opina que la gente viajará en máquinas que flotan sobre el suelo o en aviones por el cielo.

Con el olor a canela impregnando el aire que la rodeaba, Clara escribió sobre las alegrías de la vida en el metro, los desafíos de encontrar libros nuevos, el racionamiento de papel y también un poco acerca de las bombas, pero, sobre todo, de la camaradería a la hora del cuento. Mencionó sus líos con el señor Pinkerton-Smythe, pero en ningún momento abandonó el tono optimista de la carta, firmemente centrado en los libros que leían, en el modo en que las historias los habían alimentado durante los tiempos de guerra.

La puerta trasera se abrió de sopetón.

—Me muero de hambre, ¿cuándo estará lista la cena? —bramó Marie, y Clara decidió dar por terminado el escrito.

Así que me pregunto cómo será su vida en la biblioteca en 2022: ¿a qué retos se enfrenta? ¿Cómo ha sobrevivido y se ha modernizado la institución? ¿El parque sigue llamándose Barmy Park? Me gustaría sentarme con usted a intercambiar historias, pero, obviamente, ya no me resulta posible. Felicidades por los cien años de la biblioteca.

El futuro le pertenece, amigo mío. Espero que mis palabras le lleguen al corazón y que encuentre algo esclarecedor en la historia de nuestra pequeña biblioteca.

Que la Biblioteca Bethnal Green de 2022 sea tan apreciada y utilizada como lo es hoy. Al fin y al cabo, ¿qué somos sin ellas?

Epílogo
7 de septiembre de 2020

«El tiempo pasa volando en una biblioteca. Es uno de los pocos espacios sociales públicos a los que puedes recurrir para sentirte seguro y protegido del frío, para evadirte, explorar y enriquecer tu vida. En la era de las teorías de la conspiración, poder acceder a información fidedigna hace que las bibliotecas sean más relevantes que nunca.»

Profesora SHELLEY TROWER y doctora SARAH PYKE,
Living Libraries

—AY, MAMÁ... —DICE al fin Rosemary para romper el silencio—. Es increíble. No teníamos ni idea de todo lo que pasaste durante la guerra.

Beatty asiente, agotada. Narrar y revivir todos aquellos sucesos tan oscuros la ha dejado exhausta.

—Lo sé, cariño, y siento no haberos hablado antes de ello. Es difícil de explicar, pero supongo que al final la necesidad de compartir ha vencido al deseo de olvidar.

Cuando las niñas eran pequeñas, les había contado solo lo principal de la historia. Que se habían visto obligadas a escapar de Jersey, que su madre había muerto durante los bombardeos, las brutales experiencias de su padre en los campos de concentración, y que Clara y Billy habían acabado salvándolas, tanto a ella como a Marie, con su amor. Nunca les había ocultado ni su adopción ni su doloroso pasado. Pero los detalles, la carne, la sangre y las tripas que convierten los huesos secos de una historia en una experiencia humana, vivida, eso era mucho más difícil de expresar.

Lo cierto era que habían pasado muchos años sin que nadie hablara realmente de la guerra. Esas cosas no se hacían, ¿no? ¿Quién quería ser el viejo que se sentaba en una esquina removiendo el pasado? Ella no. Beatty siempre había tenido la mirada puesta en el futuro. En su trabajo como maestra de primaria, en conseguir que sus hijas fueran a la universidad... Hasta que, de repente, una mañana se despertó y descubrió que era vieja.

La pandemia había hecho saltar por los aires sus expectativas de llevar una vida segura y tranquila. Ahora ya nadie tenía un mañana asegurado. El descubrimiento de sus cartas había hecho que se sintiera como si la biblioteca de su infancia la llamara, como si la tentase a abrir la historia de su vida. De su colorida y hermosa vida.

—Somos nosotras las que deberíamos disculparnos, mamá —dice Miranda—. Nunca te hemos hecho muchas preguntas sobre la guerra ni sobre lo que pasaste. No queríamos disgustarte al hablar del abuelo Michael.

—Y, si te soy sincera, mamá, hablar de él me parecía una pequeña traición hacia el abuelo Billy —añade Rosemary.

Beatty asiente.

—Lo comprendo. Erais pequeñas cuando murió, demasiado pequeñas como para llevaros al funeral en Jersey. Y Billy y Clara fueron los únicos abuelos que conocisteis.

Rosemary sonríe con nostalgia.

—Aún lo veo sentado en su huerto, dándoles de comer a los pájaros la torta de semillas de la abuela Clara. Pasaba tanto tiempo allí que siempre me sorprendía ver que tenía pies y no raíces.

Miranda niega con la cabeza.

—¡O sea que por eso llevaba un parche en el ojo!

—A mí me dijo que había tenido un accidente con una horqueta y que había ganado la horqueta —dice Rosemary entre risas.

—Vuestro abuelo siempre fue un gran narrador de historias. Jamás se le habría pasado por la cabeza echarse flores y hablar de cómo perdió en realidad aquel ojo.

—Salvándoos a ti y a la tía Marie de aquel terreno bombardeado.

Las preguntas crepitan como la corriente por los raíles del metro y cada nueva constatación suscita otra pregunta.

—¿La abuela Clara y el abuelo Billy no quisieron tener hijos propios? —pregunta Rosemary.

—Cuando fui más mayor, mamá me reconoció que lo habían intentado, pero que no había podido ser. Así que pensó... O, mejor dicho, pensaron que Marie y yo éramos suficientes.

—Qué curioso —dice Miranda—. No tenía ni idea de que había creado una biblioteca subterránea desde cero. ¡Fue una pionera! Menuda jugada conseguir todos aquellos libros de Canadá. Creía que era una simple bibliotecaria.

—Si hay algo que deberíais haber aprendido de mi historia, es que «los simples bibliotecarios» no existen. Como diríais los jóvenes de hoy en día, era una facilitadora de alegría.

—¡Y conociste a Ruby Munroe! —exclama Miranda, que sacude la cabeza a causa del asombro—. Es una leyenda, tengo todos sus libros en casa, siempre había pensado que era estadounidense.

Beatty se ríe entre dientes y, si cierra los ojos, es capaz de oír el tintineo de la bisutería de Ruby y captar el olor de su perfume del mercado negro.

—Puede que perdiera el acento, pero, créeme, era una chica de Bethnal Green de la cabeza a los pies. Madre mía, era una fuerza de la naturaleza. Eso había que reconocérselo: era una superviviente nata.

Beatty mira a sus preciosas hijas y casi oye girar los engranajes de sus pensamientos. Sabe que lo que acaba de contarles las obligará a recalibrar todo lo que saben sobre ella.

BEATTY PIENSA EN los diecinueve escalones que han tardado una eternidad en bajar para conseguir llegar hasta el metro. También piensa en la hermosa escalera invertida que se ha erigido encima de ellas, en Barmy Park, gracias a que un pequeño grupo de supervivientes y familiares consiguió recaudar el dinero necesario para construirla como homenaje a las víctimas. Se sentía reconfortada al ver los nombres de los fallecidos grabados en la madera de teca, le aliviaba que no todas las historias de la época de la guerra estuvieran enterradas y olvidadas. Aunque Ruby nunca había olvidado lo ocurrido. Ella no había grabado el nombre de su hermana en madera, sino en papel. Si no, ¿por qué estaban todas y cada una de sus treinta novelas dedicadas «a la memoria de Bella»?

Beatty solo se da cuenta ahora, cuando es capaz de sopesarlo con la perspectiva que da el paso del tiempo, de lo traumático que debía de ser para Ruby caminar todos los días sobre la tumba de su hermana, la pesada carga de pérdida y vergüenza que tanto ella como todos los demás habitantes de Bethnal Green llevaban encima.

—Vuestra abuela y Ruby nunca perdieron el contacto. Ruby continuó escribiendo a Clara hasta que murió en la década de 1970.

—¿Por qué la abuela nunca fue a visitarla a Nueva York? —pregunta Rosemary.

—En aquella época no se viajaba tanto y no existía el *Zoomy* o como se llame eso que usáis hoy. —Sonríe al recordar la maleta de cartas que encontró bajo la cama de Clara tras su muerte—. Convirtieron la escritura en una forma de arte. Se podría llenar un libro solo con sus cartas.

Los usuarios del metro pasan ante ellas sin prestarles mucha atención y, de repente, Beatty se da cuenta de la estampa tan extraña que deben ofrecer: un corrillo de mujeres en el andén de los trenes que se dirigen hacia el oeste, embarcadas en un viaje al pasado.

—Quedaros atrapadas bajo tierra de aquella manera debió de ser traumático, mamá —dice Miranda—. ¿Es esa la razón de que no soportes los espacios llenos de gente?

—¿Y de que siempre tengas que sentarte cerca de la puerta? —pregunta Rosemary.

—Creía que había conseguido que no os dierais cuenta —responde con tristeza—. Creedme, mi sufrimiento no era único.

—Oye, ¿y qué ha sido de Sparrow? —pregunta Rosemary.

Beatty niega con la cabeza.

—No os lo vais a creer. La semana pasada, abrí *The Times* para leer los obituarios; imaginaos mi sorpresa cuando me encontré el de Sparrow. Murió el mes pasado.

—Bueno, ya debía de ser mayor, mamá —responde Rosemary.

—Sí, pero lo que me llamó la atención es que se había convertido en Oficial de la Orden del Imperio Británico. Fue una especie de empresario global y había amasado una fortuna. Se lo dejó todo a Save the Children y, por lo visto, eran millones.

—¡Venga ya! —exclama Rosemary.

—De verdad te lo digo. Perdimos el contacto, pero al parecer se mudó a Canadá, se casó con Dawn, su amiga por correspondencia, y montó un negocio allí. No está mal para un chico que no había tenido más educación que la que había recibido en una pequeña biblioteca en tiempos de guerra.

—¿Y nuestro abuelo biológico? Cuéntanos más sobre él. Apenas lo recuerdo.

—Ojalá pudiera deciros que tuvo un final feliz, pero nunca se recuperó. ¿Cómo iba a curarse después de todo lo que le había tocado vivir? —Beatty traza un círculo en el suelo polvoriento del andén con el bastón y luego lo tacha—. La resistencia del alma humana es limitada. No llegó a viejo, pero sé que el hecho de que Marie y yo lo acompañáramos hasta el final lo reconfortó. No sabía quiénes éramos, pero sabía que lo queríamos todo lo que puede querer un corazón humano. —Se vuelve hacia sus hijas para mirarlas a la cara, inundada de alivio por haber compartido con ellas una historia que llevaba casi ochenta años oprimiéndole el pecho—. ¿No es eso lo único que importa de verdad, el amor?

Cierra los ojos y ve. La historia no está formada por fechas y campos de batalla, por líderes y familias reales. Está formada por personas normales y corrientes que siguen adelante con su vida a pesar de tenerlo todo en contra. Y que, de alguna manera, a lo largo de ese proceso siempre consiguen aferrarse a la esperanza. Era una verdad muy simple.

Abre los ojos de golpe y, cuando clava la mirada en la vía vacía, no ve un túnel mugriento, sino una habitación destartalada y llena de libros. Un cobijo. Una vía de escape. Un refugio en el que protegerse de la locura del mundo de la superficie. Ahora tiene la mirada despejada.

—Gracias por complacer a una anciana y haberme hecho el favor de traerme.

—Está claro que era un lugar muy especial, mamá —dice Rosemary, y Beatty sonríe al rememorar la expectación y la anárquica energía femenina que crepitaba en las estanterías.

—Un carné de biblioteca y mucho amor. Parece que eso era lo único que necesitábamos. —Agarra la empuñadura del bastón—. Ahora ya podemos ir a tomarnos ese café.

—No, mamá —dice Miranda, que le tiende la mano—. Vamos a ver el monumento y a buscar el nombre de la hermana de Ruby.

—¿En serio? ¿No estáis hartas de oírme parlotear sobre la guerra?

—No —insiste su hija—. Quiero que me cuentes todo lo que sepas de ella. De hecho, quiero que me cuentes todas las historias sobre la guerra que recuerdes. No debemos perder más el tiempo.

—Con gran delicadeza, coge las cartas amarillentas de su madre, de un papel de seda desgastado por el tiempo después de tantos años escondidas en aquel túnel-cápsula del tiempo—. Empecemos por la biblioteca.

Nota de la autora

SE DA POR supuesto —injustamente— que, si trabajas en una biblioteca, eres un introvertido que siempre lleva chaquetas de lana. La biblioteca de Bethnal Green, en la que está ambientada mi novela, cumplió cien años en 2022, así que me propuse el objetivo de entrevistar a cien trabajadores de biblioteca. Desde bibliotecarios de la posguerra hasta bibliotecarios feministas y activistas; desde bibliotecarios escolares hasta la voluntaria de lectura más anciana de Gran Bretaña (dediquémosle todos un saludo a la inimitable Nanny Maureen); desde personal cualificado hasta el no cualificado. Todos ellos tienen algo en común: la fe inquebrantable en el poder de los libros y de la lectura para cambiar vidas. He comenzado cada capítulo con una de mis citas favoritas. Estas entrevistas constituyen una lectura animada y reveladora.

Cuando era pequeña, durante las décadas de 1970 y 1980, me encantaba visitar la biblioteca municipal. Procedía de un hogar ruidoso, así que me encantaba la sensación de soledad y orden. En cuanto percibía el embriagador aroma del papel viejo y del abrillantador, en cuanto oía el satisfactorio «pum» del sello del bibliotecario, me relajaba. No era un edificio clásico con la fachada de ladrillo rojo, ni una belleza arquitectónica del estilo Arts and Crafts, sino más bien una caja de hormigón que albergaba un centro cívico, con una moqueta gris y rasposa y plantas araña detrás del mostrador; pero eso no importaba. Era un destino y aún recuerdo con claridad la sensación de calma y libertad que me invadía al cruzar la puerta. Era mi refugio.

Primero llegaba el ritual de elegir el libro, luego me lo llevaba al extremo más alejado de la biblioteca, más o menos como un perro se escabulle con un hueso jugoso, me sentaba en una sillita de plástico verde y me sumergía en una historia mientras mi madre se quedaba junto al mostrador y charlaba (en susurros teatrales) con la sonriente Jacky, la bibliotecaria, que siempre le perdonaba las multas por retraso. Recuerdo a la perfección que, de pequeña, pensé: «¡Qué interesante, se pueden romper las reglas!».

¿Qué aspecto tenía la biblioteca de tu infancia, cómo era su olor, qué sensaciones te transmitía? Seguro que lo recuerdas.

Como la mayoría de los niños, cuando se trataba de Enid Blyton me leía hasta la última letra del libro. *Torres de Malory* me ofreció las claves de una experiencia en un internado que yo nunca viviría. *Belleza negra*, la oportunidad de poseer el caballo que tanto deseaba, *El jardín secreto*, la deliciosa posibilidad de encontrar puertas por descubrir.

La biblioteca desbloqueaba mi imaginación de una forma que siempre me hacía sentir segura. Sin mis visitas semanales a aquel refugio, estoy segura de que en la actualidad no sería escritora, así que le agradeceré eternamente a mi madre que me llevara.

Las bibliotecas han dejado de ser una especie de depósito de libros tranquilo y silencioso para convertirse en vibrantes centros culturales comunitarios, y puedo afirmar sin temor a equivocarme que las personas que trabajan en ellas se cuentan entre las más agradables y esforzadas del planeta. Tengo la corazonada de que realizan muchas tareas no remuneradas.

AC (antes del coronavirus) daba muchas charlas en bibliotecas y experimentaba la cantidad de planificación previa que requieren esos eventos. Estoy bastante segura de que los pasteles caseros, los carteles, las redes sociales y el montaje y desmontaje de estas actividades nocturnas y de fin de semana no se reflejan en su sueldo.

Son trabajadores de primera línea acostumbrados a tratar con los enfermos mentales, los marginados, las personas sin hogar, los solitarios y los vulnerables mientras sortean las complejidades de todo lo que se les ponga por delante. Una de las bibliotecarias a las que entrevisté me contó que nunca sabe lo que le deparará el día, y que justo la semana anterior había tenido que enfrentarse a una sobredosis en el vestíbulo.

Un bibliotecario es a menudo la única persona con la que algunos pueden hablar en todo el día. Además, poseen la inteligencia emocional necesaria para tratar con cualquiera que entre por la puerta, cosa que, en mi opinión, los convierte en algo más que personas que prestan libros. Son en parte consejeros, trabajadores sociales, confidentes, facilitadores y amigos. Siempre van más allá.

Cuando empecé mis entrevistas, también dio comienzo la pandemia de covid-19 y vi con mis propios ojos que muchos bibliotecarios cambiaban de papel casi de la noche a la mañana para ayudar a los ancianos y a los necesitados: repartían paquetes de comida, entregaban libros en bicicleta, recogían medicamentos y se encargaban de que no se pasara por alto a las personas que más fácilmente podían desaparecer entre las grietas de la sociedad.

Durante la Segunda Guerra Mundial, en la época en que está ambientado este libro, las bibliotecas corrían peligro por culpa de las bombas, los cohetes y el racionamiento del papel. En la actualidad, nuestras queridísimas pero atribuladas bibliotecas públicas vuelven a estar amenazadas por algo mucho más sigiloso: los recortes y los cierres. Tras años de austeridad y con el impacto del covid-19, se ven obligadas a prestar más servicios que nunca, mientras que los dirigentes de los ayuntamientos, presionados para hacer recortes, afilan los cuchillos.

Son, como me dijo el bibliotecario jefe John Pateman, «presas fáciles. Apenas se ahorra dinero clausurándolas, pero, cuando se cierra una biblioteca, empiezan a ocurrir cosas malas en el barrio donde estaba. Es difícil demostrar el valor positivo de una biblioteca, pero es fácil demostrarlo una vez que la han eliminado. La biblioteca es el pegamento que mantiene unida a una comunidad y solo se la echa de menos cuando, por desgracia, ya no está».

Otra bibliotecaria me contó que, tras el cierre del centro infantil del barrio, ¡ahora pesan a los bebés en su biblioteca!

La Ley de Bibliotecas Públicas de 1850 reconoció la importancia de estas instituciones en el Reino Unido. Desde la promulgación de una segunda ley en 1964, existe la obligación legal de prestar un servicio gratuito de biblioteca municipal. El auge de la lectura durante la pandemia, y la flexibilidad y la habilidad del personal bibliotecario a la hora de hacer frente al brote demuestran la relevancia e importancia de las bibliotecas dentro de la comunidad. Son nuestro derecho de nacimiento y nuestra herencia.

Una biblioteca es el único lugar gratuito, seguro y democrático al que puedes ir desde que naces hasta te mueres sin que nadie intente venderte nada. No tienes que gastarte ni un céntimo para viajar por el mundo. Es el latido de una comunidad y ofrece recursos muy valiosos a las personas necesitadas. Es un lugar en el que ser, soñar y evadirse... con libros. ¿Y qué hay más valioso que eso? Un hurra por todos los trabajadores de las bibliotecas. Os necesitamos.

La verdadera historia de la biblioteca de Bethnal Green y la lucha por salvarla

LA HISTORIA NUNCA me había parecido tan de rabiosa actualidad. Cuando comencé a investigar y escribir esta novela, basada en la asombrosa crónica real de la Biblioteca de Bethnal Green durante la Segunda Guerra Mundial, volvía a estar en peligro ochenta años después.

Cuando llegó la pandemia, la biblioteca cerró y, más adelante, reabrió como centro de pruebas de covid-19. Luego, comenzaron a circular desagradables rumores acerca de que iba a sufrir recortes o a cerrar. Me uní a una campaña para salvarla y aporté mi granito de arena poniendo de relieve su historia, la historia que acabas de leer.

Mientras los dirigentes del ayuntamiento hacían planes para reducir este símbolo de resistencia a una sombra de lo que fue, me pregunté cuántos de ellos conocerían, y hasta qué punto, la extraordinaria historia del edificio y de sus ocupantes, que se aseguraron de que, incluso en los días más oscuros, los habitantes del East End, todos ellos de clase trabajadora, tuvieran acceso a los libros.

Cuando las repercusiones de la pandemia presionaron a los ayuntamientos para que recortaran su presupuesto, les sugerí que echaran la vista atrás para encontrar formas imaginativas de afrontar la crisis de financiación e inspirarse en sus predecesores de los tiempos de guerra.

Una fresca mañana de octubre de 1922, una gran multitud se congregó en Barmy Park para presenciar la apertura de puertas de la primera biblioteca pública permanente de Bethnal Green, ubicada en un precioso edificio de ladrillo rojo (desde 1919, había una pequeña biblioteca temporal en Old Ford Road). La filantropía del empresario escocés Andrew Carnegie contribuyó con veinte mil libras y las autoridades locales recaudaron las dieciséis mil restantes.

Una multitud de niños reunidos en el exterior de la nueva biblioteca pública.
Foto reproducida por gentileza de la Biblioteca y Archivos de Historia Local
de Tower Hamlets.

En su discurso inaugural, el alcalde afirmó que el ayuntamiento les estaba dejando en herencia a las futuras generaciones un legado que les permitiría obtener conocimientos, y acabar con la miseria y la pobreza. Se trataba de una referencia apenas velada al hecho de que solo dos años antes aquel edificio albergaba un manicomio.

«La casa de locos» de Bethnal estuvo activa durante ciento veinte años en Bethnal Green, en el este de Londres, y era famosa por la crueldad con la que trataban a los pacientes. Aún hoy, la mayoría de los habitantes del East End continúan refiriéndose a los terrenos que rodean la biblioteca como Barmy Park. Resulta sorprendente que el manicomio no cerrara hasta 1920.

Dos años más tarde, la biblioteca se inauguró en lo que había sido el ala masculina. El cruel y perturbador encarcelamiento de los enfermos mentales, sustituido por el aprendizaje y la alfabetización. Qué mensaje de esperanza debió de transmitirle aquello a la comunidad.

El día de su apertura, el *Daily Herald* la describió como «una de las mejores bibliotecas de la metrópoli». Desde el principio, la Biblioteca de Bethnal Green se convirtió en el centro cultural del barrio y, en junio de 1924, el número de libros prestados ya había superado el millón. Los administradores de Carnegie en el Reino Unido se declararon «encantados».

El padre de una chica ciega que, solo un año después de que abriera la biblioteca, se graduó con honores en la Universidad de Londres, atribuyó el éxito de la joven a la ayuda de la nueva biblioteca.

Pero se avecinaban tiempos difíciles.

Dieciocho años después de la inauguración de la biblioteca, en septiembre de 1940, una bomba atravesó el techo de la sección de préstamo para adultos a las 17.55. Fue lo que más tarde se conocería como el «Sábado Negro», el inicio del Blitz. Lo que había sido una biblioteca bien estructurada y equipada se convirtió en una fracción de segundo en un escenario de destrucción.

Y aquí la historia da un giro sorprendente. En lugar de limitarse a correr hacia el refugio más cercano, el bibliotecario municipal, George F. Vale, y su auxiliar, Stanley Snaith, mantuvieron la calma, colocaron una lona sobre el techo de cristal de la cúpula y se dispusieron a planificar un experimento social pionero que transformaría la vida de los londinenses durante la guerra.

El metro de Bethnal Green era una parada a medio construir de la línea Central cuando estalló la guerra. Las obras estaban destinadas a conectarla con Liverpool Street, pero, en 1939, la cerraron y la abandonaron a las ratas. Una semana después del comienzo del Blitz, los habitantes del East End desafiaron las órdenes de Churchill

No. 18. *(Berwal Green)* Central Public Library
Taken after crater had been filled in and roof repaired.
Incident, Sept. 7, 1940

Miles de libros quedaron destruidos cuando una bomba cayó sobre la biblioteca pública de Bethnal Green la primera noche del Blitz, en 1940. Foto reproducida por gentileza de la Biblioteca y Archivos de Historia Local de Tower Hamlets.

de no refugiarse en las estaciones de metro y reclamaron su derecho a la seguridad. Situada a veinticuatro metros bajo tierra, la estación era uno de los pocos lugares verdaderamente seguros en los que refugiarse en Bethnal Green y los vecinos la llamaban Pulmón de Hierro.

A lo largo de los siguientes doce meses, se transformó en una comunidad subterránea que funcionaba a la perfección y contaba con una asombrosa variedad de instalaciones. Una hilera de literas triples de metal, con capacidad para alojar a cinco mil personas, se extendía a lo largo de más de un kilómetro por el túnel de los trenes que se dirigían hacia el este. Una cartilla de refugio te aseguraba una litera.

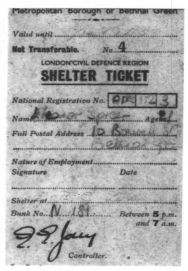

Las literas triples no eran cómodas, pero dormir bajo tierra salvó vidas. Foto reproducida por gentileza de la Biblioteca y Archivos de Historia Local de Tower Hamlets.

En el refugio había un teatro, con trescientas butacas, escenario y focos, en el que se representaban óperas y *ballets*, una cafetería, una consulta médica y una guardería temporal que permitía que las mujeres recién emancipadas salieran a trabajar. Pero lo mejor de todo es: ¡que había una biblioteca!

Me encantan las sorpresas en la historia y descubrir la biblioteca subterránea secreta de George y Stanley, construida con tablones sobre las vías cubiertas del túnel orientado hacia el oeste, me pareció algo mágico. De hecho, fue el detonante de toda esta novela.

Descubrí su existencia cuando me senté a charlar con la inimitable Pat Spicer, de noventa y un años y habitante del East End.

—Sacaba prestados los libros de *Milly-Molly-Mandy* de la biblioteca subterránea. Las bombas no me inquietaban tanto cuando tenía la cabeza metida en un libro —me dijo.

—¿Una biblioteca subterránea?

—Sí, querida —respondió ella con paciencia.

Nunca dudes de una *cockney* nonagenaria. Un viaje a la Biblioteca y Archivos de Historia Local de Tower Hamlets me reveló que la memoria de Pat no fallaba lo más mínimo.

Había una fotografía de un bibliotecario sellando libros con parsimonia y unas memorias bastante detalladas.

La biblioteca subterránea de George y Stanley fue un proyecto pionero. Foto reproducida por gentileza de la Biblioteca y Archivos de Historia Local de Tower Hamlets.

«Las bibliotecas en tiendas reconvertidas, en ayuntamientos de pueblo, en furgonetas móviles, son bastante comunes. Pero las bibliotecas en los refugios del metro son algo nuevo bajo el sol —escribió con entusiasmo su auxiliar, Stanley, en la revista *Library Review* en 1942—. Cuando los londinenses, sometidos al bombardeo más intenso de la historia, desafiaron todas las leyes y normas tomando posesión de los andenes y las escaleras del metro, se hizo evidente de inmediato que se estaba gestando una nueva situación social. Las personas que pasaban de ocho a catorce horas todas las noches en una estación muy por debajo del nivel del suelo tenían que disponer de comida, instalaciones para dormir, atención médica y formas de ocio, tanto físico como mental. Había que crear una nueva organización y así se hizo, en parte mediante una planificación centralizada, y en parte —siguiendo el estilo inglés— mediante una improvisación brillante.»

No cabe duda de que los engranajes de la burocracia se movían con rapidez en tiempos de guerra y el ayuntamiento aprobó una subvención de cincuenta libras.

«El inspector de edificios se puso manos a la obra —escribió Stanley—. Durante todo el verano pasado, las cavernas retumbaron con el estruendo de los martillos y las sierras. El resultado fue un triunfo.»

La biblioteca, que, durante los ataques, cuando se cerraban las puertas del metro, tenía lo que bien podría llamarse un «público cautivo», abría de 17.30 a 20.00 horas todas las tardes y prestaba unos cuatro mil volúmenes de un fondo escogido a conciencia. Las novelas románticas convivían con los clásicos de la literatura, los libros infantiles, la poesía y las obras de teatro.

Me he tomado ciertas licencias creativas al hacer que mi biblioteca ficticia esté regentada por Clara y Ruby, sea un poco más grande y tenga un horario de apertura más amplio, pero todos los demás datos sobre el refugio subterráneo, su increíble comunidad y sus instalaciones, desde el teatro hasta la guardería, los niños que juegan al pillapilla por los túneles e incluso la habitación del terror, son ciertas. Incluso existió una señora Chumbley real, una heroica integrante de la vigilancia antiaérea que le salvó la vida a varios niños durante la catástrofe del metro. He utilizado su nombre para rendir homenaje a su labor durante los tiempos de guerra, pero mi personaje es del todo ficticio.

En lo que respecta a los refugios de las estaciones de metro, Bethnal Green era superior a todos los demás.

«Durante la guerra, debí de dormir en todos los andenes de la línea Central, desde los de la estación de Liverpool Street hasta los de la de Oxford Circus —confiesa Gladys, de noventa años—. Sin embargo, el mejor era el de Bethnal Green.»

Mi amiga Babs Clark, de noventa años, no lo tiene tan claro. «Hacía frío y olía mal, Kate, y teníamos que hacer nuestras necesidades en un cubo. Pero la comunidad que se formó allí abajo era sólida como una roca. Al final, dormir en el metro acabó pareciéndome algo bastante normal.»

¿Te imaginas cómo sería criarte en una estación de metro, que tu infancia transcurra junto a las vías, que todos tus ritos de iniciación tengan lugar en el vestíbulo donde se encuentran las taquillas, en los andenes, siempre bajo tierra?

Patsy Thompson (de soltera Crawley), de ochenta y tres años, no necesita imaginárselo. Pasó la mayor parte de sus seis primeros años de vida en el refugio del metro de Bethnal Green. «Ahora suena muy raro, pero en aquel entonces era de lo más normal. No conocía otra vida —dice entre risas—. Mi madre, Ginnie, era voluntaria en la cafetería del refugio del metro. Era una señora encantadora y muy sonriente, siempre ajetreada de un lado para otro con su delantal. Todo el mundo la llamaba la tía Ginnie.

»Mientras ella trabajaba, yo andaba por ahí con mis seis primos varones. Nos lo pasábamos muy bien corriendo arriba y abajo por los túneles como si fuéramos ratas del metro. Nos retábamos a entrar en la "habitación del terror", como nos referíamos a la sala del conducto de ventilación. Estaba estrictamente prohibido, pero, como éramos niños aventureros, entrábamos.

»Las instalaciones que se montaron en el metro durante la guerra eran increíbles; había de todo. Había incluso un peluquero ambulante que recorría los túneles por la noche y peinaba a la gente antes de que se acostaran para que se despertasen con el pelo rizado. ¡Fantástico!

»Cuando terminó la guerra, echaba de menos la vida en el metro, e incluso ahora, cuando voy a Bethnal Green y veo el letrero de la estación, noto que una calidez especial me invade el pecho. Para los demás, es parte una red de transporte; para mí, era mi hogar.»

Por desgracia, ese «hogar» se tiñó de horror una noche oscura y húmeda de marzo de 1943. Tal como he descrito en la historia de

Ruby y Bella, ciento setenta y tres personas murieron aplastadas en los escalones que bajaban hacia el refugio cuando, mientras las sirenas ululaban, una madre que llevaba a un bebé en brazos tropezó y cayó al suelo.

Las escenas de aquella noche fueron inimaginables. Los miembros de la vigilancia antiaérea trabajaron junto con amas de casa y Boy Scouts para salvar a los heridos. Los cuerpos se apilaban sobre cualquier cosa que tuviera ruedas para trasladarlos al hospital. Cuando se supo que en el hospital no quedaba más espacio y los cadáveres se amontonaban en los pasillos, comenzaron a llevar los cuerpos a las criptas de las iglesias cercanas y a colocarlos junto a las vías, al lado de la biblioteca.

Se necesitaron más de sesenta policías, trabajadores de los equipos de rescate y voluntarios para extraer los cadáveres y a los heridos de lo alto de la escalera. La oscuridad, la presión y los ángulos en los que habían caído los cuerpos dificultaron y ralentizaron la tarea. Para su horror, los vivos estaban apiñados con los muertos en una maraña de tal complejidad que pasaron tres horas hasta que pudieron sacar a la última víctima.

Las autoridades actuaron con rapidez, fregaron los peldaños y ordenaron a quienes lo habían presenciado que no dijeran nada.

Las sirenas ni siquiera habían sonado para alertar de la presencia de aviones enemigos, ya que el Gobierno estaba probando unos nuevos misiles antiaéreos en una Batería Z recién instalada en el cercano Victoria Park. Debido a las restricciones de información, no pudieron avisar a los residentes de la zona. Aquel fue uno de los mayores desastres civiles de la Segunda Guerra Mundial y el gobierno de guerra, desesperado por evitar que las noticias del escándalo cayeran en manos enemigas, lo silenció rápidamente recurriendo a la Ley de Secretos Oficiales. Se consideró que sería nefasto para el ánimo de la población.

El silencio forzado no hizo sino agravar el sentimiento de culpa de los supervivientes. Los miembros de los equipos de rescate encanecieron de la noche a la mañana, familias enteras quedaron destrozadas tras la pérdida de todos aquellos niños. Las mujeres que he descrito en esta historia, como la pobre Maud, que vivió alcoholizada hasta morir tras perder a sus hijos, son personas reales. El sufrimiento de Ruby se basa en el de esos supervivientes, un dolor que nunca se desvaneció, sino que se agudizó.

No puedo ni pensar en ese aplastamiento sin quedarme sin respiración. Los ataques de pánico y los recuerdos intrusivos que asedian a Ruby se basan en el hecho de que, al no tener la oportunidad de compartir sus historias, ni disponer de asesoramiento, ni conocer lo que ahora llamamos trastorno de estrés postraumático, los supervivientes y testigos se vieron obligados a interiorizar su sufrimiento. Que algo sucediera hace mucho tiempo no significa que sea demasiado tarde para empezar a hablar de ello.

A lo largo de los años, he entrevistado a muchos supervivientes, incluida la joven e impresionante doctora que estaba de guardia aquella noche, cuando el goteo de cadáveres que llegaban al hospital no tardó en convertirse en una avalancha. Antes de morir, la doctora Joan Martin me confesó: «Noche tras noche, durante setenta y tres años, he sufrido vívidas pesadillas en las que veía a gente morir pisoteada».

Babs Clark solo tenía doce años cuando su hermana mayor consiguió liberarla de la melé y le salvó la vida. Más tarde, mientras volvían a casa, le preguntó a su madre, Bobby, por qué había tanta gente tirada en la acera. «Están descansando un poco, Babsey», le respondió ella. La verdad se le reveló al día siguiente, cuando fue al colegio y descubrió que la mitad de sus compañeros ya no estaban, puesto que habían muerto asfixiados.

Tal vez por eso el personal de la biblioteca sintiera una lealtad tan extrema hacia sus usuarios.

Stanley Snaith escribió de una forma muy conmovedora sobre habitantes del East End como Pat, Babs, Patsy y Ginnie. «Todos los atardeceres, el primer contingente desciende hacia las entrañas de la tierra. Los sanos y los enfermos, los ancianos y los jóvenes, bajan en tropel, cargados con morrales, paquetes, sábanas o sacos de arpillera —aquí un estibador hastiado, allá un muchacho demasiado pequeño para su edad con una carga de Atlas posada en precario equilibrio sobre la cabeza, haciéndole de *preux chevalier* a una madre lisiada— gente dura, gente agradable, habitantes típicos del East End.

»En la biblioteca, los más jóvenes arman un gran jaleo mientras están ocupados con su selección de libros, pero ¿por qué no van a poder charlar todo lo que les apetezca? Son unos granujillas alegres que ya tienen demasiado poco brillo en su vida, así que este no es momento para la represión.»

Estos «jóvenes» tienen ahora más de noventa años y tienen los recuerdos de la pequeña biblioteca grabados en el corazón.

«Era un refugio para mí —me dijo Pat—. En 1943, yo tenía trece años y había sufrido tantos horrores... el Blitz, el desastre del metro. No te imaginas lo que esa biblioteca representó como lugar de escape y aprendizaje. Tuvo un hondo efecto en mi vida.»

Y sospecho que no solo en la de Pat.

Pat Spicer, usuaria de la biblioteca.

«Podemos volver la vista atrás hacia esta biblioteca subterránea con sentimientos encontrados: orgullo por una tarea bien hecha y la esperanza sincera de que nunca haya que volver a llevarla a cabo», concluyó George Vale.

Sentí curiosidad por saber cómo se habrían tomado George y Stanley los planes de acabar de un plumazo con cien años de historia. Las propuestas que había sobre la mesa incluían la reducción del horario de Bethnal Green de cincuenta a solo quince horas o su cierre total, recortes en el horario de apertura de otras bibliotecas del distrito y el cierre completo de Cubitt Town, en Isle of Dogs. ¿Cuántos puestos de trabajo se perderían? ¿Cuántos bibliotecarios se quedarían sin empleo después de haberse afanado heroicamente durante la pandemia para ayudar a sus usuarios?

Me enfadé. Cuando te implicas a nivel emocional en la historia de una institución pública tan valiosa, te vuelcas en su futuro. ¿Acaso la historia no contaba para nada?

¿Cómo era posible, me pregunté, que, en un clima de miedo, privaciones e inestabilidad económica, sus predecesores durante los tiempos de guerra hubieran encontrado la imaginación y los medios para ampliar el horario de apertura de las bibliotecas y abrir nuevas sedes?

Kate Thompson en el túnel donde estuvo
ubicada la biblioteca.

El Blitz y el covid son bestias muy diferentes, pero el efecto que han tenido sobre la lectura ha sido el mismo. Nunca habíamos leído con tanta voracidad ni necesitado y valorado tanto nuestras bibliotecas.

«La lectura se convirtió, para muchos, en la forma de relajación suprema», escribió George refiriéndose a sus usuarios en tiempos de la Segunda Guerra Mundial.

¿Te suena?

Las bibliotecas son fundamentales para el futuro de las comunidades, ahora más que nunca. El covid nos recordó que no todos los niños tienen acceso a la enseñanza a distancia y a internet. Esta situación se hizo aún más grave en Tower Hamlets, donde cientos de niños viven hacinados en viviendas precarias. Muchos dependen de las valiosísimas bibliotecas del barrio como refugio y extensión de su sala de estar.

Sin embargo, gracias a la incansable campaña de muchos vecinos, de la que me enorgullece decir que yo formé parte, la biblioteca se salvó en el último momento. Qué alegría tan grande.

«¡Hemos salvado nuestras bibliotecas! —escribió el líder de la campaña, Glyn Robbins—. Estoy encantado de comunicaros que, debido a la presión ejercida por nuestra campaña, el Consejo de Tower Hamlets ha recapacitado. En su reunión del gabinete, se ha presentado una nueva propuesta como alternativa a los recortes y el cierre de bibliotecas. Como resultado, la Biblioteca de Cubitt Town no se venderá, sino que, junto con la de Bethnal Green y la Idea Store de Watney Street, tendrá ahora más horas de apertura, no menos. Es una victoria fantástica. Gracias. Todavía se están haciendo muchos recortes en servicios públicos fundamentales y la decisión sobre nuestras bibliotecas se revisará dentro de dieciocho meses, así que nuestras celebraciones serán contenidas. ¡Pero debemos celebrarlo! Esto demuestra, una vez más, que, cuando la gente está enfadada y se organiza, la victoria es posible.»

La biblioteca de Bethnal Green volvió a abrir sus puertas al público el 13 de octubre de 2022 y tuve la suerte de presentar este libro como parte de una serie de actos para celebrar su centenario, junto a Pat y otros muchos habitantes del East End.

Porque cien años ofreciendo acceso a los libros merece una gran celebración.

Es una historia que merece la pena contar.

Bibliografía

La biblioteca en llamas: Historia de un millón de libros quemados y del hombre que encendió la cerilla, de Susan Orlean (Temas de Hoy, 2019; la edición original es: *The Library Book*, Atlantic Books, 2019). Es el sueño de cualquier bibliófilo, una magnífica y colorida historia de las bibliotecas públicas. La idea de que Clara escribiera al futuro bibliotecario de Bethnal Green para que la carta se abriera el día de su centenario la tomé prestada de una historia real que Susan desenterró en su libro, la de la innovadora bibliotecaria Althea Warren, que escribió una carta al futuro bibliotecario de la ciudad de Los Ángeles para que la abriera el día del centenario. Me pareció algo totalmente visionario. Gracias, Susan, por escribir una carta de amor tan hermosa a las bibliotecas y a sus custodios.

La bibliotecaria, de Salley Vickers (Ediciones Destino, 2019; la edición original es: *The Librarian*, Penguin Books, 2018). Una novela ambientada en una biblioteca de posguerra que plantea cuestiones importantes sobre la lectura infantil y el poder de los libros para cambiar nuestra vida.

The Librarian: A Memoir, de Allie Morgan (Ebury Press, 2021). Todos los usuarios de bibliotecas deberían leer este libro y quienes no lo son, aún más, puesto que Allie hace que te des cuenta de que las bibliotecas son lo último de lo que pueden prescindir las comunidades. Es una obra repleta de historias extrañas, raras, maravillosas, conmovedoras y vitalistas.

Broken Pieces: A Library Life, 1941 to 1978, de Michael Gorman (American Library Association, 2011). Michael escribe con gran belleza acerca de los ritmos, la variedad y la complejidad de la vida bibliotecaria.

An Illustrated History of Mobile Library Services in the United Kingdom, de G.I.J Orton (Branch and Mobile Libraries Group, 1980). Es una joya de libro, ¡cómo me gustó! Me entraron ganas de comprarme un autobús y montar mi propio servicio de biblioteca ambulante.

Public Library and Other Stories, de Ali Smith (Penguin Random House, 2016). Un alegre derroche de amor por las bibliotecas públicas.

The Public Library in Britain 1914-2000, de Alistair Black (The British Library, 2002). Una completa historia social de la biblioteca pública y de su relación con las comunidades. Más en concreto, el cuarto capítulo de la obra, «Bombs and Blueprints, 1939-1945», me hizo darme cuenta del alcance, la relevancia y la democratización de las bibliotecas públicas durante la guerra. Oro para la historia social.

The Library Association Record (1939 a 1945), que se conserva en la Biblioteca Británica, me proporcionó una visión muy útil de las funciones y actividades que llevaban a cabo las bibliotecas y sus trabajadores durante los años de la guerra.

The Forgotten Service: Auxiliary Ambulance Station 39, de Angela Raby (Battle of Britain International Ltd, 1999). Muy útil para ver cómo habría encajado Billy trabajando en el servicio de ambulancias durante la época de la guerra.

Leisure in Britain (1780 to 1939), de John K. Walton y James Walvin (Manchester University Press, 1983). Gran sección sobre la lectura en los hogares de la clase trabajadora.

A Library Service in a Bombed Area, de George F. Vale (Bethnal Green Public Libraries Local Collection, 1947), conservado en la Biblioteca y Archivos de Historia Local de Tower Hamlets. Me alegré mucho de encontrarlo. Los recuerdos que Pat Spicer compartió conmigo respecto al uso de la pequeña biblioteca subterránea fueron el detonante de la idea, pero dar con este artículo tan atractivo y bellamente escrito que George había redactado para leerlo en la Library Association Conference, celebrada después de la guerra en el Pavilion de Brighton, fue lo que le dio forma. Qué orgulloso parece estar George de su experimento social pionero. Cómo me habría gustado conocido.

A Tube Shelter Lending Library, de Stanley Snaith (Library Review), en la Biblioteca y Archivos de Historia Local de Tower Hamlets. Al parecer, Stanley, auxiliar de George Vale, era poeta además de bibliotecario, y se nota cuando habla con cariño —y un dejo de asombro— de cómo George y él consiguieron crear un nuevo público lector a partir del caos del Blitz. «Con la ayuda de tales supervivencias fortuitas, el hombre recompone la imagen destrozada de su pasado», concluye Stanley.

El *Mass Observation Report on Books & The Public*, un informe de doscientas páginas que lleva el número 1332 (1942) y se conserva en el Mass Observation Archive de la Universidad de Sussex. (http://www.massobs.org.uk). Actuó como una máquina del tiempo que me transportó a 1942, a los pensamientos más íntimos de las mujeres corrientes y lo que la lectura hacía por ellas.

The Children's Library: A Practical Manual for Public, School and Home Libraries, de W.C. Berwick Sayers (George Routledge & Sons Limited). Gran enfoque de la biblioteconomía infantil en el siglo xx; habría sido una biblia para Clara.

The East End: My Birthright, de Albert Turpin (Francis Boutle Publishers). Fascinantes memorias de un hombre que luchó por los derechos de los trabajadores y se enfrentó como bombero a horrores inimaginables durante la Segunda Guerra Mundial.

London's East End Survivors: Voices of the Blitz Generation, de Andrew Bissell (Centenar, 2010). Me encanta este libro porque el autor llevó a cabo cientos de entrevistas a supervivientes de la guerra en el East End para amplificar las voces de aquellos hombres y mujeres corrientes pero extraordinarios y ofrecernos los pequeños detalles domésticos de la vida durante los bombardeos.

The Fishing Cats of Fort D'AplièseAuvergne (And Other Tales), de David Cabeldu (2019). Una maravillosa obra retrospectiva de una infancia pasada en Jersey. Le debo un agradecimiento enorme a David por permitirme usar sus travesuras infantiles como inspiración para la infancia de Beatty y Marie. Construía balsas, pescaba y se metía en líos con sus diabluras, como les ocurre a casi todos los niños pequeños.

A Boy Remembers, de Leo Harris (Apache Guides Ltd, 2000). Leo vivió la ocupación de Jersey y recuerda el aterrador momento en el que la policía secreta arrestó a su hermano. Su generosidad a la hora de compartir sus recuerdos conmigo me proporcionó la información que necesitaba para escribir sobre la detención del padre y el tío de Beatty y Marie. Sus memorias ofrecen una visión escalofriante de la vida bajo el yugo nazi.

The Family from One End Street, de Eve Garnett (Puffin Books; aunque no existe versión española, a lo largo del libro hemos traducido este título como *La familia de la calle Sin Salida*). Este libro me lo recomendó una bibliotecaria y me encantó. Las travesuras de la familia Ruggles, de clase trabajadora, resumen el espíritu de las Ratas del Metro.

Por siempre Ámbar, de Kathleen Winsor (Planeta, 1962; publicada por primera vez en Estados Unidos en 1944 bajo el título

Forever Amber; en Inglaterra, en agosto de 1945; reeditada por Penguin en 2002). Lo leí intentando ponerme en la piel de una mujer en tiempos de guerra, rodeada de bombardeos y cartillas de racionamiento. En su época, este libro fue explosivo, decadente, escandaloso y absolutamente absorbente. Setenta y ocho años más tarde, sigue siéndolo.

Agradecimientos

INVESTIGUÉ Y ESCRIBÍ este libro durante la pandemia de covid-19, así que dediqué gran parte de ese tiempo a hablar con ancianos *cockneys* y bibliotecarios. No se me ocurren dos mejores grupos de personas con los que pasar esos días de incertidumbre.

En realidad, este libro debe su existencia a la generosidad y la amabilidad de muchísimos bibliotecarios maravillosos, en activo y jubilados, del sector público y del privado, universitarios e infantiles, voluntarios, cualificados y no cualificados, auxiliares y directores —de todos los tipos— que compartieron conmigo sus preciosos pensamientos, sus recuerdos y, lo más importante, sus historias. Me temo que la lista es demasiado extensa para publicarla aquí, pero, a todas y cada una de las personas que entrevisté, gracias de todo corazón.

Estoy en deuda con la generosidad, la amabilidad, la hospitalidad y la calidez de los habitantes del East End que vivieron la guerra, a muchos de los cuales tengo el privilegio de llamar amigos.

Los habitantes del East End son como libros andantes, repletos de historias. Gracias a Ray, Pat, Patsy, Beatty, Marie, Babs, Sally, Gladys, Minksy y sus hijas Lesley, Linda y Lorraine, Alf y Phoebe, a todos los del Brenner Centre del Stepney Jewish Community Centre, a The Geezers of Bow, Joe Ellis y todos los miembros del grupo de Facebook de Bethnal Green & East London.

Mi más sincero agradecimiento a Robert James, profesor titular de Historia en la Universidad de Portsmouth y autor de *Read for Victory: Public Libraries and Book Reading in a British Naval Port*

City During the Second World War. Robert fue tan generoso con su tiempo que no solo me permitió someterlo a un interrogatorio sobre el concepto de «leer para la victoria» y estudiar un primer borrador de su libro, sino que también me envió la *Mass Observation Survey*, un documento al que, en un momento de confinamiento total, no habría podido acceder de otra manera y sin el que me habría resultado muy complicado escribir este libro. Estoy en deuda contigo.

Le estoy excepcionalmente agradecida a Alistair Black, profesor emérito de la Universidad de Illinois y autor de *The Public Library in Britain, 1914-2000* (2000), que también me permitió entrevistarle, me corrigió un primer borrador y compartió conmigo sus contactos bibliotecarios. Nadie sabe más que él sobre la historia de las bibliotecas públicas.

Muchas gracias a Liz y Alex Ditton, Alison Wheeler, Anne Welsh de Beginning Cataloguing, Helen Allsop, Charmaine Bourton, Mark Lamerton, Dave Cabeldu, Lor Bingham, Gloria Spielman y Vince Quinlivan por ser los primeros lectores y orientadores y por compartir su experiencia.

Muchas gracias a Paul Corney, presidente de CILIP, y a todos los miembros de su asociación (la Library and Information Association), que se han involucrado muchísimo con este libro, cosa que les agradezco sobremanera. Vuestro entusiasmo, contactos y pasión por las bibliotecas no tiene límites.

Disfruté mucho hablando con la doctora Sarah Pyke y con la profesora Shelley Trower, que han elaborado un proyecto de historia oral absolutamente fascinante llamado Living Libraries. Documenta las bibliotecas públicas con las palabras de las personas que las utilizan, que trabajan en ellas y las dirigen. Échale un vistazo: https://www.livinglibraries.uk

A todo el personal de la Biblioteca y Archivos de Historia Local de Tower Hamlets. Fui la primera persona que cruzó la puerta cuando volvieron a abrir tras el covid. Los registros que dejaron los verdaderos bibliotecarios de los años de la guerra, George F. Vale y Stanley Snaith, me resultaron muy evocadores y una gran fuente de alegría y valor. Me habría costado mucho escribir este libro basado en una historia real sin las fantásticas bibliotecas de historia de la zona y sin los miembros de su personal, que actúan como copilotos al ayudarme a navegar por el pasado.

Muchas gracias, como siempre, a Sandra Scotting, de Stairway to Heaven, por apoyarme tanto. Para más información sobre la catástrofe del metro de Bethnal Green, visita www.stairwaytoheaven-memorial.org

Gracias Glyn Robbins y Louise Raw por organizar la campaña para salvar la biblioteca y por apoyar tanto este libro.

Me gustaría darles las gracias a todas las personas que entrevisté durante mis diversos viajes a Jersey, sobre todo a Ann Dunne, a todo el personal de los Archivos de Jersey, a Age UK, a Eric Blakeley, a Jenny Lecoat, a Edward Jewell (bibliotecario jefe de la Biblioteca de St Helier), a Howard Baker, a The Channel Islands Occupation Society (CIOS), a la escritora y residente Gwyn Garfield-Bennett y a Deborah Carr. Y, en especial, a todos los supervivientes de la ocupación que compartieron conmigo aquellos oscuros días, Bob Le Sueur, Leo Harris, Maggie Moisan, Audrey Anquetil, Don Dolbel: mi más profundo agradecimiento y admiración. Mi interés por su historia surgió durante una visita a la isla con motivo del Festival Literario de Jersey. Es una isla que rezuma historias. He acumulado más material del que jamás podría haberse condensado en el último capítulo de este libro.

También siento mucha gratitud por mis amigos escritores, a los que quiero y admiro. Siempre están ahí con su calor, su sabiduría y ¡vino!

Y, por último, a mi irrefrenable editora, Kimberley Atkins, y a mi agente, Kate Burke: ¡el *dream team*! Siento un gran respeto y admiración por estas mujeres y por todo el equipo de Hodder & Stoughton que me han ayudado a darle vida a este libro.

Sigue disfrutando de buenas lecturas con nuestras propuestas

Una novela sobre el poder del lenguaje para crear historias y descubrir la vida

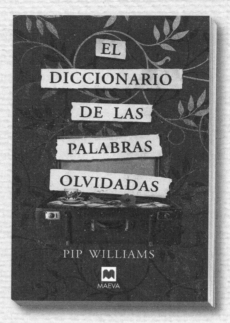

Inspirándose en hechos y personajes reales, la autora ha escrito una novela inolvidable sobre la redacción del primer Diccionario Oxford.

Oxford, finales del siglo XIX. Esme crece en un mundo de palabras. Escondida debajo del escritorio de su padre, uno de los lexicógrafos del primer Diccionario Oxford, rescata las fichas de las palabras que se han desechado. Con el tiempo, se da cuenta de que las relacionadas con las experiencias de las mujeres y de la gente corriente a menudo no se registran. Es así como decide recopilarlas para otro diccionario: *El diccionario de las palabras olvidadas*.

**La primera novela de Alka Joshi, un debut
sorprendente y un best seller internacional**

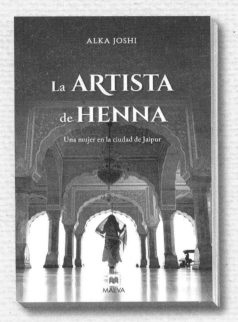

**La autora abre las puertas a los aromas,
las texturas y los ecos de un mundo sensual
y fascinante en una novela que es también un
homenaje a su madre y a las mujeres de la India.**

Jaipur, India, 1955. Tras años de duro trabajo,
Lakshmi ha logrado convertirse en la artista
de henna más solicitada y en la confidente de
las mujeres de las castas superiores. Conocida
también por sus remedios naturales y sus sabios
consejos, deberá andar con cuidado para evitar las
habladurías que podrían arruinar su reputación.

**Una novela sobre una librería en la que
los libros son remedios para el alma**

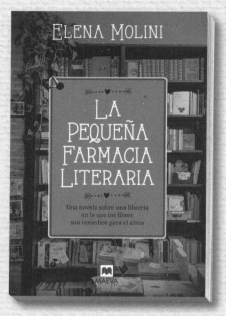

**A veces, el tren de los sueños pasa antes de que
llegues a la estación. Entonces tienes dos opciones:
verlo alejarse para siempre o recorrer a pie el
andén y seguir persiguiendo tus deseos.**

El sueño de Blu siempre ha sido trabajar
en el mundo de los libros. Tras probar suerte
en una editorial especializada y después en una
gran cadena de librerías, toma una decisión:
abrir su propia librería. Pero la vida no es fácil
para una librera independiente, hasta que Blu tiene
una idea: transformar los libros en «fármacos»
para sanar el alma de las personas. Nace
así La pequeña farmacia literaria.

Una joven repostera descubrirá el poder de la flor negra. Nadie puede resistirse a la fragancia de la vainilla

Un viaje desde las confiterías de la corte de Alfonso XII hasta el esplendor de los cafés de la Viena imperial.

Madrid, 1877. La joven Celia Gross trabaja en la exclusiva confitería La Perla, encargada de elaborar los postres de la boda del rey Alfonso XII. A causa de la precaria situación económica de su familia, Celia se casa con un comerciante austríaco, un viejo amigo de los Gross. Juntos emprenden un viaje a la isla Reunión, donde la joven descubrirá la preciada vainilla Bourbon y sus múltiples virtudes.